露沙之路向延安,
大砭沟头去又还,
抢救过关多少劫,
追求民主自由难。

——李 锐

露沙的路

韦君宜 著

人民文学出版社

清华女生，1935 年

（上）韦君宜（穿格裙者）与同学们
　　　南下宣传抗日救亡，1936年

（下）韦君宜著作多种

出版说明

1994年6月，人民文学出版社出版《露沙的路》。二十年后，我们重作修订，并增加作者1938年日记片断和作者的相关题材小说三篇，使读者了解"露沙"的来路与归处。谨以此增订本纪念《露沙的路》出版二十周年，纪念写作此书及《思痛录》的韦君宜先生。

人民文学出版社编辑部
2014年6月

目　录

露沙的路 …………………………………………… 1

附录一
　洗礼 ……………………………………………… 183
　功罪之间 ………………………………………… 288
　旧梦难温 ………………………………………… 302

附录二
　韦君宜1938年日记（节选）…………………… 317

露沙的路

一 到了延安

大卡车嘟嘟响着,已经望见那青翠的山峰,层层窑洞,和市面上的房屋。车上的人一个劲地齐声喊:

"到啦!到啦!那是宝塔山!那边准是清凉山!"

虽然他们多数并没有到过这地方,可照片看过了,听都听熟了。宝塔山有宝塔,没宝塔的一个当然是清凉山。这时候,几个身穿军服的到过延安的人,指手画脚地说起来;一个穿旗袍的年轻姑娘,顺着别人的手指往前看去,忽然大叫起来:

"你们就不好好看看延安的天!够多么蓝!太阳多亮!这一路哪见过?"

于是大家真也像从来没见过这蓝天和太阳似的,跟着大叫起来。

"露沙!你跟我上中组部招待所吧!"一个穿军服的喊那穿旗袍的姑娘。

"露沙,啊,是我。"陈婉贞在路上才把自己那封建的名字改了,昨晚上索性连姓也决定去了。如今人家叫起来,自己答应着还不大习惯,但正在努力习惯起来。

她忙不过来地东张西望,看这个新奇的延安。街很窄,有小铺,好像与别的小县城没有什么不同的地方。可是,马上她就发现了,有!有!街上走来走去的人,差不多百分之九十都穿着灰色的军服,有的胳臂上还钉着"八路"的臂章,其余的百分之十都是头上包着白毛巾的农民。别的县城里常见的长袍短褂的普通人,干脆就没有!没有!她看见了,不革命的,一个也没有!

她使劲看这些身穿军服的人,想认出几个熟人来,准备打招呼。可是这么多服装一样、色彩一样的人,必须仔细看脸,不看清脸,实在难以分辨。

下了车,同行的人像变戏法一样,一下子都不知道哪里去了。露沙稀里糊涂被领进了一个小院,进了屋,见桌旁坐着一个人。她正要问这是哪里,屋里的人也不等她问,就叫出来:

"陈婉贞!"

露沙又是一怔,才答应出来:

"我叫露沙!"

屋里的人笑着说:

"知道你改名字了,你们这些女同志就是爱改个名字。还带个什么'沙'什么'蒂'的才时髦。"

说着已经站起来,伸出了手。

"赵华!"

她也叫出来。对过去在湖北应城农训班管过事、可以说领导过她的赵华,待人说话很亲切的赵华,露沙还没有说她来到延安应当说的第一句,赵华开口就问:

"王大姐还好吧?"

那是他们在湖北的领导。然后又问起别人:

"老崔好吗?"

老崔是她的老同学崔次英。他们来往密切,可以算作朋友。然后赵华说:

"小朱的事,我们都知道了。我们都同情你,你不要难过。"

他的声音低而柔和,充满了同情。

小朱是露沙的恋人。从武汉撤退时,赶上日本飞机追炸沿江撤退的轮船,他去抢救一个病重不能行动的同志,把他放在一个四脚朝上的方桌里边,推下江去。病人得救了,他却牺牲了。露沙就是下了为他复仇的决心才跑到延安的。听了赵华又提起他,一时说不出话来。

赵华和婉地说:

"现在你来的这地方,是中央组织部。"

哦!竟是中央组织部!他像和一个过去的女朋友谈话一样,温和地继续说:

"现在我们中组部给你的任务就是克服痛苦!"

说时眼睛发亮地望着露沙,真像给一个任务的那号表情。接着又重复了一句:

"克服痛苦!"

然后忽然打开抽屉,拿出一张小纸片来塞在她手里,改变了语调,挺随便地说:

"今晚上,唔,去看看戏吧。延安的戏,也很好看的。"

露沙低头一看,这是一张油印的戏票。票很土气,戏的名字却很洋气,叫《到马德里去》。《到马德里去》,这是在延安的第一个戏,也是来延安做的第一件事,当然得看。

然后,她就住在了中组部招待所里,等着分配。头一顿就吃了小米干饭,这是有名的吃苦第一课,可是她并不觉得苦。几天里又碰见了好几个老同学、民先①队员。最重要的还是招待所发了一身和别人一样的灰布制服给她。又肥又大,穿上一看,真的和别位"八路"的样子差不多了。可惜的是不能给姐妹们、熟人们和自己家的人都看一看。她穿上以后上了街,看见街上有许多人腿上打着裹腿,就也买了一副;还有的人脚上不是那种普通花袜子,而是

---

① 中华民族解放先锋队的简称。"一二·九"运动中青年学生的革命组织。抗战后,党决定在延安组织青年救国会,代替民先队。

厚毡袜子,大概是这里农民才穿的,于是也买了一双,回招待所以后都穿上了。想来想去,应当照张相片。向别人打听到了全城惟一的照相馆地址,就打扮舒齐跑去,照了个全身相。

站在照相馆里,她不由得想起当年和父母的合影。当年自己刚刚考取清华大学那一次,父亲喜欢极了,可没多说什么奖励的话,只说:

"我们带贞儿去逛逛吧。"

于是父母两人带着婉贞专门从天津家里来到北平,三人来到中山公园来今雨轩,要了一席酒菜。吃完了,又一同到公园的照相馆,照了一张三人全身合影。照片洗出来之后,特意还叫照相馆给做了三张厚纸底的。父亲自己提笔在底面上写上了"贞儿考取清华留念",又写上了自己的名字和日期,以昭郑重。而父母不赞成她跑到延安来革命,所以她跑到这里来,是背着家,偷跑出来的。现在她是离开他们,独自在外边闯荡了。

照片取回来了。露沙想,这张照片得寄回去,寄给父母看看,才是"木兰从军"的道理。只是父母现在还在天津,正在打仗,邮电不通。——那也得寄呀!她特意买了一个牛皮纸的信封,写上香港婶婶家的地址,请他们转。这相片照得真是一点儿飒爽英姿的模样也没有,全身穿得臃肿,外加一副绑得不紧的裹腿和一双大毡袜子,简直是个可笑的肋脦兵。可是这是头一次当兵的摄影留念啦,总得让他们看看。

那天,照完了相,去逛街。小小的街都走遍了,才发现整个延安没有搪瓷脸盆卖,却有非常触目的铜铸的盆。一想,这铜盆也是延安生活的特点呀,于是也买上一个。街上遇见了老同学小彭,拉着去上饭馆。小彭叫了一个炒猪肝,还介绍道:

"老陕北人从来只吃猪肉,不吃猪肝,猪肝都倒掉了。这是我们到了,才兴起吃猪肝,所以便宜。陕北人说,这是我们的菜,是革命菜哩。"原来吃猪肝也有革命特点。

她接到了通知,分配她到中央青委。她由招待所出城,直向北门外走去。这一条路上就看不见那小县城的模样了,只见两面山坡,中间土路,山坡上可以望见一排排的洞,门口有人。这就是有名的延安窑洞了。别人告诉她:中央青委就在大砭沟口的新房子里。于是她一面走,一面找新房子,但是哪里找得到?

她走着,心里想,自己这次来延安,原是决心来到这里就投入战斗的;她的思想情绪将全被悲惨的事情所占有,愿拼一死!小朱不是白白牺牲的,决不能对不起他。她在重庆时还写过一篇《牺牲者的自白》,表白愿以余生献给战斗,想着到延安就可以扛起枪来,她心里将除了悲痛就是打仗,此外什么都不想。可是,好像自己竟做不到,还对周围新发生的一切事儿挺感兴趣。这是怎么了?感情变了?心变了?随即自己解释,这是革命的延安呀!什么人到了这里,都会对这样从未见过的新生活有兴趣的。《到马德里去》,穿军装,打裹腿,吃小米……怎么能对这一切不感兴趣呢?

终于到了大砭沟,爬上坡去,这才发现了在窑洞前边有几间又低又小的土屋,可能盖起不久,这大概就是"新房子"了。她还没上前敲门,已经出来了老同学,民先大队长李平,跑过来抓住她的手就来了一句:

"你可来了!早就知道你要来!……好消息,今天晚上吃肉!"

他拉着她到几间屋里去串,介绍这里的同志。完全和当年到别校去联系民先队员们一样,仿佛一个个见面自来熟。这个姓丁,那个姓黄……记不牢姓,却马上认识了人。反正,她很快就变成了这群青年友伴中间的一员,一会儿就混在大家中间,拿着菜盆去等着分肉去了。

在这里住几天,她又认识了边区青救会的一些人。这些是地道的陕北人,延安统称"土包子";虽是一开口就听出口音,但是他们在努力学外边学生说话的口气。

露沙和许多北平民先队友在一起,简直除了吃饭不同,一切都和在北平一样,但是心里明白,自己应该向革命的延安人学习。学什么?觉得自己在敞开胸怀,等着接受。

没过几天,李平和她谈话,就说:

"我们要组织一个青年工作考察团,到前方去,你也算一个吧。"

到前方考察?她连后方是怎么回事,还没有弄清楚哩。但是,去前方,这总是个最富诱惑力的目标。她一句也没哼就点头同意。李平解释了几句:

"现在各根据地都在农村里开展群众工作了,有很多青救会和妇救会,他们都是怎样组织起来的,怎样武装的,你们去了解一下,写个报告来,就完成任务了。"

露沙自己还没去过农村,没接触过农村人,更不知他们是怎么组织的,却要去考察人家农村的组织了。可是她当然得去,立刻准备,出发去前方。

一同走的是五个人:四个男的,她一个女的。团长是姓丁的丁良,原来老师大的民先干部,篮球名将;还有肖冯、老武,也都是民先的人;张迎春,是陕北边区青救会的。

露沙离开都市生活还不过一个月,过去以为到延安就是上前方,现在才知道延安还是后方。那前方怎么上法?别人都告诉她:

"你先得学会走路。从这儿到你要去的晋西北前方,光来回走,就得两千里,行李都得你自己背。"

这可了不得,去吧。想起有一位作家写的小说,那位上前方的革命少女,骑着马,一鞭如飞而去。可不是这个样子!可是我得这样一步一步走着上前方,不管它前方什么样也得去。别人怎么走,我也能怎么走!

要背行李,先得会捆行李。这又是新事一件。她不知道怎么捆法,这次到延安来,好容易才向同行人学会了把被子、褥子、毯子、枕头、衣服捆成一大卷,然后由别人帮着扛上车。这个行李能背着走两千里吗?她自己摇了摇头。

李平说:"你去找老丁吧。"

老丁把她的行李打开,看了看,说:

"只能要一床被子。"

把她的厚被扔在一边,把薄被铺开,折成四方块,然后用细麻绳捆得四方四正,好像个豆腐块。用手一提,一只手就提起来了。老丁斟酌了一下,又说:

"不过,这细麻绳,你的肩膀背着恐怕受不了……喂,你的裹腿不用,拿它背行李不是满好?"

露沙闻言,连忙解下裹腿送上去。老丁把豆腐块重新打开,把那裹腿摆在内层,两条裹腿各露出两截,重新把麻绳捆牢,露出的裹腿两头都打了疙瘩,就成了一个有柔软的双背带的背包。把个露沙高兴得连声赞美。

她自己又解开重新实习了一遍,然后又选择准备带的换洗衣服一套,把枕套出空,放进背包,枕芯当然不要了。铜脸盆自然也作废,大衣也不行,她身上的新棉大衣是公家刚发的,太重,也不敢穿。她找李平换了一件旧的,轻一点。鞋也是公家新发的,塞在背包外边,然后在臂膀上缝上了"八路"的符号,胸前缝上了姓名,胸章。这就是个真正的战士了。

一切准备停当,她穿上旧大衣,背上背包在窑洞里走了几圈,自我感觉良好。好哇,上前方啦!

千里迢迢,没有人送他们五个人;问了几句路线,就向黄河岸走去。

他们走着,还在陕甘宁边区里边。第一站叫甘谷驿。原来这一条路线,一路都有十八集团军(即八路军)的兵站,一天该走多远,那兵站都规定得明明白白,准备得齐齐整整,根本不用行路的战士自己操心。到了兵站,兵站同志一看符号臂章,立刻招待。该开饭该洗脸都有人管,住哪屋全安排好了,不用给钱,像到了自己家一样。

这兵站的人都是老红军,可不是旅馆的招待员。有一回露沙走得双脚酸胀,到了兵站,就脱下袜子,光着脚拿个脸盆去找水泡脚。谁知她刚要问水在哪里,已经有一个兵站的老兵端着水过来了。窘得她什么似的,连忙说:

"红军大叔,不用麻烦您……这怎么好意思?"

那个老兵却把热水给她倒好了,笑着说:

"称同志吧。我们这样的,已经不能冲锋打仗了,你们这是上前线的呀!到了前线好好干!嗯!"

他几乎就要伸手摸摸小露沙的头,完全不觉得她是个姑娘。

到了克虎寨,就该过黄河,到晋西北了。几个人不由得精神抖擞,这可真是到了前方了。

过了河,走临县,一路是山路。只见一片高高低低的山,山坳里开着大片黄刺玫花,艳黄繁盛,简直好像没人来过的公园,但是五个人心里都紧张得很。他们谁也没到过前方。这里,不就是前方了吗?那些日本强盗在哪里?是躲在哪个山坳坳里?万一走着走着,碰见几个日本鬼子呢?我们又没有武器!

团长老丁一边走着,一边和四个团员讨论,他说:

"如果半路上碰见带武器的日本兵,我看头一条是别被他们俘虏。我们就是跳山沟摔死,也不能叫敌人活捉。"

露沙的意思是得跟敌人拼一下。可是她也说不出怎么去拼。她生平惟一跟人打架的经验,就是和来清华捉人的国民党军警干仗,可是那只是一大群同学跟他们一群人一块儿推拥。几个人遇见敌人呢?她却想不出好主意。

露沙一路走着,心里本来想做诗的。这是前方了,还不做诗?满怀壮志的诗,为悼亡而下决心牺牲的诗。可是只做了几句,头脑就又被这新奇而紧张的环境占领了。转眼走到了临县的一个镇子,那叫白文镇。进去才知道这是一个比延安还热闹、有更多老百姓过日子的市镇。不用打听了,原来这里是根据地,并没有敌人满街跑。

他们去找镇政权派住处。负责接待的大概是个刚参加工作不久的人,给派了一个民房院里一间挺漂亮的房,一铺带油漆的大炕,炕上还有一条与炕一般长的大柜。这儿可和兵站不一样,没人管你怎么安排。

四个小伙子,一个姑娘,怎么住啊?大家怔了一下,房子是已经够宽了,他们认为不好去找人家再派一间。老丁说:

"要不,我们都睡地下,露沙睡炕。"

露沙为了表示自己的倔强,马上说:

"那我睡地下。"

说着就把自己的行李打开,往地下铺。

老丁说:"不行!不行!"

那三个男的也说不行。

老武说:"我看不用争了。干脆大家都睡炕上,露沙就睡这个大柜。在我们旁边,比我们高一大块呢。"

大家听了都觉可以,肖冯自我解释说:

"这就和坐火车的头等卧铺一样。二等车好几十男女住在一起,头等四个人,男女也可以睡一间屋。"

露沙是坐过头等车的,还是男归男,女归女,没见男女关在一间屋里。可是如果只剩一间房,来了三男一女,也没有规定怎么办。好像也该可以。她就没提出意见,这个说法似乎也有理有据,那么就这么办啦。

可是第二天早晨起来,露沙发现了同院的老百姓女人都在用怪异的眼光盯着她。有两个穿白衫黑裤很标致的人,甚至回到屋里,隔着玻璃指指点点,显然是在议论她。她姑且置之不理。

但是过了一会儿,老武回屋来悄悄地报告:

"老百姓在议论我们四个男人和一个女人睡觉哩。"

"睡觉"两字说得很重,当然不是指睡眠。这怎么去跟老百姓解释?当然不能用火车的例子。露沙怔了一会儿,起先当然很生气,要骂这些无知的老百姓妇女一顿。但是稍微想了一想,便笑了起来,说:

"让他们放屁去!他们懂得什么!"

陕北的张迎春这才说了话,说:"咱们农村人,可没有这样干的,我早就想说不能睡。"

露沙索性挺起胸来,说:"我就要这样睡!我们是革命的人吧?是跟旧社会两样的吧?我们是干干净净的人,不能听这些不干净的闲言碎语!"

老丁说:"行了!行了!我们的女队员不早都唱过了?'中华女儿血……'"

他唱起来,把话岔过去。

谁也不再多说什么了。露沙走过院子,那两个女的又出来看她了。露沙故意挺胸大步走过,心里充满一股高于她们的骄傲感情,眼角都不屑于瞥她们一眼,好像自己已经打了一次胜仗。

可是下一次再派房子住时,四个小伙子可都注意了。团长老丁见了派房的人,就说:

"我们是四个男的一个女的,要两处住。"

老武又接茬说:"没有草房,跟老乡们住一块儿也行。"

张迎春又加一句:"咱们的女同志跟你们的婆姨住一块儿嘛!"

这才把以后居住的规矩定下来。露沙也开始明白这里并没有一切都和外面两样。自己的倔强原来是白费。她想了想不说了。

他们从临县跑到晋西北边区的首府兴县。好不容易找到了关系单位——晋西北青联。它刚成立不久,没几个人。那个主任叫小沈,爱说爱道的,也是个北平学生,跟露沙还有过一面之缘。有一回在中大开一个大会,《学生小报》要在会场上卖报,露沙被崔次英抓去卖报,这小沈也是参加卖报的一个。他见到由延安派来考察的人里有露沙,格外高兴。安排了让他们去岢岚县,于是他们马不停蹄又奔了岢岚。

到了岢岚,走进县青救会,还没说几句话,接待的人就说:

"下乡考察没问题,我们开介绍信。不过这位女同志,我们青联不大好安排,去……去妇救会吧。"

露沙是来"考察"青年工作的,青联安排却"不方便",只能去妇救会。她心里又有些冒火了:"难道我不如男青年?我不是青年?"可是刚来这里,刚分配工作,却不能表现出冒火,冒火也是白费,只能高兴服从。于是她决定单身一人下乡,只是要求妇救会和青联联系安排时,尽量让他们去一个地方,好照顾。

于是小小的考察团又分为两半,露沙一个人背着自己的行李,到从未去过的农村访问。

她跑,问路,路上老百姓指着她,盯着她看。到了地方,她一开始不知道该访问些什么,拿着访问提纲问:

"你们的团体怎么发展的?全村有多少人是会员?有没有不是会员的?"

但是跑了两三处,又跟本地妇救的干部有了些接触之后,就知道非得改变访问方法不行。再说这些农村妇女吧,有的人能叫你一辈子记得。有一次,遇见一个叫陈家范的,是个小学毕业生吧,身高体壮,完全是个男青年模样,剪一头短发,背一枝枪,走起路来咚咚响,据说是个游击队员。露沙看着她,只是羡慕,都忘了细访问。

还有那个何凤芝,粉妆玉琢,不只白净,而且那风度,那微笑,哪儿看哪儿合适,好似宋玉说的:"增之一分则太长,减之一分则太短。"露沙一看,就想起学校里被捧成校花的那些女同学来。想不到在农村还能遇见倾国佳人,她怎么没有机会出去见人呢?只可惜竟被父母迅速许配了人家。看见她低头随父亲回男家,真使人惋惜。

又有一个白侯梅,跟人家谈起这里父母把女儿标价八十元至一百元白洋出卖的事,很不同意。露沙问她:

"假如你爸爸要卖你,你又该怎么办?"

侯梅微微一笑,翘起她高傲的头,说了一句道:

"我啊——我不能让卖!"

好个不让!不可凌,不能改。看那个神气,简直不让鲁迅《伤逝》里头那个子君,胡适《终身大事》里那个田亚梅。农村里这些姑娘,啊,太美了,数也数不过来。

可是她又看见了另外一些叫人难以忘怀的事儿。天气刚开始转暖时,一次,她到一个妇女家去吃派饭。那个挺干净的妇女给她做的是小米干饭。原来这家人的锅灶正挨着茅坑,饭端上来,一群苍蝇奔着热气都飞过来,扑在饭上。女主人管也不管,也不找块布盖上饭,继续切她的咸菜。露沙连忙伸手赶苍蝇,谁知道这里的苍蝇得了地利,竟越聚越多,把黄饭完全盖满,成了黑饭。看着这嗡嗡的一片,扑在饭上不走,气得露沙只好不管脏净,用手去抓。哪知这些苍蝇竟情愿牺牲,也不舍口中食。她用手抓也抓不净,抓了这边,那边又来了。

女主人只一笑,说:

"不用管它,这是老天爷赏它的一口食,咱们吃饭吧。"

竟这么闭着眼吃了下去。

还有一次,另一姓朱的女主人,村妇救干部,是个二十几岁正当盛年的妇女。人长得丰容盛鬋,饱满如盛开的花;穿一件紫色薄棉衣,更衬出她手脸的白来。谈到一半,露沙要上厕所。一进去,可把她吓坏了。原来这厕所既没有坑,也没有板,全部都是由细棍子组成。那些棍子上涂满了干屎橛和稀粪汤。露沙勉强掩鼻解衣,双脚挣扎着站在两根棍上。更不料女主人解开裤子,竟毫不犹疑,直接向两根棍子之间坐了下去。露沙急忙起来了,却见她坐在屎棍上,还面带笑容,说着闲话,这情景留在露沙的记忆里永远不能忘。她更不忍看女主人那下身雪样的肌肤放在黑屎尿和泥土构成的棍子上。可怕的对比,竟毫无所觉。

农村的女人!这些美好无双的、又在过着不像人的生活的农村妇女啊!露沙想起自己在学校里的生活,觉得此来自己学会了不少,比他们搞青联的学会的还多。又觉得并不只是在战争里能学到东西,这周围四转,自己从来没有见过的事情太多了。她在农村里一面走,一面想:人得活下去,才能学习,不能死了完事。

后来,跑了几处之后,组织上叫他们集中起来,跟部队的民运部走,好总结总结,写点东西。

这民运部,是八路军一二〇师一个旅政治部的民运部。到这里跟着他们走,是真的随军行动了。民运部和青联可不一样,没有人提起民先队,也没有民先队。人们一开口就提"党",党怎么长怎么短的。民运部的两位首长,都是四十几岁靠五十的人了,据说都是万里长征从江西过来的老红军,开口就叫这几个青联的人是"学生娃娃"、"知识分子",使露沙不由得不从胸中涌出敬意。民运部其他的人则差不多都是山西的中学生,论参军资格比露沙他们老。

民运部也是老行军,在这个村住几天,换个村又几天,成天背包不离身。在队伍里,除了民运部的人以外,还有旅部政治部的人。露沙好几次想问他们,怎样才能正式参军?可是一看自己的打扮和行动,的确和他们并没有两样,怎么好表示自己还没有参军呢?

这队伍里还有少数女同志,不知道干什么的。还有的骑着马。有一次行军,露沙就听见两个"知识分子"边走边闲谈。一个说:

"还不想法找个老婆?"

那个说:

"等我有了马骑再找。不然,看她走不动了,还要这样拖,自己心里怎么过得去嘛?"

说着用手指指露沙。

露沙心里一震:"怎么,这些男的这样看我?"由倔强生出不满意,又发现自己的弱点。

除了行军,成天开会和写作,还是住在民房里。有一天,露沙和四个同伴正盘腿坐在炕上写,听见外面轰隆隆直响。他们先还不理,后来老是响,他们疑心了:大天白日,不会打雷,莫非是……莫非是炮响?正在猜测,民运部的人已经过来敲门叫:

"收拾东西吧,有情况!"

几个人慌慌张张把挎包收拾好,背起背包就往外走,却不见队伍集合。民运部的首长张部长,站在村口坡上,举手招呼他们:"来呀!来看打炮!"完全和叫小孩子过年看放爆竹一样。

他们五个顺着人家指的方向看,只见那边轰隆一响,烟雾腾腾,那就是日本鬼子打炮了。张部长笑着,口讲指画,像给学生上课。一会儿又跑过来一个听讲的,没想到是晋西北青联那个小沈,听说他快回延安了,却在这里碰上。正听到热闹处,张部长却说:

"这里离打炮的地方只有五里地。老百姓妇女要隐蔽一下,小沈,你带老百姓走。"

然后又说:"露沙,你就跟着他们走一趟,照顾照顾吧。老丁你们跟我。"

他们给露沙一把土里土气的手枪——没套子、带绳子的"山药蛋"。露沙背在背上,跟上小沈就走。老太太、小丫头们乱糟糟地提着包袱,抱着孩子,从屋里出来。倒也不怕,好像不是头一回了。露沙清点了人数,也就没什么需要照顾的了。背着枪在队伍旁边走,真的是女八路在执行任务了,心里很有种自傲之感。那小沈却边走边扯闲谈,一会儿忽然说:

"露沙,你知道这位张部长是从江西来的老红军吗?"

露沙答一句:"听民运部的人说过。有四十好几岁了。"

小沈作出神秘的模样,说:"你可不知道,他找了个爱人是咱们北平同学。"

露沙真的吃了一惊,随即笑着说:

"这位同学找的对象不错呀。"

小沈撇嘴一笑,小声说起故事来:

"不错?那位同学现在在延安,她从延安写情书来托人捎给张部长,最末一句是:'我给你一个亲爱的吻。'张部长拿着信去问捎信的人:'她给我捎的有东西,东西在哪里?'捎信的人说,没有呀。张部长这才指着说:'这不是给我一个亲爱的物?这个物在哪里?'一下子这个典故可传遍了,你说好笑不好笑?"

露沙也忍不住笑出来,但是随即说:"我看这位同学呀,应该好好教张部长认字,学文化课。先学识字,再写信。"

小沈说:"那你明天找一位部长做对象,先教部长识字。"

露沙想起那些骑马的妇女,暂时不理他的胡扯。转过来问他:"听说你要走了,谁来替你呀?"

他说:"听说是姓宋的。人长得很漂亮。你在延安见过吧?专会找对象,搞恋爱,……"说到这里怕露沙不爱听,又住了嘴,转过来问:"你们学校那个老崔,听说也快来延安了,你认识吧?"

露沙点头。老崔,她当然忘不了。他是她在学校时代的朋友,又是这次投奔延安的救命人,民先队的上级,怎么能忘?

给了她第一个印象的这晋西北根据地,也忘不了。革命的一站,忘不了。延安,革命的家,更忘不了。可是这些印象总起来,到底教给了她什么?还说不清。

团长老丁说:"咱们的报告也写完了,该回去交卷了。要是派咱们来建设根据地,咱们再来。"

露沙也觉得事情是该这么办。至于要到前方来拼命的主意,还不知道去和谁说,人家这儿民运部的人,也是说"做工作",没有说如何去找地方和敌人拼命。那就回延安吧。

二　浪漫的婚姻

回到延安了。露沙被留在青联当编辑。才分配定工作,老崔就来了。他是来延安马列学院学习的。

露沙见面就感谢他。她从重庆走到成都之后,因为小朱的事成天悲痛,坐在人力车上把钱包掉了都不知道。党的关系介绍信和路费都没有了,怎么走?这时幸亏老崔的母亲和哥哥接到老崔的信,要他们尽力照顾露沙。他们把她接回家去,路费解决了,崔大哥竟去找了四川省委书记老周同志,说明她的纯洁无知和特殊情况,请老周代她重开了一份介绍信,送她走上了去延安的征途。这样开介绍信,一般是没有的。露沙后来才知道,如果没有这封信,她到了延安,根本进不了中央组织部,还可能从此失去党的关系,甚至会被猜疑为"混进来的",被赶出延安。很多人没有别的问题,只因缺少证明而被猜疑,被赶出延安,仅她后来看见的就不止一个。老周和大老崔的恩德真是永远报不清的。露沙当时还不懂其中利害,只知道二老崔崔次英和自己是朋友,谢谢他家帮了忙。

老崔这个人,年岁不老而老气横秋。认识的女同学特别是女民先很不少,可不像有些男同学那样,"男生追求女生,又看电影又溜冰"。他对女同学总像对待男同学一样,和谈得来的女生高谈阔论,能谈一晚上,全部是马列主义或当时政论,绝不会让对方有一点被追求的猜想。露沙也是他这样的朋友之一。在学校里，有一个男同学追求她，闹了一阵，她不愿意了，心里很烦。老崔就去女生宿舍找她，还给她去了一封信，信中称她为"兄"。说："一般的女性，对待这类事每每排遣不开，我们的女性应异于此。我愿兄能给人看看我们的女性的姿态。"

就是这样一个人，他来看失去了恋人的露沙来了。

露沙跟他谈着，心里有点希望他能给自己一点个人的慰安。哪怕谈谈小朱也可以，谈谈他成都的家也可以。但是他什么也没谈，还像从前在学校时一样，只说革命。那时他写了篇文章，叫"学运漫语"，现在写的，就叫"北行漫语"吧。没有北行以外的事，说了句："咱们再谈。"就走了。

她在延安很快就和那个老宋，小沈说过的宋安然熟识起来。这个人果然长得漂亮，个儿高，匀称，动作起来格外显得秀气、大方，容易引起年轻女同志的好感。听说是北平的华北美专的学生，却不见他画画。早已听人说过他的恋爱故事了，对象有歌唱演员，有能说会道的"够标准"姑娘，但是一直没有一个成功的。别人问他，为什么还不找对象，他笑着说：

"新有了对象了，不告诉你们。"

大家纷纷来猜是谁。越猜不出来，这些姑娘们对于他看中的人，兴趣越大。

青联女同志里有个田青，是李平已经说定了的爱人。这人活泼得很，除了打打闹闹，还教男女青年们唱歌，跳舞，又打一手好扑克牌，打起牌来不带输的。她跟李平经常玩不到一起，倒是和宋安然玩得透熟。她请露沙改过稿子，就这么熟起来，没事就谈这群青年人的恋爱关系，作为消遣。那天，她提出来猜宋安然看中的对象是谁，猜了几个，老宋都摇头说不是。田青背地里对露沙说：

"谁被老宋看上，才是运气哩。你看他那风度，那说笑，找这么一个爱人，到哪里也把别人比下去了，多么风光！"

露沙看着这宋安然也确是挺风光的,虽然和他并不熟。可是延安人说起找对象来,就是一要政治条件,二要政治条件,若问第三条,顺眼。反正这里不讲什么家庭、父母、学历,等等等等。宋安然也是党员,人长得这么顺眼,还不够条件?

有一天,露沙和几个伙伴一起在宋安然窑洞里玩。那窑洞只他一个人住。大家围着火盆烤火,宋安然坐在露沙背后,手按着她的背。她转过脸对着火苗,觉得有些热了,可没好意思翻身站起来。一会儿人们慢慢走了,宋安然留露沙再坐一会儿,露沙就坐着没走,继续聊天。她继续问那个问题:

"你看中的对象究竟是谁?"

宋安然突然将身子一拧,对着她的脸说了三个字:"就是你!"说罢就伸臂把她抱在怀里。

露沙几乎连考虑都来不及考虑,就自然顺从地由他抱住了。这就等于是同意。宋安然更不多说,也不表白究竟为什么爱她,只是抱着她轻轻拍她的背。在火边只坐了一会儿,他摸着她的脸说:

"你发烧了。"

露沙脸对着火盆烤了半天,的确也觉得有些发热,于是就说:

"我回屋睡觉去了。"

宋安然更不松手,揽着她的腰说:

"可不行,发了烧,不能在外面冒风,就在这里过一夜吧。"

未等她开口拒绝,又对她下保证说:

"你只管安心睡觉,我坐在旁边看护着你,如果动你一指头,就不是我宋安然干的事,你明天别理我。"

说罢搀扶着她,向自己的卧榻走过去。

好像他身上有什么魔力,露沙这时不知怎么这么听话,由他搀着就躺在他床上。他把被子替她盖好,伸手又摸了摸她的头,说:

"还热。"

自己就拖了一个小马扎,坐在床边。

露沙闭上眼,不想任何事情,只觉得在一间温暖的屋里,自己在别人温暖的保护下面,如同在父母身边,只想睡觉,于是迷迷糊糊就睡着了。直到一觉睡醒,惺忪眼睛,看见宋安然还坐在床边马扎上,不由得说了一句:

"你怎么不歪一会呢,不累吗?"

这句话很显然带出怜惜的意思,他听了即刻温存地回答:

"不累,你一夜睡得很好,我摸了你的头几回,你都不知道。"

露沙起身回到自己屋里,这一夜的"同居",马上在朋友们中间传遍了。别人在传,宋安然更积极地到处声明:

"露沙在我屋睡了一夜,我一下也没有动她,不信,问她自己。"

于是传说得更广了,都说他们已经确定了关系。

一天,田青来找露沙,说自己要和李平结婚了,劝露沙趁此一起和宋安然结婚。露沙觉得匆忙一点儿,田青说:

"看中了就结婚,咱们这里都是这样,谁有长期搞恋爱的?"

她说的也是实情,这里没有三年五载的长期恋爱。

后来宋安然自己也来了。跟她说:

"咱们要再不结婚,人家都要说闲话了,还要说我是揩你的油。"

人们纷纷说他俩要结婚,说得挺热闹,越说越热闹,最后成了好几对都要结婚,成了青联组织集体婚礼——延安一件热闹的新闻。四对中除了李平和田青、宋安然和露沙这两对之外,还有钱明和王小岚一对,平时也不见他们有多少恋爱的表现,好像也是拉上马的。老郑和孙建平一对,他们倒是大学时的恋人,一同来延安的老关系。本来什么时候结婚都行,这时被动员参加集体婚礼,凑一凑热闹。

婚礼不必自己费事,自有许多人帮忙。露沙成天昏昏忽忽的,觉着自己一下子进入每天登台表演状态。角色已经派定了,只有自己去扮。宋安然来找她,说要替她做一件大衣。她从家里出来穿有一件皮大衣,太瘦小,不能套棉衣,面料也不能在延安穿。宋安然要给她换一个灰咔面子,他自己也做了件新棉大衣,两个人婚礼时穿出来可能很漂亮的。钱由他出,事由他办,露沙概不过问。他就自己忙去了。

马上要结婚,这是露沙生平办得最快的一件终身大事。她自己也想不通是怎么成功的。她恋爱过,包括和小朱,都是经过再三考虑,对于对方都是谈了又谈,谈是否喜欢,是否谈得来,能否交朋友,这才过渡得到恋爱上,却不谈结婚两字。可是和宋安然完全两样。可能这是由于延安的风气?她反正已经跟上风气走了。还是那话,人家怎样,咱也怎样一切齐备,明天婚礼。来讲话的首长也请妥了。可是头天晚上,崔次英却突然来找露沙。

他是刚知道消息的,见了露沙,头一句就问:

"听说你要结婚?"

她答:"是的。"

老崔两眼直直盯着她,目不转睛,有两分钟,又开口问:"不改了吗?"

露沙回答:"不改了。"

他半天没有说话,迟迟地再问:

"就是明天,不能再改了吗?"

露沙已经有点明白他的意思,自己心里暗自琢磨了一下,已经没工夫细想,一下子下了决心,回答道:

"一切都决定了,不能改了。"

老崔再看了她一会儿,似欲把她这一会儿的影子留入脑海,说了一句话道:

"怪我开口太晚了。"

就此推门而去。

露沙只想了一想,宋安然虽然不是工农,但也不是高级知识分子。我这事做了,总算走的革命路吧。"

他们八个人四对的集体婚礼,是在俱乐部里举行的,少有的热闹场面,好多外单位的人来观礼。

就这么一场热闹下来,露沙变成了宋安然的妻,这才开始去了解他的过去。

头一件事。宋安然该写封报喜信给露沙的父母。他写半天写好了,送给露沙看。她看那信上写"我二人感情融洽",却把"融洽"写成了"容洽"。是个别字,露沙提笔改了,对他说:

"重抄,我爸爸看见了别字,会不高兴。"

她没有说,其实她自己更不高兴,新婚后才知道新郎写封普通信都要自己给他改别字!她不能不想起在家里时,父亲教自己作文的光景,莫说别字,讲错一个字,也要讲解半天。她记得把"晏平仲与人交久而敬之",错解成朋友敬他,被父亲批评了好半天的事。

宋安然一边抄着,一边说:

"你得知道,我可不能和你们比文化。我只念过四年中学,到华北美专,那里根本也不念什么书。"

露沙摇头说:"不说了,不说了罢。"

他一见屋里没人,就给她讲自己过去的恋爱史。露沙听了,这不是恋爱史,是他和女人发生性关系的历史。他和一个姑娘住同院,怎样一起玩,怎样见她在树上下不来,他去抱她,就此抱到屋里,发生了关系。又和一个民先女队员平时挺好,结果她嫁了别人。他怎样在她婚后向她倾诉自己的思慕之情,倾诉时,就跟她发生了关系。还有,他已经订了婚的妻子怎样去华北,怎样告别,……露沙本来要把自己和小朱的故事也向他"坦白"一遍。可是,听完了他的叙述,她决定不说了,一想起小朱,就觉得不能那样亵渎小朱。

她还是高高兴兴和宋安然一起出去,努力使自己感觉这个丈大也还不错。有一次,她给远方的女朋友去信,提到自己的婚事,信中说:"我想你们都会羡慕我的俊伟的丈夫"。他抢着要看,她笑着把信给他看。他看了,说:

"瞧你还跟人家夸你俊俏的丈夫!"

露沙不由得一怔。竟把"俊伟"这对男子很高的形容,理解成"俊俏",堂堂仪表成了乡下小姑娘了!他还不懂得,如果人家说他俊俏,那是丢人。这叫露沙再怎么拿这位"俊俏"丈夫去向人夸耀?她只有苦笑一声,不再写下去。

他们就这样过了半个月。青联已经决定叫宋安然去晋西北当晋西北青联的头头之一,调小沈回来,随后再让露沙去。这半个月就是他们的蜜月,蜜月当然是很甜的。露沙自我嘲笑道:

"让咱们再卿卿我我一番吧!"宋安然拿枝笔写了"亲亲"两个字,吻她一下,后面却又加上两个字"我、我"。露沙只能装不看见,接受他的爱抚。自己心里想道:"别再挑他的眼,我已经嫁给他了。"

可是他还不算完,还接着说:"顶好的呀,还是夜里……"

她只有掩着耳朵不再听了。

小沈终于来了。宋安然走了。露沙觉得自己恢复了平日的生活,不受拘束,忽有一种"还我自由"的感觉。她照常在工作之余,和别人说笑打闹,不必作为新娘子去接受别人的开玩笑,也不必不好意思了。多好!

小沈来了几天,老崔就来看他们,他还是老样,老朋友来来往往,恢复了当年在学校的模样。

延安出现了一件新鲜东西,王家坪开了一个桃林茶社,正是暮春,桃花开了,多少年轻人去遛弯儿。露沙和小沈、老崔一起去了。坐在花下,使他们神清气爽,东拉西扯些老朋友的消息。老崔还谈点写文章的故典,说谁的文章真好,谁的文章要不得。又说露沙:

"你的文笔有才气,你知道男同学们说你是才女吗?"

小沈说:"原来如此。老宋,宋安然,似乎没听说是才子,老崔才是真正的才子哩。"

露沙连忙把话题扯开:"哪里是才女?是傻瓜嘛!"

后来老崔更常去露沙那里。

宋安然去了不久,就有信来。这是千里之外寄来的情书,她当然珍贵地拆开,一个人躲在屋里悄悄地看。谁知道才看到第二页,已经看不下去了。勉强看到终篇,不禁面红耳赤,好像被别人打了一顿。这是说的什么呀?说的不能见人的话,说他走了以后,怎样在床上想她,然后就忍不住了,就怎样自己用手……。然后就描摹如何把她的肉体如何如何……潘金莲和西门庆就那样过,他也要和她……。露沙气得打自己的脸,骂自己:

"我成了什么玩艺儿!"

她并没有看过所谓真本《金瓶梅》,只看过洁本的,知道一提到"一宿无话",必定不是好话。万想不到自己竟被人拿来与那些不是好话的浑话混在一起。

她正在想:这是感情吗?这是爱情?还是夫妻之间就该老想这些?并且见诸文字,就叫你恩我爱?她想着,是"是",还是"非"?发了痴,不觉手捏着那封信只顾想,竟没有发觉老崔已经进来。他已经一把将她手中的信拿到手中。露沙清醒过来,慌忙去抢。但是信已经在老崔手里,他已经看了几行。嘴里说:

"知道老宋来了家书,门外好几个人都在说哩。你还怕什么?"

他们这些老民先,常常互相传阅情书,拣出其中的几句,朋友间开个小玩笑的。

露沙连说:"我这个,不能……"

又见他已经看了,羞得她双手捂脸藏在膝盖上。

他却已经看完了。用手拉起露沙来,自己依然正色说:

"没有什么,一个人怎么想就怎么说嘛。"

露沙见他并没有嘲笑,才抬起头来说:

"我可真是丢人。"

老崔点头说:"我明白,不过你不要搁在屋里,别人来了看见了,实在难看,别人会当笑话。"

说着就把露沙桌上的火柴划着了一根,径自把宋安然那封所谓"情书"烧掉了,也不再征求露沙的同意。露沙当然明白他处理的用意。他是爱护我啊,和别人不同,他不会奚落自己。心里真是打翻了酱油瓶加醋瓶,说不出是什么滋味。想再跟他讲自己的苦情,又不知从哪儿说起。老崔这个宽宏大度的人哪,叫我跟他说什么都行。他比十个八个漂亮小伙子加起来都好得多,叫人羡慕得多。可是自己已经成了宋安然的妻子。

崔次英不再说什么,伸出一只右手来,握住露沙的手。这是同学间日常的握手礼,并非违反礼法,可是他握的时间稍长,露沙只觉手心发热、心跳,也不再说什么。

然后崔次英把话题又转入正常,说起别人的事情。问她:"你知道李平病了吗?"

她说知道。崔次英慢慢地说:

"你去看看他吧,不是光看望看望。那你大概看过了,是说,看护他一会儿。你知道吗,听说他……"说到这里,却迟延了一会儿,才说下去:"听说他和田青不那么好。"

李平和田青婚后不那么好,露沙也有所闻。于是马上点头答应,老崔走了。

李平身上不知长了什么,卧床不起。他吃不下饭,走不了路,神志却清楚。露沙和小沈说好了,他夜间来看一会儿,晚上露沙去。晚间只有一盏小油灯,灯影晃晃悠悠,独对孤灯,人声都寂,使人自然添了孤独寂寞之感。才结了婚不久,李平又重病,田青为什么竟不来看护他呢?听说她有工作出去了,又听说她喜欢跳舞。李平从来不跳舞,这就是两人玩不到一起的缘故。但是这显然不成其为夫妻不睦的理由,露沙一想就明白了一半。

她在灯下胡思乱想,只听李平在床上哼了一声,她连忙凑上去问什么事,他却长叹一声,问:

"是露沙吗?"

露沙答应。又问有什么事要她做。这李平再叹口气,像平时一样地开口说:

"露沙!"接着忽然长吟道:"茕茕白兔,东走西顾,衣不如新,人不如故!"

露沙听他吟的诗,知道他想说的话。但是他在病中,不宜跟他多讲。而且听了他这两句,不由得同时触发自己的心事,感触起来,更不能和他说。自己坐在那里默不一语,暗想:这话竟真的是不假,新人不如故人啊!

后来宋安然又来过信。露沙又接到别人寄给他的一封信,却是催着向他要钱的。说家中寄来五十元钱,地址写的是宋安然的地址,并写明让他转,为什么到现在没收到?露沙当即把信寄给宋安然。来了回信,却说那钱是"咱们结婚移用一下,以后还他"。原来他们结婚的新衣服是拿别人的钱做的!露沙更没有话说,把自己家里寄来的钱拿出来,给那个被"移用"了钱的人送了去。

她已经决定了去晋西北,负责创办一个小刊物。"还是得去,"她自己心里安慰自己,"我还是去参加抗战,去工作,不是专为去找宋安然。"尽管宋安然的来信还是很勤。

终于,去晋西北的日子到了。这一回不比上一回,她已经熟悉了路途。她和一个女同志小严一起,背起铺盖就动身。比较特别的是,这次走竟然有人送。老崔来送她,握手之后,呆呆地看着她走。好久好久,自己觉得自己背后长了眼睛,清清楚楚看见了老崔站着目送她远去的样子。

三　在晋西北的日子

　　晋西北有一阵还"国泰民安"。这里原驻着阎锡山的骑一军赵承绶部队,他们和日本人既打不了,和八路也没法共处,自己撤走了。阎老西在晋西南发动了秋林事变,和共产党一下子撕破脸。一块晋西,变成南北分治。许多在晋西南工作的共产党干部就往晋西北撤,晋西南青联主任刘莱就此跑到晋西北来了。
　　本来已经决定了晋西北青联开代表大会后,由宋安然担任晋西北青联主任,这一下子突然出来个刘莱,由延安匆忙决定,让刘莱当主任了,宋安然改为宣传部长。露沙到了晋西北,正赶上这个新的决定下来。那刘莱是个陕西的中学生,一口陕西腔。看来土气,却已经当了相当长时间的领导,一有什么问题,很会提到原则上处理。宋安然见来了新领导顶下自己去,当然满口说好极了,自己本来干不来;再者,咱们青年工作,大家说说讲讲,玩玩闹闹都是一样,哪里把谁是大官,谁是小官分那么清楚?他说得满不在乎,平时和同志们也没有一句半句涉及这个职务问题,只有露沙知道他怎么想。
　　他们住在兴县县城的民房里,代表大会在城内一个大和尚庙里开。这年月,当年修行的和尚早都跑光了,只剩下一个老和尚。青联要用他的房子,开抗日的会,他当然表示欢迎。于是只给老和尚留下一间住屋,其他房子都住满了前来开会的各县小青年,成天你来我往,热闹极了。露沙和这些青年代表在一起,采访他们,觉得自己就像还在当年的北平,还在和各校来的同学,例如中大呀,女一中呀……全在一起。这些青年也和北平的青年一样,喜欢唱歌,还喜欢写几句。于是在短短的会期内,居然编出了一期壁报。露沙和搞宣传的袁和同志还编了一个大会会歌,很快教会了大家唱,大庙里充满了响亮的歌声:

祝大会胜利成功,任务坚决执行;

扩大青救会,粉碎敌围攻。

祝大会胜利成功,任务坚决执行;

巩固晋西北,准备反攻!

祝大会胜利成功,胜利成功!胜利成功!

底下是小严编的儿童团歌:

大人抗日救国,

儿童帮忙配合!……

老和尚倚着门笑着听。这些小青年,把一个和尚庙都快抬起来了。他们和北平的同学们有一点不同,就是文化水平低一些。可是这没有关系,他们肯学嘛。露沙、袁和想帮这些青年提高提高文化,在晋西青干校里,添一点语文数学课,只有好处没有坏处。以后出去跟人家宣传,也多懂一些词儿。露沙、袁和、小严热心地编起课本来。

大会开完,短时间平稳了一阵,他们还是住民房,只能几个人一间屋。凡两口子,都只能实行延安的"礼拜六"制度,到时候给你们两口腾一夜房。没有夫妇同居的专房。露沙和宋安然也过了三个礼拜六。头一个礼拜六,还是挺热火的,随便玩耍。可是后来,免不了谈一点白天工作中的事,何况露沙又是宋安然手下的干部。一谈这些,宋安然就不高兴了,说:

"我才管不着人家的事。"

露沙只好不讲自己和袁和的计划。

第三个礼拜六,宋安然来了,手里抱着几本老式线装大本书,笑着说:

"给你看看真本的书。咱们两个看!"

露沙已经听说,最近从一些老地主家里,得到一些古书,有的单位可能分到几本。于是她伸手去翻,宋安然却忙着脱了她的衣服,钻进被窝。一只手搂住她,一只手翻着书说:

"你看,这里,潘金莲大闹葡萄架!"

原来是包括全部"一宿无话"的老本《金瓶梅》。

露沙略看几行,虽然也好奇,想看看到底说什么,可是毕竟不愿意和宋安然两个人在这样的夜晚一起看这样的书,那岂不是……说不得!

于是她故意一面翻书,一面问:

"那个西门庆怎么发那么大的财?他和蔡京拉的什么关系?"

宋安然说:

"那谁知道他什么关系?看这个书,谁看那些没味的玩艺儿?我一翻都过去了。干脆都没看。"

露沙有意正色地说:

"我可看过呀,你看的这些都是不要紧的,要紧的是西门庆怎样发家,怎样开了那么多铺子,从开铺子发财做了官。"

"你简直把人的兴致都打掉了。没见过,看《金瓶梅》,还谈正经问题哩。"

露沙一笑,说:

"《金瓶梅》是文学呀,怎么不正经?你知道不知道?可不是像你说的专讲那些浑话的书,这,鲁迅都说过的。"

鲁迅说过什么,他不知道。反正两个人谈不到一块儿,后来他只好把书收起来了,过他们夫妻俩的礼拜六。

这一阵在晋西北过得还可以,日本鬼子来扫荡了几次。每次都是烧了一些房子,又匆匆撤走了。一二〇师专门打他们的屁股。青联之类的单位,都是见日本军来扫荡就躲开,日本军撤了就又回来。吃的虽然很差,工作倒还能够继续。兴县本来已经定为晋西行政公署的首府,可是由于要时常半夜起床撤退,太不安定,对于行政工作不方便。因此把办公处设在山沟里的蔡家崖村。

蔡家崖虽偏僻,却有一座很宽阔的宅院,宅院的主人姓刘,是富甲一方的大地主。露沙的同学刘冠英,就是这家地主的儿子,民先队老队员,共产党员。露沙才到晋西北,已经听人说了刘冠英自抗战一起,就跑回山西家乡,先搞牺盟会,后搞晋西行政公署。公署不是没地方办公吗?他要自己的爸爸把自家宅院全部献出来,作了行政公署的办公地。他自己,刘家的大少爷,和别的工作人员一样在里面占一间小屋,这说出去就叫刘少爷在自己家办公了。办公没有钱,怎么办?他又要他爸爸拿出一万元,也算是老头子自愿捐献给政府的。要知道那时候一万元值多少钱!比万两白银还多!也不知刘冠英究竟是说服了爸爸,还是强迫执行,儿子的话是圣旨,反正他都办通了。结果这件事情传为美谈,地方上的剧社给编了一个戏,叫《一万元》。刘老头子算是得了一个"开明士绅"的头衔。

行政公署在蔡家崖,日本军来了还是只知专扑兴县县城。城里像样一点的建筑,敌人来一次烧一些,最堂皇的文庙,大学士孙嘉淦的府第,都烧了。老百姓跑得差不多了。公粮交不上来,肉和菜更没有,天气一天天冷下来,没有煤、没有柴、没有炭。他们自己嘲笑自己,正是饥寒交迫的奴隶。

青联在旧县政府住过几天,比民房格外冷,可是地方宽阔,开个会比较豁亮。他们就在这里忍着,冻得人们捏着手在屋里跳一会儿,再坐下来写字。

袁和见别人到文庙里去看烧残的木料和黑炭,他也来了主意,捡了一个破木头箱,来喊露沙:

"走！想办法先烤烤手,再写。"

露沙跟袁和一起进了文庙。一个人手里拿一根棍子。只见满地马粪,棍子一拨,就出现了和马粪混合的木炭,他们弯腰去拾。别说,这木炭又轻又黑,真是好炭,比山里烧出的炭强多哩!

袁和边拾边说:

"这炭是香的。喂!你看这一块整的,有松柏的纹路哩。"

露沙说:"这里是文庙啊,这里的树都是松柏桧杉,哪有杨柳之类?你看这里还有琉璃瓦。"

"这里可能是孔老夫子的辟雍,那边按方向可能是古代先贤吃冷猪肉的两庑。"

两个青年一边拾炭,一边凭吊这文庙的遗址,不由得都感慨起来。

袁和说:"这些日本鬼,为什么别处不烧,先烧文庙?"

露沙说:"他们烧了文庙,叫我们不能不怀念孔夫子,不能简单地只打倒孔家店了,……喂!我想做一首诗。"

"什么诗?"袁和问。

"夫子庙拾炭诗,还没做出来,只有两句。"露沙开口念道:"我思夫子神如在,也应痛哭邦家坏。圣愚人鬼尽难逃,夫子流离失覆盖……还有两句,我今拾炭省军资,夫子还应笑许之。怎么样?"

袁和抚掌大笑:"蛮有意思!孔夫子听了一定说这个女子孺子可教也。下回我也做上一首给你看看。小严也能哼两句,不多。你教教她,好吗?"

露沙已经知道小严和袁和开始好上了,很羡慕他们。又自觉自己眼光差,脑袋糊涂,以为这里的人们都一样,这就是一大糊涂。看人家小严就会选择。人就是大大的不一样嘛。她回到屋里,小严正好也回来了。她们就忙着找破洋铁桶,点起火来。果然,一会儿屋里就春意融融了,坐在炭盆边烤火,使人想起延安,想起朋友。

露沙和小严常在一起闲谈,关于她的恋爱问题,小严渐渐不避讳她了。

有一次,两人又说起袁和来,小严忽然放低声音说:

"他们男同志弄了一部《金瓶梅》,在传着看。你知道吧?"

露沙点头说:"知道。"

小严声音放得更低,几乎是凑到露沙耳边说:

"老宋在男同志中间说,他和你怎样学《金瓶梅》,把你的两只脚吊起来。"

这句话登时把露沙羞得简直没地缝可钻,只能说:

"没有的事!没有的事!冤枉人!"

小严两手扳开露沙捂住脸的手,继续低声说:

"袁和听见了,来告诉我,没有别的意思。就是觉得你挺好,挺大方,不能拿你当潘金莲,瞎扯着玩。要你告诉老宋,说话要小心。"

露沙只得唔唔答应,气得真想当众跟宋安然闹翻。可是宋安然那个人,当众什么都说得出来,他没有亏吃。她只有忍气吞声。可越想越觉得自己冤,反正跟他好不成了。找一个这样丈夫,不用说在队友们面前不好拿出手,就是带回家去见父母,父母也会说:"看你这自由恋爱的结果!还不如请父母替你找一个。"

可是再怎么气,夫妻还得算夫妻,只有少理他。平时抓紧和小严、袁和他们一块儿商量办晋西北青干校的计划。正弄得差不多的时候,日本人又来扫荡了。

这次又是半夜把人们叫起来,整大队走。露沙在行军上比以前已经老练多了,麻利地收拾好背包,背上就走。山路漆黑,一不小心真会掉下去。但是这时她已经知道,见路上黑黑的就放心踩下去,见那白白的就躲开。而一边走,一边提醒后边的近视眼:

"广洪!别踩那白的,那是沟!"

可是她又太大意了。当走完了山沟,进入平川之后,她只管放开脚步走。正好一段有水沟有石头的路,她看见一块白的,以为是石头,一脚踏上去,却是一个大水泡,一条腿齐膝盖都掉在水里了。这时候,哪里顾得脱鞋换裤子,只当没事一样照旧大步走。只觉得有点湿漉漉的粘得很。等到了歇息地点的村庄,已经疲倦不堪,就穿着湿裤子往炕上一倒,睡着了。后来,还是小严把她叫醒,让她换裤子。

她懒得换,说:

"其实没关系,炕都炕干了。"

穿什么,人们真是满不在乎了,只是成天吃马料豆,这实在比不了小米饭。人的胃和驴马不一样,消化能力差一些且不说,首先那东西嚼也嚼不动,如今把马料豆碾碎了做成窝窝就是上品了。真奇怪有些人提起边区的艰苦生活,一来就说小米饭是代表,莫非他们吃苦只吃过小米饭?

第二天,露沙拧了拧昨夜换下来的湿裤子,她和小严一边行军,一边又聊起天来。谈着一路的吃食。露沙说:

"古人称富裕人家子弟为膏粱子弟,膏就是油,就是脂肪了;那粱是什么?粱就是黄色的米,换句话,就是小米。古人有钱的就吃小米饭,要吃白米,那叫稻,并不是头等饭。"

小严说:"我看不对,大米总比小米好吃,古人连这都不懂?"停了一会儿接着说:"我也想起一句诗来,郁达夫有句诗:'避席畏闻文字狱,著书都为稻粱谋。'不说的是稻粱吗?稻粱是说白米吧。"

露沙争道:"不对,粱是指黄米,不是白米。杜甫有一句:'新炊间黄粱。'说明了是黄的。"

她们争着,袁和过来听见了,插嘴道:

"古人说黄粱的可多哩。做梦都有黄粱一梦,没有白稻一梦的。"

小严争不过他们,只好认输道:

"那就算小米比大米强。往后你们吃小米,就可以说我们吃的是世上最好的饭,不用大米。反正这里也没有大米。"

就这么行军,背着行李跟日本军绕弯玩。有空就闲扯,一个个都把两只脚练出来了。走够了,日本军也呆不住,撤走了。于是重新回到城里,总是发现又有几处房子被烧掉了,原来的住处不能住了。于是又去找别的民房住。老百姓也被日本扫荡惯了,一听说扫荡,就把东西收了,少壮的赶紧躲出去,剩下老头老太太看家。我们的青年干部也知道了什么是扫荡,什么是反扫荡。八路军的四句真言:"敌进我退,敌驻我扰,敌疲我打,敌退我追"连游击队长也会运用了。都知道怎么在这个环境下工作和生活。

住什么地方都无所谓;穿什么,也没关系;比较难办的是吃,吃饭问题已经越来越严重了。人总不能不吃东西活着。小米已经是很高级的粮食,弄不来。从吃小米变成吃黑豆,从吃黑豆又变成吃糠,从吃米糠又变成吃干枣糠。这地方出枣,把吃剩的枣核,去皮磨成糠。实在没粮的时候,用水一和也顶粮吃。

小严说:"这东西太呛人,甜倒是挺甜的,有酥糖味。"

露沙笑着说:"吃酥糖还能错?我看咱们比那吃糠流眼泪的赵五娘可强太多了。"

衣服脏得要命,没法洗,没有肥皂。后来有一个干部创造了用烧火的草灰来洗衣的方法,一下子就传开了。露沙找厨房要草灰,又义务替伙夫同志洗衣,解决了洗衣问题。

就这么一会儿扫荡,一会儿又回来。又一次扫荡,再反扫荡。——在战争中间,青联、妇联这些群众团体真管事。妇联做军鞋,青联招会员。叫"青抗先",又叫青年民兵。他们和城市里的青年团体完全两样,实际上是给部队招预备队,自然格外兴旺。部队每来人接新兵,总要找找青联,所以露沙和部队有联系的人也熟了。

在行军中间,晋西青联决定了正式成立晋西青干校。让各地招来的小青年先学习上一小段,以后好工作。现在成天行军,不便学习。丁是让他们先过河到陕甘宁边区去上一段课,露沙被指定跟着学生队伍走。学生安顿好了,她就回来等着编《中国青年》晋西版。

陕甘宁边区的绥德县,不是延安,没有那么多外来的"洋包子",保留着更多的陕北风味。进城就有一块碑,有石刻的大字:"宋韩蕲王故里"。城下有更大的依山石刻,大书"天下名州"。令人看了就觉得气度恢宏,不是一般的小县城可比。过了州城,有一条独木桥,桥头有座西山寺。延安青干校就设了一座分校在这里。晋西青干校也暂时在这里落脚。

露沙到了晋西青干校没几天,出乎意料地碰见了老崔。原来是延安青干校派他到这里来,编一个刊物,叫《陕北青年》。真巧,两个人又成了同事。

崔次英说:"办刊物正愁没稿子,你一定得支援一篇。"

他就以组稿、催稿为理由,不断地到她那里去。

房东太太见这个男客老是来,按她们一向的习惯,总认为男女来往,必是家族关系,就问:

"这是你家什么人哪?"

露沙懒得再多作解释,随口答道:

"是我家……是我男人的哥哥。"

房东太太点头:"是大伯子哥啊!那快招呼吧。"

意思明白,如果不是大伯子哥,就不必招呼了。

老崔收了稿子,还要她写第二篇,问她:

"在前方心里想到的,可以抒写的生活总不会少。写你的生活嘛。"

露沙叹口气,说:"可以写的是不少,可是我的生活没法写出来啊!"

老崔看她那寂寞悲凉的神气,当下也懂了,只得安慰道:"你的生活现在还过得去吧?"

露沙见他直说出来，不禁难以控制，双手捧着脸，竟是两泪直流。

老崔慌忙走到她跟前，低声安慰，掏出一块手帕想给她拭泪，嘴里连说：

"不要哭，不要伤心！"

她却向前一扑，正扑在他胸前哭了起来。

老崔依然不敢抱住她，只用手搀扶她的肩膀，嘴里说：

"再商量，再商量。"

窗外的房东太太却都看见了，立刻拉着旁边的媳妇，一起看。待屋里的露沙走出门去，已经发现自己背后有妇女指指戳戳，秘密已经不胫而走了。

他们在绥德停留了半个月，露沙惦记着她的《中国青年》晋西版，该动手筹备了。又接到晋西北的来信，知道日本人刚走。信里说这一回扫荡得特别厉害，她就想回晋西北去。

老崔劝她先不忙走，再等等消息。正在等着，露沙收到了一封信。是袁和写来的。原来，因为扫荡厉害，粮食困难，在晋西工作的人吃粮还得自己解决。袁和受命过河去为晋西青联的人想办法催粮，这一趟催粮任务，他看见了不少扫荡后的惨景，写了一首纪行诗，捎来给露沙看。这诗是：

　　今日残垣昨日楼，几多鲜血几多头。
　　黑山悲怆风无语，黄河呜咽水不流。
　　泪痕且自从心印，血债还须用血酬。
　　……　　　　　不报深仇誓不收。

诗后边还有注，说明兴县已经烧毁，黑山口也毁了，悲愤已极，不能尽意。他的诗第七句还未写出，请露沙读后指正。

露沙看了几遍，诗并不是非常好，但是那悲愤的感情却表达出来了。她看了不想别的，只想那已经毁坏的兴县，不知究竟成了什么样子。该去,虽然不能亲执干戈以卫社稷,总也得跟着队伍跑,跟着队伍干活,才算不白来一趟前方。

于是她要求回晋西。这时青干校已经开学了,晋西的学校教一阵,就得回晋西的。她要先走,未为不可。领导决定露沙和小严先走。

还是只有老崔一个人来送,露沙还是和他握手作别。他也还是痴痴地站在那里,把手里一个纸团递给了她,没有多绕一句话,只是两眼看她的背影。露沙也不说什么,只边走边低头拆开了那个纸团。只见上面写的是:

频别频相见,频添别意情。
轻离怀若火,苦忆梦难成。

后面是一些虚点,原来是一首未完的诗。走了一段,露沙不禁回了头,离开好远了,见他依然站在那里不动。露沙只好叹一口气,心想,算了,先想抗战嘛。

两个女同志过了黄河,还是走过多少趟的路,阳光并不暗淡,只是没有了山路边那灿烂的黄刺玫花。走不远,见到前面一个年轻男子身穿重孝,后面跟一个年轻妇女,头上挽着孝布,手里提着一个篮子,里面有一卷黄纸。显然,这是前去上坟的年轻夫妇。两人低头走着,走得非常慢,虽然相伴同行,却都是一言不发。

露沙她们一下子就赶上了这对年轻夫妇。忍不住开口问道:
"你们去给老人上坟啊?"
女人低声答一句:"是。"
那年轻男子却突然爆发性地大声叫道:
"去让老人把我们的命迫了去,给老人抵命!呜呜。"

说着就哭了起来。露沙她们正不知所措,后面又赶上来一个中年农民,手里拿着一卷纸钱。他见两个女兵问,就简单解释了。他和这对夫妇都是去给老人上坟的,老人都是最近刚刚被日本鬼子杀掉的。

原来这次扫荡,人们还是按过去的老例,年轻人赶紧跑了,留下老年人看家。从来都是这么干,没出过事的。谁想得到,这次日本鬼子变了章程,一看没有年轻的,就不分男女老少,挨家挨户杀。结果,死了!都死了!看家的老年人都完了,房子能烧的都烧了。到处翻腾,把地下埋的东西也刨出来烧,石窑洞烧起来麻烦,就往饭锅里给你拉屎……。回来的人,能找出地下埋的一点粮食的,就算便宜。说到这里,那年轻男子嗷嗷地哭道:

"我身上的布,是我妈织下埋起来准备染了给我娶媳妇的。"

说着用手一指那女人,原来他们两个还没有结婚。婚服先当了孝服。

未婚夫妇俩在路边停住了,在找坟头。大约他的母亲就埋在这一带。露沙和小严继续向前赶路。使人惊讶的是,一路上有许多穿白戴孝的年轻人和中年人,他们在路边跪下,或烧纸,或摆简单的供品。有的趴在地下,拍打着新坟,叫"妈呀,爸呀"。有的仰天哭喊:"天哪,天哪!睁睁眼吧!"

这是什么景象啊!不许中国人有父母!小严一边走一边流下泪来。露沙咬着牙说:

"日本人没有父母吗?"

她们心里沉重,想心事,没有闲话可谈。露沙忽然想起袁和那首缺第七句的诗。有了一句,给他补上,可以哭,也可以哭父母。这样联上:"天兮地兮哭父母,不报深仇师不收。"意思是连贯的,却不是自己做的诗,是路上这些被日本鬼子杀了父母的农民做的,自己替他们记下来。农民也会同意这一句"不报深仇师不收"的啊。

走完了这一段路祭的路,路上还遇见部队里的前来接兵的人,互相都认识,彼此沉默地行了军礼,她一下子记起了这个人叫高小雄。然后,就到兴县县城了。进城抬头一望,就觉得才离开十来天的兴县,竟成了黍离麦秀之悲,完全变了一番光景了。这条街原是最热闹的商业街道,如今的街道突然变得很高,高得不知这是什么地方。再细看看,原来还是旧街道,只是两边的房子和牌匾全不见了,变成大堆的瓦砾,堆在街道中间。走一步,踩一脚瓦块,再一脚,又陷在烂泥坑里。再往前走,闻到一股腥味。一看,原来是好几只死狗,躺在路边。正巧,碰见了青联的小鲁,捉了一只死狗,正往肩膀上扛哩。见了她俩,说:

"快跟我回去,咱们爆狗肉吃。"

旁边有本单位的伙夫,大声喊:

"吃不得!那是吃了死人的狗。"

他们一块儿爬上坡,就是曾经开过会的大庙了。现在竟连一间房也没有了。四面扫视,不见一个人。老和尚的蒲团哪里去了呢?露沙看见瓦砾中间有一块红纸,便低头去捡。捡起来一看,却是半片歌谱,是她自己谱曲的青联大会歌,不知是谁抄的。

从这里再下去,就找到了现在大家要借住的房子,是天主教外国神父的房,日本人没有烧。外国神父已经走了,还有看房人在。青联正在跟他办交涉,要进去住。露沙把行李背包胡乱放在青联的临时伙房里,便再走出门看街景。看了一会儿,不知该怎么概括这劫后的兴县。人还有,有人在把破砖烂瓦拾成一堆,好像在准备盖房子。有若干座侥幸逃脱大劫的房子,房主人都不想再守在这里了,提着包包走路,扔下房子不再管。天主的命运会比孔夫子、和尚、佛爷的命强吗?不知道,看不出道理,露沙只能回来等着吃饭,因为肚子早就响起来了。

一会儿,开饭了。原来在浩劫之后,粮食已经找不到,不但米、麦没有,糠也没地方找。部队还存一些马料,人只能吃这个。因为马料太少,不能磨来吃,只能煮黑豆。而且也不能随便打饭,只能按人头分份。数了数人数,按下锅的黑豆数量,每人每天可分马料十二两(旧秤),每顿应吃四两,约可盛一小碗。四两!给这些饿得如狼似虎的小伙子来吃，真是只够塞牙缝的。谁吃完了头一碗，如果锅里还有，就可以盛第二碗。饿啊！怎么能盛上第二碗呢？看他们想主意吧。那马料太烫，要吃得快，得不怕烫嘴唇皮才行。这又很难。于是有人想法找来勺子，一边吃一边用勺子搅。又有人发明了新办法，找一个碟子当饭碗，马料盛在碟里凉得快。向来文静惯了的姑娘们，在这时竟然也毫不落后地抢马料。露沙碟子里的马料全吃完了，她忽然发现勺子上粘了黑豆汤，能粘几颗黑豆，于是连勺子带碟子一起送上去，等着添。

人们肚子正咕咕响着，忽然人群中有人喊了一声：

"搬家哟！搬进天堂哟！"

于是这群人像真要进天国似的，争先恐后跟着管住处的老于开进了天主堂。这个房子实在使住进来的干部想也想不到。这不但在劫后的兴县绝对找不到，就是在太平年月里平头老百姓也从来没见过呀！许多出身农村的干部更都没见过呀！这房子没有糊窗户纸，一律西式玻璃窗，垂着窗纱。地板、西式壁炉、壁橱，每间屋中间是西式大铁炉。露沙、小严她们分到一间三人房，西式单人大床，衣柜上陈列着花瓶、牛奶壶，柜里收着洋娃娃。

露沙见到这光景，不由得长叹一声：

"真是回到我们大学女生宿舍了。"

分到这屋同住的本省中学生小康说：

"我们学校里可没有这样宿舍！"

正说着，已经跑进一群小伙子来。有的头上戴着城里人过夏天才戴的太阳盔；有的打开抽屉，拉出了洋娃娃；还有的不知从哪屋找出了高跟鞋，套在脚上一扭一扭地做怪样。屋里吵成一团。

有一个小伙子忽然问露沙："你们学校是不是赶得上这样排场？"

露沙随口答一句："也就这样吧。"

于是又嚷嚷开了："露沙她们家跟这儿一样！"

她们还从柜子里找出好几匹柳条布,新布!于是又议论纷纷,有说应该瓜分的,每人做个裤衩。有说该归公的,给咱们青干校的文化班每人做一件舞衣。一直热闹到晚上才散。

她们才想起肚子饿了,屋里的三个人,赶紧铺床,准备睡着了把饿劲挺过去。可是,往床上一躺,才发现了这西式钢丝床又没有床垫子,简直冰冷得和石头一样。她们又都没有褥子,平时睡觉全靠老百姓的热炕。现在已经进了冬天,一床薄被,连盖带铺,哪里受得了?三个人躺在这西式床上受洋罪,又饿又冷。

第二天早晨,小严就说:"原来大学宿舍是这样,我受不了啦,找小学她奶奶家吧。"

露沙又把所有橱柜翻了个遍,一下子找出满满一抽屉鸡毛来。不知那神父吃了多少鸡,有这么多鸡毛,是垫狗窝的吗?露沙不禁大喜得叫出来:

"好呀!天助我也!有了天鹅绒被子了!"

那两个一看,也马上明白,她们把这一抽屉鸡毛,均匀地分成三份,拿各人打背包用的单子作里和面,飞针走线,一会儿就做成了三床羽绒褥子。这是一大胜利!

在这饥饿和寒冷的日子里,人们照常写他们的东西,开他们的会。宣传部长宋安然来看了看,他好像已经忘了这个头衔,光跟别人在一起开会讨论怎么扩大组织,从来不过问袁和他们写的任何东西。对于露沙,他忽然变得不理不睬了。有时候碰见小严她们在一起说笑,他去搭两句,却不和露沙叙几句夫妻情。这样几次之后,小严忍不住了。她趁着屋里只有两个人,悄悄问露沙:

"你和老宋已经吹了么?"

露沙摇头。

小严小声说:

"人家说,你在绥德和你什么大伯子弄好了。"

露沙依然摇头。

小严继续说:"说你,你大伯子哥把你搂在怀里……"

露沙气忿地大声说一句:"根本没有的事!"

就不想再多说了,这事也没法和别人解释。她觉得宋安然虽然不是理想爱人,却也没办过什么对不起自己的事,自己不应该想……反正不应该想得太多。至少是不应该让他觉得他无故受欺,受到伤害。

延安又来人了,反正常来常往的。这次来的人叫刘田夫,是搞体育的。他认识不少人,带来不少消息。来了不几天,人们就知道他是王小岚新结婚的爱人。原来,上次和王小岚结婚的钱明,已经跟小岚吹了。刘田夫原来早就和小岚一起玩惯了游泳,也喜欢打球。他这个消息连带着另一个消息:李平和田青闹离婚了。大家听了,不由得想起那次热闹的集体婚礼。怎么搞的?四对里已经垮了两对!

露沙听了却不惊异,她立刻想起那晚上侍候李平的病,李平念的两句古诗:"衣不如新,人不如故"。这样的结果看来是必然的。

谈到那另外的两对时,袁和说:

"听说老郑和孙建平那一对还挺好,人家本来是老同学嘛,老关系!"

他没有对剩下的露沙这一对加以评论。当时他已经听说宋安然和别人闲谈谈起:

"我要是再结婚一次,决不找大学生,找工农对象。"

这不是说得明明白白的了?

露沙心里也明白大家对自己这对夫妻不会有什么好评论,自己心里也不由不摇头。说什么呢?凑热闹的婚礼,赶时髦的恋爱,这不是活该!她只愿意拖下去,起码这垮台的话不由自己嘴里开始。

他们在这个洋教堂里当然也呆不了几天。扫荡又来了,大家又忙着把羽绒褥子拆掉,才开始的针线活停止,"还我初服",又背起背包来商量去向。老住城市不是事,得先找个稳定一点的地方,可以商量点问题。他们到了一个村,可以暂时歇脚。晋西青联的人们就商量在这里开个会,召集能来的常委,决定一下最近的行动方针。

会址就在里屋一个大炕上。没有火,大家倚墙而坐,用被子盖上脚。有少数"少壮派"坐在炕沿,居然高谈阔论,讨论起中国青年的将来。盖脚的被子是大家共用的,不是谁的,拉过来就盖上了。宋安然和露沙恰好坐在一起,谈了一阵,宋安然就不仅脚伸在被里,手也伸进被里去取暖了。露沙感到了老宋的手在被里往她下半身什么地方摸,要躲不能躲,要声张更不可声张,只有任由他恣意玩弄。自己脸上还装出了若无其事的样子,照常跟大家一起谈问题,这简直是丢人现眼到极点。她恨不能把盖脚的被子揭开,叫他的丑行暴露在光天化日之下,可惜不能。

在这个环境里还讨论了工作,包括露沙他们的宣传工作。

露沙认真地说:"得把文化宣传抓起来!识字不多的也能教会,文化队才有效。"

宋安然接着说:"资产阶级成天讲文化,其实是空的。听说延安还有人坐茶馆讲资产阶级那一套文化,那是假文化。"

露沙待要反驳他一下,又一想,不值得争,却含蓄地说了一句:"君子动口,小人动手。"

顺便瞟了他一眼,别的在座的人谁也不知道她说的什么。

他们在村里暂住了几天,露沙常和青干校文化队新来的施林、陶剑来往。这两个人是延安鲁艺分校的学生,天天早晨就把文化队那些孩子召集起来学歌,孩子们还从没唱过歌,唱也唱不成个调。可是他们两位极其热心,天天一早就起调道:"你姓张……"孩子们跟着喊:"你姓张……"

这样唱了好几天,居然唱出词来:

你姓张,我姓王,

> 手里拿着红缨枪;
> 你放哨,我站岗,
> 防止那汉奸进村庄。

露沙听得高兴极了,笑着续了几句,唱道:

> 要是鬼子来捣乱,
> 叫他一命见阎王;
> 要是那队伍是咱们的,
> 请他尝尝小米汤。

最后一句高唱入云。文化队的孩子们,都鼓掌大笑,喊:

"露大姐唱得好!"

"请露沙大姐再来一个。"

站在队尾那个最小的,露沙认识,是原来青联的小鬼张旺。因为爷爷奶奶都死在日本鬼子手里,爸妈无家可归,参了军,把这孩子送到青联当小鬼,扫地、打开水。露沙记得因为天太冷,孩子没有合适的衣服,她曾经把自己的一件紫色呢外衣给他穿。那衣服原是她的大衣,她结婚时被老宋给换了咔叽面。剩下这面料,她就自己把它缝上里子,作夹袄穿,因为又瘦又小,给小鬼穿正好。可今天怎么没看见小张旺穿这衣服?他穿的是一件大人穿的军棉袄。

露沙指着他身上问:"有衣裳了?"

他笑嘻嘻地答:"咱队指导员给的。"又指着脚说:"脚也不冷了。"

露沙低头一看,他的脚怎么是一双大紫袜子?原来是把她的大衣改成布袜子穿上了。这也不知是什么人的主意,怎么把成件的好好毛料衣裳剪成了袜子?

她心里有点觉得可惜,有点不满。可是看着小张旺穿着大紫袜子的笑容,她心里突然开窍。现在还讲什么料子好坏吗?人的饱暖才是第一义的。她笑着弯腰摸了一下那双袜子说：

"改得好！"

在这里活动了一阵，老住在一处，人家也供不起，得再次挪地方。又是一次半夜行军，却不是在山沟里，而是一条大河边上。人要从没有冻固的河冰上跨过去。这河冰极窄，稍不小心，一踩歪就要掉在河里，只能一个人一个人过。于是大家站在河边，等待渡过。

这夜月光正好，河水在月下粼粼闪光，缓缓地流着，波纹与月色同辉，简直和风景画一样。但是远处却有红亮，那不是画中的点缀，不是篝火，而是战争！不知又烧了哪里的房子！

人们在过河。已经有人失脚了，有的男同志就来拉着女友一步一步小心走。袁和扶着小严过去了。回头说：

"露沙，等一等，我回来搀你！"

露沙眼见宋安然拉着和自己同屋的姑娘过去了，就摇摇头，说：

"不必，我行！"

她尽力提起全部精神，也踏上了冰面。

又一次扫荡完了之后，暂时找了个农村民房住。青联的领导刘莱要回延安汇报工作去，临走安排组织部长代理，却没有指定宋安然。宋安然什么也没说，自己带着几个人出去活动去了，说：

"要活动，咱得上前方。写文章不算个事。"

话都好像说给露沙听的，但是并没有和她谈一句。近来天冷了，宋安然也不那么爱收拾打扮了，成天穿件老黑棉袄，脖子一缩，那份漂亮劲儿扔到北冰洋去了。

过了不久，刘莱回来了，还带来了青联军体部的两个人。不一时就传开了，他们要上更远的前方。要去山东开辟抗日根据地，建立游击队。晋西也要抽人去，就是宋安然。带队的是军体部那个

四　第二次结婚

露沙单身一个,走上回延安的路。

她自己也觉着轻松愉快得奇怪。走着,心里没有任何负担,也没有任何思索。跟宋安然那一回孽缘,就此干干净净的完了,连回顾都没有必要回顾了。至于跟别的人呢,例如跟崔次英,现在好像也没有忙着建立一种"组织关系"的需要。

她慢慢自由自在地走回了延安,回到了青联,这地方真成了她的家。到家她就和每个人拉手招呼:"你刚回来?"

小沈看见了她,问:"老宋呢?"

她平淡地回答:"他出发了。"

小沈笑起来,说:"也是从你身边出发了吧?"

她也笑了,说:"从老根据地出发呀,都一样。"

她回到了原来的工作岗位,别人看她也是一样照常。她还是和朋友们一起出去遛遛弯儿。偶然有朋友从重庆昆明来,讲讲"大后方"的情况,听了都好像天方夜谭了。大后方来的人,身上多少总有点余钱,尽管他们一个个叫苦连天,但是和老延安们比起来,可都是老财了。免不了打一回至两回老财,要不起鸡鸭,至少吃一回"基本动作",就是人们通称的炒肉片。

这一天,露沙、李平、小沈一起去打了刚从大后方来的杨明、小童夫妇的老财。李平找了"老延安"小彭参加,说她会帮忙点菜,又吃了炒猪肝。吃饱之后,在坡上闲步,三个女同志唱起《延安颂》来。

杨明这位民先队的才子,忽然开口批评道:

"我看这首歌不是现实主义的,分明这里到处都是坑坑洼洼,坡坡坎坎,哪里来的'春风吹遍了坦平的原野'?"

大家正笑着,小童忽然一脚踩在一个土坷垃上,歪了一下。

李平说:"小心扭了脚。"

杨明却笑道:"她是把这里当做'坦平的原野'了嘛!"

小童是分配在青联的,杨明却在宣传部。当下都到青联,小童忙着招呼人们到她的窑洞。李平很快就把小彭招待到他屋里。

进了屋,杨明就把鞋袜都脱了,躺在小童炕上。小童就坐在他脚边。杨明伸了个懒腰,抬起脚来,就用脚掌去抚摩小童的脸,小童毫不推拒,任他当众用脚摸脸,嘴里还笑着说:

"你们看哪,看这个人!"

大家都只有微笑。露沙看了这光景,心里不由得泛起一点不自在来。

露沙和杨明曾经有过一段初恋的历史。那是刚进大学不久,才十八岁的露沙,很快就被狠狠追求的杨明追上了。可是又不久,她一下子投进了抗日救亡活动,简直是迷上了。她所热恋的是革命,是民先队,她愿意和所有的男女队友们毫无界限地在一起,愿意大家都喜欢她,而不大愿意成天单独和一个人在一块儿,被一个人所占有。偏偏杨明的占有欲又格外强,老要显示给别人看,露沙是他的。那时有一支流行的新女性歌,唱道:"不做恋爱梦,我们要自重。"这群还没有开始恋爱的女孩,觉得成天恋爱就是不自重了。露沙特别不愿意当众"出丑",杨明就偏要在大家一起拉着手前进的时候去单独拉她的手。气得她当众把他的手甩脱了。再加上他常要求一些她所极不高兴的"占有"活动,终于把他俩的初恋关系弄吹了。这就是她闹情绪,崔次英跑来"晓以大义"的那一回。

到延安后,她从重庆的报纸上发现了杨明和小童的结婚启事,想起了以前的事。事情是早过去了,但是想想自己当时的举动,实在也是幼稚,一个男友那样表示他的爱情有什么不自重的呢?自己那样当众发火也没有必要,实在对不起他。为此,她还写过一封祝贺信给他。现在在延安重逢,好像真的没有什么芥蒂了。

她和杨明又来往了几回,谈谈文字。

一天,她突然接到杨明一封信,打开一看,很意外,是给她的"绝交书"。信上说不愿和她来往,请勿惠临。只隔一天,却又是一封信,请她务必亲自到他的宣传部的宿舍一谈。这是怎么一回事?

她觉得奇怪,心想这个人的脾气还是那样怪,没事倒想去看看,于是真的跑到宣传部去了。

他在宣传部的窑洞,极为幽静,深深地挖在一面单坡上。她敲门进去了,只见杨明一个人抱着一个什么本子正在写,见她来了,推开本子低声说:

"我等你等了一整天。"

露沙有点明白了,还故意问:

"为什么?"

杨明叹口气说:"那头一封信是我当着小童的面给你写的,因为她不高兴我和你来往。"露沙听了心想:"果然。"

杨明接着说:"但是我怎么能不和你来往?永远不能!你看这个。"

说着打开了他的本子,原来是从前他为她写的情诗。

露沙看了几首,往事好似一阵烟雾,从四面八方向她袭来,她不得不叹了口气。

杨明让她在床上歪着,自己蹲在一边,对着她的脸说:

"这些事情能忘吗?我不能忘。你呢?"

露沙拍了拍自己的胸,以示自问良心。不得不勉强回答:

"那些都忘不了,可是,一切都过去了。"

杨明用力摇摇头说:

"过不去,我只记得你。"

说着就双手抱住了露沙,和从前热恋时一样,嘴里说着火热的话。她要否认,却被他的嘴唇封住了。无法拒绝。本来这是她爱过的男子,怎么能否认?身不由己,她一下子又陷入了他的占有。

他们到天黑才分手。露沙如梦初醒,站起来对他说:

"咱们今天做得不对。下回再不行了。你还有小童。"

这句话似敲了杨明一下。露沙回头看他的神色,也明白他其实还是爱小童的,她赶快走了。

她尽可能去和朋友们作一般的来往,自己警戒自己,不许再谈恋爱!崔次英有封信来,说已经调到绥德了,主管一个中学,这里简直和外边的中学仿佛,很有意思,还问她:"可想来吗?"她回了信,但是不讲想不想去的话。

她和小沈他们一群"延安活动分子"在一起聊天散步,延安本来一切活动都是组织指定了的,没有什么社会活动。这一阵居然也冒出不在组织范围内的自由组织来。马列学院出来一个墙报,叫"评论员"。自由写稿,天上地下,无所不谈。青联这边,也出了一个,叫"延河轻骑"。露沙没有去马列学院看墙报,"延河轻骑"就在跟前,是看了的。里边好像对于延安生活的不平等,很有意见,如为什么分大灶、中灶、小灶之类。还对延安的匆忙结婚,不兴谈恋爱,也发挥了些不满,这是露沙前几天刚在李平他们屋里听见说的。说延安不谈月亮下面美好的爱情。你要说赏月吧,你那老红军爱人就说,月亮不就是和圆烧饼一样吗?后来这些话马上就在"延河轻骑"上出现了,稿子来源不问可知。

崔次英由绥德来延安,到青联看朋友,和露沙一起到马列学院找熟人。一会儿杨明也来了,却没有小童。这一天又谈起他们的

"评论员"来。有一个忽然说：

"出墙报已经太平常了。现在人家在刊物上登讽刺文学呢。"

说着他就提起一首，是最近登出的"子别母，母别子"的唐诗。露沙忙向他手里要来默诵了一遍。大家谈登这首诗所讽刺的事情。这诗讲的是唐代一个大将军立了功，娶了新欢扔掉旧好的事。

露沙背起来，小沈鼓掌说：

"女才子过目成诵。"又说："不是关西骠骑大将军，是后方留守处主任吧？"

别人都笑。拿来刊物的那个人说：

"还有呢，《三八节有感》刚登出来。"

大家议论纷纷，无非是对于延安的喜新厌旧的风气有意见。这几年，有大批女学生来到延安，相应地有一些老干部和自己原有的陕北老婆或红军老婆离了婚，来个闪击战，娶了女学生。有的女学生甚至也抛弃自己的旧友，嫁给了地位较高的老干部。这类洋包子和土包子的纠纷，引起了学生们共同的不满，所以才有人写文章登出来。

露沙也想起小沈过去讲过的那个不认识"吻"字的张部长来。但是她并没有发多少言，她想说："其实不管老干部、新干部，男人都是一样。"她当然忘不了宋安然，她又看了一眼杨明。一向话多的杨明，这时话却很少。他是怜新弃旧呢？还是念旧弃新？这些可惜都不宜在许多人面前议论。她在考虑杨明的事。崔次英坦然地说了他的意见，他认为不应该拿妇女当做讽刺的题材，应该尊重每个妇女生活的权利，不论她嫁给谁，都有她自己的自由。

后来，小沈使劲约露沙写稿，她不能不答应。但是回去想了一阵，她却对于他们所热心议论的题材写不出一个字，写了一篇关于教育的，讨论延安常派上一班学生充当下班学生老师的做法，当时没有人对这有兴趣。

崔次英很快就要回绥德，他临走时找了露沙，说：

"这次我把我的意思说明了,你回答我,我们结婚好不好?"

露沙微笑,说:"别这么急,好不好?我要慢慢地想一想,究竟我还需要不需要结婚?"

崔次英说:"可以,我可以等。可是你也得想想,需要不需要有一个我,老在你身边等着。"

他又回绥德去了。

后来露沙听说了,杨明和小童不知为什么闹得不好。露沙当然猜得出一定与自己有关。她也看出,杨明和小童之间实际上割不断,小童已经怀孕了。杨明一趟一趟地往青联小童那里跑,同时,又写了情诗给露沙寄来。诗是写得缠绵悱恻的。可是她仔细想了自己和杨明这回事。是恋爱吗?可以说是。严格地说,又可以说不是。自己年纪小的时候,只是幼稚的男女之间互相吸引,后来因为不乐意在别人面前显露"有爱人",而与他闹翻。他可能真的深爱过露沙,但是露沙自问,实在并没有热爱过这个人,第二回自己又后悔当年的轻举妄动,一下子被他的热情所征服了。其实也丝毫没有破坏杨、童婚姻的动机。这算什么?这件事杨明可能并没有错,前后错的可能都是自己。

她越想越觉自己不对。实在没有资格去和别人谈恋爱,确是以束身自爱为上,谁也不爱了。不如寂寞一点,度此生活,比较平安。

后来崔次英又来过延安,每次来都来看她,表示一心等到底,使她心里更乱。

这一天晚上,她又倚着窗户眺望对面的山。这山一片青黑,室前月下一大片空旷,她望着这和往日一样的清旷的远山,不由得想得很远。信手拿起一枝笔来,就在窗前小桌上写了几句词。恰恰这时小沈也在门前踱步,见她在桌上写了几句什么,就伸手抄起来看,却不是她自己的作品,他说了一句:

"是借古人酒杯,浇自家块垒吧。"

便朗声念道：

"手卷珍珠上玉钩,依前春恨锁重楼,风里落花谁是主,思悠悠!"

念得有声有调,他又重复了一遍,说：

"真是字字怀人,教人怎么能不思悠悠啊。"

露沙才说：

"古人词调,与我无干。"

真凑巧,他这里刚念完,崔次英却从坡下上来了。小沈便伸手拍了他一下,对露沙笑着说：

"正是风里落花今有主啊,你们在月下畅谈吧!"

说着躲进自己屋里去了,卷上布帘。

崔次英过来拉着露沙的手,露沙却走开了,回屋里换了一件家里带出来的紧身花布短衫。仍出屋门,倚着门站着。崔次英痴痴地看着月下穿花布衫的她,突然觉得他的情意搁置得太久了,不能再搁了,就互相倚靠着。两人都倚着门,他伸手把她的肩膀抱住,说：

"今天你决定吧。"

露沙还是甩脱他的拥抱,低声说：

"我不能答应你,这就是决定。"

崔次英不甘心地问："为什么？你讨厌我？"

露沙说："你知道不是,我不愿意再打扰你了。"

崔次英说："你说的不是心里话。"

露沙说："是,谁说不是？"

两个人就这样以相倚开始,以吵架告终。崔次英又走了,临走时说：

"我明天这时候还来,听你的判决。"

露沙左思右想,老崔实在是生平朋友中最靠得住最信得过的一个。拒绝他吗？真没有理由。就此同意吗？自己才搞了两次恋

55

爱故事,马上又来一次,简直不像样!我成了恋爱专家了吗?可耻!想着后来和杨明的这一次更可耻!有什么脸去见老崔?

第二天在原时原地,他们又见面了。崔次英上了坡就说:

"告诉我,宣布你的判决吧。"

露沙无话可答,只能低声含糊哼了一声:

"没……没有。"

崔次英紧紧握住她的手,说:

"那么,终于你不肯答应我了,为了你,我等了整整七年。你知道吗?你一向说我这个人不讲感情,只讲道理。如果就这样算了,我也不说了,我早就估计是这样的。把这封信拿去看看吧。"

说着就掏出一封没有信封的信来,递给了她。

她一看,原来就是写给她的。信中说自己一生只会讲道理,不能得到她的爱。这几天青联正在调干部前往华北,他想了想,不如就此报名,不再见她的面了。希望她不必再记念他;想到的时候,就是一个满口理论的崔次英就是了,以此告别。

她拿着这封信一怔,想了一想,不能再犹豫,便微笑说道:

"假如我说,你的估计并不符合我的实际呢?"

他听了这句话,立刻把信一把抢过来,说:

"那你答应我?"

她说:"你不是说,已经和我告别了?"

他几下就把那信撕得粉碎,像小孩玩捉迷藏似的拍拍双手说:

"我说的? 你拿证据来!"

他们终于"说妥"了。露沙也要讲讲道理了,要说明那一句"我嫁你"不是轻易说的,是挺慎重的。以及为什么那么迟疑不肯答应,自己的顾虑云云。

崔次英听她都说完了,郑重地说:

"你的考虑比我考虑得迟了一点。你知道我今天到哪里去过?我去看了小童。小童把你和杨明的所谓秘密全告诉了我,劝我不要和你好。我说,我早知道了,我来找她,就是为了把你和我好,还要一定好下去,这个真正的秘密,来向她和杨明宣布的。"

"你早知道?"

"我没有不知道的事,随便你怎样,我都一样爱你。这该放心了吧?"

当然放心了。

他们才决定到绥德。又有上级指命,调老崔到米脂中学教书,担任总支书记。绥德是地委,米脂是绥德的属县,是李自成的故里,陕北的文化城,有不少曾去北平读书的大学生。一个颇具规模的中学,就设在李自成的家祠里。中学教师原来多半是本地大学生。边区一成立,有些教师走掉了。缺额由边区教育厅从延安的干部中间选调了些来,而且成立了支部和总支,来领导这些地方知识分子。崔次英就受命来此。

学校校长是本地人,叫冯在川。老崔和露沙一到,才知道这位冯校长完全不是延安人想象的地方知识分子,毫无土气。他是北京大学毕业的,在北平参加过革命活动,入过共产党,还担任过地下党的负责工作。后来在白色恐怖当中,老冯被迫逃回了故乡,在这个学校当上了校长。提起来,民先队成立以前的地下党的领导,他都挺熟的哩。他真是不需要延安来的知识青年对他再加以教导。

还有个教务主任,叫赵亦工,北平师大出身,也有一段革命历史。他见了露沙就说:

"别说我是进步分子,我是落后分子。比起你们来,我落后了一大截了。"

崔次英和露沙一到,准备在此简单举行个婚礼,有个住处好工作。谁知冯校长一知道此事,立刻决定由他来操办。学校训育主任邵屏云,是北京来的民先队员,却是本地士绅的儿子。他以这个身份,在本地士绅中间活动。在冯校长指示下,他找人把礼堂旁边的一间房腾空了,新砌了炕,买了个朴素的花布被面,又备了五桌饭。婚礼那天,本校老师和外校朋友都请来了。冯校长做证婚人,自动讲话,说欢迎党的代表来校,他的喜事就是本校的喜事。这个场面,虽算不得什么铺张,在延安却是从来没有的。

他们俩在这个学校里安居下来,知道了这里和一般地方小县城有所不同,就是和延安也不一样。

就说吃的,当然也不可能高到哪里去。可是米脂中学的教师们有一个饭厅,有桌子、椅子,还有专用的伙夫。吃的东西,就说吃萝卜吧,从来也不像延安那样,白水煮萝卜片,大锅舀。总是切成萝卜球白烧,甚至有时红烧萝卜球,盛在碗里端上桌,完全像一个菜。

要说工作,他们在延安总是当学生,当老师也和学生一样,搬个凳子跟着大家跑。今天是学生,明天可能就变老师。这里可不同,他们调来是为人师表,学生都是从十三、四岁到二十岁,见老师要行礼的。露沙见了这批学生,就想起自己在南开念中学那滋味来。她才上初中,那时候功课不错,语文曾考过男女生十一班中的优秀。三次在全校大会上走出队来领取奖品,那是两本商务印书馆出的《世说新语》。拿着书回座位,接受同学们赞羡的目光。学生嘛,学生就是学生,得让学生有这点念书的愉快,跟在延安当学生不同。

现在自己也当老师了!露沙教初二语文。

冯校长治校有自己的方针,语文教师不必用教育厅课本,可以自选教材,学校管油印。露沙想教学生一点诗。有一天,她选了毛主席的《长征》,不采用一句一句讲字句的方法,而逐句讲万里长征的征途。她讲经过金沙江,江水怒号,怎样把悬崖都打热了;过了金沙江又到大渡河,河上没有桥,只有铁索,冷森森地看你怎么过去;过了大渡河是岷山,这千里雪路使我们欢喜,大家开颜大笑。讲到这里,她在堂上高唱起来:

"红军不怕远征难,万水千山只等闲……"

学生们拍着手,有的连赞:

"好!真好!"

在堂上讲诗成功。她一高兴,第二次选了一首赞美当年俄国革命的词。念道是:

"客子何思,冻雪层冰。北国名都。有乌衣蓝帽,轩昂年少,指挥杀贼,万众欢呼。去独夫沙,张自由帜,此意于今果不虚。问代价,有百年文字,多少头颅,冰天十万囚徒,一万里飞来'大赦'书,本为自由来,今同他去,与民贼战,毕竟谁输……"

但是当念到"新俄万岁"的地方,她忽然不那么神气昂然了。

学生们也有点听出来,有的学生就叫:

"唱啊!露沙老师,再唱这一首啊!"

她匆匆讲了几句,却宣布下课了。她自己心里也有点不安。这首词,是胡适之做的。胡适之这个人,在共产党领导的地区,是挺臭的。把他的作品选了来给学生讲,不那么合适吧?自己是一时失于检点。

下了课,她把这事告诉老崔,老崔说:

"其实一诗一词都真不错。可是,毛主席的诗,好就是好;胡适之的词,好也是坏。咱们这些人,看作品不能只看作品本身哪。"

他说完了,轻轻叹了口气。

崔次英兼任了县委常委,常去县里开会,知道了一些党内大政方针应当如何在这里执行。他开始知道了一些令自己为难的事。

有一回,他去县委开会回来,告诉露沙,说县里文书科打算从中学里调走几个学生,到县里做点打杂工作。老崔不赞成,说这几个学生学习很好,县机关里又不缺这么几个人,让米脂县多培养几个知识分子吧。可是人家不同意,说延安的学校,都是只上几个月就毕业,哪有上一年二年的?老崔说,这里的中学和延安不同。对方火了,说,那就是延安没有资产阶级一套呗。

他把这些告诉露沙。露沙气极了,说咱们去跟冯校长说说。可是,想了一想,明知冯校长不赞成也没用,还是不能说。县委要办的事,不但得表面上表示赞成,还得替他们包着,这是露沙头一次觉得干违心的事,很不好过。崔次英是个爱讲道理的人,知道现在不能到处讲了。他只有在屋里向露沙摇头。

学校还出了一些事哩。这个中学有不少女生,有的年龄稍大。不知怎么,就被驻军和军队附属的贸易干部看中了,有一个被贸易干部娶了去。这一来,好像水开了闸,原来这里有许多女学生可娶。土包子要找延安的洋包子,有一定困难,找这些小姑娘正合适。于是纷纷找人介绍,都是三十多岁四十岁的人了,找的都是一、二年级生。这里纷纷结婚,不免引起学校里议论,说女学生只爱地位爱钱。露沙看着,知道这些婚姻不会给女孩们带来幸福,却不能发言。有一个延安来的教师,还说本地女学生嫁给八路军,说明她们的进步。进步就算进步吧,祝她们幸福。

在临离开米脂之前,露沙生了一个小女儿。他们给孩子取名叫小夏儿。

五 "抢救"运动

是突然来的调令,把崔次英和露沙调到绥德地委。

绥德是分区,有房子住,和延安窑洞不一样。可是绥德地委是一个党的机关,这一点和延安相同。他们去的是地委宣传部,搞地委机关报《战斗报》。共是四人,崔次英任报纸主编。宣传部部里还有三个单位,一个子洲图书馆,馆长李文福,原是个画家;一个《解放日报》驻绥分社,分社记者田海水;一个西北绥德书店,经理尚子平。此外还有部里的宣传科,科长宋梅。这一群人,都是从延安派来的。下属每小单位二至四人,有少数是本地人,也差不多都是绥师、米中学生。部长叫季生华,也是延安来的,却不是学生,是上海来的地下党。岁数比他们都大,看模样就是个官。

他们抱着刚出世的小夏儿来了。这里没有冯校长那样的人可以帮忙,只能自己凑合。露沙根本不会带孩子,她母亲生了孩子都是雇保姆的。因此,她连看都没看过小孩怎么带。又不知道到哪里去找保姆,也没有钱去雇。后来听宣传部的人说,有一些农村青年妇女,到绥德法院来打离婚官司,在这里等判决,需要个吃饭住宿的地方。只要跟地委说说,白给饭吃,睡在露沙屋里,叫次英另找地方睡,这样可以不花钱雇一个。露沙依计施行,果然雇到一个。陕北称结过婚的女子为婆姨,这些女的就通称"离婚婆姨"。工作好坏,不能要求,时间长短,也不知道。人家的离婚案几时判决了,就得另换一个离婚婆姨。她们来离婚,有时二十多天、一个月,有时只三、五天,只能听凭那小夏儿的命了。

来边区好几年了,不知道是党中央盼望快点胜利还是怎么着,忽然传下来一句口号:"明年打败日寇"。而且与此相配的还有歌曲,什么"快克服困难,快渡过难关,抗战的相持阶段就在眼前"。人们唱着,就好像真的快胜利了。不免谈谈自己的家。

露沙正好听到一个国民党那边的代表团去榆林,路经绥德,其中有一个成员是露沙念大学时教过她英文的老师,露沙想找他叙叙旧,崔次英却坚决反对。他说:

"我们不能把自己家的详细情况往外说。"

他告诉露沙,他家上有母亲兄嫂,下有弟妹,他跑来革命,是把四个弟妹都带到边区来了的。母亲毅然投身革命,把家产都扔掉了,和兄嫂一起在四川成都开书店,作为党的机关。崔次英提起自己这个家,说:

"家里的人都跑到边区来了,这可不能叫外人知道。"

露沙听了,也记起她在成都受到崔家一家的照顾,现在也成了这个家庭中的一员,是很高兴的。她希望婆婆和大哥安好,早点到边区来。

没过几天,他们突然接到四川来信,不是大老崔手笔,文字含糊说大老崔病了,现在已入院。

露沙说:"糊涂,什么病啊,也不说清楚。"

崔次英却摇头说:

"一定是被捕了。"

他们一想这件事,再也不提见见大学来人的话了。

后来又来了两封信,使人看了也明白他被捕了。四川局面不佳,地下党遭破坏,多少公开出面的人都被捕了。延安这边,那句"明年打败日寇"的口号,也不大喊了,却变成喊:"掀起整风运动,消灭特务,抢救失足者"。

在这以前,露沙有一个朋友的妹妹曾去延安采访,回来跟她说过:经过这次整风运动,才明了自己原来是那么坏,那么错,简直没脸见人。以前以为自己多么纯洁,现在才明白自己内心有多少龌龊,在工农面前需要整多少年风。这个十七岁女孩的一席话,已经使露沙发怔。

田海水因为是延安派来的,又是记者,消息比别人灵通些。那群国民党区来的代表团路过绥德的消息,就是他采访的。

露沙说:"我得跟你学新闻。"

有一阵,他说起边区边境很有些新闻,然后他就走了。大家说他是到边境采访去了。谁知过了没几天,他忽然从边境寄回来一封信,还有一包他带的内部文件和他的身份证件。他告别了,田海水跑了!

消息震动了地委,上级说田海水畏罪潜逃,想必他是特务,不是特务干吗要潜逃?露沙也相信,可是这个特务,临走为什么还写什么告别信?还把文件、证件都寄回来?他的告别信里还称什么亲爱的朋友,说:"知道马上要拘捕我,可是我不是坏人。"大家乱猜,有人说他跟那个大学代表团的联系,就是特务联系。露沙听了心里一震,暗自叫侥幸,没有去看那个教自己英文的人。

田海水是特务,那么还有别的与他有联系的人了。一开始怀疑的,是绥师、米中的教师和学生。理由很简单,教师本身都是旧社会"移交"过来的知识分子,客观存在与旧社会的现成联系;学生是教师教出来的,问题一摸就是一大把。露沙和崔次英两个记者先被派往绥师,刚进门,已经听说一个姓栾的语文教师和一个体育教师被揪出是特务了。没过几天,他们学校召开坦白大会,报社派记者前去参加。

露沙真不大想去,这几天她的小夏儿病了。离婚婆姨既没心肠给她带孩子,她自己又是个大外行。奶又不够吃,只能给孩子吃面糊糊。孩子越来越瘦,老拉稀,病了,这里还没有给小娃娃看病的大夫。有一位部队里的"医助",在这里行医,开的药都是露沙自己也会开的。

听别人说,这里有一个李万儒大夫,是北平协和的人。露沙连忙带着孩子赶去。一看,这位李大夫自己也不敢说自己是协和医生,只说:

"我在协和呆过几天。"

露沙用英语问他是哪一科的,他一句也答不出来,原来根本不会英语。看那谈吐,猜着顶高是在协和跑腿的,够不上护士,也够不上司药。可是在这儿找不着别的医生,只能找他。他到底在北平医院里混过,看普通病还行。那就求他了,她自己还得工作。于是告诉离婚婆姨,有困难就找李大夫。她又得参加反特大会去了。

一进绥师,叫人忘了这是个学校。全体集中在礼堂,只见台上站着一个不过十三、四岁的学生,开口就说:

"我是国民党特务,我的阴谋罪行很大……我给同学们打饭,是用撒过尿的盆打的,不洗就打饭。盛饭是屎盆子……"

他这么一说,下边的学生都嚷起来:

"打倒狗特务!"

这样的小特务上去了几个,又上去一个约十六、七岁的胖女生。只见那个姓栾的"特务"在台下不知跟她说了些什么,她上去就像背书似的说:

"我们女生组织的有美人计。二年级的是美人队,三年级叫春色队,我们的任务是……是搞美人计,口号是:你们的战场,是在敌人的床上。"

背到这里就下去了。

露沙听了大惊,这女孩说的是什么?她知道敌人的床在哪里吗?

再听下去,是揭发。一个学生起来揭发同学曾坐火车到西安去。他说:

"他没有特务关系,没有特务关系能上得了火车,能到得了西安吗?"

下边几个来旁听的军队小兵鼓掌。显然这几个乡下小伙子从来没坐过火车。

旁听完了这个会,当时全城都轰动了。师范学校的事,首先就传到几个小学。小学里的通讯员,纷纷写稿到报社。老师也写,孩子也说。这种配合中心任务的稿子,他们报社不能不登。先是说发现了十二、三岁的特务。接着,接二连三发现的特务,年龄都越来越小,最后竟然出了小学的范围,出现了还没上学的六岁小特务,这实在使人匪夷所思。

露沙知道了其中有一个九岁的小特务,是她们报社女文书刘金兰的小弟弟,忍不住就问刘金兰:

"你小弟弟怎么会当上特务的?你问过他吗?"

刘金兰冷冷地一笑,说:

"他呀,你只要给他点好吃的吃上,还不是要他说什么就说什么。"

另一个女文书也冷笑,她们都是负责抄写登记来稿的。显然,上级交给她们的这些神圣任务,在她们心里其实不值一笑。

这场斗争既从本地师生开始,自然先波及本地干部。露沙正在为米中的冯校长他们担忧。斗争已经很快进入了宣传部,首先打击的是西北书店本地干部尚子平。这时候绥师的那批特务,已经自我坦白都是复兴社的。按共产党组织划分总支部的办法,他们说复兴社分为分社、支社,尚子平就成了分社书记,书店里两个外来干部,一个是组织委员,一个是宣传委员。和共产党的组织一模一样。而且三个人的口供都一样。这是怎么回事?

后来,这些案子被推翻成为笑话之后,那个"组织委员"老杨告诉露沙说:是他正在编不出来无法招供的时候,有一天上茅房"放风",碰见了尚子平。在看管不严的空隙里,尚子平捏空跟他说了一句：

"我是支社书记,尹山宣传。"

他明白这是找他串供,可是他一听别人都有的供了,却还不知自己是什么。便又追问：

"我呢？"

尚子平气得骂了他一句：

"笨！你组织么。"

这个复兴社支社就如此成立了。

这样的"特务组织"迅速发展。有一天,地委召集全体干部大会,大家坐在风和日丽的大院里,听组织部长传达中央指示,主要内容是：

中央现已发现,有大批的国民党特务,混进了边区,混进了党。要求全体干部自己检查自己是不是特务。如果是,赶快坦白；如果别人揭发你是,也要好好接受人家的揭发云云。

露沙先还以为是地方上太不了解政治,不了解形势,党中央一定明白的。听到这个指示,不禁全身冰冷,手脚麻木,头晕目眩。

这个会开完了,一片坦白交代的热潮竟席卷了共产党的地委。所有的共产党员一下子都变成了国民党特务或特务嫌疑分子了。

怎么会变成特务的？露沙看了绥师的学生和刘金兰的小弟弟的例子,已经"思过半矣"。她亲手发出过一篇《我的堕落史》的稿子,明明不像真的,作者却自称是真的。更万想不到和她一样千辛万苦来投奔延安的这些年轻人,会被称为国民党特务。这是绝对不可能的！但是竟发生了。

根据什么呢？露沙想不出。有一次他们被叫到绥师礼堂去旁听。这次不是听学生坦白了,是听斗争干部。一个个的干部被叫上去,差不多都是问："谁怎么怎么样了,那你还能不是国民党？"

有一个莲美珠,原是天津一个大资本家的女儿,现在当小学教师。当年她要跑到延安来找共产党,父亲不答应。她和家里的佣人说通了。他们同情她了,把她带到她父亲大轮船上,准备乘船出港。谁知父亲知道了,派人到船上来搜查莲家大小姐。她在轮船上化了装,装做别人家一个老妈子,得以隐藏脱身,终于到达了她日夜向往的延安。如今人家却把她弄到台上,说她:

"资本家的大小姐,还说不是特务!"

"把你父亲怎样定计划,把女儿打发来破坏共产党的阴谋,全招出来!不说你休想逃生。"

还有一个区委干部,是河南一个国民党专员的女儿,也是背叛家庭跑来边区的。她哭着坚决否认她是特务,她说她是一向反对父亲的行为的。大会说她是特务,她反驳说:

"你们的证据在哪里?"

这些斗争她的人哈哈大笑说:

"证据就是你的父亲!"

原来如此!这里原来把所有的子女都看成父亲一党,原来并不欢迎任何背叛旧家庭的行为,原来是要把前来投奔延安的青年都赶回旧垒的。露沙听着,几乎落下泪来,她借口回去看孩子,跑回住处,抱着她可怜的小夏儿说:

"孩子,人家不要咱们了。"

第二天,大会接着开。

接着被揪上台的是画家李文福,他被称为"铁证如山"。根据是他有一个哥哥,有一次因偶然机会来到边区庆阳附近,李文福想看看哥哥,他找边境的小干部说了,过境去那边和哥哥见了一面,这件事就成了他的严重罪行。

台上台下一片声喧:

"李文福,供出你的全部特务活动!你的特务哥哥在那边当什么特务官!给了你多少新任务?"

李文福面红耳赤,结结巴巴地说:

"他不是官,是个商人,没有任务。"

底下又喊：

"你是个什么？"

李文福说一句：

"我是画画的画家。"

这回是哄堂大笑：

"什么东西？弟兄两个当特务，到边境都露了馅了，还想装。你再不是特务，蒋介石的C.C、复兴也都不是特务了！"

当场宣布他为"死不悔改的特务"！

这样一个一个拉上去，硬逼着都承认自己是特务。

问："谁叫你来的？"

要答："我上了蒋介石的当！"

大部分先不承认，后来含糊答应："是。"就让下台。其中也有脑子灵活的，已经承认了还不够，还编出一套花活。

一个从四川大学来的学生葛奇，痛痛快快承认了是特务。台上问他：

"在特务系统里，谁领导你？"

他马上就把在共产党内的上级供了出来：

"韦石天！"

露沙听了，心里扑通一跳。这个韦石天在成都组织过多少次学生运动，经手送了多少学生到延安。怎么竟能这么说？可是台上听了这答复，十分满意。又问：

"他布置你在这里都干些什么坏事呀？"

葛奇毫不停顿，又干脆地答道：

"叫我发展特务组织，弄些枪来搞破坏。"

这一个很顺利地下去了。

露沙和崔次英回到屋里，抱着正在生病的孩子，谈论今天会上的见闻，露沙说：

"怎么会有这些事？我要早知道有这些事，要人们说这些话，我根本就不来了!"

崔次英一个劲儿地摇头叹气,说:

"他们胡闹!胡闹!毛主席要是知道下面这么干,一定更生气。"

他认为这些胡编乱造,只要是个稍有常识的中学生,都很容易看破的,何况是么智慧超常的毛主席!说是中央批的,中央决定的,一定是有些坏人在干坏事,在冒名假造,不要相信就行了。

"可是这是一级一级的党组织传下来的,你怎么能不信?"

露沙觉得不能信,又不能不信。这才是最使人困惑,使人的信念发生动摇的根本点。

这几天,地委里边也越搞越热闹,一再传达中央指示,要"开展抢救运动,抢救失足者"。同时发出了一个铅印的文章式的文件,题目就是《抢救失足者》,下面署名是"康生"。人人都知道这位康生是中央大员。后来,"抢救"运动这个名称就此传开了。又一再传来各种非正式来源的"中央消息"。几位部长轮流做动员。

这一天,季生华部长做动员道:

"中央已经掌握了确实情况,就是四川伪党和河南伪党的问题。全省的所谓地下党都是假的,是国民党搞的。昨天,我们这里也有四川伪党的人在坦白了,我们要看这些伪党员什么时候交代!"

他一面说,眼睛一面看着崔次英,露沙不由得心里乱跳。她看见这位部长像夜猫子似的眼光了。

他接着又说下去,消息还有哩:

"中央还掌握了重要情况,国民党实行了红旗政策。凡是他们逮捕的共产党员,一律叫秘密参加了国民党特务组织才放出来,以后给国民党干。不参加的就杀了,不会放。所以……"

言外之意,凡放出来的都是特务了。

当天,宣布了地委成立整风学习班,所有参加人员,一律隔离。

待本人解决问题坦白交代时为止。学习班的人员包括崔次英和宣传科的科长宋梅。当时就叫他们拿铺盖离开机关了。

崔次英在被送去隔离以前,已经挨了不少"批判",他一向喜欢议论,又喜欢把小议论写成小文章,拿出去发表。最近他已经有些明白这样做是大大不符合党的规章习惯了,已经在不断地检讨了。例如,他说过"曹操本领论",即说曹操把发现的部下与袁绍通信的信件,都烧掉,不加追究,使部下对他信任,征服人心,这真是本领。"党内人情世故论",说旧社会批判人情世故,其实党内自有党内的一套人情世故,不可忽视。"南开中学论",说我们的中学办得差,应该像南开中学那样。……这些小小的"奇谈怪论",他早已自我批判过,不再信口开河。但是他一检讨,就被人家拾取,数了数有六条,就名之曰"六大论",宣扬起来。赶上这次的"抢救"运动,正好!

崔次英被隔离了,剩下露沙一个人,继续参加地委宣传部的批斗会,她还没有正式被扣死为特务,但是也已被点名多少次。

有一次开着会提到各人的家庭,当时就有人说:

"露沙的父亲现在还在北平,家里又有钱,不是汉奸还能是什么?就是汉奸!"

露沙听了,心里无穷委屈。想着父亲绝不会是汉奸,他在日本留学十几年,认识很多日本朋友,但他完全不是汉奸。离家这些年,虽不知道详细情形,可是,他如果想当汉奸,凭他的关系,早就在汪精卫大喊中日亲善的时候和日本拉上钩了。早听说日本人想请他当官,他没理。他说过:"我不会做使儿女们丢脸的事。"

但是自己在这里,在抗日的边区,却要被迫说他的坏话。这些人哪里懂得什么是忠?什么是奸?又哪里分得出好坏?

宣传部几个科长全已经打成了特务。露沙就等候着来揪,被揪好像已经无所谓冤不冤,好像党现在需要大家当特务,那就当一当也是应分的。

那个莲美珠有一次到宣传部,站在院子里,就大声说:

"我们这些两条心的……"

好像她从父亲家里逃跑出来,就是和共产党两条心。宣传部里尚未进整风班的人,轮流一个一个背自己的历史,听的人就替他挑毛病,找出的毛病就是特务问题。

例如有一个方田,原是上海的一个进步店员,经过量才补习学校的关系来到延安。当他背历史背到上海抗战,他参加一个青年抗日别动队,去做抗日宣传的时候,部长季生华突然把手一挥,说:

"说到关节上了!"

方田惶惑地说:

"没到关节上。后来我离开这里又找了一个团体。"

季部长却哈哈一笑,说:

"不要假装混关节了。这还听不出来?别动队,是国民党有名的特务组织嘛。不坦白交代,还说什么废话?!"

露沙听了心里想着,从前是听说过国民党有什么别动队,有加上青年抗日这称呼的吗?

可怜的方田,后悔自己说错了话,在连声辩解青年抗日别动队只是一群店员组织,怎样与特务完全无关。可怜越抹越黑,一句话自投罗网,已经成了板上钉钉的特务成员了。

季部长当场揪出这个特务,一面嘿嘿地笑着,一面又讲解道:

"别动队,这就是特务的一种组织嘛。特务的组织,有中统、有军统,别动队是军统一面的,哪里像这里说的什么复兴社、分社支社,纯粹是骗人。"

他这一讲解不要紧,从第二天起,坦白的特务都不再自称复兴社分社、支社,都成了中统、军统了。

这几天,绥德市也开起斗争特务的群众大会来,叫老百姓去参加。有一个被斗的士绅叫章质卿,穿一件现在已经不大有人穿的大褂儿,被拖上台去。台下吼叫着问他:

"说出你这些年的反共历史来!"

他结结巴巴地回答：

"我……我这些年不问……不问政治,不知道。"

台下放声大吼：

"打倒老特务章质卿!"

简直震天动地。

那章质卿大约生平没经过这样场面,吓得不知该往哪儿躲,连声哼唧：

"我说……我说。"

台下又喊：

"说你是老特务!"

他就连说：

"我是老特务,老特务,……"

又上去一个名为市长的王某。原是在国民党统治时期专员公署的一个小职员,红军来后被接收当了镇(市)长。这个人一上台就大声讲国民党专员何绍南的事,说：

"我现在把何逆绍南的罪行,共分八点,报告一下。"

他说的全是何绍南当政时候日常的公务,口齿灵便,声音洪亮。台下听的老百姓说：

"他说的这是什么？是市长做报告吗？"

宣传部里还在互相认谁是特务,有一个人指着露沙说：

"我半夜里听见崔次英和她小声说话,不知是不是特务机密。"

像这样的揭发天天有。

露沙参加了大会小会,脑子里乱哄哄的,回来坐在自己屋里,细想这到底是怎么一回事。她想：如果这些特务罪行全是真的,什么"红旗政策"如果也是真的,那这些青年都已经是国民党特务,国民党就早该得到了胜利,而共产党早已失败了。而且马列主义这一真理也早已全面失败了。因为，这成千上万因相信马列主义而跑到延安来的青年，其信仰原来不堪一击。一生的信仰，敌不过国民党捉去审一次，敌不过国民党的三言两语，立即全面信仰了国民党，愿意秘密地忠于国民党，为国民党服务。甚至在国民党区域内，要打着共产党的旗号，为国民党服务。其奇怪更在于，国民党本来是完全合法的，要为它服务，本来是完全自由的。却要拿共产党马列主义作幌子，自称非法，所为何来？假如是这样，共产党和马列主义在青年中间，已经如此的毫无号召能力，那又何必有什么国共之争？国民党亦何必费那么大力组织什么"红旗政策"？而此政策又战无不胜，收拢了千万青年，则此红旗何不干脆去掉不必要的假面，打出他们的真旗号青天白日旗来？总之，若说是共产党马列主义在青年中威信甚高，则不会有那么多青年群众投入国民党特务组织。若说广大青年都愿意参加国民党特务，则共产党马列主义必已毫无威信，无再假借其名义的必要。二者必居其一。共产党这样大规模打特务，好像自己周围都成了特务，究竟其意何在？

她躺在炕上，对此问题苦思苦想，怎么也想不出个道理来。按次英说的，这是中央有人在干坏事，毛主席不知道。但是事情搞到全党发指示，中央的人怎么能不知道啊？想来想去，无路可通，又是那句老话："早知这样，我就不来了。"可是想起自己决绝地离家出走，真是一片诚心啊。难道这点诚心就此付诸流水？

她伏在枕上哭了，整整一夜，没法入睡。渐渐地，天色由漆黑快要转到黎明了。她忽然在毫无声息的屋里，发现有人影！她急忙推被坐起，仔细一看，原来竟是屋主人次英！

她翻身跳下炕来抱住他，未及问话，他已经说了：

"半夜到河边劳动，我来看你。他们说我的那一套，你千万不要相信。"

这个院子就是宣传部住的院子，若有人发现他偷偷回来，那怎么得了？跳进黄河也洗不清。急得露沙急忙双手推他：

"我怎么会信？快走！"

把他推到门首，看看院里无人，才让他轻手轻脚走了。她自己心里还跳了好一阵，好似自己真做了见不得人的事。还好，孩子没有哭，她便回来躺在炕上继续流泪。

她白天尽量躲着宣传部的人，特别是躲着季生华部长，她怕见他。难道她犯了什么罪，不能见人吗？完全没有，什么罪也没有。但是在这个环境里，就是不能见人。

为了崔次英的事，她起先非常怕所谓的"四川伪党"。后来一想，他家和别人家不一样，老母和兄嫂弟妹全体参加了革命，到延安的都有好几个，哥哥还被国民党逮捕了，可能不至追究所谓"四川伪党"。虽然她明知那也是假的，可是后来一听"红旗政策"之说，哥哥一旦侥幸放出，那就全家难免"红旗政策"。反正不论你怎样忠心耿耿为党贡献一切，总有国民党特务这顶奇怪的帽子跟着，叫做无所逃于天地之间。

福无双至，祸不单行。在次英被抓走了之后，可怜的小夏儿又病了。孩子病了本该去找医生，在这全市抓特务的当口，那个号称由北平协和来的李医生，理所当然地被当做美国特务逮捕了。找不着医生，那个离婚婆姨正巧离妥了婚，也走了。露沙只有自己带着孩子，天天哭着。人一急，奶也回去了。这个地方又没有什么牛奶、羊奶，她用米粉、馒头加蜂蜜喂小孩，这地方没有白糖、红糖啊。喂了几天，孩子拉稀，她不知道该怎么办，还是按原来办法喂。她是特务家属，也没有别人的家属来看望她，结果孩子越病越重，找不到医生，上级就从宽让她带孩子到军队卫生队去住院。

住院自然只能由她自己抱着孩子去，不再有次英，也没有保姆帮忙。她流着泪，一个人被领进了一间小窑洞。有一个男护理员一点头就走了，再不见医生来，护理员也不见再出现。她抱着孩子哄她睡，带着哭声唱：

"我的小宝贝,活着等你的爸爸啊,你的爸爸回来了啊。"

孩子张着小嘴似乎模糊睡去。露沙想起,这卫生队和老百姓住在一起,不如求求婆姨们谁有奶的喂小夏儿一口。正好孩子要睡一会儿。于是她把被子掖好,匆匆跑向老百姓那边的几间窑洞。

窑洞门口有几个女人在做着针线,忽见一个女八路跑过来,不觉都吃一惊,停了针线,招呼让坐。

露沙也顾不得客气,开口直说:

"我是来求婶子大娘们的,我有个孩子,病得不能吃饭,只能吃奶,我又没有奶,求求哪位婶子、大娘、大姐,谁有奶给孩子吃一口,这就是救了我们的命了,救救我吧!"

说着,连连拱手,几乎要跪下去。她身边的那个婆姨连忙拉住。

这几个婆姨从来没见过女八路这模样,不免惊讶地议论起来,大家商量谁家婆姨有奶,能做这件好事。原来这几个人都没有奶,商量了半天,才想起沟沟那边有个婆姨,孩子一周岁了,奶该还有。但是得过沟去找她,让她来,得等。

露沙惦记着炕上的孩子没人管,就把地址说了,千恩万谢而去。

她回到黑黑的小窑洞,抬头却不见炕上的小脸,只见一堆被子。这一惊不小,再细看一看,只见孩子白白的小腿露在被外,原来被子给从下面掀开了,盖在头上,孩子的头脸和上半身都给捂在了被子堆里。露沙慌忙把被子拉开,只见孩子一动不动。她摸摸小脸,叫宝宝,都毫无反应。她忙用手指去试孩子的鼻孔,竟没有一点出进气。她慌了,抱起来摩弄手脚,都没有任何反应,呼吸已经停了。

孩子!她的孩子!孩子死了!她大哭起来,招来了那个护理员,他问:"怎么了?"

她哭喊着:

"我的孩子死了！冤枉死了啊！"

护理员冷冷地说：

"刚才我还打过针。"

露沙哭着说：

"你打完针就把被窝堆在孩子鼻子上，这不是捂死了吗？"

护理员大怒，说：

"你自己丢下孩子，不知跑哪里玩去了，还诬赖我们捂死孩子。明天找领导，得跟你算帐。"

"我的孩子没有了，孩子把我生活的意思带走了。我还在这里干什么？我走！半夜也走！"

"那你就走！快点走！"

露沙请卫生队的人帮她收拾了孩子，一个人哭哭啼啼回到了地委。

进了宣传部的门，才想起自己的不幸并不只在可怜的小夏儿身上，孩子不能把她的苦痛都带走。进了那间冷凄凄的屋子，不见了次英。想起了自己想不通的一切事情都照旧搁在那里，不能想通，可还得活下去。

当露沙完全想不通的时候，季生华部长竟突然到她屋里来找她个别谈话来了。

季生华一副庄严的面孔，进门就对她说：

"露沙，我是来挽救你，挽救崔次英的，你们该回头了。"

露沙无语，听他讲国民党特务一定会失败，共产党一定要成功。心里想："这话应当我对你讲！"

他讲了几句道理，底下就说他的目的，是要她出马去整风班劝说崔次英赶快坦白交代，迎接下一次更盛大的坦白大会。并说这是立功的最好机会，要知道现在坦白了还照样给工作，再拖延失去机会，那可要进保安处了。说到这里，又"鼓励"一番：

"谁家不欢迎自己家的父母、妻儿、兄弟姐妹坦白交代呀？那是光荣的事。"

露沙听到此处,立刻想起刘金兰和她的小弟弟来。几乎冷笑出来。

最后季生华放低声音,好像在传播党内机密似的说:

"四川伪党,他是有了名的,还逃得过吗?再比他地位高的,也都被我们击破了。告诉你,柳湜晓得吧?已经交代了,国民党特务!"

他还在说,她心里却如搅翻了一锅粥似的,乱哄哄,七上八下。怎么?柳湜会是特务?在她上大学入民先的时候,已经知道这个人,著名的左派文化人,写了多少痛斥国民党的文章,那影响比一个国民党特务大多少倍。他现在是边区教育厅长,他会乐意当特务?

他说完了,她一字未吐,只嗯嗯两声,表示答应之意。因为她想,无论如何,得见他一面。

这一天,她没有再躲避这个季生华,结果碰见他两次。一次是饭厅门口,遇到西北书店的左庶基。不知跑来请示什么。这人是个广东人,本来说话就不太好懂,今天说的大约又是季部长不想听的话。只见他结结巴巴说了两句,季部长赫然震怒,怒吼道:

"你说的是放屁!"

手起处照着左庶基的脸就是两巴掌。

部长打干部嘴巴,这是从来没有见过的。一时人们都呆了,没有人敢说话。

露沙也和别人一样发了呆,看着那左庶基一句话不敢回,用手摸摸挨了打的脸,低头退去。露沙认识这个左庶基,也是救亡青年。可怜,他千里迢迢,从广东跑到这里来,就为了挨嘴巴吗?

同一天,她工休时间,正在屋里发痴落泪,听见院子里休息的人们说话,忽听季生华的很亮的声音:

"那时候,我在上海西牢里,呀……"

想是讲自己在上海西牢里的英雄业绩。

露沙心里不由得冒火,想着:"你在上海西牢里怎么会没碰见国民党的'红旗政策'?对,很可能你就是'红旗政策'培养出来的人物,国民党特务不是别人,就是你吧!"

她越想越义愤填膺。想起自己的一生,次英的一生,还有很多人的一生,就断送在这种人手里,实在不值得。也许次英出来了,会另想办法对付这种人的胡作非为?也许能和我们的队友朋友们再见一面?反正说一千道一万,我只剩下了次英,得救出我的次英!撒谎就撒谎,反正你们已经撒遍了弥天大谎!

六 "坦 白"

这天晚上,露沙被领到那个整风班。

进门一看,原来是个小院。好多人一个炕,都坐在那里劝说人或者被劝说。答应坦白者,立即给纸笔写坦白书。此外不许沾片纸只字。

崔次英坐在炕边上,带领露沙进来的牢头禁子喊了一句:

"崔次英接见。"

就指了一条板凳叫露沙坐。次英也从炕上下来,和露沙对坐在一个板桌旁。两人互相看了一会儿。只十来天不见,他已经瘦多了。这里又实在不能说什么。见他双手放在板桌上,她就也把手放在板桌上,紧握了他的手。只说了一句"党叫你承认,你就承认了吧",已经号啕大哭起来。

次英完全明白,不禁也号啕大哭,说了一句:

"好,党要我说的,我说,我不连累别人。"

两个人的谈话就算完了。

第二天就是又一次坦白大会,崔次英被赶上台,露沙坐在下面听着。只见次英站在那里,似乎含着冷笑,简洁地说:

"我从一个共产党员变成一个国民党特务,真是可悲极了。为什么变的呢?因为党要我说的,国民党逮捕了我,凡是被捕的党员都非当特务不可。我干了什么坏事呢?我当了一个理论方针性特务,就是不和任何别的特务联系,专从方针策略上破坏,搞一些反动言论。例如'久假不归论','南开中学论',这些,使中央的方针不能顺利执行。"

完了。这叫什么特务破坏啊?露沙听了,哭笑不得。但是他的坦白效果却极佳。季生华当天就在群众里说:

"他坦白交代的,才是国民党特务的高级阴谋,是他们的真'红旗政策',从方针上破坏共产党嘛。共产党怕的就是这一招嘛,比那些发展一大群小特务厉害多了。厉害!大特务,厉害!"

露沙恨得要死,他敢如此侮辱崔次英,又暗骂这季生华蠢得比猪还蠢,还在讲什么方针政策。可怜这些手握大权随手打人的人,原来都是些猪。

第二天的会,宣传科长宋梅首先被揪上台。他本来也是拖了好多天不能交卷的,这一次却痛痛快快承认了自己是国民党特务。是国民党的策略特务,专破坏共产党的战斗策略的。他这一套,显然是抄昨天崔次英的。但是,也通过了。接着上的是图书馆长、画家李文福。这回他老老实实承认哥哥是特务,来到边境是来找自己要情报的。情报么,图书馆的书就是情报……

这样,一个一个的,宣传部的科长级干部已经全部坦白,成了特务。运动宣布胜利了。

这些人都释放,回到本单位。可也真怪,才回去,季部长就宣布,各人仍旧做各自原来的工作。既系特务,怎么做共产党的宣传工作呢?但是也不怪,如果全部免职,宣传部就只有解散。不是吗?

于是这奇怪的、基本由特务组成的宣传部,就继续由共产党干部领导下去,只是他们的人格一下子比部长低了好几层,可以由部长随便呼来喝去。

崔次英回来之后,进门就跟露沙说:

"这回如果是国民党抓了我,逼我,我是宁死不会屈服的。过去国民党就抓过我,我当众喊口号共产党万岁!可是现在是共产党抓我,逼我承认是国民党。我又不能跟党对立,才勉强在党的面前说了假话。"

他说他还是坚决不相信毛主席会做出这样荒唐的决定。他说了一个故事,他曾写了首歌颂毛主席的诗:"陕北今年老鼠少,乡人争说有大猫(毛)。陕北年年闹旱荒,他老一到收成好。"被别人说成是侮辱毛主席,气得他写信去问毛主席。结果毛主席亲笔回信说,没有侮辱他之处。所以,即使有个别几个案子弄错,那也是个别案子受了人蒙蔽。崔次英还是认为一到毛主席面前,他的冤案马上就会冰消雪化的。所以他决定直接写一封信给毛主席,去申冤,要求毛主席允许他到延安去"告御状"。信发出之后,他就安心等着。

露沙没有那么大的信心,她觉得自己当初幼稚得好像信徒对天父的信仰,如今已经为这次"抢救"运动所动摇,犹犹疑疑的。但是她不能不尽力让次英放心,还说:"也许还有希望。"

她拿着小夏儿的小衣服,到小坟上凭吊了一回,就回宣传部了。她成天低着头,觉得自己像奴隶似的干活。

季生华的心气越高了。过去,对于报纸发表的东西,他是向来不干涉的,顶多看一看重要稿件。这时却动辄提笔就改。小报没有专职校对,一直全凭熟练的老工人校对改错,排错却也不多。最近却因为"抢救"运动,有的老工人进了整风班。有一天,报刚到手,只听季生华部长在院里喊:

"这是什么?这不明明是特务破坏么?"

原来把"袁专员"错成了"哀"专员。崔次英说:

"排错了。"

季生华却继续喊:

"清清楚楚的字,不是特务破坏,怎么会错?"

他在那里骂了一阵,又说:

"下回我来看校样,看它还错不错!"

果然,下一期报纸由他亲自出马了。报社的六个人都不来沾手。等印出来了,报送来了,次英看了一眼,只微微一笑。

还是小文书刘金兰叫出来:"看哪!'反动派'排成'反对派'了!"

这下子季部长才不说什么别的,只说:

"怪事!怪事!"

又一天,露沙到城近郊印刷厂去校对,要通过一个极小的便门。走到城门口,恰恰与进城来的一个身上背着一大捆菜的人狭路相逢。那个低头背着重负的人猛一抬头,真正想不到,竟是袁和!在晋西北一起搞宣传的袁和!露沙一惊之下,不能拉他的手,匆忙中问了一句:

"你干什么去?"

那袁和回答了两个字,等于不回答:"背菜。"

露沙连忙再看,只见他低头直走,后面还有和他一样的身背重负的人,两边有武装的军警。那时候军和警一样的装扮,手中横拿着枪。很明显这是一队出门劳动的犯人,押解的人还带枪,那就是已经进保安处了。她想再细看袁和是否有绳索捆绑,也没能看清。

不看也明白了,他已经被捕了。为了什么?无非为了国民党特务之类莫须有的罪名。不用猜,不用问,只这路上的偶遇,已经知道他一定是冤枉的。露沙心里长叹。朋友、队友、同志,平白无故都已经变成罪人,这样对待我们,叫人怎样想?

过了几天,城里几个小学开会庆祝"七一"党庆,露沙受命去那里采访。这天她本来因为心里难过,不舒服,头直晕,但是不能不去。采访到中间,忽觉天旋地转,她连忙离开会场,手扶着院墙,已经呕吐起来。欲待勉强举步,人已经顺着墙溜下来,瘫软成了一堆。幸亏小学里的人知道她是报社的,去报社喊了崔次英来,连架带扶把她弄了回去。

露沙知道自己的病是美尼尔氏症,除了躺着没有别的法子治。偏是这一次又犯得厉害,动都不能动。幸有次英在旁,大小便都有他来伺候。

躺到第二天头上,只听季部长在院里发了命令:

"我们要有一个办公室。大家都在自己宿舍里办公,成什么样子,游击作风嘛!把这间宿舍腾出来,做办公室满合适。"

听这声音,他这话是在崔次英和露沙的门口说的。接着就听见次英委婉求情的声音:

"她病了,等病好了,我们就搬。"

也有别人帮着求情的声音:

"她病了,病好了就过去。"

只听季生华发怒的声音:

"病了?生病就连这一个小院子都走不过去?!这是大家用的办公室嘛。你生了病别人就不必办公了?"

又是别人低声说什么。露沙知道,想必是说自己。她恨不得跳出去当面和这姓季的讲理。

一会儿就听这位季某人大声吼起来:

"是不搬吧!不走吧!不走我们就赶她走,大家动手把她搬走!"

然后大家都不做声了。只有次英的声音:

"我们走!"

露沙想,他大约是带着哭音说的。她用尽全力两手撑炕坐起来,见次英推门进来,还努力作笑容叫露沙:

"我们搬一下家,不要紧的,有我。"

她答应:"我能走。"

后面跟着进来了宣传科长宋梅,说:

"我帮着扶你。"

宋梅和崔次英两人,一左一右架起了露沙,宋梅低声咕噜了一句：

"什么办公室！"

文书刘金兰也进来了，帮着拿枕头被子。几个人把她架出了小院，进入地委大院。

新居在地委大院的靠门拐弯角落里，平时大约没人住的。搬进来之前匆匆打扫了一下蜘蛛网。大炕上一个塌陷的大洞，是和烟囱相通的老鼠洞吧，却无法打扫，黑洞洞地张着大嘴，在等候落难的主人。进来的人们匆匆把被褥放在老鼠洞旁边铺好了，让露沙躺下。她躺下了，说一句：

"我还好，你们放心。"

大家陆续散去，露沙躺在这与老鼠相邻的铺上。不想别的心事，只想自己的生平，千里迢迢跑到这里，来做人家的奴隶，是像旧小说上说的，生不逢辰，命不好么？当然不是，是自己和父母吵翻了，要寻找光明，自愿来此的。没有想到，自己找的光明出路原来是这样。我的父母呢？我的家呢？我的小宝贝呢？

崔次英晚上躺在一旁，还在用道理劝解。他说是姓季的不好，党内绝没有这个道理，将来上级总说得通的。我们只要相信毛主席是英明的，将来总会平反我们的冤狱。

在这老鼠洞旁养了两天，露沙能站起来了。崔次英还得去那办公室上班。在悲怆之中，露沙晚上在院子拐角处独自一人踱步。想起来延安后的这些遭遇，且走且哼，口占吟成了一首不给人看的诗：

> 小院徐行曳破衫，风回还似旧罗纨。
> 十年豪气凭谁尽，补罅文章付笑谈。
> 自忤误吾惟识字，何以当初学纺棉。
> 隙院月明光似水，不知身在几何年。

又反复吟着"十年豪气凭谁尽"，自己长叹，崔次英回来听见了,一面劝慰,一面还是讲他的道理。

在这老鼠洞住了一个星期,忽然地委行政科李科长来了。他是个文化不高的本地人,看了看这屋子,气愤的感情见于脸上,但没有说出什么话来,只以平淡的表情来了一句:

"房子是归我们行政科管,你们宣传部不能分配。这个屋不能住人,跟我走。"

说罢自己动手抱起露沙的被子,就带头走出门去,径直走回了露沙他们原来住的房子。这中间都打了些什么交道,还有些什么过节,露沙就一点不知道,只能凭猜测感谢这位虽没有文化,可有正气的科长了。

搬回来没几天,忽然地委组织部长贝治民找崔次英去谈话。内容简单,他向延安提的意见,现在组织上同意他去延安谈,即日就可以走。这可真是意外的事。崔次英只给毛主席写过一封申诉信,那么这就是毛主席的回音了。他和露沙两个在屋里猜:是告御状告准了?那贝治民的谈话为什么连一点和悦的颜色也不露?是不准,怎么又有回音?算了!猜来猜去,反正叫去总是一件好事。于是崔次英高高兴兴,露沙犹犹疑疑,去准备次英上路。

走前,图书馆长李文福知道了消息,特地请崔氏夫妇吃了一顿饭。不说别的,只谈他自己如何冤枉,崔次英说:

"你知道我也冤枉?"

李文福哈哈大笑,说:

"你我都是一样的特务,还有个不知道?"

说着就喊图书馆的小馆员刘生仲:

"来!来!小特务!咱们欢聚一堂,还不喝一杯酒?"

次英也笑了,当场要求李文福给他画一幅画。李文福答应了,对客挥毫,画了一匹马驮着东西在走。还题了句诗,是"路遥知马力,日久见人心"。崔次英点头表示领会,接受重托。

次英走了,露沙每天盼延安来信。但是盼来盼去,不见有一个字报告好消息。只有"平安家报",说他"已安抵延安,住西北局招待所"。再以后就讲他在招待所如何参加劳动,出汗,改造自己,好像忘了去延安干什么。又来信说见到些老熟人,说青联已改变原状,变小了,但是最老的同学于莫文来延,却还在那里……全是家长里短。

露沙无可奈何地等了三个月,到三个月头上,次英回来了。露沙迎面见了他,头一句就问:

"事情办了么?"

他只是摇摇手,说了一句:

"安心做工作嘛。"

显然什么问题也没有解决。

他向来什么事情也不瞒着露沙的。这一次却很少谈及他的延安之行。露沙费了不少的劲,才从他嘴里挖出了一些情况。

头一条,延安搞"抢救"运动,只有比绥德更厉害的。去那里告"御状",谈这里的黑暗呀,什么呀,只不过小意思。鲁艺一个教员,全家因被"抢救"打成特务,没处申冤,全家自焚了。这个消息在延安都传遍了。自杀的又何止一个。

第二条,延安公布特务罪行,已经到了大布告家喻户晓的程度,专门办了一张讲特务罪行的报纸,叫《实话报》,老留苏学生习惯把"真理"译为"实话"。这《实话报》大约是留苏元老康生给取的名吧。这报登载各个打入延安的国民党特务如何神出鬼没,越出越奇的事迹。看了使人毛骨悚然。次英带了一张来,露沙一看,就发现和自己同年来延安的一个姑娘也登在上面,说是陷人落网的女特务。那明明是一个很纯朴的河南女孩子。我的天!

第三条,人们对延安的特务议论纷纷。什么人都可以扯进来,说"红旗政策"有什么稀罕呀。有的单位已经把"一二·九"运动说成特务活动了。幸亏刘少奇出头来说话,才保下了"一二·九"领头的三两个人。

若问次英,你去了几个月,都干什么了?他就说和某某人谈了话,谈话的结果都是劝你好好劳动,好好挖掘自己。这回运动是中央发动的,不等中央做结论,谁敢替你翻案?不要喊冤了,谁碰上这种事情都是一样的。最有意思的是,青联有个孙以平,原是红小鬼出身,后来去苏联学习过的。人们大概都以为这些运动向来只搞知识分子,与红军无干的。岂知当时在红军里边就大搞了AB团。什么叫A?就是Anti,什么叫B,就是Beolshvik,连起来就是反布尔什维克,当然是国民党特务组织了。实际上根本就不存在这样一个组织。可是当时的共产党说有,孙以平就被打成了AB团。现在人们只知道他是铁板钉钉的老红军,谁还知道他也有这样一段历史?他劝崔次英的时候就说:

"忍一忍吧,在共产党里,谁都得碰见这样一回。"

他还举出了好几位红军将领的名字,都是当年的AB团,他说:

"这有什么了不得呢?以后就没事了。"

露沙费尽心机才从次英嘴里掏出这些吓人的情况,再详细的,他却不肯说了。这是为什么?他们夫妻俩向来感情好,遇事一条心,就是这回"抢救"运动,也是两个人一起应付的。为什么对这次延安之行,他不肯痛痛快快说出来?情况明明是坏极了,他为什么不肯在露沙的面前骂那些人一顿?是他的心变了吗?

她实在没法,把这句话问出来了。次英见她疑心到这里,也慌了,才在半夜里抚慰她:

"沙!我一切都是为了你。我够苦了,我怕你为我操心,把你的信心毁坏了。我还不知道我遇见的一切都坏透了?坏到任何有良心的中国人都不能容忍。还要口口声声自称革命。坏!真坏!可是我直到这个地步,还要保留着信心,因为我特别爱我们共同的信心。知道吗?这信心不是属于他们几个人的,是属于我们的,我们为了这个信心,不惜抛头颅洒热血,难道因为有人干坏事,我们就把自己的信心抛掉吗?"

露沙听他半夜里委婉陈词,不由得也要哭了,她摸着他的头发,把自己心里憋不住的话说出来:

"你是为保护我的信心,我明白了。可是这信心是从哪儿来的呀?我们爱祖国,有人破坏祖国,我们恨透了。这时候有人领头出来反对那些破坏祖国、出卖祖国的人,我们就相信他,跟他走了,这就是信心。如果这时候领头的人言行相反,践踏真理,伤害人民,我们凭什么还跟他走?我们又不是古代的忠臣比干,皇上把我杀了,我还要忠于皇上。你说呢?"

次英不住地摇头,继续努力说:

"纣王虐杀人民,比干还是忠于他,那叫愚忠。可是今天没有……慢些反驳,你别说现在的'抢救'运动也害了不少人。可是那究竟是出于糊涂错判,不是把糊涂当真理,在全国去推行。也没有规定今后在全国乱捉特务、杀特务的政策。你知道不?毛主席规定了'一个不杀,大部不捉'。如果他不是对这个运动有些怀疑,他是不会这么说的。"

露沙心里还是不服,嘴里说:

"那我当初抛弃家庭,奔到这里来,可决不是希图落到这样一个结局的。"

次英继续抚慰。只连声说:

"忍一忍,再忍一阵。"

只好再忍下去。露沙有一次翻旧书,看到一本《虞初新志》。开头第一篇就是写一个叫姜埰的忠臣的。这个人是明崇祯皇帝手下的臣子,因为提意见触怒了皇帝。崇祯下旨用各种酷刑折磨他。在朝廷上,把他捆起来,手脚都不能动,装进麻袋,只把屁股露出来挨打,脸也露在外面啃泥巴。他的亲弟弟就在朝廷上,想送一杯水给他都不许。直打到昏死过去,拉下去,醒了以后再来。这个完全无罪的人几乎被皇帝打死,因为别人再三求情,皇帝才允许留他一条活命,贬到外地。后来明朝灭亡,崇祯上吊死了,这个忠臣哭奠之后,带着贬逐他的罪名,还终身守着皇帝。

露沙看来看去,想来想去,觉得我们以全力挣扎搏斗换来的天下,怎么越看越像明朝。说是皇上没有杀这个忠臣,就是英明,要磕头哭奠。凑巧今天也没有下令杀特务,不是也够英明的吗?她把这篇东西拿给崔次英看。

次英早看过这篇文章,他想了一想,说:

"我明白你的意思。这篇文章是明末的魏禧写的,这个人在明朝亡了之后,不肯做清朝的官,写了这篇文章。他当然厌恨洪承畴、钱谦益之类,怀念他认为殉国而死的崇祯。可是他用这么多笔墨描写姜埰在朝廷上冤枉挨打的惨状干什么?明明是说:'崇祯皇帝啊!我怀念您,可是您这事做错了啊!人家是忠臣啊!'这说明是非终究也是可以分清楚的!不是吗?"

露沙没法反驳。

这时候,中央一个正式的关于"抢救"运动的文件下来了,按规定必须讨论,领会精神。大家在讨论中间,不约而同地都特别注意到文件的第一句:"特务之多,原不足怪。"很显然,按此精神,特务就是很多很多了,就是打得多才对了。怎么还能再考虑打错了人,不要再打下去的问题呢?在讨论了这一句的精神之后,人们不免议论纷纷,这一句是哪里来的?

从延安来的小道消息,说这一句是毛主席执笔的,他老人家的亲笔。也有人说,不见得。露沙心里不免怀疑。在自己屋里,她再三问次英在延安听人家是怎么说的。问急了,次英才说:

"听说这两句就是毛主席写的。不过不要对外说。"

特务多是毛主席的精神?那么乱打就应该了。还是那句话,成千上万的青年人抛家舍业,不相信国民党的一切号召,情愿到延安来吃苦,都是白费的了。延安不相信我们,共产党不相信我们,难道我们还要无条件地相信共产党吗?露沙怎么也想不通。但是这点想法又不能对外说一句,还得口口声声热爱党中央,永远忠于毛主席。

她对次英说:

"这里就是有这么个奇怪的逻辑,在我一心忠于党的时候,一定要批判我,冤枉我,说我不忠于党。在我心里已经实在没有什么信心的时候,却要我天天宣布自己一心忠于党。这是什么世界啊?"

次英听了直摇头,只有劝她不要说了,不要被人听见,他自己经常对人说:"是党要我说的。"

又过了一阵,组织部长贝治民却忽然通知他们夫妇一起到延安中央党校去,而且出面请他们吃饭。这是从来没有过的事。

吃饭以前,次英和露沙两个就猜,大概是平反了,也许告到延安的状,发生了效果。可能要念一个甄别平反结论之类的东西才叫走。要不,哪能叫一个特务到中央党校去工作?可真奇怪,既没开什么会,也没念什么平反结论,贝治民只是口口声声"次英同志",让他俩吃菜,嘴里闲扯一些延安各单位都在哪里。直到饭吃完了,贝治民才一面握手以示送别,一面说了一句:

"运动里的事么,咱就不要再提了。"

完全是说一件不相干的事的样子,那神气叫人不好再追问。临走时,由组织部给他们开了转党的关系的介绍信,只字也没有提次英被"抢救"成特务的事。好像事情根本没有发生过,自然也就不会提到他写信到延安的事了。

还有一件使他们猜不透的,宣传部长季生华始终没有露面。他们猜,莫非是说他搞错了?但是这个运动决不是他一个人创造的,又是怎么回事?

和他们同行的还有个附近吴堡县的干部,姓向的,也带着妻子,贝治民却没有请客。他们两对夫妇一路只谈去延安的事。据那姓向的说,是党中央要在中央党校储备一批干部,先集中学习,将来好派到各解放区去。现在能去中央党校，多么幸运啊。

就这么说说笑笑到了延安，同去中央党校报到。在招待所只停留了两天，就分配了。向氏夫妇分到了党校五部。党校共分六个部，一部是各地来的领导干部，二部是老干部，三、五、六部是知识分子，四部是学文化的。老向高高兴兴走了，崔次英和露沙却被通知去党校总校秘书处报到。

他们怀着惴惴不安的心情，到了总校校部，人们叫他们等一会儿，一会儿就有人来喊：

"副校长叫你们进去。"

掀开布帘，让他们进屋。

党校的副校长，实际上就是校长，正校长是毛主席。进了屋，这位副校长就笑着让坐，崔次英立刻叫出来：

"您是……老魏！"

露沙对这个人虽然面生，可是一听这称呼，也知道了。这是北平市的地下领导老魏。差不多的学生活动、游行、集会、宣传，都少不了他的策划。她也听说过，她的某一篇文章，曾受到老魏指名赞赏，所以一听之下，便泛出了自然的亲切之感。

次英却跟他很熟。那还是他入党后第一年，他的同屋人不记得为什么请了假，几个月不在。老魏来了，由市里的上级领着到他屋里来，告诉他这是党的上级，到北平来巡视工作的。要住在他屋里，要崔次英负责保密和保卫工作。当时次英诺诺连声，接受了任务。老魏在他屋里住了两星期，次英对同学就说，这是他表哥。有人来找，也由他负责传呼。任务完成得挺好。老魏临走说了句：

"谢谢崔同志，咱们是一家人。"

他由此认识了这位领导同志老魏。

想不到老魏就是副校长。崔次英一面介绍露沙，一面向露沙说：

"这就是我当年的客人老魏，现在得叫副校长了，您是怎么知道我在延安的？"

老魏微微一笑，让他们喝茶，嘴里答复：

"共产党的组织嘛，还不知道人在哪里？你们来了，就不必再到下边去了，就在校部做点了解情况的工作吧，……我知道你是陈婉贞，'一二·九'那天发的宣传品《老百姓》，就是你写的吧？"

两个人心里全都热起来了。觉得几年了，才碰见了自己人的领导。露沙再也忍不住了，就说出口来：

"老魏！你可不知道，人家把我们都打成国民党特务了！"

副校长毫不惊怪地答复：

"那弄错了嘛，我知道你们不是。"

崔次英也接口诉起冤来：

"老魏，你是了解我的，我要是坏人，哪里能保住你？我从来跟着党，从在学校到出来工作，敢说一辈子干干净净，没有和国民党有片言只字的关系，为什么要冤枉人？"

副校长尽量放平和地解说道：

"这是党内审查干部嘛，这就好比农民簸谷子，要把糠和秕子簸出去，把谷子留下。可是手总不能那么十分准，有些像糠的谷子也被错扬出去了，农民再把簸错的谷子拾回来，还是好谷子嘛。"

次英点头称是。露沙想起李文福、宋梅、莲美珠，甚至刘金兰的小弟弟，他们都像糠吗？欲待开口，今日的副校长，看来已不是当年的老魏，只得闭口不言。他又说：

"真的特务也有。发现了一个叫黎雷，是真的。"

次英愤慨地接说一句：

"他们还说'一二·九'也是'红旗政策'呢。"

副校长摇摇头说：

"说'一二·九'，那是胡说。"

好像别的他姑且不管。

他们就此告辞。出门后，两人相对一笑，自然明白了这次忽然平反的背景——自己背后有硬后台,自己还不知道嘛。

在半路上,他俩就议论起那个听说过名字的黎雷来,他是真特务吗?可是一点不像呀。听说武汉的"一二·九"运动就是他带头贴的大字报,还和北平的老同学通气,把北平的代表弄到武汉去,还发动了几个中学。他怎么会……露沙把嘴一撇,说:

"我根本就不相信那跑了的田海水是什么特务!"

到了秘书处,把他们安排在校部教务处,专门了解各部的学习情况。又马上安排了住处、伙食。

去吃饭时才知道,他们吃中灶。这是一般干部都吃不到的,主要为各地来延安学习的一部学员、领导干部开的灶,他俩的同事们一般都吃不到,明显是优待。住处给了一个一般的窑洞,在半山上,也很幽静,这就又该安居乐业了。

七　在中央党校里

崔氏夫妻到了延安,既然没有什么真正要紧的事了,那首先还得去看朋友。

青联变小了,不再是从前的规模,成了工青妇三个单位组成的一个小单位,只有十来个人,李平、老丁这些人都调走了,但是以前的人还有些在的。地点也迁到了杨家岭附近的一批小窑洞里。他们进去一找,就冒出来了当年的小沈,拍手叫着:

"你俩居然还别来无恙呀?"

次英说:"你们都别来有恙吗?"

小沈拖着他俩进了屋,说:

"老崔,你不是来过?咱们的老红军AB团孙以平,不是劝说过你?别来有恙的人可多了,听说连李平都危险,差一点当头头斗了,后来说'一二·九'不是'红旗',才把他免了。你恐怕只是一点小毛病。你知道,你走之后,陈代功已经死了!"

"死了,怎么死的?"崔次英和露沙不约而同叫出来。

"怎么死的?活不下去了,跳山崖死的。"

于是他们讲了详细情形,开了多少次批斗会,一口咬定他是国民党专派进来吸收学生的特务。青联的于莫文也管不了了,工青妇三家联合斗,三家联合的总党委书记上台讲话,还限他交代出名单来。他没有可交的,那天从山上跳下去了。

"有什么根据么？"

"没有。"

陈代功这个人，他们在武汉的时候都听说过。组织全国学联的时候，陈代功和另外一位南京来的代表是头头。当时署名向国民党政治部发文件呼吁的总是他们两个署名。大家开玩笑，说他是共产党的党代表哩。谁能想到，他竟作为国民党的特务，死在延安！

叹息了一阵，小沈又说：

"还有一个，也跳山坡自杀了，没摔死。"

这人是湖南新来不久的学生，因为从来没有见过这种场面，吓坏了，就自杀。这样的无名之辈，还不知道有多少哩。

他们俩又打听"延河轻骑"的朋友们，小沈连连摇手：

"不消问！不消问！这些人啊，说过延安吃饭不平等的，说过延安穿干部服的，反正说过延安一个字不是的，通通是特务。一个也跑不掉。"

他用手指着鼻子说：

"我就是一个嘛。"

原来最近运动搞松了一些，把有些人的特务帽子稀里糊涂摘掉了，小沈是一个，他估计崔次英也是一个。戴上帽子的时候，开大会轰轰烈烈，取掉帽子的时候不声不响，那些自杀的也是无声无息地算了。

告别的时候，他们告诉小沈，在中央党校遇见了副校长。小沈微微摇摇头，说：

"可惜没有那么多人和首长当年住过同屋。不过你们也要小心。"又说："你们还记得有个老领导赵华吧？听说因为白天黑夜不停地斗，人已经全身浮肿，不像人样了。"

赵华？露沙自然不能忘记刚进延安头一天，把延安的温暖送给她的赵华。可是现在怎么？他自己竟然也落进了可怕的严寒？

她想去向副校长求一下情,又一想关于黎雷的话,就没有了信心。

他俩一路走一路叹气。当然自己的命运算好的了,但是,露沙自己心里问自己,跑到延安来,难道就为了给自己找到个好命运吗?为了自己吃得好点,吃中灶?那自己在父母家里不是吃得比这还要好?我为什么?为什么?答不出来。

回党校的路上,经过行政学院,露沙忽然想起到这里看一看同学的妹妹。当初是自己发动那几个孩子参加民先的,也是自己劝她们在流亡途中投奔延安的。几年不见了,不妨看一看。正在和次英商量着,巧极了,从山坡上下来几个女孩子,其中一个大叫着:

"陈姐姐。"

正是自己认识的女孩之一,她一把抓住了露沙,连说:

"我可把你碰上了。"

露沙笑着说:"我就是来看你的,一块儿走走吧。"

桃林茶社不知道为什么已经解散了,延安人现在要散散心,只能走走了。

这女孩是同学妹妹的同学,抓住了露沙,一边走一边说:

"我早就想着怎么能找着你,再带我回家去,我悔不该听你的话,跑到这里来!"

露沙对于这个小妹妹,又是在路上,只能拍她的肩膀,说:

"别瞎说,现在谁也回不去,这里不是有你吃,有你穿,有什么对你不起的?"

"没有对我不起的?凭什么把我打成反革命、特务?我是跟你来革命的呀,关在一个屋里,成了犯人。连出门上厕所都要等到了时间,才能排着队去,凭什么?!"

"那现在你不是出来在外边跑吗?"

"我又不是特务了,解放了。可是起先打我反革命、特务有什么根据?叫我学习完了,还要感激领导的正确方针。我感激不出来。"

露沙只有婉言劝慰,别无可说。可不是现在谁也回不去?除了有吃有穿感激领导之外,再无可说的了。

他们回到了党校,分配给他们的工作,只是到党校各部去找支部书记,听一听学习情况,记下来回来汇报就完了。有时候,有权利去听各部的报告,比各部学员随便一些。

慢慢地,听到"抢救"中的轶事越来越多了。有好几对夫妇、好伴侣,在"抢救"中离了婚,都是因为一方被打成了特务,另一方为了划清界限,跟他吹了的。他们所熟悉的杨明、小童夫妇,在夫妻发生矛盾的时候都平安度过了,这时却提出离婚。据传是,小童已经承认自己是国民党特务,又说自己的特务上级先是崔次英,后把特务关系交给了姓许的,姓许的又把这特务关系交给了杨明。她和杨明谈话要他交代这特务关系。杨明死也不承认。

小童说:

"我都是了,你还不是?"

杨明说:

"我不是,你真的是吗?"

就这样造成了关系破裂。

还有更滑稽的,有两个老同学,一个被打成了特务,另一个奉命来劝说他,双方都明知不是那么回事,两个人打通了,共同研究了一套特务分子口供交了上去。

当然也有因祸得福的。李平被斗了一番,老同学小彭因此特别同情他,竟由此决定跟他结婚了。

但是,不管有多少荒唐案,到后来假的还是假的。这场运动终于不能不烟消云散,闹不下去了。于是露沙和崔次英在中央党校听了一次二部主任的报告。这报告并不提"抢救"运动如何错了的话,却说:

"办事情应当少而精,这回的毛病就在于多而粗了。"

口气完全不是评价关系千万人生命的政治运动,好像在闲评一件没做好的女红。露沙听了就想,这样的口吻,谁也说不出,谁能有这么大的口气?但是,所有被"抢救"的人,差不多都没事了。

在青联见到了老领导于莫文,老于赞同露沙和崔次英对待"抢救"运动的态度,说:

"露沙做得对。小彭也好。小童为了这运动,牺牲了杨明,太错误了。难道她真相信杨明是国民党特务?"

他没有说自己对待这个运动的态度。后来过了很久,他们才知道他当时就很不同意这个运动,曾写过一篇长达万言的意见书,要求公开批判扭转这个错误的运动。但是万言书送到上边,被压了下来,没有人理睬。

老于见了他们两个,好言抚慰,再三说:

"可不要把信心动摇了,要坚持我们大家共同的共产主义信念。"

次英听了总是点头,露沙却露出疑虑的神色。她实在没法解除胸中的扣子,但是同时又实在舍不下这些年一起工作斗争的这些友伴,这些同心同道的人。她喜欢大家,和人们真的是"同志"。但是,为什么要动不动翻脸不认人,把这些人当敌人来打呢?这又怎么能容忍呢?

她就这些问题和次英探讨过多次,他老是说:

"要想想主要的,咱们是来革命,还是专到这里来交朋友?朋友不好,也要割袍断义。何况人家是弄错了,应该允许朋友一时之错嘛。"

露沙只有忍着,她知道次英实在不能原谅这种"一时之错",但是那点信念,真和老于相似。比得上古人比干。她嫁了他,将来还不一定碰上什么事。只有忍下去呗。

在党校没有多久,次英忽然遇见从四川来的人,给他捎来口信,说是他的大哥已经在国民党的监狱里被枪杀了,这事情还没有告诉他母亲。次英听了,回到党校,告诉了露沙,两人流了一会泪。

他突然对露沙说：

"难道你还能认为我们可以和那些杀人罪犯和平共处么？"

露沙怔了一怔，回答说：

"当然不会！"

又停了一停，她才悟会过他的意思来，他是认为她在考虑延安这些错误的时候，没有更多想到国民党同时正在干什么。

"这是两回事！"她说，"不能因为别人杀了两个人，我就可以杀一个。至于国民党，我一辈子也不会原谅他们，各人是各人的账，好人能和坏人比谁犯的罪大吗？那还叫好人吗？"

小小的分歧终归又暂告停止。

在党校工作不久，他们就赶上了全校大会，因为场地小，全校不能都来。一部和校部的人是特别优待的，崔次英和露沙老早就跑去占了座，在前排正中，可以不错眼珠地望着台上。做报告的人就是毛主席。人们虽然都知道一定会有定稿分发下来，但还是都带着记录本和笔，怕有什么不公开发表的内部精神，好记下来。

这次讲的还是政治形势，说我们八路军怎样日居优势。讲到末尾，主席忽然来了一句：

"这回弄错了，是我错，我给弄错的同志敬礼了。"说到这里，他举起一只手齐帽沿，做了个敬礼的姿势。又接着说：

"我给你敬礼，你就要还礼。倘若我敬礼，你不还礼，那我的手就放不下来呀。"

露沙和次英两个人都是走笔如飞。会散了，两人回去就对笔记，偏偏这重要的一段，都没有记下开头，都是"这一回"。次英模糊地记得有"这回'抢救'错了很多人"一句，但是本子上没有。露沙却记得根本没有"抢救"两个字，"运动弄错了人"，好像有吧。也不准确。反正有这个意思，承认运动搞错了人。听报告的和听传达的都传开了。

在屋子里，次英和露沙第一次郑重地讨论这个问题，次英平心静气地说：

"我是原谅了，就是说：算了。你看，毛主席都认了错，向我们行了礼，我还有什么过不去的？那些事都算了吧，你呢？也算了吧！"

露沙微微点头，她想：也只能算了。虽然她心里没法儿把这件事前前后后都忘掉，只说了一句：

"在这个自己关起门来统治的边区，大家可以算了，我们不说就完了。可是如果将来我们得了胜利，统治了全国，再这么干……"

次英接口说：

"不会再这么干，若再这么干，那就成了自取灭亡了。决不能再这么干！"

他们觉得这场运动好像可以画个句号了。

可是，第二天他俩出门去，在路上忽然迎面遇见一个老熟人——赵华。露沙早就认出来了，满面笑容准备和他握手。可是不对，人明明是赵华，样子却不是赵华，变得虚胖虚胖，又不像是吃胖的，不晓得怎么变成这么胖的。两眼直视前方，又好像什么也没有看见，和正在错愕的露沙他俩擦身走过，连头都没有回。

这是怎么了？他们免不了又议论两句，但是除了议论，也再不能怎样。露沙心里想："句号是很难画的。"一路想着回到了家。

又过几天，他们去参加一次山头会议。这是中央党校特别是党校一部的一种学习方式：把各地集中到党校来的学员，分别地区召集起来开会，自由议论当年本地区的斗争成果与得失，由当年的主要干部和活动分子来召集。四川也开了一个，崔次英被叫去参加。他估计露沙会感兴趣，把她也带去了。

四川曾被称为"四川伪党"，今天到会的不少党员，曾被打成国民党特务。但是在会议上并没有一个人提出平反"四川伪党"这个问题。也没有人质问是谁制造了这全省性的冤狱。到会的人都非常严肃地坐下来。主持会议的人开口先说：

"周凤城同志已经再也不能见面了,让我们先为他默哀三分钟吧。"

周凤城,就是当年的省委书记老周,就是在延安中央党校一部的运动里被"抢救"成国民党特务,被迫自杀的啊!

于是全场静默,掉根针都听得见,有的人落下泪来。气氛完全是追悼会。露沙早听大老崔和崔次英都说过,这位老周是何等样人。他当过红军,又来搞地下党。学生运动、文化工作都是他领着干,办事情真有决断。露沙走到成都,糊里糊涂把个介绍信丢了,是他从崔家兄弟那里了解了实情,就硬是另开了一封,救了这个马上就要丢去党的关系的女孩子。如今,露沙竟然追悼身在延安却被当做国民党特务逼死的老周!共产党的省委书记!她一面流泪,一面心里如同火烧一样,这哪里是痛苦悲伤所能包括得了的?

会接着开下去了,按山头会议的要求,他们还是发言讲到在四川国民党统治下工作的得失,讲到了当年跟国民党斗争,怎样抛头颅洒热血。讲到怎样想办法让共产党的威信树立起来,其中当然涉及周凤城。人们说到他实际上为共产党建立了很大功勋,说到"周恩来同志真信任他",但发言人却再没有一个人提到老周的死。包括崔次英,他讲到他亲哥哥的牺牲,也没有一句提到延安和绥德对待他的手段。

会开完了,这些大部分曾被打成国民党特务的人,表白了他们对共产党的耿耿忠心。露沙一声不响地听完,火烧一样的心慢慢有点平静,她觉得实在不能不佩服这些人了。尽管没法赞同他们的逻辑。

句号再难打也得打,打得好,打得坏,也都算是打了。因为特务问题被抓进去的人都悄没声儿地回来了,好像他们是出外旅游了好多天。露沙特意打听了一趟那个黎雷的下落,原来早都出来在一个刊物社工作了。就是说,突然一天就云开雾散了。

绥德的小姑娘刘金兰写了信来,告诉他们绥米朋友的近况。

她说近来她得到地委的批准,到绥德师范去旁听音乐美术课。这是过去她念绥师的时候没有学过的。李文福在兼美术课,最近他在他们图书馆里主持开了一个小型美术展览会,里边还有他自己的画呢。

崔次英、露沙夫妇在中央党校老老实实工作了。这里工作可是真不多,他们奉命到下面一部去一趟,就占了一天,回来后第二天整理笔记,又可以占一天;第三天交上记录,又算一天。原来这个党校是专为储存干部的,事儿只有这些,两个人自己开自己玩笑,这叫做"一日一事"。这一事呢,也并不多。

譬如,有一天露沙奉命去一部支部了解情况。一部的支书是罗瑞卿,当年的抗大分校校长。他正在屋里和别人闲谈,看完了露沙的介绍信,笑了一笑,拿了一个西红柿和一块饼干给露沙吃,说:

"吃点吧,待一会儿,我叫他们和你谈。"

露沙窘得很,只好把记录本暂时卷起来,听候大支书的闲空。后来有一个秘书和她谈了几句,把她打发走了。这就办完了这一日的一事。

她回家告诉次英,大家并不看重咱们的工作,次英笑着说:

"在人家罗瑞卿那里,你还不是一个毛头小姑娘!"

就这样工作,一日一事。没有事做,他们就睡觉。睡醒了,下山去食堂吃饭。吃过了,去逛大街。两人自己做了一首打油诗,次英起句道:

"尽日昏昏睡梦间,忽闻春尽强登山。"

这是套的唐诗原句。

露沙接下句:"尽日昏昏睡梦间,忽闻吹号忙下山,因过书店去照相,又把浮生过一天。"

次英说:"何谓过书店照相?又不是天天照相。"

露沙便自注道:"吹号者,党校开饭以吹号为率。照相者,新开韬奋书店,其中设照相部也。"

照完了相,还可以去看美展。延安的美展里,竟也有了李文福的作品,崔次英指给露沙看过。

这里的中灶是不错,不用到小馆开斋。有一味粉蒸南瓜,是把南瓜切成厚片,倒扣过来和粉蒸肉的样子一样,中间夹几片肉,用米粉裹起来蒸,南瓜完全不像南瓜了,就是粉蒸肉。露沙说:

"我会了。将来离开延安回了家,得把这味延安名菜带回去,以飨家人。"

不过,食堂的伙食总满足不了人们解馋的欲望。例如过个节,总得吃点应节的,八月十五了,总得吃月饼。月饼街上有卖,就是没有钱。要纺纱卖钱,未免太辛苦。露沙就又出了主意:两个人去捡废纸,捡回来用水一泡,再晒干团成纸球,把这纸球拿去卖了,就可以买月饼吃。

此外,用布带子编凉鞋,捡破布打"袼褙"做鞋底,这些延安过家常日子的本事,她都学会了。

他们这样在延安过着家常日子,把那些愁苦都暂时丢在一边了,没有什么想的。

除了吃和睡,业余还可以看戏。延安的戏在大礼堂里演,不用花钱买票的。这一阵,除了有全国知名名演员演话剧之外,特别兴演京剧,延安称为平剧,有延安平剧院。除了有新编的《三打祝家庄》《逼上梁山》之外,也演传统节目,最受欢迎的是全本《借东风》(或名《甘露寺》)、《群英会》,全本《十三妹》也得到鼓掌。

崔次英是向来不看京戏的,这下子却被《群英会》迷住了。看了直说好,说这个戏简直是可以联系现实生活,越看越好。三分天下,蜀吴两家必须和亲,才能抗魏。有多少透彻的说服力,现在也正是三分天下呀。不懂这一条就不懂政治,也不会看戏。周瑜、诸葛亮也都演得妙极了。他听不懂唱词,露沙教他。他不久也能哼两句"劝千岁,杀字休出"了。露沙则觉得《十三妹》好,看了这戏叫人想起北平的生活,想起荀慧生的《十三妹》。

看了戏,他们回屋就议论。

这里吃得既不错,又有戏看,党校图书馆又有延安别的单位所缺少的书,除了没什么工作做之外,倒也真提不出多少意见来了。

露沙说:"现在咱们在生活上没什么不满的,想想'延河轻骑'上的那些文章,其实有点过于挑剔。"

次英说:"你也有讲公平话的时候。我早就觉得批评上头那些人的时候,应该替他们想想,说的那些话有没有理,是不是全冤?"

露沙说:"那你认为他们搞运动整人,也情有可原了?"

次英摇头说:"可不是这意思。"

他们谈来谈去,往往就谈不到一块去了。

八月十五日下午,将及薄暮,忽然在党校山坡上传来了一片欢叫声:

"日本投降了!日本无条件投降了!"

不知道这声音首先从哪里传出,反正一下子传遍了山上山下,把每个人拖进了这股像疯了似的热潮。喊、奔跑、跳,从山上到山下点燃火炬,把不知有用无用的东西投进火堆,这简直是想都想不到的天大快事啊!

一会儿,各个山头都有火炬亮起来。

人们自动游行,自动喊口号,没有上级布置的口号,人们自动喊着:

"中国胜利了!中国万岁!"

按说这是很不符合党的宣传口径的口号。还唱着歌,中国的,苏联的,大声互相交换要说的话:

"胜利了,我要回上海了。"

"我要回北平了。"

"我们安徽也能回去了。"

都嚷嚷着他们的家乡,他们的祖国。这一会儿没有人想起该喊无产阶级万岁,也没有人提醒。

后来还有人唱起杜甫的诗,《闻官军收河南河北》来:

"剑外忽传收蓟北,啊,初闻涕泪满衣裳啊!……"

露沙也跟着唱,一边唱一边就想和一首。当回到自己的窑洞时,和诗已经吟成了。她提笔就写了下来。次英看见了,抓过来高声吟道:

> 塞下忽传胜利声,八年苦战竟全功。
> 下山歌笑火光里,东去归程指日中。
> 万里山河凭放手,千章锦帜入名城。
> 生还父老应犹健,子弟兵归唱大风。

然后他点头道:"诗是不错,不过……'万里山河凭放手',是不是放手发动群众的意思?"

这放手发动群众是前几天刚传达的党中央的指示里提的。

"不是……也可以算是。"露沙摇摇头,又点点头,这时候她被一个人对祖国的天然热爱所覆盖了,还没有多余的头脑来考虑在这里应该怎样措词。例如说,"八年苦战竟全功",能说竟全功吗?根据地才占了多少地方啊?"东去归程指日中"更不对,东去只能去国民党区。在这里几年,已经学会了把中国分为三个地区:沦陷区、国统区、解放区。怎能因一时迸发的爱国热情,把该永远记住的这浃骨沦髓的大事都忘记了?这首失去立场的诗是不能给人看的。于是她打了自己一巴掌,把那首诗撕得粉碎,扔掉不要了。

可是,日本投降对于解放区当然也是一件大事。消息刚传开了没几天,延安就决定了派大批干部下山,和国民党抢受降。中央党校所储存的大批干部立即打点行装,霎时间走了一个空。前去受降,可不是各地方有多少现成投降的日本兵等着你,是叫你到一切能去的地方占地方。好比河南人,就派你上河南,东北人就叫上东北。去的人也不是武装起来的受降部队,而是拖儿带女一大群。

那几天,延安路上简直被出发的部队挤满了,一群一群的。有背着行李的,有赶着毛驴的,还有挑着担子的,有临时自做一个木架背笼,自己背上,笼里坐着孩子,上面还蒙着纱罩,很漂亮的,各色各样,简直是大搬家。

于莫文曾经提出要露沙和次英跟他出发去东北,他们也都和小沈商量好,两家合买一头驴了。临时因为党校不同意,也可能绥德不同意,没去成。等老于他们走时,次英、露沙不免来送行。只见队伍浩浩荡荡,却是欢欢喜喜、说说笑笑的。

露沙上前拉住小沈和他爱人小陈,问他们:

"你肚子里真有了吗?"

小陈说:"都四个月了,要不是为这个,我们干吗破了产也要买驴?"

这怀孕四个月的孕妇也跟着大队上前方受降。这些人能动刀动枪么?露沙有点怀疑地问:

"你们去干什么,知道么?"

小陈毫不怀疑地回答:

"去工作,去办接收嘛,上级说的。"

他们就满怀着信心,走了。

"喂!露沙,陈婉贞!"

队伍中忽然传出一声亲切的喊叫。露沙定睛一看,想不到是赵华,只见他的脸已不再浮肿,神情与过去一样。露沙跳过去,笑嘻嘻握着他的手,连声说:

"你好了呀?祝贺你胜利地远征。"

那赵华笑着说:

"我没事了,挺好。咱们大家都好。"

他们一走,中央党校空了好多。党校那位副校长也走了。也是去东北,在党的工作方面挂帅,临走时匆忙,不要说没工夫叫崔次英来告别一声,对全校都没有顾上交代,听说是连夜走的。就在他走的这两天,党校礼堂又召开了大会,毛主席亲自做报告,题目是《目前形势和我们的任务》,《毛泽东选集》上有的。

露沙和崔次英的手笔快,校部机关已经人人皆知了。于是他们被指定坐在台上当记录员,好和速记员的记录核对。露沙坐在台上的大幕后边,打开本子等候,忽见台下前排靠自己这头一位老人家向自己招手,看出来是徐特立老人。虽是和自己素不相识,她自然也连忙跑到台边问:

"您有什么事?"

徐老拿出一个不知什么纸裹的小包包来,递给露沙,用手一指道:

"去交给林老。"

原来林老就坐在同一排的另一头,从台下传东西过去很不方便,从台上递是很方便的。露沙当即跑到台的另一头,把这小包递给了林老。林老接到手,向坐在那一头的徐老点头微笑,表示收到了,跟素不相识的露沙也点了点头。

露沙笑着回去坐下,觉得这两位老人家对不认识的年轻干部都像对熟人、对家里的孩子似的,很随便,有事就叫。自己不知不觉心里暖暖的——我们的家啊。

待了一会,毛主席上台了。露沙用全力做着记录。讲到最后,毛主席讲起在抗战八年中跑到延安的知识青年新干部来。他说:

"抗战都八年了啊,还叫你们是知识分子新干部,不大恰当了吧。那么,叫你们是老干部,也不恰当。叫什么呢?叫抗战期间之干部吧。"

这算是给这群知识分子正了名。原来在延安,对工农出身干部一律称为工农老干部,知识分子干部一律称为知识分子新干部。新老一字之差,政治上就差远了。反正我是老资格,你是毛头小伙子,你总在我之后。连知识分子中的老资格,也常被人尊称为工农老干部,例如洛甫、陆定一。反正"工农"二字就是老资格的代表。

实际上,称为工农老干部的,也有好些是抗战中参加革命的,并不比被称为知识分子新干部的人资格更老。这是使知识分子经常不平的一件事。

谁新谁老？现在可以讲讲公平了吧？可以有知识分子老干部了么？知识分子干革命,价值就比工农低么？露沙模模糊糊地把自己心里考虑了好几年的事,在几分钟之内挽成了一个小团,一下子分不清楚。

她可不敢当面去问毛主席,只见他挺潇洒地讲完,下台走了。

党校的人既已大部分走了,原来的这些部就得缩小。没过几天,就有常驻延安的单位,来党校调人。

新华社来党校调编辑和记者,把崔次英和露沙都调去了。如今形势变化,人们纷纷下山,各单位纷纷缩小,新华社却扩大了,得对外搞宣传了。新华社的编辑部原来只有一个翻译科是最大的。一群知识分子都在这里当了翻译。把合众社、路透社的稿子译成中文。发新闻的却只有一个编辑科。这时应时势的需要,决定编辑科扩为编辑部,下面分解放区部、国民党区部、国外部,还另添一个口头广播部,声势压倒了翻译科。和新华社并列的是《解放日报》社。崔次英后来被安排在《解放日报》社当编辑秘书,露沙则进了新辟的口头广播部。刚到的时候,大家还暂时都在编辑科里,跻跻跄跄,挤满一间大屋子。

每天早晨,副社长兼编辑科长陈克寒就来了。开口就说今天的形势如何,总有好转和逆转两种趋势,告诉全体搞新闻的,把眼睛擦亮,盯着形势往哪方面发展。天天有这么一段,天天不同。这一段新闻教育,是露沙从来没有经历过的。她真觉得大开眼界,和平日死啃报纸、社论,可是大不相同。她马上喜欢上了这工作。

这里的工作时间也和延安各单位大不相同。人们都得天不亮四点半起床,梳洗一下,不吃早饭,就到办公室,看今天的新闻稿和决定要发的稿,写稿。八点多吃早饭,由公务员把饭送到办公室门外,盛了饭回各人办公桌上去吃。吃完继续工作,直到午饭时间,才让大家下山去吃。饭后有工作的继续干,没工作的收拾检点一下,自己决定什么时候下班。这个工作的性质决定了它的工作时间。天天如此,没有星期日,连假期也没有。因为面向全国的新闻稿不能停止一天,只有逢到法定的假期,由社里的工作人员互相加班替工。如果放假两天,有一天总要由一个人干两个人的活,让另外一个人休息。

每天上午是紧张的工作,下午又有相当自由,这样的工作极投露沙的脾气。

八　生活在圣地

进了新华社,第一件吸引人的事情就是成天看局势的变化,一会儿这样了,一会儿那样了,都在身边发生。

头一件碰见的事是马(歇尔)、周(恩来)、张(治中)和平使者来到延安,轰动了里里外外。原来日本投降之后,国民党统治区和共产党解放区就发生了争夺受降的问题,有些地方已经打了起来。抗战八年了,还要再打内战吗?这实在是一般群众,不论谁统治下的群众都不高兴的。美国出来调停,要求不要打了,这才有了军事调处执行部。美国派出的头儿是马歇尔,中共方面是周恩来,国民党方面是张治中。那一天,当和平使者们的飞机到达延安的时候,机场上真是万头攒动,欢迎的口号声压倒了其它一切口号。新华社空前地派出记者,去跟着和平使者们直接采访,直接出稿,而不用中宣部统一发的新闻稿。新华社有一位女记者,本来已经预定了这一天要去做流产手术,因为延安头一次出现这样的盛会,手术都停止了。女记者夫妇一商量,应该让和平使者的和平曙光照射在新生婴儿的生命上,让他在和平光辉下生存。于是决定不做流产手术了,而且给未来的婴孩定名为"马歇尔"。

露沙在家里等发稿,没能跟着去看热闹。她站在山坡上,望见那么多连跑带奔还喊着的人群,好像不知怎么高兴才好了。她等了一会,就见前往欢迎的人上了山,一边走一边说:

"我和周副主席握上了手,他高兴极了,连说和平和平,和平好。"

另一个人说:"我还握上了马歇尔的手,他也笑嘻嘻的,他的手很热。"

露沙把稿发了,心里还一下子平静不下来。她很想在发的广播稿上写上:"我们延安人都非常爱和平。我们和你们一样希望和平了,大家回家去。"但是不能这样写。

这些天,大家都在议论和平与内战的问题,当然大家欢迎的是和平。不久就有些干部被派到重庆去做工作,新华社社长秦博古是其中重要的一位。临走之前,他在社内做了一次讲话,全社的人都去了,只见博古笑呵呵地站在台上说:

"和平了,咱们的工作可要提高一步。可不能按咱们在山沟里的老章程,新闻反正一年四季。春天么,报导春耕;夏天么,夏锄;秋天秋收;冬天呢,冬天有冬学。这一套在全国可吃不开。在全国,和平了什么都好,都要报导。大家要提高业务哟!"

他的笑声像洪钟一样,编辑和记者们也都跟着笑。除了去重庆的,还有去北平创办《北平解放报》的。他们一个个精神抖擞,走上新路,都是坐飞机去的,美国派的飞机。

去北平的人,希望在北平认识几个当地人。露沙就给父亲写信,请他招待朋友们。她还不清楚父亲这些年究竟干了些什么,只接到家里自称"大喜过望"的回信,谅必没有太坏的事吧。还托人带来了小包的牛肉干、巧克力,都有十来年没尝过了。包食品的是一块白洋布。露沙左看右看,几乎不明白现在人们怎么拿这样的布包东西用。她下剪子把这块包袱皮剪成了一件短袖衫,因为她穿的衣服还没有这块布好。

去南方的人,有抱着一腔和平民主愿望,想在政治舞台上一展身手的。党中央的刘少奇,在延安给大家讲话,说:

"现在民主了,我们要在这时候,拿出真本事来,和国民党赛一赛。民主是要竞赛的,我们都去给老百姓讲讲我们的主张,全国的干部在全国讲,省里的干部在省里讲嘛。黄齐生先生就是响应号召的一个。他搞了一辈子民主活动,想回到贵州去竞选省长。"

延安纷纷开会,讨论怎样实现联合政府,是搞统一的联合政府呢,还是搞南北朝。连毛主席也讲了一篇《论联合政府》。这文章后来收入《毛泽东选集》,人们当时念得很热心。这一阵延安的人们在议论,估计国共双方在日本投降以后的形势。抗战八年,国民党守着大后方,大后方当然还是他的。这八年,共产党从小小的陕甘宁边区出来,可开辟了不少地方。北方的乡村差不多都在共产党手里。这些乡村包围着日本所占领的中小城市,日本人不可能不走。所以估计起来,大约是国民党占南方,共产党占北方,会变成一个"南北朝"形势了。人们根据这南北朝的估计,才考虑到可能成立联合政府,才有这么多关于和平的愿望。许多在国民党监牢里的人也放出来了,一阵和平的气氛,一下子笼罩了大后方,也波及到延安。

露沙直想念北平的家,崔次英也收到了多年不见的家信,他的母亲要到延安来了!原来自从哥哥被捕之后,母亲就率领儿媳和孙子躲避在偏僻的乡村,也没有哥哥的消息,党的关系也断了。直到最近,一些在国民党手里被捕被杀的人有了消息,有的给放出来了,例如叶挺。杀掉的也得到了明确的信息,大老崔就是一个。家里人还不知道,党组织已经知道,于是由党的南方局,即八路军驻重庆办事处决定,把崔老太太和家属送来延安,作为军事调处执行部的人员,坐美国飞机来。

崔次英知道了这个消息,告诉了露沙。哥哥一定会死,他们是早猜到了的。母亲能来,却真没想到。次英对露沙说:

"妈妈要来,你得好好接待她。让她宽心,不该说的不说。"

露沙说:"这还用说?还有什么嘱咐的?就是不要把大哥牺牲的消息告诉她,是吧?"

次英说:"这是一层,还有一层更重要的。"他低声说:"不要把我们在延安被'抢救'的事情对她说。"

露沙问:"为什么?不让她知道你在延安受了欺侮吗?"

次英叹口气说:"还不止这样。你不觉得这次党组织能把她送来,是对我们非常关心非常爱护的表现吗?她一个普通党员住在那农村受苦。他们能打听到她的消息,把她接到重庆,又千里迢迢用飞机把她送到延安。这是什么情分?我还能没有一点感激之情、原谅之心,感到这到底是自己一家人吗?"

露沙点头沉思。当然,他这话有理。这件事是办得好,使人心里温暖。那么,那些胡作非为呢?就当做小孩做错事,原谅了吧。不应当让崔老太太知道。同样,也就不应当给和平以后抱着无限希望的中国老百姓知道,对了吧?于是他们夫妇取得了关于如何迎接母亲的一致协议。

过了几天,来通知了,叫他们去杨家岭接母亲。

杨家岭是中共中央所在地。办公厅、中央大礼堂都在这里。崔老太太作为办公厅由飞机接下来的客人,就住在杨家岭。他们夫妇俩急忙开步跑到办公厅,办公厅的钱副主任笑着叫:

"崔老太太,你的儿子媳妇都来了,还不出来团圆啊?"

母亲应声出来。只见她穿一件旗袍,剪着半长发,完全是延安看不见的打扮。虽说在乡村艰苦了几年,比在成都时瘦了一些,却也并不见怎样憔悴,还是满精神,见了儿子媳妇就笑。

崔氏夫妇向钱副主任表示了感谢。这钱副主任原是周副主席周恩来同志在重庆南方局的秘书,经常在延安重庆两边跑的,也常常接送从重庆来的人。今天接来了崔老太太,他当然挺高兴,随口就说:

"老太太在四川可不容易,四川的党员多辛苦呀,个个都是提着脑袋在那里干的,这里居然还有人造谣诬蔑逼死人,叫人不能不拍桌子。周副主席听说,可气坏了。"

崔老太太说:"周副主席见了面就一个劲安慰,叫我先来了。说是有位子先尽我。你大嫂和馨儿、莹儿他们随后就来。"

又说了一些重庆的琐碎,说自己两个孙子都长大了,只是小儿子没能来,他在四川上高中呢,孙子可以在延安上初中吧。露沙他们都答应着。虽然露沙一听上中学就不由不想起绥师和米中,真可怜!可是延安连绥师米中这样的学校都没有。"为边区就是为中国,为今天就是为将来"嘛,不跟老母亲说了。

他们很快就为母亲向新华社申请到了一间窑洞。按延安规矩,每个人都有自己的单位,无所谓家属。崔老太太暂时还没有分配到单位,就暂住在新华社。

母亲一住下来,就有许多同事跑来探望。男同志不按延安的叫法称阿姨,都按外边叫法叫崔伯母。女同志探望过了,对露沙说:

"在延安居然有了个大家庭,你居然有个婆婆,少有,少有。"

跟来的小孩从来没见过穿旗袍的人,见了崔老太太,诧异地说:

"她的身体是长的!"

母亲真的像对待自己女儿一样地对待露沙,问她:

"爱吃什么?会做吗?不会做,我来做。"

白天,次英夫妇没有工夫,她就在家里翻他们的东西,翻出脏衣服来,就替他们洗。露沙发现了,说:

"这怎么行?"

老太太抖擞着晾上的衣服,说:

"这怎么不行?你忙嘛。你的针线看来也不高明,有活路,我来做。"

露沙的妈是阔太太出身,疼爱女儿也只能叫老妈子给小姐做。从来没有替女儿洗过一条裤子,缝过一件衣。这个婆婆也做过阔太太,却什么都自己干,而且替媳妇干,露沙从心里叫了她一声妈,我的妈妈。

　　他们夫妇原来在自己房门口按延安惯例种了几棵西红柿。这时候已经结过果了,枝上还残留着几颗。崔老太太就跟着露沙去务育这几颗果子,天天看它们红了没有,说等它熟了就摘下来炖牛肉给露沙吃。有一次过节,小公务员由山下替老太太打饭来,一边走一边摇晃那只饭桶,嘴里哼哼呵呵地唱着:

　　"老太太,快来看,今天吃什么饭?哈哈!"

　　把饭桶一掀,接着唱道:

　　"大米饭啊。"

　　崔老太太以为有什么珍肴美味,忙上前去看,不由得说一句:

　　"白饭嘛!"

　　露沙在旁边说:

　　"这个饭,我们一年不过才吃两三顿,小鬼他们在自己家的时候,大概一顿也没吃过。"

　　原来延安不种水稻,没有大米吃。平时改善生活都是吃馒头,吃一顿大米饭当然稀罕。崔老太太听明白了,儿子媳妇在这里是吃不上白饭的。她做主买了砂锅、菜刀。后来,她买了猪肉,做淮扬菜狮子头。

　　她当场表演,叫着:

　　"沙儿,你来打打下手。"

　　其实她也明知道露沙不会打什么下手,就是叫这个新儿媳妇在旁边看着学习。

　　露沙看见她剁肉,就说:

　　"剁肉我会。"

　　拿起菜刀来要剁,婆婆却说:

　　"丸子肉不是这个剁法。你看,肥肉、瘦肉要分开,肥肉要切,瘦肉才剁。"

　　剁了肉,她又切白菜,也不让露沙动手。她把白菜叶子和帮分开来，白菜帮切成块，铺在锅底，白菜叶不切，等着盖丸子。然后做丸子，用鸡蛋去和肉泥，基本上不用淀粉，整整齐齐地一锅丸子，上面用白菜叶盖着。

露沙只起了个递白菜、敲鸡蛋的作用，婆婆却笑着说：

"你是淮扬儿媳妇了。将来说起来，你也会淮扬菜。"

婆婆指着走进门来的崔次英说：

"你问问，他们哪个不是茶来伸手，饭来张口长大的？我看你比他们强！"

他们笑着吃了妈妈亲手做的菜。没事的时候，她就把在淮扬和在四川的生活讲给露沙听。她在家乡时原来也是个阔太太，相信了儿子们的劝说，跟他们一起丢了那个家，出来抗战。后来在四川是真穷了。穷归穷，遇见儿子们的革命朋友来家，她还总是带着媳妇，两个人一起下厨房做菜招待他们。所以如今还保留着这习惯，她对于二媳妇也觉得和大媳妇一样。要她学做，也要她吃。

有一天，她们又谈起家乡那个县，如今解放了，成了解放区了。老母亲对露沙说：

"咱们也可以回家去了。你也回去看看，我们院里有一棵老素心梅。"后来又说："我们回去，什么都不要了。这些年的租子都不要了，只要收回一点点，可以买点布，给我们大家做几件裤褂穿穿，这该可以吧？可以办到吧？"

露沙"嗯、嗯"地含糊答应，心里想的是现在正传达"五四指示"，土地已经平分了，新解放区地主的地租也马上要取消了，而且许多地主已经因为这个身份而被打死了。婆婆还不懂，虽然她已经革命了，可还不明白在这里随便说这么一句话，就是天大的罪。只有哼哼哈哈，不和她说。后来，大嫂子带着两个侄儿也来了。按延安的规矩，每个人都得有自己的"单位"。于是她们和次英商量了，让老母亲去找一个托儿所，当保育员，大嫂想办法去延大学习，侄儿侄女去进延中。

同时，露沙托人带到北平家里的信，也终于有了回信。这封信是父亲亲笔写的，带信人的老家尊，认识露沙家里，算得上世交。他的父亲和露沙父亲同过事，于是他到陈家去吃了一顿饭，和陈老头子谈了。据他说，露沙的父亲在日本统治时期真的没有什么事，不止他没有事，他们那一班老同事都没有发生多少事。只有一个姓尹的，被日本人拉去当了一阵新民会的什么部长，也是勉勉强强，见人就诉苦的。其他谁也不干。有一个姓齐的老伯，日本宪兵队硬把他拉去叫当新民会长，他自称已经信佛吃素多少年，已入空门，不能从命。在宪兵队蹲了几天，到底放出来了。露沙的父亲原是一个日本留学生，在东北当过铁路局长，日本人更不肯放过他，要他当华北交通总裁。他坚决不干，告诉来请的说：他和日本名人松岗洋右什么的，是老熟人。现在他不想做这个官。如果硬要他干，他就写信到东京去告状云云。总之编了各种词儿堵回去。实在不行，还跑到上海去躲了一阵。告诉亲友说：

"我不能做这个事。做了，将来我的贞儿她们还怎么做人？"

总之，那班老头子，就是那时候混混沌沌叫做"老官僚"的，谁也不愿意出头来做日本官。说他们都想当汉奸，并没有这回事。露沙放了心，也更加想家。她自从参加了民先，自己觉得自己很革命，从来就认为这些老头代表旧社会。到了抗日，他们又代表亲日派，日本来了，谁也站不牢的。所以自己虽然在心里还相信父亲不是一个没有人格的人，在"抢救"运动中听见人家毫无根据地骂他是汉奸，自己很觉冤枉，但是也觉没有根据反驳回去。一个在旧社会当过官的日本留学生，在日本占领时期当当汉奸也是很自然的事，在咱们这里推理，就该推出这条马列主义的理来。现在过了八年一想，才明白这不符合事实，因此就是捏造，是冤枉人！父亲与革命完全无干。但是他的的确确不是汉奸，不肯当汉奸，我怎么连这一点也没有想明白呢？

于是她写了回信，第一次怀着眷念的心情提到自己那个资产阶级家庭,而且第一次忽然感到自己那个家和次英那个革命的家,竟也有相通之处了。真怪,想起当初在家里和父亲、母亲吵架的场面,不由得要笑!

记得是十五岁那一年,因为咳嗽了,母亲要带自己到仓田医生那里看病。自己坚决不肯去,说咱们中国人不能找日本医生看病。母亲生了气,说:

"怎么不找日本人?你爸爸一辈子吃的就是日本饭。"

自己更气,跺脚大哭,说:

"我们不吃饭了!日本东西我们一样也不要。"

日本的毛衣不穿,钢笔不要,日本的麻雀牌毛线不买,要买就买牴羊牌的,认为是国货。甚至连日本洋娃娃都不许小弟弟玩。

到后来,自己十九岁了,满脑子是革命。日本侵占了北平,清华许多同学要经过天津南下。自己家住天津法租界,就自己做主,让革命同学都到自己家来。

父母突然发现一院子的青年,不知怎么回事。母亲站在阳台上,就喊:

"这个家还不是陈婉贞的,她当不了家。"

母亲要同学们走。那时自己不顾一切,就在院里和母亲吵起来。后来,父亲在饭桌上说了话:

"你实在不愿意在家里,可以到外面去流浪,天涯海角我们也不管了。"

自己当时就回答:"天涯海角也比在这里当汉奸的子孙好。"

就这么谈定了走的。现在想起来,自己怎么那么像个孩子啊!真是胡说八道。

次英在这里有家,她自己也有个家。她莫名其妙地突然做起了还乡梦,但愿真的可以回家看一看。她第一次给家里写信,说一旦和平,即可返平。

其实能不能去成,她也不知道。他们在新华社做发稿工作。

天天在发表言论,说希望和平,同时也天天发表报道,某某城市的战况怎么样。国民党抗战时期一退退到大后方,如今日本一下子投降了,交通要道都还在日本人手里。火车不通,没法去接收。国民党只能坐飞机跑到北平、上海、南京来接收,共产党这边就专门占交通要道,进攻日本占领的小县城。日本说向国民党投降,哪里找受降的去?小县城周围乡村都是解放区。共产党进了小县城,大片地方都成了新解放区,当然也不能退,这就打起来了。同时双方都骂对方搞内战,破坏了和平。露沙做报道,注意天天统计解放了多少座城市。数字日益增加,这实际是交通越来越不通了。可同时她也在发反内战的消息,这消息多半是从北平、上海发出来的。

新华社决定派记者到重庆去发稿。崔次英受命去重庆,两天之后就要坐美国飞机走。妈妈和露沙来不及替他准备行装,只从上面领来了一套灰色粗呢的制服,和一双皮底布鞋。他脱了旧棉衣换上,这是八年来头一次穿漂亮衣服了。他换了衣服,匆匆就走,只告诉露沙:

"我去干什么,都不清楚,一切听这里的,大约也没工夫找老朋友,你们就等我的报道吧。"

他走之后,才几天,就看到"本社特派记者崔次英"的报道。接二连三,讲的都是重庆国民党制造内战、压迫民主的消息,学生怎么挨打,军警特务怎样横行。这些事情就和当年"一二·九"运动时期学生们的遭遇一模一样。露沙发着稿,真觉着耳熟能详,怎么一切都和十年前一样?难道这场抗日战争和没打一样?不对不对!次英在重庆发稿,他不会不说真话。有一次较场口事件,国民党动手打人,打了高呼反内战口号的人。他们说要"戡乱",听着就叫人烦。她这时也看到了一些重庆出的刊物。显然还是老提法:左派说不要内战,要和平;右派说和平是好,但是现在有内战,只有戡乱才能实现和平。大家都赞成和平,但是没有办法实现和平。

毛主席已经到重庆去了一趟,签订停战协定。北平成立了军事调处执行部,各地成立了调处执行小组。协定上说明了,双方的军事行动应立即就地停止。但是不行,还是越打越大,越调处越停不下来。露沙在延安做发稿工作,天天在说国民党军又攻占了我们什么什么地方的新解放区。我们出于自卫,不能光挨打呀,当然得防守一下。好比东北,是日本刚投降,我们就去人解放了的。国民党是后赶去的,我们要是让他,那就是违反停战协定了。我们可不是要内战。

地方是越防守越大了,反内战的口号越喊越响。国民党统治区的群众越听越有理,国民党的路是越走越走不通。他说日本退出的地区,天然都属于国民党。共产党占了就都是内乱,不是内战。他们不肯说反内战这三个字,群众就觉着是他们想内战。说他们越戡越乱。从重庆出来,除了坐飞机之外,只能坐船到上海,想到北方已经无路可走,只能经海路坐船到天津。其它沿路都是你戡乱,我反内战的地区。露沙发着稿,心里有点明白这内战是停不下来了,但是我们还得天天呼叫反内战,要和平。北平的学生们,他们跟着我们喊,大概也该有点明白用这种办法是不能停止战争的,所以后来他们的口号也偏于和平了吧。

崔次英走了不过两星期,妈妈突然得了脑溢血。妈妈这时刚刚分到一个新单位——交际处。这个单位赶紧去电报叫崔次英回来。他接电后第四天才赶上有飞机,赶了回来。妈妈的病已经过了危险期,在医院里躺着了。他们儿子媳妇孙儿就轮流在医院里陪着。大媳妇动手炒菜做婆婆喜欢的家乡菜。二媳妇露沙就拿延安的土产毛线给婆婆织毛袜。因为她的脚是放足,外边买的袜子都不合适。邻床病人的家属看见都说:

"老太太疼儿女,没有白疼。"

崔次英见妈妈病已好,本来是想销了假再回重庆,可是刚打算走,由重庆飞延安的一架美国军用机突然出了事,全机坠毁了。

这是一件惊人的事故,飞机上都是党内的重要干部,当时称为王、秦、邓、叶、黄的,王若飞、秦博古、邓发、叶挺、黄齐生,还有叶挺的家属,黄齐生的孙儿。飞机在晋西北的黑茶山遇难,全机没有一个生还。

王若飞是中共中央派到重庆的和谈代表,牺牲了。叶挺是举国皆知的新四军军长,被国民党抓去好几年,刚刚放出来,要回延安恢复党籍,再做工作,却在这里牺牲了。秦博古怀着一腔和平民主的希望,要去搞国共再一次合作后的新闻事业,没有成功,死在归途上了。还有黄齐生,原是希望到大后方去竞选的,结果铩羽而归。

这件事不止是死了人,死了重要的人,而且好像还说明着和平民主这桩大事的命运。重庆的田汉为追悼他们写了几首诗,都提到和平民主,悼博古的有:"誓为和平启聩聋,笑如春海语晨钟";悼黄齐生的有"炯眼苍髯一老儒,敢为民主惜微躯"。说明他们是为和平民主在努力的,最后为和平民主死了,为和平民主贡献了一切。

可是,这些人的努力,对和平民主有帮助吗?秦博古带着一肚子和平幻想去了重庆,叫家里的人们等他的好消息,他要调人去的。结果是什么呢?结果是没有什么结果,灰溜溜地回来了,还落了一个空中丧身,真还不如不去。社里的人都替他惋惜。这次出征究竟为了什么?使所有在社里引颈盼望的人,都觉得迎头泼了一大勺冷水。

据说重庆的民主人士,还在天天高喊和平民主,加上反内战。露沙刚见到了从重庆回来的次英,就问:

"见到了老朋友没有?他们都真心要和平民主吗?"

次英告诉她,见到了当年在清华和露沙同屋的汪展平,她还请自己吃了饭。她在重庆当太太,有知识的太太。谈起生活来,说现在才明白家庭妇女并不像过去想象的那样不值一钱,里边也真有很多学问。谈起将来,说当然希望和平,就希望这些参加和平运动的人拿出点实际行动来。如果有,她一定也还是去参加。还有一个民先老朋友胡天明,说年纪大了,不能再老是靠喊口号过日子。他劝次英搞一点学问,自己也正在准备去美国读书。共产党说要和平,这当然很好,不和平怎么读书呢?比老说戡乱的好,就希望和平实现。我今后跟着走,别让我再干别的了。

次英说:"我看他们都爱听和平,咱们党打出这张牌,算是占了上风了。"

露沙接到家里妹妹的信,也是说:"听说要和平,盼望战争即停,火车即通,姐姐即能回来。"这信使露沙和次英只有叹气,哪里有这回事呢?这些朋友和弟妹们也在盼望着大家和平团聚,但是他们并不知道怎样才和平得了,团聚得了。

露沙痴痴地望着自己手写的新闻稿,心里难过。她拿起一张稿纸,写上了抬头:

"敬爱的毛主席:

我是十分拥护和平民主的共产党员。您是最关心全国人民的利益的。"

底下就写不下去了。写上我主张不要再打了,把一些新占的交通要道交双方共管吧。怎么共管法?我们现在发社论说,我们最拥护恢复交通,办法是必须改组铁路的管理!不能让国民党军管理铁路,而改为由国共双方派人组织护路队来管。这个护路队在哪里?纵然组成了,如果发生矛盾,听谁的呢?真好像小孩子玩的圈圈,转了半天还在原来地方。国民党说:那些铁路线本来是他的;共产党说:不,现在已经是我的,要共管。每一个火车站都得斗一场,口说不行,叫谁退谁也不退。非得有人说一句:"我们退让一步,才能获取和平。"可这句话由谁来说?

露沙正鼓足勇气要写,次英问她:

"你写什么?"

她说:"我想像你当年那样,给毛主席写信,你不是最敬仰毛主席的吗?"

次英已经明白她要写的是什么,就说:

"你认为毛主席现在不代表全国人民的要求吗?你还向他要求什么?"

露沙握着笔回答:

"当然代表,可是现在说的是和平,照这样下去,和平能很快实现吗?"

次英说:

"你想提一个使和平很快实现的方案?"

露沙踌躇着说:

"我想说,要实现和平,就得真停手。吃点亏也停手。"

次英不放松地追问:

"你是说要共产党先吃点亏?"

露沙不敢回答。绕着弯子说:

"我想是……是不能都抢地方。"

"不抢地方,就占不了新解放区。没有新解放区,拿什么本钱和国民党争呀?"

"那么你也主张现在不要和平?!"

"不能现在要。你去跟毛主席提,现在应牺牲我们的利益以争取和平,也不会有和平,还等于在你的档案上记下一笔。以后就是永远说不清的罪过了。"

露沙怔了一怔,明白他的话是对的。自己一片要求和平的热望,很不实际,与国统区那些呆呆地指望和平的书呆子差不多。

她仔细想过,明白了。毛主席说了要和平,可是和平从哪儿来呢?这几天,党内在传达他老人家一句话,叫"以战求和"。通俗地讲,叫"打出和平来"。干脆说吧,就是要打,打能打出和平。不打,跟国民党讲和平,想握手言欢,那叫缘木求鱼。实际上国民党也不想和,也不想搞什么"南北朝",他就觉着日本人一走,天下依然是他的。所以国共两党对于和平的理解是一样的。都认为要打,糟糕就糟在这第三种势力,还以为自己代表老百姓。

"而你,你自己,露沙呀,你也在以为自己代表老百姓的要求。你的信,不撕掉还等什么?"她自语着。

她一声不响,让他撕,低声说:

"原来,你也不是真想和平。"

他苦笑了一声说:

"人哪有不喜欢和平的?可是,我们现在在八路军也就是在解放军里,说老实话,就得跟着打。依我看,不是共产党打赢了得到和平,就是国民党打赢了落得和平。要双方讲和讲出个和平来,没有指望!"

露沙说:"你在重庆看见的呢?"

次英叹口气:"要说老百姓,我看重庆人和延安人没有什么根本区别。我看他们都不爱打仗!可是要动起手来,那真是有左有右,以左右分是非。你没看见较场口那一场,不分青红皂白,上来就拿棍子打呀。打我的是个小伙子。我看清了,穿的学生装,不知道是学生不是,他大概是右派呀!他就莫名其妙地恨我。"

说来说去谈不出结论。反正还得继续宣传和平,打还得继续打,反对国民党破坏和平的文章还得天天写。好在现在谁也不说挑动内战的话儿,军调部的工作还在进行,所以延安本身又暂时安定下来。

因为老妈妈已经从新华社搬到了交际处,嫂子和侄儿也跟去了,他们经常就在下班后到交际处去。老妈妈跟着交际处学习,也学会不少延安的革命词藻。

住这交际处的,基本上都是从边区外边来的年纪大的民主人士。

也就都是在外边当惯了老爷太太的人。来到这里,旧习惯还不能马上破除。彼此来往之间,说话还往往带出一点。例如,崔次英到了那里,一位刘老太太就问他:"这是二少君吗?"对露沙就叫"二少奶奶"。实在使人不好意思接受。可是这儿就是这样。经常这家自做了什么点心,就给那家送去。崔妈妈也不能不随俗,而且叫露沙也来帮帮忙。

这阵露沙虽然回不了北平,却在一些小地方恢复着旧日的生活。家里有婆婆嫂子,时不时的在自己家做点菜吃。因为婆婆带了点钱来,新华社又发给稿费津贴,就是每月发些钱以代稿费。这个办法是全延安别的单位都没有的。虽不多,这里的编辑记者总可以每月买一点饼干、挂面、鸡蛋垫补垫补。露沙拿了这点钱,先是只知买饼干,后来就知道买肉。买了一个沙锅,拣点干树枝做柴,在窑洞外挖个土灶就炖起来。又有崔妈妈指导他们,门口就不断飘出香味来。

老同事袁和这时早已经释放回延,分配到新华社。第一次来露沙家里拜访话旧,露沙就炖了一锅红烧肉招待他。他笑嘻嘻地说:

"安知近十载,重上君子堂,昔别君困穷,今日猪肉香。"

他们坐在一起,谈起当年晋西北抢饭吃的轶事,都好像过了一个时代,不由得叹气加微笑。至于被抓进去的那段冤案,大家都不想再多说了。

露沙问:"你是怎么回事?"

袁和说:"这种事,张三和李四没有多大区别。就是共产党的领导有这个瘾,爱胡说八道,逼我承认什么反革命。我又不是反革命,说它干什么?"

事情过去了,今日是今日,有红烧肉吃,也可以说延安也有了今昔之比。

除了自己炖肉吃,他们还能上街去吃一点。有一天,是春节,他俩忙了一天。第二天有人替班,他们直睡到半晌午才起来,早饭时间已经过了。于是两人一同慢慢走过冰冻的延河,踏上北关外的大路。这里开了好几家小饭馆,都是各单位搞的机关生产事业,门口贴着鲜红的春联。走过一家饺子铺门口,门口写道:

"生意看取迎春草,财源有如解冻河。"

次英笑道:"这是一个知识分子干部的手笔,有点意思。"

露沙一看就认得了,这是杨明的手迹,大概这是他们机关的生产单位吧!于是抬脚就进去了。出来招呼的店老板一见客人,笑容满面,连连问候新年好,过年好,很快端出了滚热的饺子。于是他们高高兴兴在这饭铺里过了一个年。那饭铺主人是个搞生产的干部,还告诉他们,这个饭铺是宣传部下属的一个单位开的。并说起了杨明,他已经离了婚,孩子也死了。闲着没多少事,就替他们写写春联。露沙听了,就把自己的姓名告诉老板,并说明现在在新华社。

他们到了交际处,见了崔妈妈,又忙着帮她做年饭菜。别的交际处的老人,都说崔妈妈一家人好福气,就和在外边一样过日子。两夫妻听他们谈谈时局,骂骂国民党。这些人好比边区政府无头衔的对外发言人,专门在家里骂国民党的。一到有边区外边的客人来到,例如黄炎培、赵超构等,这些对外发言人就格外慷慨激昂。如今见新华社两个人来了,他们也说了半天国民党怎样不想和平,只想接收城市,五子登科;大后方的老百姓怎样提起他们就讨厌,人民是拥护共产党的。说得口沫飞溅,大概是指望发发消息。次英唯唯答应,露沙便拿笔记下来。

露沙回社就想,反正现在是上级叫发什么,我们发什么。我想和平我想家,只要不写成文字,像"延河轻骑"那样,我就没有罪。写得漂亮了,还有功哩。于是她每天就努力写稿,以显出成绩来。

如今她觉得可以睁一只眼,闭一只眼,在边区过太平日子了。

在这中间,也有不相干的事。有一天,杨明忽然找到新华社,来看他俩了。还是从前那样子,笑嘻嘻开口就谈朋友们的近况,批评这个说那个,豪气不减当年。说着说着,好像忘了他和露沙的那段故事,告诉他们,他已经离了婚,小童在"抢救"运动之后跟他吹了。为什么吹的呢?他没有说,却抄了一首离婚前他写给小童的诗,给崔氏夫妇看。

这首诗说:"……应无妒意留今日,可有热情似旧时。忧伤曾否催卿老,薄幸应消对我痴。五载辛酸终世报,披肝沥胆不须疑。"

崔次英看了就说:

"你这样忏悔求恕,她还不原谅你吗?"

他当然也明白杨明所忏悔的是什么事,但是在这件事上,自己已经是胜利者了,现在应当给杨明以同情。他微吟着那四句诗:

"'忧伤曾否催卿老,薄幸应消对我痴,五载辛酸终世报,披肝沥胆不须疑……'很深的感情啊,你们俩本来不应该离婚的。"

杨明叹口气,说:

"她不肯宽恕我了嘛,况且我跟她的感情也非同旧日了。我去看她,送诗给她,她正在忙着做衣服,又裁又量的,不细看我的诗。我觉得她那满屋里满是脂粉气,也不想多谈了……来,你们瞧瞧我的诗。"

他又掏出两张纸,上面写着他从幼小至今的自传诗,第一句是"贫民窟里度儿时",底下讲到他上大学,被开除,在清华参加革命,也有一段他和露沙恋爱的。他毫不隐讳,和盘托出给他们看。崔次英不免有点不高兴,看了看,走了。他却还坐着和露沙闲谈,扯些当年同学时的故事,扯些新做的诗。说现在宣传部里成天没有事。

他走了之后,次英转回来,指着他的诗说:

"他怎么还叫你阿贞?"

露沙说:"你不是能原谅这一切的吗?"

次英说:"过去的事,我都能原谅。今天送诗来,就是今天的事了。"

露沙说:"那你再看明天。"她心里觉得自己对不起小童。对于杨明夫妇的离婚,自己负有责任。想起自己所犯的错误,就不忍苛责杨明。

没想到过了几天,杨明真的又来了。恰巧正赶上次英不在屋里,他谈了一阵自己现在的独身生活,忽然对露沙说:

"我今天也有一首诗给你。"

说着就提笔写出来,是一首五言情诗。最后两句道:"何当共枕砚,不羡白头吟。"

露沙看了,脸色变庄重了,故意指着中间两句笑着问:

"什么叫深礁雄海浪,险峡丽天云?"

他回答:"就是'除却巫山不是云'的意思啊。"然后突然说:"贞,现在我已经是一个人了。咱们怎么样,现在就看你了。"

说罢,两眼炯炯地望着露沙。

露沙也直望着他。他希望什么?希望她立即决定和崔次英离婚,同他结合?但是这简直是完全不可能的。大约这几年他从来没有忘记她吧,也许他心里老存着那最初的爱情。这点初恋,在谁心里也是宝贵的。露沙也是想起来就要翻来覆去半天,早就觉得当初真糊涂了。可是现在,她的心里波涛翻滚了一下,只一下,又突然宁静下来。现在,现在怎么能做得出那样匆忙荒唐的决定?再翻来覆去想想,这几年和崔次英共同度过的愁苦日月,怎能忽然扔了他?那简直成了笑话!不能跟杨明深谈自己的心情和想法了。怕呆一会儿次英回来碰见了,更不好,她就淡然地一笑,说了一句:

"次英待我很好。"

杨明又看看她,明白了她的意思,也不想再纠缠,就站起来说:

"我走了。我以后也不能常来看你了。"

说着,眼睛似有点发潮,露沙把心一硬,说了一句送客的话:

"我们欢迎你常来。"我们两个字咬得十分清楚。

杨明走了,崔次英回来了,他连问都不问杨明又和她说了些什么。倒是露沙主动对他说:

"杨明和我谈的那些,我一点儿不感兴趣。就连那些青联朋友们感兴趣的张长李短,我爱他怜的故事,现在我也不感兴趣了。"

那么,她感兴趣的是什么呢?

实在说,是她每天发的稿子,是稿子上所宣传的与自己头脑里所想的不能完全一致的东西。她怪自己,一个区区编辑,党中央叫你想什么,你就想什么算了,那些是非与你什么相干?

国民党在包围边区了。

九　奔赴晋察冀

国民党这些年一直用重兵包围陕甘宁边区,只是不敢动兵进攻。自从日本投降,国内一喊和平民主,国共两党实际上已在华北各地打了起来。西北这边,自然也蠢蠢欲动,胡宗南部队调动频繁。这消息已经传到延安,延安人都在准备了。

露沙知道,照这个形势,延安大概不会死守。边区周围有国民党那样大的兵力,如果要保住延安,必须下大力死守。但是按毛主席的用兵方针,会为了这一个地方,牺牲很多部队、死很多人吗?他老人家说过的,不会的。新华社的记者们拟宣传稿时都知道,不能把"死守某地"、"与某地机关共存亡"这些话写上去。八路军出名的是运动战,不讲阵地战这一套。国民党他不懂。

胡宗南的部队向北开,和平这个薄薄的纱幕已经撕下来了。延安就开始把后方机关向附近的县里、村里撤。新华社把全班人马分成两半,最精锐的部队留守,其他的每一部门分出几个,组成战时编辑部,暂时开到志丹县史家畔村。什么时候延安的留守部队停止工作了,这个战时编辑部就换上去干。即使延安失守,新华社的消息一分钟也不会停顿。

崔次英留守延安,露沙随大队去了史家畔。走的这天晚上,露沙把东西收拾了,走出窑洞。看看对面寂寞无人的延安城墙,脚下延河的流水,这几年来常常来洗衣服和散步的地方,不禁有些留恋。虽然知道毛主席打仗的精神是不在一城一地之得失,可是这个几年来已经成为我们家乡的延安,忽然离开她,就像当年离开父母之邦一样啊。她望着清凉山旁边那个宝塔山,不禁低声自语道:

"回首嘉岭山上塔,俯视行人若有情……"

自己的家早没有了,现在这个家——延安也没有了。

现在只能走,再度踏上征途。已经在延安过了很久平静的日子,又要行军,有点不大习惯。可是抬腿要走,居然还都走了下来。有大车和毛驴给拉行李,人只要走路就行。有时候走不动了,还可以骑一会儿驴。去史家畔的这一队,是由副总编辑史昔民带队,他是刚从重庆《新华日报》来的,还是第一次过这种行军生活,第一次接受在山沟里办报发电讯稿的任务。一路走一路跟别人谈,怎么在这里工作。队伍里的编辑们却大都很自在,有的边走边唱。袁和走着忽然说:

"等咱们回延安来了,得发个头条,头条标题该是什么?"

于是身边几个老编辑议论起来,有一个说:

"那得标上个'嘉岭、清凉巍然无恙'。"

又一个接下道:

"下句是'八路健儿重返延安',这才衬得起。"

袁和说:"要标上'凯旋延安'。"

他们议论纷纷,显得很高兴。本是撤退的队伍,可不是撤退的样子。露沙心里也安静多了,看袁和,真像是把那些倒霉事全忘了。我干吗惦记那些?不肯和平,就不要和平吧。能和平过一天,就过一天。宣布要打了,我就跟着打。好像我们这一代人从出世就没有过过多少太平日子,不管我们跟着哪一位头头,仗总要打的。管它呢。

这史家畔,总共也不过七、八家人。房子算是比较宽敞的,每家大约都有两孔窑。挤一挤,每家可以住几个人,这里就算编辑部。行政处在离这里三里地的另一个村里。

露沙跟二个女同志住在一起,一个搞校对的,一个搞播音的,一个当记者的,也算每个部门都来了人了。每家的主人都是年轻妇女,又都有孩子,这里都叫她们××(孩子的名字)的妈。于是露沙她们的房东就成了桃儿妈,旁边一户邻居则是齐儿妈。这个桃儿妈大约才二十一、二岁,脸圆圆的,既漂亮又健壮。成天只见她在门前转来转去,推碾子推磨。坡下边那两家是兄弟俩,都是桃儿妈她们的长辈,通称为三娘娘四娘娘。

桃儿妈一提起她们,就羡慕地说:

"看人家那家,粮食都囤在窑里。"

原来那家有粮食囤,用席片围成囤,里边装着粮食,一进门就看见了。此外,那个三娘娘和四娘娘都有细衣裳,是娶的时候做的,大红绸的,一到逢年过节就穿出来。桃儿妈没有,所以常觉着不如人。

来到史家畔,副总编辑史昔民,根据在延安研究过的方案,还是要办办报纸,不能闲着。于是他们就在离村不远的地方,找了个办公处。这地方是一片已经塌了的破石窑洞,人坐在里边,四面见天。倒是宽阔,可以找到石头的凳子,大石头做桌子,空气真是非常流通。这大概是行政处找的,史副总编辑同意的吧。人们才到,都说:

"好!好!这地方比延安也不次。"

大家找石头坐下,说说笑笑。可是这是冬天,走走动动还不觉得怎么样,一坐下来伏案执笔,不一会儿手指头就发僵了。头一天,大家还忍着,稀饭来了,人们笑着,说这是"雪地又冰天,渴饮雪,饥吞毡",是汉朝苏武哩。

可是第二天,天上飘起小雪花来,棉袄棉裤都穿上了还挡不住冷。有个女同志就把一床红毛毯披在身上,男同志开玩笑指着说:

"看芦雪亭下了大雪,薛宝琴穿着红斗篷出来了,宝琴立雪哩。"

说笑归说笑,光这么样,可真顶不住了。只好搬回窑洞里办公。

窑洞里实在挤呀,不要说没有桌子,连放凳子的地方都没有。大家只能挤坐在炕上,把延安带来的木箱放在身前,双腿曲屈在箱边,一个箱挨一个箱,这边喊:

"露沙,你们部的!"

那个小白木箱就代表他们这个部,露沙就代表了他们部的全体编辑,伸手接过稿子来。又送过一篇去,还按延安规矩说一声:

"老史同志,你签字呀。"

老史按规矩签了字,通讯员站在炕底下,拿着稿子送到隔壁窑洞去。一切都按正规秩序进行,包括副刊部的。虽然这时候未必能出副刊了,也和大家一样的挤在炕上赶发稿子。老史接到的命令是天天照常发稿。现在先在史家畔出报,积累稿件,一旦延安那边有变故,接不上气了,或者稿子赶不上了,史家畔马上接上去。所以在小炕上的工作一切照常。

生活当然完全不同了。在那个小村子里不能每顿再做两三个菜,也不能再分中灶、大灶,只能吃大锅菜。可行政处还是努力保证大家的生活。他们还是做到了隔几天有馒头,过些时有肉——他们已经把在延安养的猪都赶来了。桃儿妈看见露沙吃饭就说:

"你们平常吃的就比我们坐月子吃的还好啊。"

露沙问:"你们坐月子吃什么?"

她回答:"小米稀饭呗,吃掺糠的稀饭,就是坐月子吃好的喽。"

他们吃的大锅菜,至少是天天有菜,从来不吃糠。可不是比桃儿妈好?桃儿妈坐月子也吃不上一顿肉。想起在延安这些年,老觉着吃小米稀饭、熬菠菜够苦的。其实这二年,真比才来的时候强了,应该知足啦。回不去家,也知足吧。做工作,也知足吧。中央决定这么干,叫下面执行,我是受中央之命在这里执行的,就是信任我们吧。大概这么干就会成功的,会胜利的。我们跑到延安,不是为了胜利吗?有胜利就是达到了目的。至于达到目的所采取的手段,我管它干什么?

她想起袁和到了史家畔以后,给她看的诗。道是:"如此时局,当慷慨悲歌以死。"末后还有一句:"弃毛锥荷枪卫边区,去去去!"真是壮志凌云哩。是有不少的朋友冤枉挨了整,怀着一肚子不平,却在这一次胡宗南进攻边区的时候,一下子转过弯来。在必须两军对阵的时候,明白了自己应该站在哪一方面,坚决起来了。有多少怨忿,也不能冲着我们用血肉保卫下来的延安发呀。露沙,难道你能跟青联的朋友,新华社的朋友,跟老妈妈,跟次英,跟去世的老周他们都站在不同方面吗?不能,不能!

她忽然明白了。她是带着不满跟他们走的,可是她不能离开他们。这就好比从前一个女孩已经许配了人家,就有天大的不满也要跟着丈夫走,不能弃绝。

好好地,忠心耿耿地跟共产党干吧。首先就是并没有稍稍令人满意的第二条道路可走。露沙经常在这种思想矛盾中过日子,最后当然总是决定还是走已经选定的路。可是,又总避免不了内心的矛盾,还老是想。

平时么,那就还是乖乖地工作,乖乖地过上级给安排下的日子。

人住在史家畔,好像是世外桃源。桃儿妈、齐儿妈她们连想也没想过,除自家的碾子磨以外,还有什么要干的活儿。她们知道男人要当兵打仗,可是说不清打的是谁,顶多知道附近谁家小伙子被抓去当了兵,要上操、扛枪而已。大家住在这里,只要不打仗,本可以掩耳不闻窗外事。可是这个新华社不同,他们随身带着无线电设备,每天与延安总部通话。住在这村里,可以知道目前国共两党斗争的形势;知道北方的大城市已经都被国民党空降部队占领了;知道张家口才解放又被国民党抢去了;知道除了这几个大城市以外,中等城市差不多都落在共产党的手里;知道双方都认为胜利者是自己。胡宗南正在挥军北进。那个军事调处执行部说了半天什么事也不管,只能撤退了。延安新华总社发出了人民解放军的捷报,宣布我们要声讨蒋介石。那些和平呀、反内战呀的口号,有是还有,只是已经变成学生们反蒋游行用的口号了。

仗要坚决打下去!战争以人民解放军的名义猛烈进行。还谈什么和平,想什么还乡!国民党统治区有些书呆子,原指望着打垮了日本就可以大大地喘一口气,从此中国就是战胜国了。还写文章登报说是"四强之一"哩。哪晓得是这样,大城市被周围小城市和农村围困,物价飞涨,生活都生活不下去。于是这些梦想胜利的人说:"这是什么胜利啊,这是'惨胜'。"

是啊!流血牺牲,换来的是内战,是惨胜!露沙在设想着自己的父母弟妹,他们看见和平无望了,一定很失望。弟妹们参加学生运动了吧,一定不拥护这个"惨胜"。他们看见延安失守了,一定替我担心。他们可知道我现在安然坐在陕北老乡的炕上,成天提笔骂国民党?我是北平生长的女儿,我有家有业,可是我是被国民党骂做"共匪"的人,正和你们一死相拼。

明天就是阴历除夕了,桃儿妈、齐儿妈、三娘娘、四娘娘她们都忙了起来。推粘米,做粘米饭过年。好几个人都拿着红纸来找,要求给写春联。门上要一对,碾磨上也要,猪圈也要。露沙拿着毛笔,写了"六畜兴旺"、"粮食满囤"之后,还要写门对。

她想着,写什么呢?猛想起当年在绥德写春联,那年正赶上希特勒要垮,东西两路盟军会师易北河。过春节人高兴,又遇上一场大雪,白茫茫一片把整个世界装饰得纯洁极了,没一点尘土痕迹。她当时提笔写道:"大地回春军民同乐,盟邦胜利世界更新。"抬眼望着雪白的世界,说到盟邦胜利,觉得胸口满是可爱的感觉,快乐的信心。可是后来不行了,世界变了。再这么写,自己也失去了当年那世界更新的感觉。这么写还说不定要招来别人的批判,没意思。她也没有了在春联上抒发胸臆的"创作意图",随手胡写了两句"天增岁月人增寿"之类,敷衍塞责了事。

写完春联就该过春节了,大家都回不了家,也回不了延安,也得作出欢笑的模样。

过年了,新华社战时编辑部的全体同人决定跟驻地老乡们一块儿过年,排了几个小节目,大家上台去唱唱。露沙也摊了一个,她把棉军服脱去,跟桃儿妈借红棉袄穿。

桃儿妈说:"我这件是红布的呀,三娘娘有细衣裳。"

露沙把自己的军服棉袄递给她,说:

"她比我胖得多,我穿你的合适。"

把红布棉袄穿上了,校对老吴说:

"好漂亮呀,回家去见父母,该说这丫头在乡下嫁得不错呀。"

编辑李林说:"看上去才十九岁哩。"

干部们表演了一通,接着是老乡们的秧歌队表演。天已经黑了,新华社的人都跟老乡一齐挤在大院子里,锣鼓声过来了,只见平时老老实实扛着锄头进、扛着锄头出的农民,一个个头上扎着雪白的新毛巾,腰里扎着宽宽的颜色腰带,敲着锣打着镲,从村那边山坡上舞着下来了。他们一边舞,一边唱,真像是外边来的秧歌队。唱着挑逗的曲子,一个个都变成风流小伙子的样子,在和漂亮的姑娘逗趣。机关干部们都大为惊讶,没想到老乡们还有这样的才华。只听一个小伙子唱道:

> 打竹板,到史家畔,
> 是我三娘娘在门前站;
> 白格生生手手捏门扇呀,
> 站在门前把秧歌看。

露沙忙去看那个三娘娘,只见她已经换上了自己的水红色棉袄,歪着头,在那里笑嘻嘻地和别人打一下说两句的。妇女推推搡

揉,推着一个姑娘,让她唱,她不唱。后来是一个小伙子替她唱了两句是:

> 高天成来了穿绿鞋,
> 高天成走了穿黑鞋。

这高天成是谁?原来是新华社的司机。因为搬家,常来常往。也没想到,竟变成了村里姑娘心目中的"情郎"。这场面叫人一下子就想起了旧小说中说的,赶庙会遇见美人儿的情节。这是农民所能够设想的浪漫。露沙带着笑容走进农民的秧歌队伍,跟他们一起扭,唱。

农民就也为她唱出来:

> 打竹板,响连声,
> 窑里生着些办公人,
> 办公的人儿扭得俊,
> 今年过的好光景。

多好啊,过年,这里过的是太平日子。农民连想也没有想到国共打仗,新华社搬家这些事。

大家唱完了,扭完了,回到窑洞。露沙脱下了那件红棉袄,自己也出了一头汗,歪在炕上。

她看着黑糊糊的窗纸,哪里还睡得着。想着自己出来九年了,想着九年干了什么?不能想,越想越清醒。翻来覆去,她决定哼一首诗,明天寄给次英。来这里也有两个月了,知道他们在延安苦苦撑持,也该让他知道我这里一夜无眠的况味。

于是她躺着、想着、推敲着。诗吟成了,她不能点灯,怕吵了人。就反复背着,又怕睡着了忘了。没办法,从包包里找出一张纸一枝笔来,约摸着往上写。估计不能写成篇文字,总能凑合留下几个字迹,明天早晨可以辨认。这是在晋西北采用过的方法。写完后迷糊睡了一会儿,起来看看还认出几个字来,再回忆一下,有了,就把它抄在纸上：

> 山村灯下写春联,爆竹声稀雪满山。
> 四野征鼙喧惨胜,十年乡梦逐烽烟。
> 无眠只盼蓬窗白,有志终期长夜残。
> 且待明朝揉倦眼,秧歌声里祝新年。

诗写好了,装在带回延安的纸口袋里,交给了跑延安的高天成。

可是,延安终于不能再守下去了。国共双方既已正式撕破脸,驻重庆的八路军办事处最后也只能撤退了。撤回延安的,除了办事处工作人员之外,还带了一群左派学生。

这些人到了已经很荒凉的延安,没有事干,留守单位就叫他们都到这边战时组织来。史家畔也分到了几个。这几个学生不是西南联大的,就是成都燕京的。他们到了史家畔,好像到了桃花源。成天大叫大嚷的,说这么办真好,那么做也真好,总之一切跟重庆不同的做法,无不好,好得正中他们的下怀。报纸就该这么编,言论就该这么发,饭就该这么吃,以前在国统区那生活,那哪里叫生活呀！对于露沙他们这群老编辑,一问是当年老清华、老燕京的,就好像见着自己的哥哥姐姐,一个个地问,你是哪班的呀？什么什么会,你参加过吗？他们开口就提"一二·一",完全同露沙他们提"一二·九"一样,只是不提打日本了。现在提的是打蒋介石,成天唱的是"蒋介石,你这个坏东西,只管你独裁为自己……""我们是民主青年……"

有一次,露沙和一个新来的燕京学生提起了自己的弟弟也在燕京上学,那学生就说：

"他是个民主少爷。"

什么叫民主少爷？露沙先还不懂,后来明白了,现在的左派学生称"民主少爷""民主小姐",就如自己当年称有点娇气的朋友做

"救亡小姐"一样,"民主"已经代替了"救亡"了。他们和我们完全一样。露沙想,只是他们没有我们在延安的那些经历,让他们再天真几年吧。

这批学生来以后不久,胡宗南就往延安打了。打得很凶,飞机、大炮一齐上,留守延安的编辑部已经成了轰炸的目标。在史家畔的编辑部天天收到情报,一会儿说资料室中了炸弹;一会儿送稿子的走到半路上出了问题,路走不通只好回去了。闹得延安的编辑部不得不下命令,叫史家畔这边开始播音准备。但是延安还在坚持着。据说毛主席还没有走呢,不等胡宗南部队露头,不走。

于是史家畔的人把每天要广播的稿子都预备好了,还找了一个播音室,是离史家畔几里路的一个小破庙。那里地势高,又安静,播音员小孟也去了。露沙提出:

"播音员不够,我去顶一个吧。我的北京话说得很标准。"

史昔民说:"先不用,还有一个可以用的。"

就派了校对老吴暂时去顶。

播音员刚走,已经听说延安失守。大家急着打开收音机,只听还是留守延安的广播员白慕林响亮的声音:

"延安新华广播电台,XNGR……"

可见她还没有走。露沙说:

"怎么不把播音器打开,放在正轰炸的地方,请外边的听众都听一听国民党是怎样轰炸延安的!"

这时候她已经不想别的了,只惦记着还没走的崔次英、白慕林他们的安危,只想着对国民党的同仇敌忾了。

两个小时之后,广播的声音变了,不是白慕林的声音,变成老吴的声音了。呼号也由延安新华广播电台,变成陕北新华广播电台。这就是说,史家畔那个小庙已经接替上延安了。史家畔的这批人,饭都吃不下,守望着通往延安的路。到了晚上,果然看到廖老总跟他的一群笔杆兵安然来到了。人们一拥而上,使劲挽臂握手,真好!竟没有走失一个,全体到了。

来到的人,马上和史家畔的人配起套来,准备恢复工作。晚上休息时,因增加了人,窑洞太小,坐不下,人们就穿得厚厚地坐在院子里,叙谈这些天苦守清凉山山头的生活。山头上人太少了,街上也没有什么人了,工作又多,人们只有一天到晚收报,写稿子,发稿子。没法出去玩,也没工夫休息。崔次英他们几个都笑嘻嘻地说:

"叫国民党做梦也想不到,一天发这么多稿的延安新华社,只有我们这几大员!"

总编辑范长江笑着说:"这就是全国性的新闻发布机关嘛。可是还有史家畔的队伍,也功不可没。"

他们在院里聚谈一阵,就打开收音机来听山头小庙的播音,里面在播一篇社论。忽听播音员说了一句道:"戊戌改变。"范长江耳朵尖,立刻注意到了,说:

"怎么把'戊戌政变'念成'戊戌改变'?播音员没有这点历史知识吗?"

露沙以前搞过播音,马上接上去说:

"播音以前都得先准备一遍,校正读音,酝酿感情。这回是上马太匆促了,明天我去。"

范总编辑才不说什么了。

崔次英见到了露沙,白天趁吃饭机会在山沟里走了几步,轻声跟她说:

"你的诗我收到了,'四野征鼙,十年乡梦'好像都情绪不高——不过,说'有志终期长夜残',还有些志气。怎么样,你这些天?"

露沙想叹气又没有叹出来,平静地说:

"我这不是跟你一样,成天努力工作吗?情绪,人总不能没有一点情绪。将来也许我会成为一个烈士牺牲了,可是别人翻翻我遗下的诗,才发现我的这些情绪。"

次英轻轻打了她一拳,谈话没有继续下去。

在这个仅有七家人家的史家畔,新华社总指挥部维持了不到一星期。胡宗南部占领延安之后,已派兵向各县扫荡。党中央决定组织中央工作委员会到晋察冀去。毛主席留在陕北打游击,新华社除派一支小分队跟着毛主席之外,大部队就跟着中央工委过黄河了。

过了黄河就是晋西北——晋绥解放区。再往东走,是晋察冀,到河北平山县是目的地。一共两三千里地吧。大队里男女老幼都有,基本上都是步行。只有一些小娃娃,需要坐摇窝的,两个孩子共一头牲口,一边一个。两个做妈妈的跟着跑。还有重病号,由大队向沿途村政权要牲口,拉上走。至于体力不济的女同志,全大队有富余牲口时,可以轮着骑一会儿。好在队伍基本是由年轻人构成,沿途又都是解放区,没有敌情,所以这一趟大规模长途行军还是平安的。

中间有一段,延安交际处把崔老太太交托给新华社,还给了一匹马。老太太和另外一位鲁老太太都是随队的,可又都不能骑马。于是崔次英负责每天骑着马跑到前一站的村政权那里,要两副担架来。两位老太太都坐担架,和坐轿差不多。走了一站,次英已经把下站的担架交涉来了,再换一副担架。鲁老太太的儿子就负责跟着担架,一路走来,老乡们看见了都说:

"看,这是儿子,八路军里出孝子哩!"

开始走的那几天,吃得特别好,大量的炖肉,肥肉块都吃不下了。原来,随队的炊事班已经把大伙房养的猪都赶了出来——不能把肥猪都送给胡宗南呀!可是,这群猪哪里跟得上人的行军速度?轰着它们使劲跑,真是世上少有的群猪赛跑镜头。跑得一个个汗流气喘,还是天天掉队。老这么跑,肥猪也得跑瘦了呀。肥猪能千里长征吗?于是不得不抓紧宰杀,大家来就地改善生活。

在晋绥解放区境内,晋绥分局对过境的中央队伍很重视,给了不少壮骡了。骡了是公家的,赶骡子的农民都作为出公差。走了好远,露沙得到了骑骡子的机会,骑在骡背上悠然四顾,只看风景,觉得满不错,只是不能下去看农村。

走到一个叫云中山的地方,山脚下有个村子。那地方真奇怪,农村的年轻妇女们,都光着上半身,肥白的乳房袒露在稠人广众面前,毫不害羞。不知道是热还是冷,她们下半身却又穿着棉裤。这已经是阳历五月初了,这身打扮究竟是为防寒,还是怕热?还是故意要把肉体在陌生的过客面前展示,是这个地方的风俗?几个男同志悄声耳语道:

"简直是人体美大展览。"

露沙走过去,实在憋不住好奇心,于是装作无意,问一位在门前干活的半裸妇女:

"大嫂,你现在还穿棉裤,不怕热吗?"

那个妇女很自然地回答:

"女人当然得穿棉裤,下身怕中了寒气呀!"

女人下身怕寒气,上身却完全不怕寒气。看样子大概这套服装还有什么封建传统的讲究,不好再问下去,只好再向上走。她们几个人边走边议论,若说是传统风俗,裸体不顾羞耻,还算什么传统?凉天不穿衣服,可能还是这地方穷,没有物质基础,没有布匹做单衣裤,所以五月穿棉裤。大概因为女人总不能不穿裤子,一条棉裤从冬天穿到夏天,比一年老要换季当然节省多了。人到没有办法的时候,什么理由都能想出来为自己辩解。

向上走就是云中山,这个山也和它所孕育的妇女相似,山脚下还是春天,上了山就不一样了。越上越冷,走到山中间,竟出现了冰雪。只见一片冰封的山谷中,却又冒出几条绿色。

"这是什么怪地方呀?"上山的人们都叫起来。

露沙当场来了两句诗:

"层冰五月封山谷,冰里白杨拔嫩条。"

旁边走的袁和听见了,就插嘴说了一句:

"大概不是白杨吧?白杨哪有长在冰里的?可能是白桦。"

他们并没有看见过北方的冻土带的白桦,争论起来,没有个结果。结论是中国太大,实在什么奇观都有。

从山上再往下走,忽然又看见夹路开放的四瓣小花,记者袁和的夫人小严也做起诗来,道是:"春色初开放,十字野丁香。"

露沙马上反驳:"谁知道这是什么花,哪里是丁香?"

袁和给老婆帮忙道:

"白桦可以说白杨,这个状如丁香的小花当然可以叫野丁香嘛。就像对于不穿衣服的妇女可以赞美人体美一样。"

这么一路走一路观风景,边议论,倒也不寂寞。走来走去,总在半山坡里,没有多少花,只有野花。

他们走在晋北,向南不过几百里,就是太原了。现在太原还在国民党阎锡山手里,我们要横穿山西,还要绕过太原,都在山区里走。

天天走,不过这比当年和日本鬼子绕弯子打游击舒服多了。走得动就走,走不动可以休息一两天,实在不行了,还有收容队。山区之间也有小平原,从这村到那村,平展展的一片。每个村村口都挂着铁轨,这都是当初跟日本人打游击,破坏铁路时带回来的,那年头通称为破路或破交。差不多的村子都有破交英雄。村口挂的铁轨用以代替铜钟,村里开会集合即以敲铁轨为号,省得花钱买钟,同时也是村里抗战立功的光荣标志。

走过了静乐县,大家都累了,大队部让大家在这里歇半天,玩半天。这个县离太原已经很近,但现在完全掌握在人民解放军手里,不见阎老西的影子。于是人们任意游逛。看来这个县并没有经过什么战火破坏,商家照常开着门。露沙好容易抓到了崔次英,他今天没有活干,因为老太太不要担架了。露沙拉着他去游览,真没想到竟发现了老共产党员高君宇的纪念碑。碑上当然没有写明他是共产党员。但是老崔和露沙都知道,北京陶然亭有高君宇和他的爱人女诗人石评梅的墓和碑,北京有文化的进步青年都知道他们的故事。不想高君宇的家乡竟然也纪念他。静乐县不会在二十多年前就公开纪念共产党员的,想必是把他当成文化人来纪念吧。这个县是个文化水平挺高的县,他们看了半天,舍不得走,又把这消息告诉了新华社同行的人们。

过了静乐到五台。未到之前,人们就在互相传语:阎锡山的家乡到了。可是到了五台,却没有发现什么特别值得注意的东西。阎锡山的老家听说在河边村,并不在县城。城里安静如常,这里已经变成解放区了,而且是和平安稳的解放区。阎锡山已经保不住他自己的家乡了,阎老西是最舍不得家乡的,现在他也保不住。那么国共双方的输赢好像挺明白了,但是还得走。

再往前走,就出了山西,进入河北。边区也由晋绥边区变为晋察冀边区。骡子都回去了,交通工具变为由村政权派出的小毛驴,走得既慢,又驮不了多少东西。人们只能跟驴走,没有牲口可骑了。这里对于招待中央大队过境的事大概是从上到下都布置了的。每到一站,都有好几个人出来接待,说:"辛苦了呀。"

饭菜是准备了的,有的地方有炒菜,还有给每桌上四个菜的,甚至端出了炒藕片,以致从陕甘宁边区出来的土干部都不认识是什么。有一个就问:

"这里的萝卜怎么还带窟窿?"

露沙忙说明这是什么东西。提问者还怀疑地问:

"水里长的?那你们河北人天天吃这东西吗?"

露沙说不是,是当水果吃的,平常做菜都不吃。提问者恍然大悟说:

"原来是有钱人吃的啊!"

在河北行进的大队直奔平山,那是中央工委决定驻扎的地方,由刘少奇率领。还有一部分,由康生率领,留在晋绥地区不动,据说他要在那里搞土地改革,率先取得经验。

露沙跟着大队慢慢走着,两边眺望,觉得这有点像回到家乡了。尽管这里是农村,不是北平、天津。但是乡下人们的口音一听就是保定话,和十来年听惯了的山西陕西话大不相同了。

迎面过来一个年轻妇女,穿着阴丹士林布短衫,脸上涂着脂粉,使十来年来除了戏台上化妆,不见脂粉的露沙叫了一声。她对走在身边的崔次英说:

"这个女的还擦胭脂抹粉啊。"

崔次英笑说:"你回到家乡啦,好容易又看见擦胭脂抹粉的女人啦!"

十　斗争"四阎王"

走进了晋察冀,到了平山县,这是平安的老解放区了。中央工委各单位分别驻扎在平山县周围各村庄里。现在日本鬼子已经打跑了,国民党看样子也不行了,那么底下再动手革谁的命呢?一些有工作可做的单位,如新华社,就干他们自己的工作,一般单位没别的事可做,就分别组织土改工作团,就地找点,搞土地改革。

说是土地改革,实际上就是红军时代的土地革命,就是革地主阶级的命。康生率领队伍,已经在晋绥解放区搞起来了,传播了很多经验过来。例如要挖"底财",就是挖地下埋的元宝和白洋;要逼"浮财",就是叫地主把钱交出来。后来越传样越多,例如在村里设立"望蒋杆",把不拿钱出来的地主捆在上面,让他"望蒋"。还有,工作组进了村,先找最穷的户,这叫"访贫问苦"。把这些最穷的户组织起来,叫组织"贫农团"。把村里的党务、行政、财务等等各方面大权都夺过来,交给贫农团掌管。将来在贫农团的基础上重建村政权。按照晋绥传播的经验,晋察冀这边也开始了。新华社本来不搞,露沙也想回社工作了,可是中央青委却要恢复建制,准备建立共青团,老红军孙以平回来当了头头。等平津一解放,就可以大规模建立团组织了,所以现在要把过去青委的干部调回去。露沙和崔次英就被青委调回去了。

他们来到平山县封成村,土改工作团已经开始工作好久了。

他们到了村里,听先到的同志介绍情况说,这里的斗争对象是四个阎王:大阎王黄元禄,二阎王高吉,三阎王田德顺,四阎王王喜财,都是干部们初到村里访贫问苦时,那些贫农们说的。他们说这四个阎王可厉害,都是党员,想打谁,就打谁,想捆谁就捆谁。

"是吗?"露沙听了觉得诧异,这里是老解放区,老根据地,土地没有革命,也减租减息多少年了,怎么会还有这么厉害的地主?

他们住下了。给崔次英、露沙分配的房子,恰巧就是大阎王黄元禄的院子。黄元禄已经扫地出门了,院子空了,就由工作团占了。正屋做仓库,保存一切没收来的底财、浮财;东屋住工作人员,老周夫妇还带个孩子,西屋就住崔氏夫妇。

露沙进门一看,眼睛一亮,是个干净体面的地方。院里铺着砖,这是一般农民家没有的。院子中央有一个大荷花缸,里边栽着荷花,正要开呢。她所住的西屋,抬头就见一副对联,楷书写道:"庭有芳莲虚室静,香飘金屋篆烟清。"两边是半新旧的太师椅。

"真是地主家呀!"崔氏夫妇不由得点头。他们去团里开了会,详细了解了情况。原来黄元禄并不算全村头号大地主。大地主叫黄瑞,有很多地,地都租给农民种。现在把他的地都分了,农民说没什么可斗的了。斗黄元禄,不是因为他地多,而是因为他"肉厚",他的地并不出租,是雇长工给他种,那个三阎王田德顺就是他家的长工。

长工?长工怎么会成了阎王?露沙真莫名其妙。问问她所在"片"的贫农,那个高栓子人很老实,说不出个道道来,只会说:

"三阎王就是厉害嘛,把人吊起来打,一边打,他一边还说,往肉厚处打哩。大阎王就是信他。"

那么他的罪行就是打人了。为什么打人哩?也说不清。

二阎王高吉更被新成立的贫农团所痛恨。他家里又是干什么的呢?是地主还是长工?露沙忍不住好奇心,自己一个人到高吉家的田地去看了一趟。在地边上碰见了高吉的弟弟,正光着脊梁在使全力干活。问他话,却一句话也答不出来,原来是个哑巴。后边走过来一个老头,是高吉的父亲,以为露沙来调查高吉的事,他说:

"不要问高吉的事,他什么活儿也不干,我们家的活儿,全是俺家哑巴一个人干的。"

老头手里还拿着大锄,可以看出他家是自耕的中农。怎么成了二阎王呢?

有一天,开斗争二阎王的大会,群众围坐在场上。斗争对象高吉已经被隔离了,这时给拉到场上,站在中间。这个人长得魁伟,如今却低着头。群众中间的发言人,一个个上去诉苦,说哪一回高吉怎样叫人拿绳子捆过他,又有哪回拿着鞭子叫他"往前上",后退就打。

后来有一个叫陈国成的跳出来,用手指着高吉嚷:

"你把我从据点捆回来,一打一个死,我叫你打!你打!"

说着就抬起手来,照着高吉的脸就是脆响两巴掌。高吉的脸被打红了半边。照解放区开批斗会的规矩,被斗对象是不准发言的。高吉也不能说什么,他只大声"啊"了一声,头低得更厉害了,看不出什么表情。

群众中间却发生了惊惶,互相用手推和耳语。还有人上去,把那个陈国成拉了下来。会接着开下去。

第二天清晨,贫农团两个看管高吉的人忽然跑到工作团来报告,高吉在禁闭室里上吊死了。工作团的人无不大吃一惊。这人为什么死?挨两个嘴巴就要自杀吗?那他打别人那些鞭子又该怎么说?大家议论纷纷,工作团员们都说这个人是畏罪自杀,咱们工作团没有责任。

一会儿,听到消息的老百姓都跑到街上来了。马上就来了四个扛着门板和杠子的,他们来抬高吉的尸身。只见那个跑在头里的,满头是汗,裤脚高高挽着,显然是刚刚从地里听见消息跑来的。

他一脸的眼泪,一边走,一边出声地哭:"啊!唉唉!"这个人是个贫农,叫田兴顺,露沙刚认识的。他为什么这么伤心?

高吉自杀的消息,很快传遍了附近的四十多个村(这是一个区),各村的干部都知道了。封成村的人一出去赶集,外村的人就打听:

"听说你们村的头头叫汉奸给打死了。"

在村里群众中间,工作团也听到了关于陈国成的议论。那些不站在贫农团方面,也不站在干部方面的中间分子一般都说:

"那陈国成到据点上给日本人干活,高吉带人去摸据点,把他俘虏了回来,打了顿。那天开会让陈国成动手打高吉,这事办得是差一点。"

工作团是中央派下来的,没人敢说句不是。工作团的人免不了自己议论这件事办得对不对。四个阎王的说法是贫农团提的。这些贫农团的人是根据晋绥"访贫问苦"的经验,在村里专挑最穷最苦的人组织起来的。大阎王黄元禄的家摆在那里,的确是富裕的,那么,打倒四个阎王该没有什么错啊。要有错,可能错在太性急了一点。对二阎王高吉的思想工作做得不够。对于原来的支部,也没有注意团结,这是工作团对于高吉事件的结论。

他们工作团正在检查自己工作的当儿,高吉事件却引起了更大一点的波浪。那天工作团正开着会,快散会了,突然一个贫农团的人跑进来,气喘吁吁地喊:

"四十几个村的村干部都来了,来给高吉上坟来了!"

"什么?集体来给高吉喊冤?"

工作团的会场一下子乱起来。这简直是声讨工作团,来给高吉脸上贴金,往工作团门上抹屎么!大家纷纷喊嚷,工作团团长孙以平忙伸开双手作向下压状,嘴里嚷:

"不管他们!我们有理怕什么?他们敢来,我来对付。"孙以平向来是天不怕、地不怕的。

会散了,大家回到自己那个"片"去看形势。露沙走到进村的路口观望。只见约有六七十人的队伍,前边抬着花圈和挽词,已走过了路口,没有进村,直向坟地而去。露沙便远远地跟着。望得见他们在鞠躬行礼,献花圈。末后有一个干部模样的中年人高声读悼词。离得远,不能全听清,但是头两句听得清清楚楚,道是:"高吉同志,你是民族的英雄……"

露沙不能多听,转身就跑,好像那个吊唁的队伍在后面追着。如果说高吉不是民族英雄,那么这自动来吊唁的几十人,还有村里的田兴顺他们,是怎么来的?闭着眼睛来的么?如果他是民族英雄,那我们干的又是什么?她模模糊糊,想不清楚。反正自己现在在工作团里,按中央的直接指示办事。要打倒几个人。这几个人,按我们工作团的调查结果,就是敌人了。现在要土地改革,就得革掉他们。他们当然就是地主,那我们是打倒地主嘛。不过,高吉又好像不是地主,他的罪过好像就是打了人。他为什么打人,打的什么人?

她越想越糊涂。到了工作团团部,有好几个人在那里。团长孙以平正在应付这局面。原来,吊唁队伍带头的那个中年人,是本村人,行署干部。他对高吉的事,意见很大。已经写了一个意见书,告工作团的状。这次一面来吊唁,一面宣传他的意见书,据说晋察冀农会的主任同意他的意见。

孙以平摇着头说:

"咱们执行土地改革政策没有错,有些地方干部跟不上形势,还死抱着抗战时期那老一套,不知道已经过时了。要宣传!要宣传!"

他又说:"咱们抓住贫农团一头,是对的。可是,完全忽略了党支部这一头,我看是个缺点,咱们补补课吧。"

于是他安排大家分别去召集党小组会,听听党员们的意见。

露沙去她们那片的党小组。这个组的组长是个女党员,叫高淑华。露沙去找,只见这位女组长约有三十来岁,在自己家里独占一间屋,住着有蚊帐的床。说起话来,虽然不像有太高的文化,却显然不是文盲妇女,开口就说:

"同志们,咱们好容易开会,见着中央来的人,我们有什么话就说说吧。"

可是几个组员都不说,让露沙说。露沙没法,只得按照工作团的部署说了几句,无非是现在要搞土地改革了,就得访贫问苦,根据访贫问苦的结果,本村地主阶级有四个阎王,需要进行斗争。党员们要支持。

露沙说完,别人还是闭嘴不说话。高淑华就指着一个中年男党员说:

"田方顺,你说说吧,你从前是我们村里最穷的。访贫问苦访了你没有?"

这个被叫做田方顺的人笑了笑,说:

"怎么能访我?我穷是从前的事,咱村都解放了多少年了,我都当了多少回劳模了,我还照旧穷?这些年我干什么去了?人家要的是现在的穷呀!我看就找这些年不干活的去!"

"还比穷呢!高吉家比谁家富了?就是不该叫他家哑巴干活!错就错在干活干错了。"又一个说话了。

露沙抓住了这句话,厚着脸皮对这群怀有敌意的党员插问道:
"到底过去高吉在村里干了什么?打了多少人呀!"

刚才答了话的那个人回答:

"打了什么人?打了那些摸据点时候不往前上的人!高吉喊着往上走,叫谁走谁不走,他就是一棍子。当汉奸的,像陈国成那样的,他就捆回来了。"

露沙才说了一句:

"那也不能用打的办法。"

那高淑华笑了,说:

"这位同志,你大概没带过老百姓的兵吧?那时日本鬼子就在跟前,往前几步就许死了,往后一步就许活着。那工夫,能有空儿慢慢说道理呀?"

另外几个这时也纷纷插嘴,说起他们当年当民兵配合主力跟鬼子干,舍生忘死的往事。一提这个,个个都眉飞色舞的。有的说这回摸据点,有的说那回破铁路。有的说,那一回高吉看见我浑身沾血,以为我完了,上前背我,其实没事。民兵队长高吉在他们嘴里活了起来,旁听的露沙简直不敢问他为什么被称为二阎王的缘故。显然,不能和这些党员们谈这个问题。

她看那高淑华,这个高淑华谈起过去来,竟也是滔滔不绝,如数家珍。有人提到她过去冒险,化装成新媳妇,赶着大车进县城给县武装大队拉给养的事。她一笑,说:

"要让现在的中央同志看,那就也是地主喽,又不穷又不苦。"

露沙无法搭茬,告辞走了。心里的疙瘩越来越大。这几个阎王究竟怎么回事?走过她管的那一片,看见高栓子正在街上,就过去跟他打个招呼。

高栓子也就跟她聊几句,又随手指着一个抱着西瓜过去的妇女说:

"看看,这是王喜财家给喜财送吃的哩,蹲在监狱里,还吃西瓜哩。大概还搁糖的。"

露沙想起来应该调查调查这个四阎王,于是就问:

"这个王喜财家里地多吧?"

高栓子毫不在乎地闲谈道:

"他家地倒不多,钱多。听说有一回上温塘赶集,收棉花净过市。"

"什么叫净市?"

高栓子解释了一句:

"就是他一个人把集上的棉花都收了。他好拿出去做买卖呀。"

那么,明白了。王喜财这位四阎王也不是地主,只是一个会做生意的商人而已。露沙怀着一肚子日益增加的疑问,走向了工作团团部。

工作团决定和大阎王黄元禄面谈,指定了由崔次英主持这一次谈话。

崔次英召集的这一次审讯会,找了工作团几个党员和村支部几个党员来参加。他有意把空气放松,地点放在工作团院子里,院里放两张方桌,参加者围桌散坐,好像在闲谈。黄元禄被押来了,也让他跟别人一样,坐在桌边。

露沙也是参加者之一,这还是头一次听见黄元禄开口说话。仔细看这个久闻其名的老地主,却并不见老,大约三十多岁,身上穿的不是农民穿的小褂,却是一件白布衬衣,农村里只有学时髦的小伙子才学干部穿这种衣服。只见他眼睛扫视一周,大约明白自己是干什么来的,先不敢坐下,站着。后来崔次英招呼他:

"坐呀,坐呀!"

他才坐下,低下头一句话不说。

崔次英向大家点点头,挺温和地开了腔:

"今天我们是开一个党内的谈心会。心里有什么说什么。先请黄元禄同志谈谈这个村建党的历史。"

他这句话刚出口,工作团的到会人全都大吃一惊,几乎拍桌子站起来。崔次英眼睛眨一眨,双手作微微向下压状,大家才没有动。那些村支部的党员表现得很太平,静静听着。

崔次英又温和地催促了两次:

"谈谈这个村怎么建党的,你怎么入党的吧。"

黄元禄终于开了口:

"这里建党是高家庄高老俊的儿子小雄,从北京回来建的。高小雄原来在北京念书,现在在外边工作。"

"高小雄现在干什么?"在座的人还是挺厉害地紧盯着问。

露沙听了这个名字,唤起点印象,没有开口。崔次英则仍旧像谈家常似的说:

"高小雄,好像还挺有名哩。他跟你是朋友吧?"

黄元禄这才放松了一点,回忆着继续说:

"那是抗战那一年,世事挺乱,他回来了。我上小学的时候跟他是同学。他来找我,说日本帝国主义来侵略中国了,咱们不能当亡国奴。我说,那咱们去当兵吧。他说不用,在村里也能打日本,秘密地打。后来我就这么入了党,他介绍的。"

露沙听到这里,忍不住插了一句:

"你怎么会想入党?那时候你不是地主吗?"

黄元禄这时却很自然地回答:

"那时候我也不知道地主不能抗日呀。"

这句话使崔次英不能不理,忙说:"谁说地主不能抗日?一样抗日。"抗了日又怎么样,底下他就不能说了。只说了一句:"那你是地主。"

那黄元禄接茬答应得倒干脆,说道:

"我们家的地是雇人种的,可没有租出去,大概这也算地主?那时候就怪我爹,不让我跟小雄一块上北京念书,叫我在家里帮他管家。我本来就不高兴,日本来了我想当兵,他也不叫去。我从小就跟高小雄好,听了他的话,我这才入的党。小雄走了,就把党里的事交给了我。"

几个人抢上去问:

"党里的事,什么事呀?就是你们地主欺负穷人的事吗?"

黄元禄坦然回答:

"党里的事就是打日本的事嘛,我们不管穷人富人,大家一齐上。"

露沙又忍不住了,问道:

"你家那个长工田德顺是你叫他入的党?"

黄元禄回答:"他打日本忒积极嘛。不是我叫的,我们党员都是自愿去摸据点的,那些不愿意去的,我们……赶着让去。"

他没说不去的就打,听也听出来这个村当年的政治形势,抗日当然是积极的。可是这群当年的"领导",目前成了大阎王、二阎王、三阎王,该怎么说呢?

谈来谈去,谈不下去了,只好散会。工作团的老刘,拍了崔次英的肩膀一下,说:

"你怎么叫黄元禄是同志?"

次英说:"又没开除他的党籍,应该怎么叫?"

露沙和次英一起回去,一边走一边说:

"我看这个黄元禄家里,钱是真有钱,你看这'香飘金屋篆烟清'的对联。"

次英说:"抗日也是真抗日,可家里不穷。不是地主,也是富农。这是个矛盾。"

"我看没有矛盾,当初参加抗日的时候,他们怎能知道这个矛盾?"露沙回答。

次英叹口气,说:

"他们不懂党的方针政策。"

露沙摇头,冷冷地一笑道:

"是党的方针政策变了,这些乡下人怎么能懂?"

他们夫妇俩也不往深里谈了。露沙也明白了,自己家里也有钱,要按农村里划阶级的方法,即使不能划成地主,也得划成资本家,和地主沾边。所幸自己念了几年书,大概可以划知识分子阶层。现在还让跟着党走,就算便宜了。老老实实跟着走吧。

这场斗争继续下去,把黄元禄划为"经营地主",全部财产没收,开除了党籍。高吉是自绝于党,也被开除了。那个为首提意见书的干部,被工作团告到晋察冀分局去,说他袒护恶霸二阎王。分局农会则站在他这边,说高吉是抗日有功的干部,不能说成恶霸。双方争论不清,到后来,因为工作团是中央来的,又把准了"访贫问苦"这条新道理新精神,终于马马虎虎得了个胜利,给那个为首提意见的干部李贤判了个六年监禁。李贤不服,又告上去了。

事情了结之后,村支部有个退伍兵崔光华,还专门找次英谈了一次,请到镇上饭馆吃了一顿饭。崔光华请完客就去行署分配工作了。

次英吃完回来,跟谁也不说。还是露沙再三叮问,他才说崔光华请客是为了看出来他懂得是非,请他考虑:即使今天不能说什么,将来要在中央机关里主持正义。

"这个人!他哪里懂得中央机关里更不是随便说话的地方,就是再大的干部也不行,别说区区一个崔次英。"

露沙听了这句话,点头称是。加上一句:

"可不是当年在学校的那个崔次英了。"

"那你还是当年的露沙?"次英反问。

露沙摇摇头,苦笑一声:"也不是。"

他们在这里忙着斗阎王们,给党员们上阶级斗争的新党课。中央可又下来了新任务,一批青年学生从北平来了。

原来,这一阵国共之争越来越激烈,和平民主的声浪,早已盖过了戡乱。南京、上海、北平……到处都发动了学生们拥护和平民主的游行。北平的左派学生,完全像他们的哥哥姐姐一样,在天安门高呼口号,冲过军警的阻拦;在北京大学广场宣誓,不怕任何牺牲;也像从前一样,在反对蒋介石。

在学生中间流传着反对蒋介石的歌:"团结就是力量,……向着法西斯开火,叫一切不民主的势力死亡。"

当然,同时就流传着拥护共产党,歌颂毛泽东的歌。叫做:"我们是民主青年,我们有'五·四'的传统,毛泽东教育着我们,全心全意为人民……"他们在北平被逮捕,被称为"共党分子",也完全和十年前他们的哥哥姐姐一样。

交通既已被解放军掌握,有些中等城市就已经成了解放区。于是青联就派了人到这些城市去接纳从北平跑到解放区的学生。泊镇和沧县这时就成了据点,解放区的干部也秘密地由这里化装,潜入北平。

这是又一批北平学生来了。露沙见到他们,真觉得就是当年的自己。那满腔的热情,那单纯的信心,叫人觉得他们还是我们的年轻人。

跟他们谈了一会儿,差不多等于做了一个梦,回到自己的青年时代。母校的图书馆,母校的小桥流水,母校的两派斗争,在大礼堂里站起来发言……是真是梦?怎么见了他们如同见了自己本人?

他们和自己一样丢掉家庭和学业,到这里来追求真理。有一个姑娘叫陈勉贞,名字和露沙只差一个字。见了露沙,一下子抱住了她,嘴里就说:"好姐姐,把真理教给我吧。我见了你,就觉得见了真理本身。你就是真理的化身。"

露沙说:"我和你一样,什么也不懂。"

这姑娘说:"不!不!你什么都懂,你们!解放区!我们追求的太阳啊!"

她说着,双手伸向天空,眼睛向着迷茫的空际,好像是面向着上帝。

露沙见到这些天真的弟弟妹妹们,不由得心里暗叫一声惭愧,觉得自己已经失去了那些天真了。十年怎么会白过呢?当然不会白过,有许多思索,是这些弟妹们没有的。但是,再过十年,他们会不会也这样想?露沙瞿然惊觉。

次英见了这些青年,非常高兴,好像自己家里来了人。谈了好多北平近况,就像不久就要回北平了,把一个个教授,一处处宿舍的情形都问到了。还谈到他们怎样越过国民党军把守的所谓前线。应当是战火纷飞的陈官屯,其实并无战火,只要换件大褂子,准备几个钱,给负责盘查的国民党兵就行。什么战火,可笑极了。他们说:

"好多老百姓走来走去的。"

次英听他们谈,突然想起露沙那郁郁不乐的样子。露沙想家,他知道,本来以为这一仗打下去是毫无指望的了,没想到居然又有了这条路。他明白他们夫妇将来的生活,反正党安排上哪儿就上哪儿,而且得满怀欢喜地去,毫无疑惑地去。那么,让她回她那个旧日的家再过一阵子怎样?正好她又怀了孕。想起那可怜的小夏儿的死,真让人心里发怔发酸。那么,让她回北平去一趟,把孩子平平安安生下来,再来。行不行?

于是他把这个主意告诉了露沙。

露沙想都没有想到现在回北平的主意。听了次英这个建议,不禁怔了。她问:"你怎么想起让我走?"

次英说:"就是看见你老怀念家乡啊,你的诗里不都写得很明白吗?"

露沙半天没说话,考虑之后才说:

"我那不过是一点儿情绪,怎么能和要离开这里回北平的实际行动联系到一起?叫别人听见了,也许怀疑我脑袋里有什么动摇哩。"

次英倒帮她解释起来,说现在城市工作部正往城里派人,老同学老乐现在坐镇在沧州,就要来这里汇报工作了。所以现在如果提出回北平一趟生孩子,是有可能批准的。至于说动摇,你老党员中央工作团团员,谁会怀疑你动摇?

他说得很认真,很诚恳,说得露沙心里一动。真想回去看看。可是真的只能回去看一眼,顶多看一眼,可不能去生孩子,去安居乐业。因为,因为我是解放区的人,不论过得好也罢,坏也罢,甚至生也罢,死也罢,都得在这里,不可动摇。如果动摇了,说过的一切话都作废了,那我还成个什么人呢?一生的事业都完了!那是不能想象的。

她微微一笑,点点头。次英出这主意,只为了让她休息休息,请几个月假,他丝毫没有怀疑她走了会不回来。但他还要叮咛一句,握住她的手,说:

"我帮你去跟团里说,说你真有病,现在正赶上人多事情少,去北平又方便了,他们会答应。我知道你会愿意的。可是,你只能回去串一串,你可不能不回来。"

"我怎么能不回来?"露沙心里当即决定,去吧,看一看就回来。显然自己明白,回到了北平,母亲一定会不放自己走,父亲甚至会旧话重提,叫自己到美国去。那一切都是瞎扯,等于当年离家出走一样,吵翻了也得回来。她倚在床上,顺手拿了一个小柿子,剥了皮给他吃。嘴里说:

"我的家在这里,我不回这里,到哪里去?"

次英把柿子的一半塞到她嘴边,轻轻地说:

"我知道,你妈如果不让你回来,你就说你的丈夫,就是我,不让你留在娘家。"

"行啊,说什么都行。说婆婆不让也行。"

露沙笑出来,其实她自己也明白。从另一方面说,好容易得到这么一个机会回到城市,真可以不再来了,不再来解放区了。海阔凭鱼跃,天高任鸟飞。这十年,心里想不通的事情都可以扔在一边了。哪怕中央决定,主席精神,你们谁也管不住我了。

这个机会真突然,真难得啊。她的心突然一跳。假如真的从此放弃一切,对于这里一切令我不满的事情都割舍了……。但是这个设想却根本没法考虑。令我不满的事情都割舍了,那一切令我留恋的生活也割舍吗?不管在这里受了多少批判,人却不能换另一种生活……这是不可能的,不!如果能回一趟北平,弟妹们问我解放区怎么样?我就得临时充当解放区派来的大使,说好,一切都好。对！他们都会羡慕我。回去做一次被人羡慕的大使,地下秘密人物,做一次怪好玩。她又拿一个小柿子,掰成两半,和次英两人各一半。吃着柿子,拿了一本周美成的词给次英看。

次英说:"我们就这样谈分手的事吗？"

露沙笑笑说:

"什么分手？出差吧。我还得回来生孩子,顶多三个月,可得把我的工作给我留着。"又哼出两句道:"连道别的词都有了。'封成记得分携处,把慢词默诵,小柿擘朱'。"

次英把毛衣脱了,要她脱衣躺下。她一面脱衣,一面说:

"你这毛衣破了,我从北平给你带点毛线来,我给你织一件吧,等着。"

这次请假,崔次英一说,孙以平就点了头,很容易地批准了。他们夫妇一起到母亲住的小米村去,告诉她这件事。老太太听说媳妇要回娘家,也很高兴。只是再三再四考虑,该给亲家翁亲家母带点什么去。她说:

"要是在一起呢,我做一桌拿手的,咱们淮扬菜淮扬包,清炒鳝鱼,红烧狮子头。现在不行。要不,我献献丑,亲笔来写一封信,叙一叙亲情。"

次英说:

"那也不行。露沙要化装走的,信如果翻出来,可了不得。"

都不行,那怎么办呢？老太太左思右想无可奈何,她说:

"亲家一定会带东西回来给我的。可是我这里,连自己身上穿的都是公家发的,我们这里什么都是公家的,我们能拿出什么？"

露沙点头意味深长地说:

"妈说得对,我们全身上下都是公家的。这就明白了,我们不能在公家之外再打任何主意。"

十一　路在哪里

露沙请病假回北平得到了批准,就骑上骡子从平山出发。过了两天,进入了平原。

美好的平原啊!十年只看见山,山围着山,这下才睁眼一直望到天边,看见田,看见水,不再看见山。一块连着一块的绿地,绿色的草地,绿色的菜畦,像满地画的棋盘格子一样,千畦万畦绿满天涯。家乡,家乡,这才是我的家乡啊。她不由得胸中冒出快乐的感觉。这真是快到家了。人说归心似箭,真是恨不得一下子就飞到北平。十年忘了什么是家,怎么真的想家了?

她坐在骡子上,一会儿舒开胸怀,看这美丽的田野;一会儿又警告自己,可得记住这是请假来的,不必胡思乱想!

在平原上走了几天,就到达了沧县。这是解放区城市工作部的据点,这里的工作人员差不多都是从北平、天津出来的,经常往城里跑,去接人送人。来了个露沙,他们马上就把她当个"任务"接下来了。

城工部有个小孙,接了露沙的任务,负责给她化装和送她走。一谈,这小孙原是露沙母校低五班的学生。他从城里出来才一年多,专干这一行,已经很熟练了。他像导演似的,叫露沙先化装。脱了军服,换上一件农村妇女常穿的大襟短袄,再叫她把头发重新梳理一下,前额留上几根刘海。又告诉她:

"现在你是一个农村妇女,要照相了,作出点挺正经又挺胆小的样子来。"

说罢端起照相机,又左右端详了一下,笑道:

"还好,长得还不怎么洋气。"

露沙听了不服气,又怕他按快门,先一言不发,还摆着那"化装"的架式,等拍完了,才开口说:

"要土气就来土气的,你们不是要土气的吗?要洋气的,咱再来一个洋气的。"

说着就唱起苏联歌曲《快乐的人们》来。

相片洗出来了,小孙又拿来一张盖着北平市公安局大印的"市民居住证",把相片贴在上边。还要填一个假造的姓名住址。小孙替她写了一个"李王氏",文化程度写什么呢?露沙说:

"文盲,我会演戏,露不了馅。"

小孙说:

"别说一字不识,万一碰上什么话说漏了呢?来个小学二年。"

就这么一栏一栏都填好了。

然后小孙把她化装应用的服装全拿来了。一件花棉袍,一条红夹裤,一双平底圆口布鞋,还有附带的短夹袄和蓝布大褂。小孙暂时出去了,由同屋的两个女同志帮她全身换装。衣服全换好了,又拿来镜子和化妆品。头油是城里穷姑娘们用的那一种,没有多少香味,却油烘烘的,一抹就满头油晃晃。胭脂粉也是那种价格低廉的。于是,露沙就往头上厚厚地抹油,往脸上不顾一切地搽胭脂抹粉。两个女同志又帮她把头发使劲往后梳,好像刚剪掉发纂,才留的"新式头"。她往镜子里一看,简直不是自己了。

小孙来了,鼓掌大笑:

"好极了!叫什么人看,也猜不出来这是八路军!"

然后他叫过一个交通员来,让他去送露沙,并向露沙介绍道:

"这位算是你的小叔子,林波。化名叫李恩波。"

又对林波说:

"你叫嫂子吧。一路送到,别露馅。"

就这么着,他们一切准备舒齐。说好了她假满之后,自己回沧县城工部来,在北平不接关系。然后她依然穿上军装,红夹裤套在里面,其他化装用品用小包袱包着,就此走上了通往边境的路。

这条路她从来没走过。"李恩波"穿一身蓝布大褂,和一个女八路同走在一条宽阔的大路上,倒也并不显眼。

大路上来往的人并不多,这不是那种城市的路,过来过去的只有少数行人和骑自行车的人。走了一段,李恩波说:

"可以了,坐下换衣裳吧。"

他就领她在大路边一块空地上"歇脚",背向着大路。

露沙看看没有来往行人,就迅疾地脱下了军装,扔在一边,把那件花旗袍穿上了。接着把军棉裤脱下,帽子扔掉,化装就此迅速完成。

他们两人站起来,继续向前走。后面另一个骑自行车的交通来到路边,把她脱下的衣物拾起来,放在车上,就返回去了。这一手他们是搞惯了的,露沙却很觉新奇。抬起脚来,知道自己一下子已经不是八路军了,每一步都感到不同,小小心心,记着自己是在演戏。

他们到一家小旅店里投宿了一夜。旅店只有男炕和女炕,男的人多,他们就坐在女炕上闲谈。露沙慢慢才听出来,这些人都是跑边境买卖的。他们在说,谁谁有一次拿一棵大白菜,里边带个金戒指,双方都没有查出来。这一回,他带了一个茶壶,看他们能查出什么?露沙留心他们的谈话,却装出初次出门的妇女,羞羞怯怯的样子,什么也不懂。戏演得很成功。

熬过了一夜,第二天一早,人们都跟着一个船户去上船。原来这里有一个大水潭,水潭里有浮冰,得坐渡船。渡船收钱就走,现在已坐得满满的,就是昨晚旅店里那些人。刚过了一晚,好像彼此都不认识了,谁和谁都不说话。冰湖好像是从地下冒出的一个奇怪的寒冷的北冰洋,冷得人人都抱着肩膀,咬牙蹲着。学地理时,从来不知道这里还有这么一个冰湖。

好不容易过完了冰湖,渡船不走了,上面却不是岸,是一片泥塘。男人们都脱鞋光脚下泥塘。露沙倒不是不敢脱,是怕别人看了诧异。正踌躇着,已经过来一个当地小伙子,喊:

"大嫂,我背您过。"

李恩波讲好了价,她就趴在人家背上,到了对岸。

对岸的人可不少,只见熙来攘往,竟是一个小市镇。露沙小心注意地慢慢走,总怕自己的步伐和举止有什么露馅的地方。一抬头,忽然看见迎面来的是一个身穿黄色军装、头戴美式军帽的人。是一个国民党兵!再多看看,竟有不少国民党兵在这条路上走来走去。她没有准备,一眨眼,这里竟已是国民党占领区了!露沙立刻提高警惕,准备被检查,或者别的什么事情。但是这些兵没有刁难行人,都是弯着腰,见了行人就低声问:

"要去天津的火车票吗?火车站上排队买,挤得很哪!"

原来,这些兵是在卖黑票。李恩波当即掏钱买了两张,随即随众入站。

小小的陈官屯站,竟有这么多人上车,显然有不少是从附近解放区来的,但是这些国民党兵连问也不问,光忙着卖黑票赚钱。

上了火车,露沙明明白白觉得自己已经进入了另一个世界。车上热得很,她明白了这就是睽违了十年的暖气管。旁边的人谈着话,听得是说怎样被八路军俘虏,又怎样被放回来的"历险记"。她不敢搭话,一声也不吭,心里却在念叨着:"回来了,我回来了。"

走了不过两小时,天津到了。

天津!回到了天津!这简直是在做梦。她好像行走在梦里,家里原来在天津有房,人也许就在。就回家去喊爸爸和妈妈吧。

又想想这么多年,不知他们有变动没有,这才先拉着李恩波去电话局查自己家的电话。

电话查到了,对方却说陈家已经搬回北平去了。她就拨了北平电话局,查私人住宅电话。耐心地查了一个钟头,居然查到了。她一问,真是陈宅,用的父亲的名字。兴奋得她不知说什么才好,又恐怕来接电话的是家里的老妈子,就干脆大声说:

"我找你们太太!"

对方惊愕地喊了一声:

"找我们太太?你是谁?"

电话转到了另一个人手里,只听电话里讲:

"我是陈婉静,你是谁呀?"

露沙几乎是喊叫起来:

"是我呀!听不出来了吗?我是你姐姐,我回来啦!妈在家吗?"

对方稍迟疑了一下,就说:

"妈和爸都不在北平。你回来了,赶快到家里来再说。你是从天津打电话来吗?明天坐早车回来吗?我上火车站接你。"

露沙听说爸妈都不在,有点儿失望,但终归是回了家了。她笑嘻嘻地挂上电话,跟等候在一旁的李恩波一起出去找旅馆。

他们这副打扮,当然只能找穷旅馆。各人找了一间简陋得只有一张床、一份被褥的屋子。那被子又脏又薄,没法过夜。回到了天津,却住这样的屋子。好在这只是蹲一夜,露沙根本就不睡觉,不脱衣服,蹲在那里化装。她把包袱里的蓝大褂拿出来,套在花棉袍上面,显得穷虽穷,土气少了一点。又到外边打了一盆洗脸水,把头上的油尽可能地冲掉。再拿出随身的梳子,改梳发式,把那点刘海消灭,还像个穷教师的样子。

她边收拾,边嘴里哼唱着:"我的家在河北卢沟桥旁⋯⋯"

这是当年她们这群流亡学生乱哄哄离开北平的时候,挤在

"流亡列车"上,大家套《在松花江上》的调子凑成的一首歌。底下是把大豆、高粱,改成了玉米、高粱。当时都传唱熟了,现在一哼起来,就不由得坠入那份情调。

都弄完了,她坐在床上,想着自己这次回来,真是"丁令威化鹤归来"了。这里可不是解放区了,家里他们一定欢迎我。但是我,我可不是就此赖在家里不出来的人。不能想解放区管不了我,别光恋着北平。可是一会儿又胡想,我要是从此还乡呢?那从前念的书,从前那些同学又能见了。要是回到从前的课堂里……可是,十年了,一切都变了,哪里还会坐进课堂?同学们大概都当讲师教授了,我是另外一种人,她们哪还认识我啊?

这样看着房顶幻想,又骂自己,干吗以胡思乱想作消遣?

好不容易熬到天明,依稀欲睡,李恩波在门外叫了一声"嫂子",露沙才回到现实生活和现实的人中间来。

她急忙跟着林波上了车站。一路走着,才发现人拉的人力车已经没有了,变成了人蹬的三轮车,也是新鲜事啊。

坐在火车上,她还是不敢和林波这个"解放区的人"搭话,只说了一句:

"呆会儿我妹妹来接我。"

林波说:

"见了她我再走,要不,我们先上东安市场吃饭,你再回家。"

他说的还是他的"任务"。

火车到了北平的正阳门站,居然这个站还和过去的模样差不多。露沙努力抑制着胸中的不安,走下车来,寻找来接自己的人。她正在从那些穿长袍的女子中间寻找静妹,却见一个身穿西装裤子、翻毛皮大衣、烫着头发的华贵妇女走过来,开口就叫她"贞姐"。她立刻一眼认出来了,是静妹。于是她向林波点了点头,表示他的任务已经完成。

婉静左右一看,匆匆地对她说:

"你还记得回南池子的路吧？你这样不好进门，我先回去，把那个新雇的厨子打发出门，你再自己来。"

说罢就翻身走了。

露沙会意，慢慢地独自步行，向前门内而去。她很觉诧异的是，自己居然像当年一样，熟门熟路，商店差不多都认识。抬头就见正阳门门楼，真的好像是离家才三个月，现在回来了。因为脱了军棉裤，身上有些冷，可看着这北平，还是熟悉的、可爱的北平。

进了前门，走了一段，就到了仍是红墙红门的南池子。她漫步走着，找到了自己的家门，一个有门铃的小红门。她先在心里做了沉静的思想准备，才伸手按那个门铃。刚按一下，门就开了。婉静原来就在门后等着。见了她，一把拉着进了北屋的侧房，是一间卧室，床上已经放着准备好的毛衣、旗袍和皮鞋。婉静催她：

"快换上，好出去见人。"

一边说，一边拿过镜子来。

露沙坐下，对镜理妆。开始从内到外换一套，外边穿了一件紫红底碎花的绸旗袍，又仔细重新梳头发。婉静在后边帮她收拾，拿着剪子把她两边翘着的头发剪掉了一些，说：

"今天就凑合了，改天出门再烫。"

露沙看看镜子，镜子里仿佛还是当年的自己。不由拉长声音吟道：

"脱我战时袍，着我旧时裳啊！"

一会儿收拾舒齐，进入正屋。屋里沙发上站起两个男子一个女子，齐声喊叫姐姐。露沙看了半天，认出那个烫发的少妇是自己妹妹婉平，一个穿夹克的是小弟弟吧，却不见大弟。还有另一个穿西装的男子，实在认不出，经他们介绍，原来是妹夫王云。旧日女佣杨妈也出现了，竟还认识大小姐。

露沙一看，他们大家都穿得整整齐齐，比从前自己在家时还要漂亮。屋里摆设也全是西式，挺考究的。坐下一谈，却都只淡淡地说:"姐姐回来了,你就先歇几天吧。"

那个没见过面的王云说:

"姐姐从哪儿来的,我是知道的。姐姐只管放心,这里的日子,过一天算一天。"

马上就开午饭了。大家起身到餐厅里去。露沙抬眼看桌上,有鱼有虾,有著名的鹊华春的脆皮青酱肉,有月盛斋的酱羊肉,这都是她十年没吃过的东西了。这自然是弟妹们为了姐姐远道归来,特别准备的。

她举筷要吃,忽然感到身上很冷,随口就问:

"这屋里怎么忘了生火了?"

这时婉静才说:

"哪能每间屋子都生火?煤这么贵。"

其他几个人都开口说起来:

"烧煤和烧金子差不多。"

"姐姐你住两天就明白了。"

小弟说:

"我说还是在北屋吃,暖和点。你们非要在餐厅,自家人还搞什么穷讲究。"

这么一吵,露沙笑起来了,说:

"家里到底怎么样了?你们还不跟我说?"

于是弟妹几个纷纷开口。婉静先告诉她,大弟已经去美国了,老爸爸为了婉贞不听话,不肯出国,气得病了一场。到处和人说,把大女儿当儿子培植,她硬是不孝,还得下决心培养儿子。便趁着太平洋战争美金也贬值的机会,自己家凑了点钱,把大儿子送出国去了。

小弟说:"出国有什么出息?从前俄国革了命,有白俄跑到中国,给人洗碗,端盘子。将来呀,中国还不得有白华!他当白华去吧!"

露沙听来,小弟和当年的自己一样。又问:

"家里还可以吧?"

于是他们你一句,我一句,讲明了家里境况。听起来,家里不算穷,跟那些同事比,还算可以。婉平说:

"姐姐你可别看现在这些人,穿着皮鞋烫着发,晚上回家,家里的窝头还不准够吃不够吃哩。"

婉静说:"我看姐姐不如到上海去,爸妈都在上海。上海比北平暖和一点。"

露沙又追问,父母干吗去上海。姊弟们说了半天才说清楚,原来是五叔穷得过不了日子,老来要钱。老头嫌次数多,不给了。五叔就到公安局去告老头和老太都抽鸦片烟。其实,北平抽大烟的人多的是,可是他这一状告下来,罚了不少钱。五叔赚了一笔,老头老太太在北平就不好住了。他们戒不了烟,这才跑到上海,在上海租了人家两间房子,想住一阵再回来。

听完这些,露沙心里那温暖的还乡梦不由得凉下去一点,父母都不在,又是为了家里的纠纷存身不住,真使人扫兴!

他们大家回到北屋,露沙这才看清楚,原来只有北屋生一个西式大铁炉,火很旺,人们起居都在这屋。侧屋、卧室就利用这个火炉的余温,东屋、西屋都不生火了。

他们坐谈了一会儿,厨子进来说:

"尹八老爷来了。"

婉静连忙拉着姐姐进了东屋,说:

"别让他看见好,他知道你去延安的。"

这尹八老爷原是父亲的同乡,一辈子当科员,一辈子靠同乡面子吃饭的,却从小就认识露沙(陈婉贞)。露沙进了东屋,已经听见北屋说话的声音,完全还是当年的尹八老爷。当年自己考大学,语文本该一百分的,有一个词"断鹤续凫"不会,考完回来问他,才知道了词义。这老师一辈子也忘不了。真是他呀,简直想冲出去跟他打个招呼,可是不行。只得忍着冷,听他们在北屋高谈阔论。

这屋从来不进来人,真是冷得厉害。露沙穿上妹妹的大衣还冷,只得把脚缩在另一件衣服里,侧耳只听他们在念几句流传的歌谣,是王云在说:

"此处不留爷,自有留爷处;处处不留爷,爷去投八路。"

念完了,几个人哈哈大笑。然后那个尹八老爷说:

"这里不留,人家那里就请嘛!"

他那个请字拖得很长,重音清楚。这个老科员,真的认为八路要请他去哩。

露沙在寒冷的屋里旁听他们的说笑,不由得从皮大衣里觉出一阵阵透骨的寒冷。当然,从报纸上早就看到了国民党统治区的生活不好过,可是从没有想到过他们会在自己家里这样议论,尹八老爷会这样议论"八路"。他知道什么是"八路"?他们知道什么是"八路"?若让他们知道"抢救"运动,就好比一盆清凉剂从头上浇下来,叫任何头脑糊涂的人也得头脑清楚。

尹八老爷走了。她脱掉大衣,回到北屋烤火。王云走了,婉平却不走,要和姐姐们聚聚。晚上还来了一个杨自奎,是父亲过去的警卫员,杨妈的丈夫。如今已经走熟了的。

原来这个家是由婉静管着。她告诉露沙,现在和从前可不一样了。怎么不一样法,她不能从头细说,反正就是金圆券不值钱,早晨发了薪,晚上就贬值。家里幸亏有几间房子出租,还能吃上大米白面,多少同事家里都是吃窝头啊!

小弟说起他们学校的反饥饿运动,说:"他们给我们学校食堂发大米白面,呸!给吃肉我们也得喊反饥饿!"

婉平说:"王云是搞广播电台的,别人说搞广播电台就是特务,那可是瞎说,姐姐跟他谈谈就知道。"

在家里住了几天,王云几乎天天来。大家坐在北屋里,露沙原来想扯家长里短,几乎很难扯上去。这几个弟妹,加上同乡亲友的弟妹们来这里闲坐,差不多一开口就谈人们的生活,穷,再扯就扯到时局。有一回,那从小一起长大的表弟张可均来了,坐下谈到目前贪污之风多么厉害,可均忽然做结论道:

"贪污现在已经不是风气,这是制度。风气可以反,制度怎么反哪?"

这些青年们就是这样谈话,反而使从解放区来的老八路露沙没话可讲。他们反过来问露沙,要她介绍解放区的生活,也不会提什么问题,老是问吃什么。

他们问:"吃的有猪肉吗?"

露沙据实回答:"有。"

"有羊肉吗?"

"也有,比猪肉还多。"

"那么能吃涮羊肉了?"

"那可不行了。"

他们显然认为吃的差是解放区最苦的事了。其实,到了后来几年,吃的并不那么太差了。露沙回来这几天,慢慢才知道,家里平常吃的也不过是一菜一汤,她回来了,才添了几样菜。她想:论吃,解放区并不比这里苦多少,可许多苦并不在吃上。

他们问不出解放区的生活来,张可均就说:

"听说姐姐回来看伯父伯母,凭这一条,就知道解放区很讲人情。他们说解放区不通人性,不讲人情,完全是诬蔑。"

婉静的熟朋友蓝品和来了,也是个学生运动中的活动人物。他兴高采烈地讲自己的功业。原来他在西南联大参加过青年军孙立人部,那要算国民党军队,做到了上校。现在回校复学,参加了学生运动。有一天搞反战游行,他穿上了当年的上校军服,走在游行队伍前面。他绘声绘色说到这里,又用手指着自己的鼻子说:

"那些国民党小兵卒子见了我,不敢动咱一动。嘿,嘿!"

大家哈哈大笑。

弟妹们都没提起陪她出去玩玩,觉得没什么可玩的。露沙自己想出去逛逛,看看旧游之地。他们只好让她去。她首先想去的是自己的母校,可是这个地方实在不敢去。

蓝上校说:"叫人家认出来这是解放区来的人,那咱们就准备挑起一场大斗大闹吧。"

露沙只好退而求其次,去逛逛自己最熟的市场、街道。她不要他们陪,自己去找那些旧地方。

她雇了个三轮车,说到北京图书馆。到了图书馆门前,抬头一看,真是旧游之地。原样的大红门,原样的大院子,原样的路边剪得齐齐的小松树,只是小松树比从前高了一点。她怀着满腔的旧情,直奔中间高台阶上的正门。进门一看,果然一切如旧,左边照旧还是那个存包、存衣处,后边还是照旧站着一位老馆员。露沙笑着走过去,就照旧脱大衣。不料那个老馆员却不照老规矩伸手来接,摇着手说:

"您别脱了,里边没有火,怕冻着您。"

还是一副老北京伙计的腔调。

露沙只得听他的话,穿着大衣向里走。真是别来无恙,原来是什么阅览室,现在照旧是什么阅览室。她兴冲冲地先奔她过去常去的杂志阅览室,从前那里总是坐得满满的,架子上都是新书、新杂志。现在一间大屋里只有四个读者。且不管它,她去看架上的书,简直是空的。想想大约在国民党统治下杂志出的少,她就轻车熟路,转身又走进旁边的新书阅览室。谁知也只有四、五个人,她上前去问穿着大厚棉袄的女馆员,这几年有什么新书?人家让她查目录柜。查了半天,只有十几年前出版的《罪恶的黑手》之类,她当年看过的。难道这十几年就没有进过新书?

她丧气地干脆上楼,进入大阅览室看看。天哪,这能容几百人的阅览大厅,从东到西,从南到北,竟一个人都没有!只见那和舞台差不多大的圆形大窗上结满了厚厚的冰,整个大厅简直成了大冰窖。突然想起鲁迅《伤逝》里的那个涓生,穷得没办法,就躲到图书馆里取会儿暖,要是现在,他也没地方可去了。

这是个使抱着怀旧心情的归客不能不堕泪的地方啊!

她又选了个最熟的地方——东安市场。

那是她从小逛惯的地方,才七、八岁就常由妈带着来。妈挑毛巾、鞋子,她每回都得带点糖葫芦、山楂果什么的。上大学以后,每个星期进城,也得光顾一次。除了给同屋的带糖葫芦以外,还有时买点儿豌豆黄、小窝头。这里最热闹的是晚上,大概下班的人都在这时候来了,市场里的吉祥戏院也在这时开了锣,听戏的人往往顺便买点儿零食。

现在她又回到这儿来了。三轮车在东安市场门口停住,蹬车的问:

"太太是在这儿下,还是到胡同里找人家儿?"

露沙坐在车上,已经望见了市场一片漆黑,鸦雀无声。此时不能说改口的话,只得迈步下车,嘴里说:

"我来玩玩。不,来看看,好久没来了。"

那个车夫说:

"那您玩吧,还要回去,我等着您。"

说罢把车停在路边。

实在这里毫无可看,整个市场已经成了一个大黑洞,当年急管繁弦的"吉祥"已经完全沉默了。露沙抬头再望,一条王府井大街竟没有一家开门的,也没有人走。黑暗和寂寥,使她心里陡生恐怖之感,在街上走了几步,好像半夜在荒郊不见人烟的鬼地方迷了路。

"这是怎么了啊?"她叹口气。

那个蹬车的就上前来说:"太太还上哪儿?"

"上……"上哪儿呀?她再说不出上哪儿,只得回去,说了一句:"南池子。"就上了车。

呆在家里,她实在闷得慌,倒不如这几个青年成天滔滔不绝议论的高兴。她既然称病来了一趟北平,总得到医院去看看,于是她去了北大医院,挂了妇科。

这个医院她很熟的,当年骑车把胳臂摔了,就是找的这里。进去又是熟门熟路,想起当年在外科,被外科刘主任使劲捏着胳臂,自己疼得要叫,却因为刘主任边捏边谈笑风生,自己居然也忍住疼痛说话。如今是妇科,大夫后边跟着五、六个穿白大褂的学生,见她进来就说:

"脱衣服躺下吧。"

她忙把大衣脱了,大夫摇摇手,说:

"下边衣服脱了才能检查。"

她只好把下半身全脱了。这屋里根本没有火,躺了几分钟,已经冻得受不住了。这位大夫却把她作为活的教学标本,指着她的身体,一边讲,一边还让学生们看。一会儿又说:"到这边来看。"

露沙冻得直哼哼,说了一句:"真冷。"

那位大夫的课大约还没讲完,又说了一会儿,然后笑着对床上的露沙说了一句:"到医院还怕冷?别的医院你去过吗?"

露沙说了半句:"我去过别的医院……"

却说不下去了,她想说去过延安的中央医院,那里生着很旺的炭盆,比一般宿舍窑洞可暖和得多哩。唉!她只能不声不响,悄悄穿起衣服,下了床。

婉静忙着给姐姐买去上海的船票,让她好歹去看望父母一眼。按露沙的要求,又买了二斤毛线。露沙每天看看报,织织毛线消遣。偶然也出去看个电影,再有就是跟弟妹们闲谈。那天看了一场话剧,是黄宗江编的《大团圆》。结尾是一家人的小妹妹奔向了解放区。

婉静看了就说:"北平什么样,不用我们说,看了他的戏就都知道了。北平公安局倒不知道查禁它。"

还有一次和婉平一起看电影,杨妈跟着去的。看的是张瑞芳演的《松花江上》。一看就明白这写的是日本占领时期的东北义勇军。那时候东北松花江一带根本没有国民党的部队抗日。这个义勇军写的是谁?婉平自然也该明白的。偏偏坐在旁边的杨妈,看见银幕上出现的张瑞芳,忽然就低声叫起来:"八路!八路!"

原来竟连她也知道这打日本的人就是八路!露沙心里暗暗好笑,行了!用不着自己费话了,张瑞芳她们在国统区,可不是光擦胭脂抹粉当明星哩。

票买定了,明天就要走了。打算的是到上海一趟,然后回北平,再由北平走原来的路,回沧县解放区。

这天晚上,弟妹都坐在北屋说话儿,杨自奎也来了。王云问了一阵,露沙这一次过界是怎么走的,化的什么装,路上有盘查的没有。露沙一一回答了。王云听了,怔怔地看了她一会儿。踌躇之后,忽然轻轻地问道:

"姐姐!你们那边做工作的人,是不是也必须参加共产党?强制参加呀?"

露沙不禁哈哈大笑,立即开口答复:

"真是海外奇谈!没听说过!你想参加共产党,共产党还要考察多久,不肯要你哩。谁强制你参加?"

王云"啊!啊"地点头,表示明白了。他们几个就给露沙解释。原来,国民党当时是采取大量强制入党的办法。学生高中毕业,军训升班,都要入党。机关里的职员,不填表不行。所以王云怕共产党也这样。露沙一面点头发笑,一面自己心里也暗自感叹:原来如此!这样办事,叫国民党怎么能成功呢?万事总有个比较嘛,看来国民党气数已尽,是没有什么希望的了。

他们闲扯着。小弟在晚报上发现了一条消息——北平的舞女在罢工。大家都惊讶地议论起来:怎么舞女还罢工?真是可笑又可惊。

小弟说:"国民党一见出了什么问题,就都推说是学生鼓动的,共产党搞的,这该说不出什么了吧?"

王云却摇头说:"你不知道,今天我在班上,就听见人说,舞女也是解放区派了女共产党来发动的哩。"

姊弟们不禁都手指着露沙大笑起来。

露沙只摇着手说:"胡说!放屁!"

那杨自奎跟着笑了一阵,忽然开口说:

"大小姐,你们解放区是有共产共妻这句话吧?"

露沙追问他:"这是从哪儿听来的胡说?"

他说:"我的家乡在解放区,已经好多年没回去了。一个同乡的来说,解放区管事的逼着村里的老村董拿钱,老村董不拿,人家就叫他把老婆拿出来,说不共产,就共妻,这叫共产共妻!"

"这是胡说八道!造谣!"露沙听到这里,不能再缄默了,只得正色说道:"什么话?什么共产共妻?这是他们三十几年前就造过的谣言,连新谣言都没有!就凭这样笨的造谣法,谁跟他走?"

"姐姐,我早就打算好了,我要跟你走。"

婉静很平静地说出一句。这些天,她一直和婉地把北平情况告诉姐姐,却从不对姐姐的还乡热情赞一词。现在看准了,才终于说出来了。她也要跟姐姐走!

露沙说:"走吧!"

她心里踏实了,可以去看看父母,然后回来就走。本来嘛,世界上有各种不同的浮生百态,哪里也不会有一个完美的生活,理想的世界。想要完美,那是孩子话;不太完美,就是我们生活的理想。一切好的都是与坏的比较而后得来,人总选择那些比较好的生活,回去吧,走吧。

她的一件毛衣已经织好,这时又起了一个头。婉平问她:"你还给谁织啊?这么小的口,是手套吗?"

露沙笑笑,说:

"给我的婆婆织双毛袜子带回去,这好点的毛线,我们那里倒真是没有。"

天不早了,王云跟露沙商量将来回解放区以后的通讯办法。他问:"在报上用事先约定的姓名时间,登个小广告,行不行?有人这样办的。"

露沙摇头,说:"我们那里看不见这里的报。"

王云皱着眉,还在那里想办法。

露沙看他那模样,已经明白了他的心事,也不便多说,就告诉他:

"如果要去,过了边界有接待单位,找我就行。"

大家都回去睡觉了,露沙和婉平同榻。婉平躺下去,对露沙说:

"姐姐,这回又走了,什么时候再回来啊?"

是啊,要走了,又回又走,露沙嘴里念叨着。睁眼看房顶,忽又想起在史家畔过年,躺在炕上左思右想,不能闭眼睛的光景。现在在哪里?在家!这是家里的房顶。

朦胧中间,她觉着自己头上的房顶就是史家畔的房顶。一下子,再看,原来就是新华社窑洞的房顶。新华社那些同事还在门口叫她,该上班了。

她走出窑洞去看,只见漫山遍野的人,原来是马、周、张来到延安了。她慌忙迎上前去,手里拿着稿子,要送给总编辑。旁边过来了袁和,手里拿着他拟稿的报纸,红字大标题写着:"八路健儿凯旋延安"。原来延安已经收复了,这里是庆祝凯旋呢。

恍惚中间,次英拉着她说,走,到母校去。只见小桥流水,一切还是那么美。这是清华三院的课堂呀。抬头一看,讲台上的教授原来却是秦博古。黑板上写着他的讲题:"西洋戏剧史",他正讲得带劲。

次英走出课堂,嘴里滔滔不绝,手里还拿着书。从课堂里出来的还有杨明和小童,两人拉着手,挺亲密的样子。

杨明原来没和小童离婚,都是好同学嘛。露沙向他们点头,小童好像有点不高兴跟他们打招呼,可是杨明还像从前那样高的兴致,大概又想做诗哩。

原来这次是校友返校。来了大卡车,他们一拥而上。车开得真快,车上的人挤得呵呵直笑,都嚷"到了!到了!"

到了,灿烂的阳光,蓝天飘动着白云。到了哪里?到了美丽的宝塔山底下了。人们纷纷跳下车来。次英怕把露沙挤丢了,手拉着她。原来青联的一群全在呢,都是熟人,小沈、李平、袁和、小严……一个不缺,全在。

李平还来问:"露沙回来啦,打了日本鬼子没有?要是没打过瘾,咱们再去打!"

老丁也在,他说:"你跟我上晋西北吗?我现在在晋西北当负责干部了,给你发一套新军装。"大家原来都穿的新军装,露沙也穿上了一身。

这么多的人哪,露沙忽一回头,却见宋安然也在人群中间,意气扬扬,穿的却不是新军装,是件没有领带的西装,手臂中挽着一个漂亮的姑娘。露沙连忙扭头,假装没有看见,不想和他打招呼。

他们正走着,和这个那个打招呼,忽见斜刺里出来了个季生华部长。他正在用手指挥着,好像指挥一个部队,又像指挥一个乐团。见了露沙,他就用手一指,叫道:

"这里还有一个漏网的呢!要开她的大会!"

说着就要伸手来抓她。吓得她连忙返身就跑。跑着,跑着,跑到"天下名州"石匾额下面,一脚踏空,就掉了下去。不知掉向哪里的无底洞。

她想出声喊,却出不来声,只能微声哼吟着:"次英,救我!"听见次英接声就说:"我没走啊,我就在这里!"

他扶住她,坐在地上,她还惊魂未定地说:

"季生华,季部长,要抓我。"

次英哈哈一笑,说:"理他呢!没人理他!咱们回咱们的家。"

他俩就迈步往回走。抬头一看,只见火车站外的前门赫然在目。她笑了,说:"我可回来了。"

她高兴得马上唱起来:"我的家在河北卢沟桥旁,那里有森林、煤矿,还有那……"这次她是使劲一唱,挣出了声音,这才把一场梦唱醒了。

婉平也醒了,说:

"姐姐,你好像梦见什么好事,还在说什么,唱什么。"

露沙揉揉眼睛,梦还未醒透,回答道:

"我是做了个好梦,梦见我回到北平,又没有到北平来。"

后　记

　　这本书是早就想写,也早就可以写的。一直拖到病倒之后,才勉强执笔,把这点意思将就写出来。

　　写的时候,已经是脑溢血发作过,半身不遂,手脚都不方便了。只有脑子还有一部分管用,心想,人活着,能做多少就做多少吧。谁病到这样还写小说呢?但是我得写。一天写一点点,今天记住明天要写的内容,用了过去写两个长篇的劲,写了这十来万字。

　　意思见于书本身,不再烦絮。反正我写的是我确曾涉足过的生活,我决不愿把虚夸的东西交给读者。

　　我能坚持写出这本书,应当感谢王笠耘同志的鼓励。他说:"相信你能写。"他还仔细看了稿。还有许显卿同志也看了稿,由此可以看出朋友的鼓励对于一个衰残的人的作用。

韦　君　宜

1993.7.于北京

附 录 一

洗　礼

一

一九六八年秋。

刘丽文一个人坐在自己独居的家属宿舍里沉思。忽然有人敲门。

爆炸的一九六六年，疯狂的一九六七年，折磨人的一九六八年啊！

到一九六八年，那些在六六年夏秋之间受过切肤痛苦的人，已经过了最痛苦的时期。眼泪哭干了，曙光还没有到来的征兆。人只有把一切深深地藏在自己心里。每天像块木头似的"上班"。在班上打毛衣、修无线电收音机、交换纪念章、用小刀和剪刀刻红太阳。人们为每一句最新指示和中央文革每篇文章的发表而不停地敲锣打鼓上街游行。次数太多了，致使游行队伍完全失掉了"游行"二字应有的威仪。说赶路不像赶路，说散步不像散步。有的一边走一边观望街景，有的手里还提着买菜篮子。至于班上谈天，这个自解放以来我们的机关里不太好倒还有点人情味的传统习惯，到这时候反而差不多自动革除了。即使谈，也失去了过去那种自由自在随便扯的气氛。这似乎倒可以算作破四旧之一端。

刘丽文的爱人祁原在一九六六年底就死了。死的情况不明。

造反派头头们说是组织派他去沿海采访时,失脚掉进海里的。当时报社还把他当作"英勇殉职",开过追悼大会。而较多的人却说:那么宽的海滩,风平浪静,又不涨潮,海离他采访的地区又远,怎么可能失脚掉进去!大约是自己跳海的。还有人说他这人根本不会死,一定是在那种混乱局势中躲藏起来了。不知藏在哪儿。这一切,反正刘丽文都不和别人议论。她怎么看这件事,她自己心里明白。当然,一开始知道这消息时,她心里十分悲痛,几乎也想结束自己的生命。但是,后来这几年,她反而镇静了下来。——是一种可怕的思想帮助她镇静下来的。她忽然觉悟:这不是自己一个人的事。是这么多人。简直是全民族都在发疯、在受苦、在自杀。我干嘛要一个人悲伤呢?史无前例呀!真正的史无前例,机会难得。不要死,应该活着,看看这场史无前例的奇怪事变究竟会被牵引到哪里去?她怀着这样一种古怪的好奇心情,竟迫使自己冷静下来,一个人照常生活。就像祁原正在外地出差一样。

只有一个常来找她的人。就是她和前夫王辉凡所生的孩子小辉。她是一九六〇年和王辉凡离婚的,那年孩子两岁,王辉凡坚决不同意她把孩子带走,就留下了。但是小辉总不和后娘亲热,老是要找妈妈。他把双方(刘丽文和王辉凡的新妻子贾漪)都叫作妈妈,两个妈妈。小时候,小辉的老保姆抱着孩子来找刘丽文;六七岁以后,小辉就自己来。刘丽文和祁原结婚之后没有再生育,她只有这一个宝贝儿子,当然格外疼。给小辉准备一点吃的穿的玩的,是她在祁原死后剩下的最后一点生活欲望。

现在推门进来的就是小辉。

这个十岁的圆脸孩子,平时一到了刘丽文这里就像是到了他自己独有的安乐窝,伸手到柜顶上去拿点心盒,自己开抽屉去取玩具和书。史无前例的这场大革命、祁原的死、王辉凡的受审查,使孩子吃了不少惊吓,变早熟了。他每逢在街上碰到什么反常可怕的事情,甚至自己到学校挨了打,回到家里得不到解释时,都总要跑到刘丽文这里来,让这个妈妈帮他宽解。刘丽文不愿意让大人的不幸太多刺伤这个孩子,她尽力压着痛苦和他玩,尽力让他还能过一点正常孩子的生活。

可是,这一天小辉进门来的神色却和往日大不相同。他只敲了两下门,不等答应,就闯进来,满脸的泥土,进来就喊:"妈妈!他们不叫爸爸回家了。妈妈——贾妈妈不要我们了!"

刘丽文把孩子一把抱在怀里,替他揩掉脸上的泥和眼泪。仔细问是怎么回事。孩子这两年也听惯了造反、抄家、隔离、逮捕等等革命术语,他都说了。再加上她自己的分析,她大致明白了:是王辉凡他们机关里两派武斗正在升级,两派互相攻击:"你们包庇走资派"。结果是两派就以比赛狠斗"走资派"作为自己革命的标志。所以忽然把长期搁置的王辉凡给抓到机关正式隔离起来了。贾漪一见这情形就扔下小辉要走,而且宣布让王辉凡好好接受革命群众的审查,她不管了,连她生的小孩也不要了。

小辉求她快些去家里看一看。刘丽文犯了难。她离婚之后是决不想再去沾王辉凡的边的。离婚那时候,王辉凡是省计委主任,祁原只是个记者。那时候多少人都说她傻,她一概不顾。可现在,祁原已经死了,王辉凡也垮了,反而跑到他家去,人家会说什么呢?

她犹疑,架不住小辉连拉带拽地恳求,她只好去了。

王辉凡前一段的受"审查",还是允许回家的。所以家里还保留着两间房子。这是刘丽文早从小辉嘴里知道的。当她走近那熟悉的大四合院时,老远就望见院墙外横三竖四贴满了打倒王辉凡的大标语。红叉子、倒写的名字、反革命修正主义分子、狗叛徒……一应俱全。把朱漆大门都贴得看不见颜色了。反正是街上见惯了的,她看也不看,急忙几步进了院子,却见自己过去住过的五间正房门用两根大木条交叉钉了,也有打倒王辉凡的大字报贴在上面。两边厢房都住进了别的人家。好几个妇女正在堂皇地往院子中心藤萝架上晒小孩尿布。只有院子犄角一间没窗户的储藏室大敞着门。小辉拉着她进去。

她抬头一看,无话可说。正是她料中的模样。地上扔满了成堆成叠的书报,踩满了脚印。箱子大开,衣服拖在箱边上。桌椅都不知哪里去了。只见贾漪坐在一个手提箱上,贾漪的三岁小男孩小明靠在她膝盖跟前。她是个开始发胖的富富态态的妇女,在机关有个外号叫"贾元春",这时候却完全成了遭难的晴雯。一见刘丽文进来,如见亲骨肉,马上放声号哭起来。喊一声"大姐啊!"一行鼻涕一行眼泪地诉说:"刘大姐!你看这怎么办?怎么办?我是顾不得王辉凡了,自己也没法住了,只好回我弟弟那边去。可这孩子往哪里送?我带上他,人家得说我带着狗崽子,界限划不清。你看怎么办啊?"她一边说,一边撕扯着地下的破烂,又推小明。

刘丽文本来是怀着尴尬的心情来的,一见他们家这个样子,倒产生了同情,只得抱过小明来,也坐在一个箱盖上。再盘问了一番,知道王辉凡临被抓走以前先被抄了家。造反派是开着大卡车来的,把一切他亲手写的本子、笔记,全部装箱带走。锁在抽屉里的现款和存折也都被撬开拿走了,还给开了"收条"。家具由造反兵团"公用"了。如今全家只剩贾漪身上皮夹里十元钱,算是给她个人留的"生活费"。贾漪的弟弟是工人出身的干部,比别的干部境遇好一些,她决定脱离这个家,躲到那里去。她声明:"我可不能给隔离室的王辉凡送什么了。管不了了。连我自己都快不能活啦。小辉反正是你刘大姐的孩子,小明……小明我也实在没法管啦。刘大姐,求求你……"刘丽文看她哭得大襟都湿了一片的样子,也觉得怪可怜。一想,自己反正是孑然一身,再没有什么可损失的。便慨然点头道:"送东西是件小事,我去送就是。小辉也跟我。至于小明……"她想了一想道:"以前看小辉的那个老保姆,跟我关系向来满好的。我自己去找找她,把小明托到她家里,看行不行。"

贾漪想不到刘丽文会这么慷慨,不禁两手拉住刘丽文的手,千恩万谢:"刘大姐,我可一辈子忘不了你。哎,本来辉凡说起来还常惦记你。你们的感情本来不错,我以后……"刘丽文听她说到这句话,触动自己的忌讳,立即正色打断了她,说道:"不要讲这些,我能帮助朋友的就得帮助,这是应该的。"

她就这样送走了贾漪,带走了两个孩子,把室内当时能穿的衣服收拾了一小包先带走。然后,派小辉去给王辉凡送去洗漱用具、铺盖和针线、肥皂之类。

王辉凡在隔离室本来是不让见面的。关了两个月之后,小辉去送东西的时候得到工军宣队的通知,让见面了。他去见了一面。刘丽文听孩子报告:他非常不放心家里。她觉得自己好像有必要去跟他说明一下情况,于是亲自去了一趟。

那个会面的屋子原来大约是间会议室。但是这时室内中间长会议桌上的桌布已经不见,桌上刀痕累累,比小学一二年级孩子乱刻划过的课桌还要残破。原来的两排椅子有的缺腿断胳膊,有的大约已经丢了,用板凳代替。屋子寒伧,里面坐的人倒是气象森严。两排各四人,共八人,穿军服的与穿制服的各占一半。中间在会议主席的位置上还坐着一位手里拿着一大袋档案的军人。一见刘丽文进来,中间这一位用手指了指,叫她坐在左面一排的排尾。然后问道:"你就是来探望王辉凡的刘丽文吗?"

刘丽文答:"是的。"

然后这一位向她说明:王辉凡的罪行是很严重的,群众对他仇恨极深。如果不是工军宣队进驻,革命群众早就把他打死了。工军宣队执行党的宽大政策,对于这样的罪犯仍然仁至义尽,现在正在组织这些罪犯学习《敦促杜聿明等投降书》,只要他们肯交代罪行,缴械投降,都给出路。还允许家里来探望。但是——他话锋一转,但是你刘丽文必须对这个罪人怀有充分的警惕,要划清敌我,帮助工军宣队做好教育和瓦解的工作!

刘丽文一声不响,洗耳恭听。她在解放前一年为一个同学被捕探过监,觉得这次来探监倒是比那次文明得多,不过气派也大得多了。这位滔滔不绝的"领导"看来级别不低,不是一般的牢头禁子。又加上这九个人如临大敌地来监视。何必呢?想到这里,她倒觉得好笑起来。脸上则装出一副诚惶诚恐的模样,连连点头。

中间那一位训话完毕,这才把手一招,道:"带人!"

屋门开处,王辉凡进来了。只见他头发胡子老长,好像老了十几岁。他是低着头进来的,由押他进来的革命群众牵到右面一排排尾坐下。直到坐下了,他才微抬双眼,一下子发现来的竟是刘丽文。他不由得怔住了。两眼圆睁,直望着她,不敢开口。还是刘丽文开口说了几句话。告诉他贾漪的走以及自己代他处理家务的事,小辉和小明的下落。她一面说一面看着他那样子。"文化大革命"以来只在批斗大会上看见过他,那离得远。现在离得近。她审视清楚了他的面貌全变了。原是黑的头发已经发白,眼角皱纹深如刀剜。而且左边颧骨上出现一块铜钱大的圆疤。这是过去所没有的。看他这个样,她心里不能不涌出怜悯的感情。但说话声音却冰冰冷,完全是事务上的交代。那九个人一齐打开笔记本子来记。这隆重的仪式,使她心里又笑又代他们遗憾,干嘛不干脆带录音机录下来呀?

他回答了。回答的声音在颤抖。虽然只有两句话:"我想不到。我一辈子感谢你!"眼泪跟着就滚了下来。她毫不动容,点点头,站起来就走了。

附:王辉凡的日记

"今天太阳在我面前露了头。

"我在认罪请罪,已到罪该万死地步,全身没有一根干净的毫毛了。但是她来了。她早就鄙弃了我这个罪人。但是现在却让她纯洁的容貌出现在这个最卑微的地方。这已经足够了。我再无所求。想起过去的事就觉得是我玷污了她。玷污过她大约也是我的一条罪吧。既有这么多罪,似须把我杀掉。在延颈待决中我有过多少幻梦,其中也有一条小小的梦,就是重见她。今天实现了。"

二

一九五八年。

大跃进的那年,刘丽文还是王辉凡夫人的时候,曾短期下放到农村,那个年月,不少领导干部都还时兴下农村"三同"的。王辉凡又是省直机关里挺有名的"好好先生",凡有中央号召,无不响应。他走不开,马上就把老婆打发下了乡。她走时正赶上大炼钢铁和三面红旗举得最高那一阵。她才二十八岁,但由于在一个青年很多的单位,她这个解放前夕入党的党员就成了老资格,又有"首长夫人"的身份,就做了下放组长兼乡党委副书记。这个乡又是县委的重点,好几位县委书记都来蹲点。忙着要炼铁,用砖砌起好几个炼铁土高炉。把大批农民都赶到炉子上当炉前工。这里不出铁矿石,也不出白云石,铁矿石和白云石,是农民用大车从三百里外拉来的。这里没有焦炭,也来不及先炼焦炭,就用煤块代替。用车拉来一座小山似的煤堆,不几天全烧光了。刘丽文努力做到三同,跟着农民一起在那里一夜一夜地看守炉子,还要随时"搞鼓动工作",指挥群众唱歌。她看见过省城自己住的宿舍区锅炉房,那一大片宿舍区整个冬天也烧不了这么多的煤,她心里觉得煤消耗得未免可惜。去问在这里蹲点的县委书记,这样烧,效果不大,是不是浪费了。县委书记一拍大腿说道:"这怎么能叫浪费呀?煤是国家地底下的东西,就是咱们人民共同的财产。咱们想用,就有权随便用。又不是从外国花钱买来的!"那时,仅仅一个公社炼铁的大军就足有上万人,天天拉风箱、搞运输、砌炉子……经常饭也不吃觉也不睡,好些干部都熬得脱了形,刘丽文指挥他们唱《人民公社好》也唱不出了。有人不免议论两句:"咱这真是傻干。"书记听到了,立即表示肯定:"对呀!咱们正是傻子,傻子就是有股傻劲嘛!"这一秋天,农民全部不再干农活,都来炼钢炼铁,日夜两班倒,地里的老玉米根本没人收,大冬天还披着雪站在那里。刘丽文天天拼命说服自己:如果钢铁产量能翻一番,能使国家快点现代化,这些牺牲还是有价值的。我们就牺牲一下吧!可是,就这么干,铁还是没有炼出来。矿石、煤、白云石、盐、硼砂……一切偏方杂货都投了进去,炼出的还是烧结铁——一块块像打破了的黑瓦罐渣子。人不是不努力,也不是没干劲,实在一切办法都用尽了,一切牺牲都付出了。县委书记和乡党委书记也是一天只睡两三小时,每天在炉群中间转,都急瘦了。由于刘丽文和省城有关系,被派回省去取过经。她跑到工业学院请来一个炼铁的技术员。这位技术员说:"一般炼铁要用焦,用煤炼铁这个新课题,可以慢慢研究试验。"可是,哪里有时间再去研究试验什么啊?那时候"高产卫星"是三天报一次。报纸上的纪录是每天翻新。马上上边就要来人参观视察,别的县都报了"出铁"了,独有这个县出不来铁,拿什么交账?最后他们逼出了办法,决定派人挨家挨户去收铁锅,放到炉子里去化。一点没掺假的铁,总不至于化不出铁来了吧。反正,一公社化,大家都该吃食堂了,各人家里用不着再要锅灶了。关系不大。

到这时,刘丽文的忍耐到了尽头。这样分明的装假,她再怎么努力也无法说服自己了。于是她再三提意见,不要这样干。而书记们不采纳。有天晚上,她的组员下放干部章秀芝来找她诉苦,说:"我收铁锅,人家老大娘抱住我的胳膊哭。我说以后吃食堂,不用这锅了。她说她有病,不能老吃大锅饭,总得留个锅煮碗稀粥吧。我实在不忍心,就没有拿锅。可是回去一汇报,乡党委李书记说我是小资产阶级怜悯心,工作没有坚决性。这事情我干不了。丽文同志,你是领导,你让我回省吧。"她一边说一边滚下泪来。听得刘丽文心头发梗,也不知从何劝说起。

她知道王辉凡也是上级来参观的人物之一,心里憋着一股劲,想等他来了非得对他讲讲不可。这可不是人家常说的告枕头状。这是为了人民,采取机动灵活的方式去斗争。要他解决!他能解决的!

到第三天,铁锅化成的铁水果然流出来了,成了一条条三寸多宽的铁条。就在那天,王辉凡他们的各省市经验交流团也到达了这个县。下午,到了这个乡。王辉凡担任副团长,就下榻在县委。不用刘丽文自己去宣传,他们一同下放的干部早把他们夫妇的关系告诉了县委干部。县委当时就派出干事来找刘丽文陪同交流团一起参观。刘丽文毫不犹豫,跟着就走。

她紧跟着王辉凡一起参观、看他的反应。见他走到每个炼铁炉前,看了那哗哗直流的通红铁水和粗大的铁锭,都喜笑颜开点头赞叹,她心里就生气:认为这是他受了下面这些狡猾干部的骗!他们多么坏!她恨他们恨得什么似的。当天晚上,交流团回县时,县委书记向刘丽文客气了一句:"刘同志跟我们一起回县,和王团长一块儿休息休息吧。"要按平时的脾气,她是决不会利用这种机会同去的。但是这一次她竟然立刻点头答应去,跟着车就走了。

晚上,在王辉凡住的单人客房里,她顾不得问他生活,也不让他休息,开口就把县里和乡里在大炼钢铁上弄虚作假和大量浪费的事全说了一遍。"没想到忙了半天是这样!"她带着受骗的气忿,讲得很快,以为王辉凡听了一定会拍桌子大怒。不料他只是抽着了一支烟,不动声色地听着。听完,叹了一口气道:"唉!"然后却伸出一只手来摸摸她的肩膀,慢慢地说:"不要急嘛!"

怎么还不急?要怎样才该急?

王辉凡轻轻捏着她的手,说:"咳!这有什么怪的?见怪不怪,其怪自败!"

"我们不揭发,他们怎么能自败啊?"刘丽文还想争取他帮助。

"唉!你就听上级的嘛!有毛主席的决心,有一○七○这个压倒一切的任务嘛!让大家八仙过海,各显神通,你怕什么?"然后他具体告诉了她,连省里都有了为大炼钢铁要"破釜沉舟"不惜一切大干的指示。是省委苗书记去首都开完会回来提的。仔细想想,什么叫"破釜"呢?这个县里这种做法就可以解释为破釜。不是把锅砸了吗?"沉舟"的也有。别的县有把做木船和大车的木料甚至棺材板,都弄来做了大风箱的。所有的鸡都杀了,所有姑娘的辫子都剪了,因为塞风箱要用毛发。这样的热情,你还说人家不对,"这冷水泼不得啊"!

刘丽文无法被说服。她说:一〇七〇是说的矿石炼钢铁,没有说把铁锅化成铁。"这明明是欺骗上级,不能算数字。"

王辉凡说:"这方式的确是不大好。不过,县里干部急切里实在完不成任务,也得允许他们有个摸索的过程嘛。见到任务紧,马上响应,这首先就是好的。大方向总得肯定嘛。至于方式上我一定嘱咐他们今后注意就是。你不要急。"

刘丽文看见王辉凡用上牙啮着下嘴唇,慢慢地摇头,也好像是在想什么问题。但是当说到县里干部的"大方向"要肯定时,他简直完全站在这群弄虚作假的干部方面了。他不肯给自己以支持,不肯出面制止。恳求也无用。平时因为"隔行如隔山",她光知道他成天忙,并不太了解他的工作。这一次心里才猛地震撼了一下子,看来自己心急似火的事,在他却视若无睹,啊啊!

后来三面红旗的大喇叭越吹越响。光炼铁不够了,粮食也得同时放卫星。到处都把几十亩田里的庄稼移栽到一亩田里去,请首长或"取经团"参观。刘丽文所在的这个县跟得慢了一步,她并没有赶上直接参加这个弥天大谎。但是,人在农村,她一看报就完全明白了那些亩产十万斤八万斤的新闻都是胡吹。把这消息念给农村的男女老少听,没有一个听了不摇头的。可是后来,她知道王辉凡也下去视察了那种"卫星田",竟即席讲话,加以鼓励,就"粮食吃不完怎么办"这一命题大作发挥,说吃不完可以酿酒,可以做酱,可以喂猪。她真生气了,写信去责问。王辉凡在回信里却只是说"日夜忙碌奔走不暇",连提也没提这件事。他又不是分工主管农业的,并没有责任去查核一亩地究竟打多少斤。当然过去做过一点农村工作,可是已经十几年没做,也没下过乡呀。这一年出现的种种耸人听闻的农业奇迹,据说还有"科学措施"跟上,什么深耕五尺,还有带分析说明的展览。他即使有些疑心,也没有可能搜集根据去到会议上反驳呀。他对农业是外行。那些吹卫星田的话只是应景说说,谁在那种发言中也得那么说,不是他王辉凡的创造发明。

至于炼铁,这本来是他管辖范围之内的事。他倒懂点那里面的问题,也不是没谈过。但是中央方针已经定了。一〇七〇的数字已经公布到全世界,指标已经下达到地县。这全民炼铁根本不是他的工业部门管得了的事。还能怎么办?真是到了"气可鼓不可泄"的程度。要指出下面是搞假的,去泄他们的气,可是试问,谁又能真的用土炉子把现代工业用的钢铁立即翻一番呢?说不搞又不行。大家都在发挥千奇百怪的积极性,只好由他们搞吧,他只能管他的钢铁厂。

这些,他和刘丽文也大致说过。但是,他说不服她。而且,他不是在和一个思想需要启发的姑娘谈恋爱,而是和自己的妻子谈工作中遭遇的无法说透的苦衷。这就大不同了。

后来,还搞过城市食堂化,还宣传过废除家庭……所有这些梦话,王辉凡全部跟着干过。反正上边说什么他都干。他的秘书陈射洪替他整理的下边那些"先进"的群众创见,他也一概加以鼓吹。他已经是独当一面的领导干部,刘丽文却觉得他像个孩子似的跟着上级和下级跑。

她想:外人可能会觉得这不可信。但是,她亲眼看见就是这样的。她总是为此和他争吵,说也说不通。曾有一回,争吵完了,他摇着头道:"丽丽!别再和我吵了。我知道,你希望我像一个外国小说里中世纪的骑士那样,路见不平拔刀相助,这才是美人儿理想中的情人。可惜我是个共产党的领导干部,没法做你理想中那样的骑士情人。"这几句话气得刘丽文按捺不住,直站起来指着他说了一句:"你就什么情人也不是!"一边发怒一边掉泪跑到外屋去了。倒不是光气他挖苦她,而是气他自己何以这样自处?领导干部又怎么的?不能对人拔刀相助吗?就应该见了不平置身事外吗?在这样的争吵之后,她不能不感到爱情已从心中淡去了。

到五九年反右倾运动中间,矛盾到了高潮。王辉凡下属一个大学有一个姓宋的负责同志因为被批判为右倾言论而自杀了。这人也是个老党员,而且是在青年时代就认识王辉凡的。刘丽文也见过。他的死,她是从汇报运动进展情况的"简报"里才看到的。当时十分惊讶,回家就问王辉凡知道不知道,是怎么回事。

那晚上王辉凡正在家里书桌上批阅文件,正是与运动有关的。听到她问,他暂时停笔叹口气摇摇头说:"这些干部就是没经验!做工作总是不知道要预防可能发生的岔子……不过呢,这次也难怪他们。"那模样就好像她是专为总结运动经验来和他讨论其中得失似的。

她坐在书桌对面。看见他说完这几句就又低下头去准备继续批阅文件,一点儿也没有说起一个熟人死于非命时的感情。而他对这事情又明明已经知道了!她不由得心里冒火,冲口就说道:"你们怎么能这样整死他?"

"我几时整死了他?"王辉凡听见她这句话才从文件上抬起头来,辩解道:"这和我什么相干?这事情是我办的吗?我不是刚才还在批评他们没有事先预防吗?"

听了他这样辩解,她越发忍不住气恼。她和老宋并不熟识,不恼别的,只恼王辉凡这个人为什么这样对待人。她气得说:"不是你整死,也是你领导下的运动单位把他整死。你们在怎么样对待一个人?这还是一个老同志。你平时和他没来往,过去也总是一个队伍里出来的呀。你该了解他,怎么不注意保护他?"

  王辉凡摇头否认:"难道下面每个单位出什么事都该我负责?而且……"他想了想,摊开文件指着向刘丽文说明道:"根本下面也没有怎么整他啊!这里是报告!下边只是按中央精神整理了他一点材料,只是小会说了说,还没怎么正式搞,他自己就想不开,死了。我怎么去注意保护,怎么负责任?"

  啊!他没有责任。不但他没有责任,连下边也没有责任。谁都管不着!这人死得活该!刘丽文和他隔着书桌对坐,她痛苦地疑惑地看着他。她想问:"难道你对这个人应该负的就只是法律责任?"但是没有问出口来。王辉凡的确对于这个人的死并无法律责任,官司打到哪里也输不了。但是,中国古人还懂得说一句:"我虽不杀伯仁,伯仁由我而死。"王辉凡为什么反而不能说呢?为什么对于自己可以挺身出来帮助的同志,不但没有帮助而且纵容别人去逼他,他死了自己却只想到洗脱责任?想起他过去自己说过的:年轻时搞学生运动,一个素不相识的外校学生在国民党监狱里死了,大家去开追悼会,追悼会上全体都哭得呜呜的。——这不是相差得太远了吗?她看着对面坐着的天天见面的他,竟好像不大认识似的。不由得自己心里一片冰凉。

  她想说的话很多很多。但是,不能说。说了他也完全不会理解的。眼看着两个人中间筑起一道高墙。她慢慢儿学会了在王辉凡面前沉默了。

  也就是这时候,她熟识了祁原。那一次是他手里拿着他刚刚采写出来的一份新闻稿,晚间来家里找当时担任省委秘书长的王辉凡。王辉凡在书房里接见他。刘丽文正好在旁边听到他开头讲的很有意思,就留下来没有走。反正这是记者,旁听一下无妨,他们两个男同志坐在书桌的两边,她坐在一边的沙发上。只见这个祁原面容严峻地讲着他所到农村的那些严重情况。村里所有的粮食全交上去也凑不够统购数字,因为实产量还不到原来报的产量的十分之一。讨饭都没地方可讨,红薯秧玉米芯都煮烂吃了还不够,人们在喝清水汤剥树皮过日子。可是大队支书不敢报灾请赈,因为谁报灾情谁就是右倾。这个反右倾运动,"不行!必须停止!"祁原以果决的口气面对王辉凡讲,把拳头向桌上一捶,倒好像他并不是记者来向首长汇报,而是他自己就是首长在下命令似的。刘丽文完全被他吸引住了。她觉得这个人多么庄严,多么正义,庄严正义到简直可爱!但是她也看到王辉凡的反应。他听了祁原这些情绪激动的话,只是摇摇手说:

"知道了。下边困难是有的。不过右倾也还得说有。你总不能自己随便下这没有右倾的结论吧。"

"没有!下面没有什么右倾可反。我愿意负责提出这个意见,要求省委讨论。"祁原干脆而清亮地说。刘丽文惊讶地看着他。只见这个人双眉浓重,眼睛灼亮,看来视力很好,是那种知识分子里很少有的视力。人大约有三十大几岁了,说话的神情似乎把青年人的英勇与中年人的沉着糅和在一起。

王辉凡说:"你不是新华社记者。你写的稿不能向中央发内参,只能见报。可是你这东西又见不得报。反右倾是中央决定,我也没法提请省委讨论。"他不停地摇着头,又摇着手,只想要祁原赶快走。

刘丽文的眼睛盯着祁原。她忽然心里产生一种意愿——自己要去帮助帮助他!

祁原说了半天,都没有得到王辉凡一点儿支持。也不明确反对,只是再三地说:"为难!实在为难!"祁原最后气忿地说了一句:"王秘书长!我对你这样的态度有意见!"就挺身站了起来。王辉凡倒不生气,说:"有意见那不要紧。可以讨论嘛!"最后还微笑了一下。

祁原起身就走。刘丽文却在他出门之前就装作疲倦,打了一个呵欠,提前退出屋子。王辉凡没有注意。她在房门外等着祁原。

待他走到走廊上,她就跟上去低声说:"祁原同志!我可以想办法帮助你——发内参!"——她当时正在省府管发内部情况的部门工作。

"怎么?你?"祁原没有想到坐在旁边一语不发的首长夫人竟会有这样意外的提议。他们两人一起向外走,在院子里一段短短的暗路中间匆匆交换了发稿的办法,他留下地址,就告辞了。

紧接着她找了一趟祁原。不敢到报社,她按地址找到他家里去。他的"家"实际只有一个人。她去的目的是为发那篇稿,而到了他那里之后,两个人又就稿件交换了些意见。祁原的稿件是讲农村里挨饿的情况,刘丽文又提出补充:应当把这一二年上边提倡说谎话所造成的影响,也写进去,这才完整。她提供给他:有的家住农村的干部,回家一趟,回省来反映了挨饿的情况,结果就因此受批判,说他们是站在富裕中农家庭立场,代家庭鸣冤叫屈。省府机关干部竟为此开会批斗一个从乡下探家回来的公务员。那个公务员不会辩论,急得直喊:"我说的是真的!你们就是叫我撒谎呀!"她也说了那老宋的事。他们两个人的想法越谈越一致。把稿件改好了,同时两人也都觉得想不到,会在这样的机缘下遇见一个能够理解自己的人。

就这样,她和祁原成了可以谈心的朋友。每当她感到和王辉凡没话可谈的时候,她就在下班后去找祁原。祁原是个单身汉,住在楼房宿舍一个只一间的单元里。把门一插,便与外界完全隔绝,十分安静。每当刘丽文来了,他就插上门,泡上一壶茶,和她相对抵掌而谈。小屋里除了书柜书桌和床之外,有一把靠背藤圈椅,一张藤躺椅,和两个坐着很不舒服的硬方凳。最初,他总让她坐在唯一的藤圈椅上,自己端坐在方凳上相陪。后来越来越熟悉,他就在她的面前躺在躺椅上随意伸开四肢说着话,而让她坐在旁边。也有时候,他开了桌灯自己坐在床上,而把藤圈椅搬过来,让她靠桌坐在床前。两个人一到一起就是不停地说话。他们谈政治,谈文学,谈音乐,谈对马克思主义到底应该怎样理解。谈自己参加革命时候的理想和对目前现实的看法。总而言之,刘丽文一到这间小屋就感到一种从来未有的舒畅,她觉得祁原那双视力很强的明亮眼睛把她的灵魂全看透了,像看玻璃、看水晶一样地看到了底。而祁原这时候已经被决定划为右倾机会主义分子,虽然还没有像右派分子一样地被开除党籍,但是心境的痛苦也是没法避免的。他自然需要支持和同情——尤其是一个女性的温柔的同情。真是奇怪,他们所谈的内容本来完全是可以在同性知心朋友中间倾谈的,祁原完全没有想到要去追求这位首长夫人,就是刘丽文也没有想到对他思想上的同情会变成另外一种感情。但是当这两个人互相倾心剖胆谈话的时候,却莫名其妙地产生了无法控制的特殊感觉。他们之间越来越随便,越来越亲近。终于刘丽文自己觉到了:这种见了他就愉快,不见他就整天焦灼的感情就是恋爱。由于与王辉凡越来越谈不到一起,她的心灵正在干渴中。每当坐在灯前看见祁原那轮廓显得严峻的脸,一面听一面看他说话时,她就产生一种强烈的愿望,极想扑上去吻一吻那弧线柔韧正在高谈雄辩的嘴唇。她已经进入中年,不再是像小姑娘时代那样经不起男性感情的吸引,碰见第一个顺眼的男子就会被对方俘虏。她深知自己的爱情是一半理性一半感情的,感情跟着思想一起上来,因而十分深刻和坚牢,她已经确实地无可更改地爱上了祁原!她认为这是正大光明的,她已经不爱王辉凡了,何必再拖下去呢?她记得那个下决心的晚上。

祁原又习惯地靠在床边随便说话,她心里准备好了,就从藤圈椅上起来,坐到他床头上,紧靠着他。祁原谈到这些年不停整人的运动。他正说:"抗美援朝司令员彭德怀这样的百战英雄,世界知名的丁玲这样的革命作家,都一下子付与东流,都是反党。只要稍微为国家想想,这明明是自毁长城,自降声威。为什么这些搞政治的领导人会连这都不懂?"

刘丽文轻轻地说:"他们不是不懂。是并不替国家着想。"

祁原叹口气道:"忧国忧民,无门可诉。茫茫人海,谁是知心?"

她把手伸过去,掏出自己的手帕代他擦了眼边的清泪。然后郑重其事地说:"不要这样。有人和你一条心。生死都跟你在一起。"她稍迟疑了一下,终于弯下身来,双手握住他的右手,毅然说道:"我只好告诉你了。我爱你,非常爱你。"

祁原抬眼望她,明亮的双眸突然现出惊惶的神情。脸色也突然变得通红,像个小男孩。嗫嚅地说了三个字:"你……你不能……"似乎想拒绝,又似乎拿不定主意。但是这只有十秒钟。他终于伸出双臂把她紧紧地搂在了怀里。

他们就这样建立了不合法的恋爱关系。

刘丽文原是在解放前夕认识王辉凡的。那时她是一个高中学生,民青盟员。而他是一个由解放区派进城的地下党领导干部。她的父亲是一个小职员,怕风险,不许十八岁的丽文去参加活动。甚至用锁把她倒锁在房里,把来找她的同学赶走。那时候是王辉凡鼓励她坚持,帮她出主意。到最后她决心要到解放区去,也是他从自己微薄的教师薪资中拿出路费帮她,还把自己床上一条毛毯抽给她的。去解放区才一年,她作为一个文工团员随军进城,又碰见了这生平第一个对她好的男同志。她爱他,说不上是爱他哪一点,反正就是爱这代表了她所全身心崇拜、信仰、爱慕、幻想的一切的人。于是,就在王辉凡稍稍表示了一句希望和她在一起之后,她立刻答应了婚事。而且放弃了她刚刚学会的音乐工作,去到机关里搞机要。那时候她哪晓得革命胜利后还会有这么多曲折,同在革命队伍里的同志会有这么多思想品格各不相同的人。又怎能想到她自己会变成和王辉凡意见不同!

她和王辉凡的离婚费了很大功夫。是她受了许多劝阻、批评、警告直至漫骂之后,才办成功了的。最后她去找了第一书记老苗。

这位老苗是在老解放区多年搞地方工作的老干部,他一向倚王辉凡为左右手,但他倒是一个通情达理的人,听了她的申诉,夫妇生活实在过不下去了,终于批准了。王辉凡根本不同意。他不知道妻子为什么变心。

刘丽文老记得对他最后宣告不可挽回的那次谈话。

王辉凡一向以为她提出的离婚只是发脾气时说着玩的,这时候才知道已经是严肃的现实。他气得要命,问道:

"我对不起你了吗?我有外遇吗?"

"没有。"刘丽文答。

"我有过欺侮你的行为吗?"

"没有。"

"那你就不能离开我!我不许你走!"他用下命令的口气说话。站在她坐的沙发跟前。当她想站起来躲开的时候,他就双手用力地按住她不让她动。她拼命挣扎,甚至呼喊起来。闹得他无法,才只得放手,嘴里说:"你没有良心!别人说你是看上人家小伙子漂亮,才不要我了。大概真是这样!"他用这种难听的话来故意刺激她,企图引起她愤怒的反驳。但是这激将法也没有成功,她依然冷冷地不言语。

他又自己转回弯来,柔和地说:"不!不!决不会的。你不是那样的人。我知道你心好。一定是心里有什么疙瘩。丽丽,你并不了解我心里的苦处,咱们好好谈一谈吧。"

但是他的软磨也没有用。疙瘩是有。要她和他谈,感情已经破裂到了这个地步,还谈什么呢?她现在发现了,以前认为是下面的干部狡猾,蒙骗他,其实不对。一切令人愤怒的行为,主要负责的该是他自己。他本人好像一个金色的光环在她面前幻灭了。说真的,他身上倒好像只有对她的爱恋还一贯保存着没有消失,这也怪。但是,这一条如何能够单独存在呢?

他最后采取紧紧地抱住她,使她挣不脱的办法。他嘴里不断叫着她的名字"丽丽",恳求她:"别走!千万别离开我。我求你。你要什么我都答应你。"他一向是庄严沉静的面容突然抽动起来,他哭了。这是她从未见过的。只见他一边呜呜咽咽,一边说:"我只剩下了一个你。你还不要我了。没有人跟我好了。"紧抱着她哭,倒好像不是要离婚,而是在关系正热时要和她生离死别。鼻涕眼泪弄了她一身。

她心里也觉他可怜。但是已打定的主意没有为他所动,还是离开了他的怀抱,站了起来。他最后说的那句话她是一直记得的,虽然从来没有想过那里边有什么意思,但是却忘不掉。

他的恳求、谴责甚至急得动手打她,都没法使这个原来是由他亲手教出来带出来的小姑娘屈服。她冷漠无言,家庭里的气氛使他也没法忍受下去了。这时风声已经闹得很大,机关里全知道了。刘丽文搬出了他的家,住到单身女宿舍去了。在刘丽文还没有搬走之前,贾漪(当时的办公室秘书)就不断跑到王辉凡家来。王辉凡有点伤风,她就把他当成个重病号来护理,寸步不离,给他用冷毛巾在头部做冷敷,几分钟一换。不让保姆给他煎药,她替他煎。于是,最后王辉凡也对刘丽文冷了下来,就此同意了她的要求,离了婚。而后,不到两个月,他和贾漪结了婚。同时,刘丽文也和祁原结了婚。住处仍然在祁原那个单人房里。

他们的婚礼和王辉凡的热闹婚礼没法比较。冷落得只有几个报社朋友和刘丽文的同学来坐了一会。婚礼之前她到这间屋子里来布置新居,出出进进,每次都遭到了邻居们的冷眼。没有人理她。机关里的人们背后给她取了绰号,叫"女陈世美"。也有叫"潘金莲"的,还有直称"破鞋"的。虽然当着她的面不叫,但是她怎么可能一点不知道? 就是不骂她的人,也不免惋惜她实在是个傻瓜:"有福不会享","丢了凤凰巢找个老鸹窝"。她咬着牙,想起了《伤逝》里的子君,也便坦然地在所有这些人面前挺胸走来走去,如入无人之境。祁原被称为引诱了有夫之妇,自然更好受不了。这已经是一九六〇年初了。原来划的右倾机会主义分子帽子,算是一风吹吹掉了。但是过去打算给祁原提职的决定,却因为他在私生活上的这种"道德败坏"而取消了。只为了他一支有用的笔杆子,才没有把他下放到外县去。

尽管如此,他们俩的新婚却是最欢乐的。当客人走后,两个人单独在一起的时候,简直觉得这是一次巨大的胜利,战胜了一切的反对。婚后也过得非常幸福。几乎可以说,越是受到外边这些打击诽谤,他俩关起门来灯下相对时才越感到痛苦和甜蜜拌起来的幸福是一种特殊的幸福。他俩的蜜月几乎是过不完的。每当祁原为了新写的报导又发生什么事故时,就无异给他俩的婚姻生活加了一勺佐料。刘丽文一定要又一次对他好好地亲热亲热。她已经结过一次婚,知道婚姻生活就是那么一回事。无论起先怎么谈情说爱,等到走上家庭生活的正轨以后,就会失去那幻梦似的彩色。但是和祁原的婚姻却是奇怪的。当他们已经结婚好几年之后,这个人依然能使她每天到晚上就倚窗盼望他的归来,心里仍然怀着当年到这小屋来看他时那种焦急渴念和激动的感觉。

女人似乎和男人到底有些不同。当结婚之后,刘丽文觉得好像好不容易找到了真正的归宿,把整个的心都献给了祁原。为了他而挨骂、受气、挨整,她都毫不在乎。感到对她说来,他比一切都更重要。她奇怪那些为了丈夫遭遇不好就丢掉丈夫的女人,难道不懂得为最心爱的人牺牲是幸福的吗?祁原则不完全像她这样。他心里一直在想的那些问题,在婚后仍然常和她谈。交换意见经常和夫妻间的谈话夹杂在一起进行。他甚至有时正在谈话中独自陷入沉思而不和她温存絮语。当然,他也仍然认为和刘丽文的婚姻是美满结合,她的爱情帮助他拿出勇气喝下一杯又一杯苦酒。他俩没有生育,祁原待小辉和自己的儿子一样。

那几年,她虽然还看见过王辉凡,但确实已经成为路人,见面只剩下点头了。也有的时候,午夜梦回,当年由王辉凡送她去解放区,和她在家里唱歌给王辉凡一个人听的场景,曾浮上心头,引起怅惘。但是这微微的怅惘和祁原的现实形象却无法比较。她和祁原的关系没有过任何波折。

这样直到一九六六年"文化大革命"爆发后祁原那次突然的死讯。他只是个记者,不是"走资派",又没有历史问题,戴不上什么帽子。而且多年受压,几乎可以算是当然的造反派。但是,当报纸上陆续出现了一批"大批判"文章之后,他立即明确地发现了:"这不对。"晚上回家与刘丽文相对的时候,神情比一九五九年挨整那时更严峻了。他指着报纸对她讲:"这统统是胡说!明显的造谣!""柿子拣软的捏,这叫欺侮人,也能叫革命?"他们两人关上门一起分析那些"大批判"文章,什么《评新编历史剧〈海瑞罢官〉》《评三家村》……毫不含糊地看出其中的矛盾和假造。他们觉得奇怪,据说是有很多人真心相信这些,真太怪!这些东西并无任何说服力,这么明显的胡说,除非小孩子,有谁真会上当受骗呢?邻居的十五岁小女孩戴着红卫兵袖箍上街去"造反",回家来一边上楼梯一边嚷嚷:"我们学校改抗大了!以后光念毛主席的书,别的臭书都不念啦!"哇哇地嚷着进门叫妈妈快给饭吃。刘丽文和祁原看见了,回到自己屋里浩叹:"怎么我们这么大一个国家已经堕落到这十五岁孩子的思想水平了?"

相信它的成年人,显然不是由于在清醒的理智状态下被这些东西所说服,只可能是丧失了理智的结果。猪油蒙了心!但是,自己这些话可不能拿到机关去说,说一句只能为"牛棚"增加一名"棚友",不会有别的效果。这比五七年五九年都更厉害了。那时候起码还有一群人在会上会下议论,现在却只能顺从。这些奉旨造反的人好像领了什么天仙符咒下凡,简直有点义和团不避枪炮的劲儿。

报社造反派要祁原赶写大批判批修正主义的文章,克日见报。甚至还有个造反派头头亲自找他,要他执笔去写批王辉凡"极右"

的文章,谈话中透露出:"王辉凡为老婆问题搞过你,你不妨趁此报仇"的意思。祁原那天回家来,脸简直全黑了,他本不想说,沉吟不语了好久。最后刘丽文感到了他有话不肯讲,追问起来,他才终于把这件不愿告诉刘丽文的事情讲出来。说的时候,他痛骂了那个找他谈话和暗示的造反派头头:"真卑鄙!毫无人味!"然后忽然心平气和地捏着刘丽文的手说:"丽文,王辉凡并不是坏人。我现在更比以前看得明白了。他大概是缺少自己的思想,习惯于用别人的思想代替自己的。你本来应该帮助他的。"

刘丽文忽听这句话,吃了一惊,不由得问道:"难道你认为我们……"祁原一边慢慢揉搓着她柔软的手,一边回答:"我们已经结婚了。这没有什么说的,我只是评论这个人而已,别疑心。"他轻轻吻了她的头发一下。

但是,尽管他的实际思想是这样,在报社里他不但没有表示意见的自由,而且也没有不表示意见的自由。由于他这种"天然造反派"的身分,他们甚至一度推他担任了一个小"头头"。一个报社大楼里,就有什么以"战犹酣"、"鹰击长空"、"锷未残"、"迎春到"、"试比高"……为名的各种"战斗队",几乎把一本毛主席诗词上的断句都取遍了。过去常说新闻记者是"无冕之王",实际并没那回事。而这时却好像忽然兑了现。办小报成了除去开批斗会之外天下最重要的工作。不论原来干什么的人,都改行来编印小报。小报满天飞。因而,祁原这样的"造反派笔杆子"就真成了宝贝。他勉强遵命敷衍过一篇"理论文章"之后,越追越紧。他回家对刘丽文说过:"简直无所逃于天地之间啦!这还不如挨斗好。"刘丽文也感到这是对他的极大侮辱。但是跑不掉呀!整个社会,整个"舆论",整个报纸,众口一词,"愤怒声讨"。没有任何不同意见,也不可能让它有。古人说千夫所指,无病而死;何况这里有万夫亿夫!像王辉凡这种人,就是少一篇骂他的文章,他也必然成为齑粉。现在的问题倒在于写文章的人本人,究竟还想活不想活。想活,那就得按规定口径写。现成就有因为一篇小文章写错而被枪毙了的。

这时候又已经有消息,好多人只凭一支笔杆子,几篇批判文章,已经直上青云,当上了"新生的革命政权"的领导人了。文章的价值超过了解放以来任何时期。简直有点像戊戌变法康梁上书那阵似的。而同时这些文章却又并不需要什么独到见解,只要赶紧写写就是了。这时候,王辉凡的秘书陈射洪跳出来得快,揭发的材料又多,他一下子成了省直机关造反派的头头,他跟报社造反派关系密切,于是,报社造反派就更加拼命地要求"出文章!""出文章!"他们把这一宝押在祁原身上,压他,出了题目决定了内容,要他来一篇"摆事实讲道理"的,一举把原省委领导搞臭。

祁原当了十几年记者,完全知道他被指定写的这个题目是怎么回事。他并不那么全心全意地拥护原省委领导的一切措施,可是,他所看到的省委的毛病,却和造反派要他写的内容完全相反!正好相反!若按陈射洪指挥下的"造反派头头"提出要写的这一套去办,只能使事情更坏,比原来的省委更坏一百倍!这怎么写?可是他怎么推也推不开这个任务,换别的题目也不行。最后他只好说:写这篇文章的资料不够,得下去实地搜集一下。这才领了那次出差任务。

出差以前,他和刘丽文两个在家里谈这件事。他俩都明白,上一篇文章是发空论,那样胡诌已经够违背良心的了。现在再去公然造谣,简直是人格的堕落。刘丽文苦恼地问:"难道真写吗?"祁原愤怒地用上牙用力一咬下唇,几乎咬出血来,毅然决然地答道:"绝对不!——要是这样,我宁可诬陷我自己!"

刘丽文爱他,希望他安全。但是又不肯吐口劝他干这种事。这晚,两个人在一起只是怒骂这些想当官想疯了的"头头"们,那一个个馋样子简直是沐猴而冠,简直是在进行奔向死亡的赛跑。跟着他们的指挥棒唱歌就成了《打渔杀家》里的"奴下奴"。但是,自己又想不出办法脱身。

刘丽文为让他暂免烦恼,只好把话题引开,上下古今扯一些别的事。谈着谈着,祁原突然说了一句道:"鲁连蹈海义不帝秦,这也是英雄!"这句话,是后来刘丽文永远记得的。他就这么走了。除此以外,刘丽文再怎么回忆也回忆不起什么他即将赴死的征兆。

传来了那个可怕的消息之后,刘丽文先是哭晕过去又醒过来。拍着人家捡回来的他的手提包号叫:"你怎么能这样忍心丢掉我啊?你怎么这么冷酷?你太对不起我啊!"她简直不能原谅他,觉得他爱自己并不像自己爱他那样深。所以才会舍得丢下她去蹈海,不再管她一个人在这苦恼的世界上怎么继续生活。

但是后来,她又觉得他决不会的。他真的爱自己。即使实在活不下去,至少也得和自己商量商量再采取这种最后行动,或者至少也该给自己留一封遗书。怎么能一字不留就此结束了生命?她为此又怀疑这到底是怎么一回事。听到那些造反派为他开追悼会说他"英勇殉职",陈射洪这时已经红起来了,还到会讲话,封祁原为"烈士"。她简直气极了,觉得这是对他最大的侮辱。她以悲伤成病为理由,拒绝去参加那个追悼会。

对于那些说他没有死的传说,她当然希望是真的,但却又没有任何根据。她曾去找造反派头头,这位头头却完全否认。说是第一,他的确死了。第二,他的确没有遗书。她到处找传说的人查问,也只有含糊的推测。说是听说有遗书,但已经被毁灭了。总找不着个具体下落,她曾想用这个推测来延续自己的希望。但是,月复一月,年复一年,希望和悲痛终于在等待中一同慢慢磨去了。她慢慢平静下来,就是那种周围老老少少人们的无数苦难帮助她得到平静,那种想要把这场荒诞的事变看到底的好奇心帮助她得到平静。除这以外,还有点个人的因素,那就是:刘丽文舐净了伤痕之后,更多地沉思了祁原不太长的一生(他死时只有四十二岁),更觉得这个人的刚强和敏锐实在难得。这个人自己并没有遇到什么危险,就为了不肯说假话不肯诬陷别人(包括他的"情敌"),而宁愿抛弃爱妻去死。按常人的理解,他完全可以不必死,甚至可以飞黄腾达。但是他却死了!多么纯洁、多么高尚啊!自己被他丢弃在这世界上,只有把他的十字架背起来,活下去。没有别的路。

这时外面一天比一天乱,什么在敌占时期给日本人扛过活的工人被当作汉奸打死,什么大清早垃圾箱里出现自杀者的尸体,身上还贴着大字报……刘丽文忍着悲痛倾听这一切,独自回到屋里就对着祁原的照片沉思。觉得他那双眼睛仍然视力极强,在无言地直视着自己。他微开的嘴唇在询问自己什么。她忽然感到自己和祁原婚后这几年,的确太沉湎于爱情的幸福,老想着把祁原据为己有。对人民,对大局,是关心得不比以前了。真的,如果老这样下去,祁原恐怕也会不能长期爱自己的。还是他对!活在这个世界上就应该思考,应该斗争,应该坚持到底。不到万不得已,不应该自动放弃责任。她万分艰难地挺挺腰活下来。

她这两年就这么孤单单地活着。被抄家的人实在太多,为了怕祁原的照片万一被抄去,她给他缩印了一张一寸的,放在一个自己母亲留下的心形小盒里,用条细链子贴身挂在自己胸前。就这么抱着对于祁原的怀念活着。家里没多少人来。只有小辉越来越频繁地往她这里跑。因为学校早已不上课了,少年宫也砸烂了。贾漪不疼他,王辉凡也已经无心顾及孩子。孩子没地方去,就来找她。每次来都不免带来一些王辉凡那边不好的消息。

关于王辉凡,她并没有多想过。知道他已被揪出来了。那揪出的理由实在是百分之百的冤枉,根本是捏造。他哪一点儿"极右"过?但是这种冤枉事实在太多。不是他一个。他与她早已没有了关系。除了义愤一番之外,不可能有别的表示。

哪想到今天她和王辉凡又会在这样的场合下见面。真是天命!

附：王辉凡的旧日记

"……她离开我走了，像一朵云飘入天际。她不再需要我了。但是我需要她。她不知道我多么需要她。我每天工作、批阅文件、开会、讲话。我的每句话都被别人当作'指示'记录下来。我工作很忙，大家都以为我非常重要，我也以为我的工作非常重要。但是我说的话都是必须说的，任何人在我这个地位也一定得这么说的。而且三月间这么说，六月间又必须那么说的。这个问题现在这理解是对的，过去有过去的条件，过去这么办也是对的。遇见问题我也知道应该怎么处理。那处理都是有一定之规的。我都说了，都办了，都尽了责任。没有人责备我错。哪怕有的事情真的处理错了，也没有人说我错。我自己也不认错。这并不是缺乏自我批评精神，也不只是别人想批评而不敢批评我。不！他们根本也不想批评。因为事情当时就非那么干不可。即使杀错了人，也是按当时政策该杀，不是我独出心裁。怎么批评我？对事情只要我稍微有一点主张出了格，那就会四面碰壁，上下走不通，使我钻也钻不出一条出路，我只有按现在这么办。这些工作实实在在，从早到晚一点儿空闲也没有。可是，这真没有当年我领导丽文她们工作时那样费脑筋费气力。所以我实际上又忙得并不充实。我唯一的乐趣就是见到丽文。她是我当年的宝贵象征。是我的青春和中年的总象征。她才是我自己的，不是别人的，她不知道我有多么宝贵她。

"她不要我了。她是一个可爱的女人，但是又不像一个女人。她所想的和说的都不是一个妻子应当向丈夫说的。我没有可能去跟着她长时间想那些出格的问题，更不能当众说出来。我的职责也不允许我这么做。今天老苗同志对我说：'你的妻子恐怕是对党两条心的问题。'我当然替她回护，她是我的妻嘛。可是她为什么不替我回护？为什么老在那里挑剔，像外人一样的？她一点也不懂我工作中间的为难。我什么都能迁就她，可是我不能丢开工作去陪她幻想呀。我认为我还是在为人民工作的，如果我经常提出异议，和一切人都闹翻，难道就有利于大局，有利于人民吗？可是她不这么想。她是个可爱的幻想家,我却是一个身居领导岗位的干部。我怎么可能同时扮演这两种角色?

"我失去了爱人。我得再娶,再娶的只能是个老婆了。"

三

一九六八年底以后。

小辉就住在刘丽文家里,过些时候,他还要跟着她一起回到自己原来那个家,到那间小储藏室打开门放放风,扫扫地,免得东西长霉。当刘丽文又出现在这个熟悉的院子里的时候,进占的左邻右舍都看见了。他们一面招呼她,一面用讶异的眼光看她。看她像个女主人似的收拾这收拾那。有的老太太摇摇头,有的年轻人瞪她一眼。那个现在已经拆开了木板封条占住了北上房的造反派头头,有一次索性直走到她面前来质问道:"你和走资派大叛徒王辉凡现在是什么关系?"刘丽文依然低头收拾东西,头也不抬地答道:"我是这孩子的母亲。"

"问你现在和他是什么关系?"问话者像"坐堂"似的一声断喝,威严只差敲惊堂木。

"现在没有关系。就是过去认识的关系。"

"那我警告你!既然和他没关系,你还是革命群众。不是王辉凡的臭婆娘。一个革命群众干嘛要来沾他的臭气?"他倒好像气平了一点。

她平静地回答:"孩子还小,我帮孩子收拾东西。没有沾臭气。"

那家伙悻悻地走了。她其实认识他,这是过去在王辉凡脚前脚后时常乱转的一个总务干事,叫罗满江。其实又何止他这样说呢?她明知道院里其他的人在窗户后面议论她些什么。大约会说她真是贱骨头吧。王辉凡走运的时候你离婚,王辉凡倒了霉你反倒凑上来了。也许还有更厉害的话。但是,自己干嘛要管这些议论呢?她用手按着胸前祁原的照片,让它更贴紧一些。她相信祁原准会同意她这样做。

到六八年下半年,小辉回到学校去"复课闹革命"了。他已经成了全校人所共知的"狗崽子"。正上着课,有人把他的帽子从头上抓下来扔到地上用脚踩几下。他在校园里走,有人大口往他背上啐唾沫吐痰。他出校门回家,有人守在校门口一见他出来就扔砖头打。他拔腿拼命跑,后面就追着扔砖头,他每次逃回家经常都是一脸土一身粘痰,还有时脸也被打破了。他向刘丽文请求:"不再上这个学了。"刘丽文本想答应,再想了想,她却说:"不!小辉,咱们还是上学。看他们能把你怎么样。从明天起我到学校门口接你去。"

她替小辉把浑身是粘痰的衣服洗了。第二天她真的提前跑到学校门口。那群孩子见有个大人来,还是稍有些惧怕,一哄全都散了。但是过不大工夫又听见追上来喊叫:"破鞋!""王小辉的妈是大破鞋!"刘丽文站住脚回头一看,这群拖着鼻涕的小猢狲又都跑散了。

她现在在报社没事干。这个"舆论机关"早已三番五次地被夺了权。头一次是本单位"革命群众"。第二次是学生造反派。第三次是陈射洪指挥下的一个研究院的造反派。第四次是工军宣队。到这时本单位的人谁能弄到一点工作,哪怕是看大门、当"牛棚""看守"的工作,都得算是受到信任,引为殊荣。刘丽文这种二等群众,只好赋闲。倒也好,她一心一意地好好抚养小辉,照料王辉凡的家。到后来,王辉凡那个隔离室看管得松一些,允许送吃的了,她甚至亲手做了王辉凡爱吃的菜,叫小辉用提盒送去,再把脏衣服收回来洗。小辉去了,带着脏衣服回来,进门就啰啰嗦嗦地向她报告:"爸爸吃了菜,哭了。说妈妈真好,——就是说你真好,不是说贾妈妈好。他不让你洗衣服,我说你一定要给他洗,他才给了我。"她听了默默无语,就把脏衣服接过来扔进水盆。

她怀着一股慷慨的豪气来做这一切。"落井下石,君子所耻",她想。能做一点点济困扶危的事是光明正大无可非议的,管他是不是自己的前夫!至于流言蜚语,这年头多少国家干城都因为莫须有的流言蜚语搞得个下落不明,何况这点小小的流言!眼前是个流言世界,只好由他们说去吧!

到一九六九年底,大部分机关终于决定基本解散,大多数人都去干校,新的机关另外招革命派来重新建立。刘丽文所属的报社,是"文革"最高领导所要抓的"两杆子"之一,当然更属重新改组的重点。谁下干校谁不下干校成了争闹的焦点。刘丽文当然带着小辉下了干校。学校已经闹成那样,没有一个小学校的玻璃是完整的,还读它干什么?这时候大概是造反派觉得老闹这些走资派闹不出多少意思了,决定把其中一部分送到干校监督劳动。被这样处理的有老苗和王辉凡。其他则有的送进监狱,有的已"亮了相"。报社是直属省委的,所以他们两人就在一个干校。

她一开始并没有见到他。到干校后她第一次看见王辉凡是在已经开始劳动之后,在他挨批斗的一个会上。地方就在干校排房前面的一条泥路上。房子是修缮未完的一个旧兵营,一排一排,每排前面有一块空地。与各排房子成直角的是一条还没有修成功的马路。一下雨,汽车轮碾下去的坑足有二三尺深。天旱时就成了人造的崎岖险路。可是经常还得来卡车,因为没有别的运输工具,而房子需要继续修建就不能不运点料来。车一来,大家都得动手开槽帮卸车。那一天就是又来了一卡车,人们一拥而上,王辉凡不知是为了表现积极还是怎么的,第一个上去就不假思索地抽开槽帮的铁闩。哗啦啦一声,槽帮里的东西乒乒乓乓掉下来。坏了!原来这次运来的并不是石头沙子,却是一车粮食包!这一来靠槽帮堆放的麻袋摔出几个,摔在那坎坷不平的路上,有一袋正撞在突出坑面的石尖上,把袋子挂破了,米粒哗哗流了一地。这下子把王辉凡吓坏了。他正待用手去捧,脖领子已经被那个罗满江揪住。罗满江大吼一声:"阶级敌人破坏!"当时把在场的人全吓怔了。再一想才都回过味儿来。对这样的事,那是处理得十分神速的,地上的粮食粒儿还没有全扫起来,斗争阶级敌人王辉凡的现场大会已经发出通知了。附近几个连队的人接到高音喇叭紧急通知,都紧急集合,排着队跑步赶到这里来开会,接受教育。

刘丽文就是闻令跑来的群众中的一个。

她看见临时会场已经布置好了。人们成半圆形围着出事地点坐在马扎上。只有王辉凡站在中央,低头面对群众。他的头发胡子不像在隔离室时那么长了,但是却剪得长一块短一块黑一块白一块,大约是没人肯给他剪,自己用剪子剪的。双手污泥,脸如黄纸,的的确确够得上"囚首垢面"四个字。这时,口号声与质问声四起:"说!王辉凡!你为什么要搞破坏?""说!你为什么要阴谋抽槽帮?"又有人大声代为答复:"反革命修正主义分子王辉凡害怕人民吃饱,他企图夺去人民口中的粮食!"接着又有人领着大呼口号:"打倒反革命修正主义分子王辉凡!""打死现行反革命破坏分子王辉凡!""注意阶级斗争新动向!"王辉凡像个木桩似的站在那里,纹丝不动。他大约经过了这几年斗争会的训练,已经练出来了。双膝微弯,似乎即将跪下又没有跪下,头直低到胸前,使谁也看不出他脸上什么表情。但是刘丽文却是第一次这么靠近地亲眼看见他挨斗。她被狂吼的口号声震得不由整个心都揪到一块儿,好似被绳子捆住,透不了气,双手微微发抖。她当然看出来,这场"反开槽帮斗争"是毫无道理。王辉凡明明是积极上去干活,怎么能说成破坏?但是,道理没处说去。只听王辉凡在无数口号逼问声中连连讲了两句:"我有罪!我有罪!"

突然,从群众中跳起一个年轻人,约摸只有二十多岁,他大喊一声:"狡赖!"手拿一根铜头皮带没头没脑地照着王辉凡的脸就是一下,铜头正好打在王辉凡鼻子上,血当即流出来,滴滴答答直流到地上,王辉凡也不敢用手去擦,只好由它流。这种行动,在六六年是天天见的,在干校已不算太多。所以这一行动非常触目。刘丽文觉得胸口疼痛,心似乎要从嘴里蹦出来。她怕大家要一拥而上把王辉凡打死。幸亏还没有,没有别人响应。再细看这青年,嘴上连胡须都没长出来,只有几根软毛。大约是个临时工什么的吧。旁边的人叫他"小胡闯"。

她心里害怕吗?有一点。但更多的是气忿加上同情。会开完后,她不敢走近王辉凡,望着他艰难地走回去,她才离开。回自己的连队时一边走一边想,越想越明白,这事令人忿怒,自己应当向王辉凡表示同情,让他知道人并不全是野兽。回屋一看,却见小辉正伏在床上哭。

她这间屋共有四张床。她和小辉各占一张,另两张床一个姓潘一个姓高,都是三十来岁,又都是贾漪的朋友。这对宝贝在报社有个联合的绰号,叫"攀高"。两个比赛着想找个地位更高的爱人,都搞过不止一次了,都没成。最后只好勉强下嫁中层干部。她们对刘丽文不抱好感,刘丽文当着她们的面,只好哄着小辉:"别哭!别哭!你哭,妈妈多伤心啊!"不敢说王辉凡挨斗的事。小辉却一边哭一边断断续续地说:"爸爸……人家欺侮我爸爸……欺侮我……"说完又大哭起来。

那位小高走过来,轻松地一笑,她好像是在安慰小辉,说了这么一句:"你这小家伙真不懂划清界限,这还不好办,不要认他做爸爸,就没人欺侮你了。你都不知道你妈现在在省城地位多高了。你快要有个新的好爸爸啦。"

刘丽文知道这"妈妈"是指的贾漪。不由得突然感到好像吞了苍蝇,几乎呕吐出来。她早听说贾漪由于揭发王辉凡的阴私有功,已经加入了造反派。而且最近和比她小六七岁的头头陈射洪打得火热。她无话可说,只轻轻回了一句:"小辉哪有那福份。他是我的孩子。"她抱着小辉,小辉也搂住她,连声哭叫着:"妈妈!

我的妈妈!"

她想,刚到干校,王辉凡处境太坏。她自己不能去慰问他。想叫小辉去,又没有什么东西可送,四面的"群众专政"比隔离室更可怕。怕孩子说走了嘴。她只得不声不响,暂时什么表示也没有。心里则准备着:一旦碰到时机,一定表示。

她和王辉凡第一次说话是在她所在的连队与王辉凡的连队联合春耕的时候。春耕办法是一个人在前面用大板锄刨深坑,另一个人跟在后面在坑坑里点玉米籽。这是从北方来的军宣队带来的"先进"精耕细作方法。这活是纯体力劳动,非常累。刨了一上午,人们坐在那草编的休息棚里休息时,都动也不想动了。但是,这个休息棚里没有炉灶,跟连队下地的炊事班是在离此二里的另一个休息棚里烧水做饭。原讲好了要大家下了工去吃,或者派人去打饭来。如今这群人坐在棚里靠在草堆上把腿一翘,才觉得休息是从来未有的舒服,有的索性躺下来不肯动身。该吃饭啦。还没等大家议论出个办法,负责指挥现场的罗满江就叫道:"王辉凡!"王辉凡应一声"有",从他蜷缩在那里的棚角站起来,人们才发现原来还有一个他。

"喏!这是桶,这是扁担。你去炊事棚里给大家把饭打来!"然后又吩咐另外一个比王辉凡年纪更大些的"牛鬼蛇神":"你去挑开水!"

这两个"专政对象"二话不能说,挑起担子都走了。他们俩是整个棚子里三十多人中岁数最大的人。王辉凡五十三,那一个五十六。当然,和全干校那些"残渣余孽"比起来,他们还不算顶老,还有七十岁的。可是,在这个棚子里却大多数是三十几岁四十岁的人。而况他们两个都有病,王辉凡有重症气管炎,那一个是胃溃疡。刘丽文撑着酸疼的手臂坐起来,不言不语,凝眸望着他们的去路。过了好一阵,才见这两个老头挑着担子回来了。王辉凡走前头,右手扶着扁担,左手拢着后边的桶绳,腰挺得直直的,移步却非常之慢,似乎双腿有千斤重。刘丽文想:他一定是怕把饭菜洒了又要挨斗,所以不敢弯腰走吧。后边那个老头却没有力气直起腰了,一边走一边向左右摇摇晃晃,桶咣咣当当响着,水洒了不少。好容易等他们两个走到棚前,罗满江一个箭步跳出来,骂道:"回家睡弹簧床去了是怎么的?为什么这么慢?你这个混蛋,真是只狼。为什么水洒了这么多?"说罢把手一挥,那挑水老头就闪过一旁,不敢喝自己挑来的水。王辉凡的饭菜没有洒,但是也并未因此受到嘉奖。他把担子一放,人往旁边一歪,几乎全身瘫软地就地坐下起不来了。然后大家一拥上前打菜,掌勺的给大家分菜。王辉凡一直没站起来取菜,就没有谁想起来要招呼他一声。当他好容易坐直了腰时,菜已分完了,一点没给他留。他爬起来看看,一声不响,舀了一碗白饭,就仍坐在那棚角里吃。

这一切刘丽文都看在眼里。她心里起了一点小小的斗争。但是很快拿定主意站起来,径直走到他面前,把自己碗里的菜拨给他一半,嘴里还说了一句:"我吃不完。"王辉凡抬头一看,是她,他惶悚地好像乞丐受到了大施主的慈悲施舍,双手捧着碗,没有话好说,只能连称:"谢谢!谢谢!"刘丽文一笑:"吃不完的菜,有什么谢!"

她这一来,引得全棚子的人眼睛都转向了她。有的年轻人不识轻重地开口嘲笑:"刘丽文真好心眼啊!"但是多数年龄大的人都现出惊讶的神色,有的交头接耳,当然他们是早就知道刘丽文过去和王辉凡的关系的。刘丽文也明白他们交头接耳议论的是什么,大概有人会认为这是可以调节枯燥生活的桃色新闻,有人更会认为这是可怕的阶级斗争新动向吧。由他们去!

和他就是这么一次"来往"。后来还有一次,是小辉到他爸爸那里去了回来,报告她:"爸爸要在星期日拆洗做被子。"因为害怕一个人一天做不完这三道工序,那边也没有女同志肯帮他的忙,他就隔夜先把被子拆掉,把脏被里盖在身上,上面摆上被絮睡觉。这样好明天一大早就洗出来。刘丽文听了这可笑的做法,叹了口气,心里不由又冒出那种和上次一样的感觉。——为什么不敢去看他呢?为什么这样缺少勇气?去!

她星期日早起带着小辉去了。才吃过早饭,到了王辉凡那个连队,见他大致已经洗完,正在房门前用水桶清被里。从这个桶里捞出,放进那个桶里。两袖卷得高高的,地上一汪水。刘丽文不觉笑了出来。他这个模样,她可快二十年没有见过了。他抬头看见她来了,忙着用衣襟擦手,想招待客人,她却立刻过去把桶里的被里提起来检查了一下,道:"还不干净,再来一遍吧。"不由分说就顺手把它扔进盆里,自己把一个小马扎拖过来坐下,就要动手搓。王辉凡连称:"万不敢当",自己去抢那被里。谦让了半天,还是由他自己把它好歹又揉了揉,拧干晾起来了。屋子里他的同屋莫思裕闻声走出来。他原是刘丽文的老同学。一见这光景,他笑笑说:"丽文同志,你倒不必帮他的忙。这位王辉凡倒还是挺能干的。还能自己补衣服哩。"刘丽文没法,只得说:"那,下午被里干了我来帮着做吧。起码我做得快些,不需要这么紧张。"

到了干校,人们已经没有机会经常使用自己的思想,连看小说的工夫也没有,连下棋的工夫都不够,特别是头二年劳动紧张的时候,除了干活就是吃饭睡觉。过节会餐吃几个什么菜都是大事,得连委会认真讨论。把人们的思想器官都一概磨钝了,有点返璞归真的味儿。王辉凡和刘丽文这种生活上的简单接近就变成了能吸引人的新闻。这种话一传开,弄得刘丽文有点别扭。她想,要不,从此以后别再理他了吧。

但是,在已经开始"来往"之后,忽然不理似乎又太没来由。何况在干校这种环境里日子这么难打发。运动永无停息。再加上粮、油、肉、菜四自给的任务,天天从清早忙到深夜。她感觉到人们在这种生活里话是越来越少,但一言半语中流露的情绪却有了变化,起码对于开会斗人已经没有开初那么大的热情,开起会来都是老套,"创造性"很少了。真是把嘴都快捂臭了。王辉凡总算是一个她过去熟悉的人,她倒想知道知道他对这一切作何感想。

七〇年夏天,大家到麦场上去脱粒,因为这里夏天太热,中午实在没法干活,只能在清晨和半夜里干。干校有一个大脱粒机在王辉凡所属的连队里,别的连队经常要到他们那个场上去用机器。他们连队用机器熟练一些,可以帮助指导,用机器的连队就替他们烧点稀饭消夜。这天,轮到刘丽文所在的连队去用机器。深夜里,刘丽文跟着大家到了麦场。她是管后勤的,在棚里烧饭添火。她看见了王辉凡也来了。他站在机器口的台子上管送麦捆。麦场上吊着汽灯,大家看也看不大清楚,呼隆隆地干着活。刘丽文这个连队用大卡车把麦捆运来卸在机器前面,不一会儿工夫就堆成了一个小山。这些运输的人爬上小山去,把山顶上的麦捆一个个往下扔,好让机器口上的人往机器里送。他们好多人七手八脚,噼噼啪啪,麦捆像炸弹似的乱丢下来。站在机器口上操作的王辉凡他们几个人大喊:"不是这么干!不能这么扔!这没法干活!"但是刘丽文连队的人在混乱中一下子弄不清,乓的一个麦捆从头上直砸下来,只听王辉凡大叫一声:"我的眼镜砸掉了。"

于是旁边的人才忙着帮他找眼镜。但是麦捆的山接着麦捆的窝,天上地下都是麦捆。王辉凡本人也已一半身子埋在麦捆里。天又黑,灯不亮,大家在麦草堆里乱摸,哪里摸得到那个小小的眼镜?摸了半天,毫无踪影。王辉凡没有了眼镜,没法再干送麦捆的活了,他被撤下来。刘丽文这个连队因为操作不合规程,出了这么个小事故,得稍微承担点责任,于是叫王辉凡到棚里来休息,喝粥。刘丽文把煮好的粥给他端上去,还放了几根咸菜。也坐下来喝了几口,抹了抹汗。棚里的人看看没有出更大的事,大家说:"干不了活不如叫他回去吧……你有备用眼镜没有?"王辉凡说:"有是有。在宿舍里。"

"那么明天换一副眼镜,今天先回去吧。"

在友邻连队的建议下,本连军宣队也就批准了王辉凡回去。可是他没有眼镜,回去看不清路怎么办?

刘丽文站起来说:"我的粥煮好了。我陪他回去吧。"事故是她们这个连队出的,应由这个连队出人陪送。于是这个连的指导员也同意了。

刘丽文收拾了东西,和王辉凡一起离开工棚。一会工夫两人就消失在黑暗里了。

这是在干校难得的两人单独在一起谈话的机会。路是漆黑漆黑。两边是田地,也没有树。寂静得连鸟鸣虫叫都没有。只听见风吹庄稼秸秆飒飒地响。还有一段是一尺多宽的田埂,仅能容一人走过。走了几分钟,王辉凡就在黑暗里说:"丽丽!想不到咱们两个今天还能在一起走路。"说罢,他伸手过来和刘丽文互相牵着过那一尺宽的田埂。刘丽文的手在他手心里,感觉得到他的皮肤有的地方已经很硬了。她轻轻地说了一句:"你这几年受了不少苦啊!"

在黑暗中间听见他长叹一声:"是啊!这几年我觉得自己已经不大像人了。有点像汉朝那个戚夫人变成的'人彘'。"

刘丽文把她准备好的安慰话说了出来:"不要那样想。那些批判斗争的话全是胡说,群众今天糊涂,早晚会明白的。不必为那些事太难过。"

王辉凡一边走着一边说:"那我当然知道。一开始,他们批我极右,我诚心诚意使劲检查。毛主席既然说我们这些人都右了,那一定是应该再左点才对。我使劲钻隙觅缝地找我什么地方右了,检查写了一百多万字。可是,后来检查不出来了。"

"你检查得不深不透吗?"她明知故问。

王辉凡叹口气,老老实实地说:"我真心往他们给我定的纲上去上,以为这就代表党的意志。可是后来,连三五反时候我按上级下达指标定基本守法户,也成了我的右倾。连反右派运动中我不许开会批斗中央已经决定保护的对象，也变成了我的罪状。甚至我亲手经办毛主席批示过的事，也把右的帽子扣到我头上。我再检查下去，只能说凡是遵照党的指示办的思想行动全是资产阶级路线了。这边是党，那边也自称是党，变成了党在我的脑子里打架。叫我按谁的办？"

"那么你……你现在也不想当驯服工具啦？"她没想到才谈了十分钟他就说出这些过去决不会说的话，不无惊骇地问。

"不是不想当，是当工具没有主人了。难道好做红卫兵的驯服工具吗？做陈射洪的驯服工具？真的'子教三娘'？三娘也学不会啊！半点历史也不懂的人偏爱天天追查别人的历史。这些笑话，将来的人听了都会不相信哩。"

于是两人一路走一路闲谈红卫兵闹的种种笑话。这种谈资是俯拾即是的。什么医院里挂号要填阶级成分，连老保姆也学会了撒谎，给小明填上"贫农"。看病要请外科医生看内科，内科医生看牙科，叫"六二六门诊"。什么文盲老太太出门要带"红宝书"，错拿了红皮的中草药单方……刘丽文还讲报社发现一个所谓"军统特务集团"，社内外共十八个人，社内有一个承认了，社外的一个主要分子硬顶住不认账。红卫兵就向群众"公布罪证"。结果连外行的刘丽文一听也不能不笑出来。原来这拿出来视为"铁证如山"的军统组织表，竟是什么"军统局华北分局河北省委……"和共产党的组织一模一样。说是入军统局还要填表，还有"阶级成分"一栏哩！

刘丽文一边说就大笑起来，王辉凡也笑了。

他们俩一路谈着这些，一致承认这场大革命实在没法理解。而群众竟这么"意气风发"，也令人难解。陈射洪过去虽然也是一个"驯服工具"，总还不是一个愚蠢无知到常识以下的人，何以会发出这么荒唐的许多"指令"？他们也谈到贾漪，他告诉她，贾漪已正式来信和他离婚了。

然后她告诉他许多朋友的消息。她说:有一个在敌后打过多年游击的同志,是半夜里死在造反派非刑拷打的"公堂"上的。事后他们还否认,说他是自杀的,不让家属看尸首就把他火化了。还有一个绰号"二姐"的学化学的女同志,后来当了化学研究室主任,结局是用她自己领导研制成功的化学药品结束了自己的生命。另一个因为在延安开荒砍伤了腿多年残废的教育家,也死了。造反派故意打他的残腿,不给他座位,不扶他上厕所,使他实在活不下去。连她下放过的那个村的支书也死了。因为王辉凡去参观的时候这人问了一句:"这自留地还能留吗?"王辉凡答了一句:"按政策还可以适当少留。""文革"中间,这个人就以"执行修正主义分子王辉凡的黑指示"罪名,被斗致死。……王辉凡自己也从一些外调人的口里得知有些熟人已被开除党籍的消息。他好几年被剥夺了与人谈话的权利,谈谈真觉得拨开心上的乌云。刘丽文虽是"群众",平日也不敢和别人谈这些,尤其是在干校这个耳目众多的环境里。她也觉得能谈谈挺愉快。她本想再问问他这几年所受的苦,又觉得这是离别十年之后的第一次接触,他又挺高兴,先别拿那些话碰他的伤口了吧。

两个人谈谈笑笑就到了驻地了。临分手王辉凡还要求她去他那里坐一会。刘丽文说:"我得回去看小辉。以后,咱们瞅机会能见面再见吧。"

附:王辉凡未交的认罪书及日记

"我罪该万死。一切全都错了。因为'路线一错,一切皆错',最主要的错误是我相信资产阶级文化尚有可取之处,导致了我执行政策时对资产阶级还有保留。我生活尚不奢华,但实际上资产阶级和无产阶级的斗争既是贯穿于整个社会主义社会的斗争,则资产阶级的腐蚀性主要决不只在于物质生活,而首先在文化。我相信资产阶级的科学、教育、文化、思想……还有可取,这就是我向资产阶级投降、或者我根本就是资产阶级。……

"以上认罪书未交,因写不下去,今天又见到了她。

"我写认罪书并非有意撒谎,我真是竭尽全力从自己没错的地方找出错来,石头缝里寻草籽。但我不愿撒谎,我总得忠于党。是毛主席要我检查的,他比我正确。我要努力找出自己右的错误来。苦思不获,这是年来最大的苦闷。

"多日以来自己尽力这样拘住自己的思想,不许越出樊篱。今天和她谈谈,始觉心扉大开,忽如囚人遇赦。我不知怎么说了许多政治上出圈的话。又得知许多老友死讯,伤痛曷极!他们都犯了死罪吗?没有!他们都是一片愚忠,和我一样的。为什么下场是这样?为什么?为什么?还有的人是受我连累的。如果说:'万方有罪,罪在朕躬'(其实我可够不上),那就杀了我也可以,为什么连累这样无辜的人?我死了也不足偿此罪孽。

"她说因为自留地也死了人。他们早就要我检查:我允许留点自留地是执行资产阶级司令部指示了,我早已检查认罪了。但是当时七千人大会上如果我像今天一样主张没收一切自留地,那结果又将如何?仍然是'反党'吧。

"她的状态很自由,令人生羡。我和她不一样。我这些苦痛她没有。她只觉得'文化大革命'以来这一切都是可笑而愚蠢的。我不能。我已经不能再那么虔诚自省自己的右倾错误了,这是我思想的蜕化。但是,要像她那样,我仍不能。我的信仰,我辛苦三十余年所从事的事业,不能嘲笑。我能嘲笑红卫兵孩子们的一切荒唐举动,但我不能嘲笑信仰。我努力设想,这一切太违常理的事情究谁所为?从哪里来?是应当清君侧呢?还是应当伏阙上书?但'文死谏'实在也还是无补于事,我也明白。

"一说后既痛快些,又更糊涂些。"

四

一九七一年初。

他们下来一年半了,斗走资派、揪叛徒、查每个人的历史问题、"海外关系"、"偷听敌台"、"企图叛逃"、"恶攻事件"、"阶级异己",凡是头脑里能想得出可以加之于人的政治罪状,都已一一批过斗过了,再也想不出多少新花样了,这时候忽然由上边传下来又一个新招,要揪"五一六",就是把运动初期的造反派打下去,再换上一批新的更"革命"的来。怎么搞,正在酝酿中。

也就在这阵儿,刘丽文在干校召集的一个大会——忆苦思甜大会上,意外地见到了一个人——贾漪。

她和王辉凡也好久不见了,也是在这个会上才又见他一面。

忆苦思甜也是干校军宣队感到运动已山穷水尽,但又不能停止运动的情况下想出的办法,这时各单位都在请老贫农来作忆苦报告。何况干校地处农村,办是应该办的。这次举办之前,校领导很费了些心机。先布置各连队食堂在这天午饭一律吃忆苦饭。这就把食堂大师傅和帮厨人员都忙坏了。各连委会也专门开会研究过。忆苦饭吃什么呢?要按北方办法很简单,吃窝头就行,专买那发了酸的次棒子面,再多掺点豆皮在里面就完了。可干校是办在南方,不能吃窝头。南方穷苦人吃什么?首先得作调查。调查了半天其说不一。有说就吃红糙米的,有说吃红薯干红薯秧的,有说吃南瓜的。大家一讨论,不行。吃糙米那不还是大米饭吗?怎么够得上忆苦的标准呢?煮南瓜也是同样,嫌规格太高。红薯干和红薯秧又过了季,食堂没有,到哪里去搞?最后他们商量了一个折衷办法,南北合掺,派人到附近农村去采购人家吃剩下的红薯干。单是红薯干不够"苦",而且数量也不足,就再采购一点糠。糠煮红薯干。这独特的食谱,搞得随机关下来的大师傅也很挠头,不知哪一样该先下锅。最后煮出一锅糠和红薯二者的分离体,一样是干巴巴的,另一样是呛人的碎末。吃的人没有一个不是硬卡着嗓子往下咽,没人敢咕哝,也没人敢考证南方贫农是否就吃这个。反正好歹算过了吃忆苦饭这一关。

然后该听忆苦报告了。各连队吃完饭,整队来到校部。那是一个半山坡,中间用木头搭了个台,为经常开会用的。刘丽文随队到达会场,坐在马扎上之后就注意到了,王辉凡的连队就在自己连队旁边。他本人在自己的侧后面。他们那个连队里还夹着两个本地老乡。一个很老,须发全白。一个约摸四十几岁。她心里就在猜:这是不是今天做报告的人?果然不大一会儿,这两个人被叫出去了。校部的军宣队和他俩咬了一会耳朵,他俩上了台,就宣布开会了。

军宣队领导干部上去介绍。大意是说:今天进行忆苦思甜的阶级教育。教大家认识旧社会的苦,才懂得新社会的甜。现在请了本乡苦大仇深的老贫农白士才同志来给大家作报告。他讲完了带头鼓掌,全场自然一起鼓掌,似乎这就把那个白士才(就是头发白的那一个)给闹懵了。他退退缩缩不肯起来。后来由那位四十来岁的老乡又在他耳边说了几句,他才勉强坐到桌子跟前来。说了一句:"同志们",大家又鼓掌,他就又怔了。怔了半天,台下的人也替他着急。他忽然像触动了灵机,开口说道:"今天,各位领导叫我来给大家说说过去什么生活最苦。我看嘛……就是六〇年那一年最苦,吃的都没有了,讨饭逃荒……"他刚说这么一句,台上和他紧挨着坐的那个主持会议的军宣队领导干部来得还算快,立即自己把嘴伸向话筒,嚷了一句:"是解放前!"然后,把话筒拿过来攥在手里,和那个四十来岁的老乡咬了一会儿耳朵。那个白士才糊里糊涂地还不知又说了几句什么,因为没有了话筒,在这大广场上就没法听见了。这一突然事变当即引起台下一片大乱,交头接耳。还有没听清白士才那句话的人,在向旁边的人打听,最后,是那个四十多岁的老乡走过来,摆正了话筒,一把将这位"忆苦"的白士才拉到一边,自己占领了他那个座位,军宣队又帮他维持了半天秩序。这才由他继续说道:"我们这个老乡嘛,今天准备不够。呃,说不清楚。我来替他讲吧。在解放以前,我们家家都是吃了上顿愁下顿,老白家是最苦,他讨过饭,逃过荒……"这一位显然是个村干部,嘴里这一套讲得溜熟。他讲了二十几分钟,才算把这个圆场打了过去。

刘丽文在那个白老头说走了嘴会场混乱的时刻,特别注意回头看看王辉凡。别人大都是嘻笑,或替老头出洋相着急。只有王辉凡却把头低下去。他脸上与别人完全不同,毫无笑容,十分严肃。

为什么他不笑?

突然刘丽文一抬头,发现了离王辉凡前面几排坐着的一个女人后影很熟。一头黑发梳成一个圆圆的波,比一般干校女同志光润得多。是贾漪!她怎么会也下干校的?

一会儿工夫,那个贾漪一回头,也发现了刘丽文了。她立即满面含春地向刘丽文点头一笑。又过了一会,军宣队政委对大家的训话以及政工组布置学习的讲话也完了。会散了。人群提着马扎站起来。贾漪就主动走向刘丽文,嘴里招呼道:"刘大姐!"

刘丽文虽然对于她在省城的行为略有所知,人家打招呼,总不好不理,只好也笑着上前握手。

贾漪表示诚恳的道谢:"刘大姐,我真不知怎么感谢你。我算是遇着好人了。小明那孩子要没有你刘大姐,真得没了命,你救了他,他就是你的儿子了。至于我……唉!"

她说了一半长叹一声,不说下去。好像有什么很希望对方了解的难言之隐。刘丽文为了礼貌,只得追问道:"你为什么也来干校了呢?是又受了王辉凡的连累吗?"虽然她猜着未必是。

那贾漪果然立刻摆脱。答道:"与他那种人什么相干!我和他早划清界限了!离婚了!不过一个人有一个人的困难哟!我如今也在困难中间,在这里也算他乡遇故知,事情太复杂了,一下子说不清。好!改天谈。再见!刘大姐!"她忽然像逃走似的就和刘丽文告了别。

想必是她在"新的生活"中又遇到什么新的困难,也不知和陈射洪怎么样了。但是,反正她对王辉凡仍然深恶痛绝、划清界限,这是明白的。刘丽文想:自己和王辉凡离了婚,她也和王辉凡离婚,这个没法反对她。但她甚至连亲生儿子都打算送人,这件事就实在使刘丽文不能不从母性的本能产生厌恶之感了。

而同时,她觉得在干校这地方,人与人之间都蒙着一层互相猜疑的厚幕布。明明凡是被送到这里的人,虽不都是审查对象,却也没有几个是真正走红的人。大家的命运相差不远。但是还得被迫去"搞运动",你揭发我,我揭发你;实在太难找到能够互相信赖的人。麦场归途的一路闲谈,使她对王辉凡从怜悯同情进一步转到有了些共同语言。对他这个人,虽然由于过去印象不好而离开,但是对于此人不会出卖朋友这一点,她还是深信不疑的。因而她忽然又想实践上次的约,见见他。自然,要见他免不了又会听到一些流言。但是她向来不怕这些。何况他这个人现在又不是一块香饽饽,没人会抢。

她决定继续和他交往,因为她闷!闷!作为一个人的思想和感情都无处可发泄!

后来军宣队大概是对上级指示经过了研究,下令取消了对尚未做结论的"审查对象"的进城禁令。刘丽文毫不迟疑,在星期六晚上就打发小辉去约王辉凡,"进城去有事。"

她约他早八点半在过了小桥的大堤上等。她自己当天起得很早,起来就把那全是泥水的破衣服和短裤泡上了,换了一身干净的旧布制服,带上小辉去赴约。她到的比约定时间还早十几分钟。但是,还没过小桥,已经望见王辉凡在大堤上柳树边站着等候了。秋柳的叶子已经干落了。剩下的柳丝却还是那么长,依依牵惹着行人。她望见他手里捏着一枝柳条儿伸着头盼望。她和小辉过去,说了一声"你真早"!

他看了她穿着过去和他共同生活时期的旧衣服,脸上就笑出来。应道:"你也不晚呀。今天天气又好!"

刘丽文说:"天还早,咱们不用急,可以随随便便,慢点走。"

他把手里的柳枝给她玩弄,三个人就散着步往城里走。这条进城的路一共十五里,基本上是一条宽阔的大堤和一条平坦而又很少行人的公路,沿路有很少的村庄和学校。在不冷不热的天气慢步走着,确是一种享受。干校的"五七战士"们有时进城买点很少的东西,有时什么也不买,吃一碗馄饨洗个澡就回来,就是他们劳动中唯一的"文化生活"了。

他们三个人一块走着,心里暂时没有什么拘束,王辉凡就问:"咱们今天进城去干什么呀?"

刘丽文说:"给你理理发吧,看你那头多狼狈。"

"我这头还要上理发馆?"王辉凡摸摸自己的头发,随即摇摇头道:"不行。不能上。人家革命群众都是用推子自己推,我这号人倒上理发馆,派头未免显得太大了。"

"你怕什么?难道他们为了理发还会批斗你不成?"刘丽文笑出来。

王辉凡摇头叹气:"就是不批斗,那开口闭口的资产阶级长,资产阶级短,也不好听。"

刘丽文看着他的头那蓬乱的样子,心里还是不过意。她说:"那怎么办呢?我今天就是想给你把头发收拾收拾的。太难看了。非得想个主意不可。"

他们继续走着,小辉忽然插上了嘴,他说:"我的头不就是妈妈剪的吗?你也给爸爸剪剪不就完了?"

刘丽文说:"剪成人男发,没经验。这……"

她还没敢答应,王辉凡已经叫起来:"好极了!太好了!你给我剪,我特别欢迎,比理发馆好多了。待会咱们找个树荫坐下就办!"

刘丽文没能说服他进理发馆,只好就答应下来自己干。他们进城的计划就此决定:只买一样东西——一把大剪刀。回头在路上剪。

三个人继续散步前进。刘丽文随口又问他最近的处境。他回答:比以前稍微改善一点。以前每到劳动休息时间,就开地头斗争会。用那二十分钟,大家一边抽着烟,一边随便想起哪一年的什么题目就骂什么,把他劈头劈脑乱骂一顿作为休息和消遣,这叫"休息不忘阶级斗争"。他就允当这个被人踢打扔桔子皮取乐的西欧幕间小丑角色。现在不这么干了。因为斗他已经斗疲了。现在正想办法换新花样,他这个老斗争对象就空闲了些。但是,本单位已经有个别干部"解放"了,他却仍然没有,不知什么原因。贾漪的离婚申请,已经得到领导上批准,他也同意,已经签过字了。说到这里,他叹了口气,随即用轻松的口气说:"吹了倒也好,本来我和她那生活也就是越过越没意思!"

小辉也说:"就是嘛!贾妈妈哪里有我妈妈好!"

刘丽文忙说:"你这孩子管什么闲事!"

王辉凡不加评断,继续谈着那些荒谬绝伦的"批斗罪证",和许多人在这场"革命"中间的表现。他忽然长叹了一声道:"要说这场'革命'是考验,也真是对人的考验。平时你看不出来。到这时候,谁是落井下石的,谁是捏造假证的,谁是出卖朋友的,谁是懂得政策偏要违反政策的,谁才是真的中流砥柱……全看出来了。我算是真懂得该怎么看人了。"

刘丽文挺有兴趣地边走边听他讲着。他所说的"中流砥柱",叫她想起祁原。她自己心里作比较。这种谈话与当年和祁原的谈话大不相同。祁原的话虽然也常涉及一些"阴暗面",却总是给她启发,仿佛把她的灵魂清洗干净了。王辉凡却是诉述那些陷在污泥中的痛苦,冤枉,迫使她不能不低头细看脚下这受苦的众生。即使这众生没有完全觉悟,但是他们是在泥泞里滚,在受苦受难哪。不能不给予同情的呀。两人就这么一路谈论了十五里。一直都是谈政治。刘丽文觉得奇怪,从前自己一见他就烦,连他哭哭啼啼地恳求和留恋,自己瞧着也烦。但是现在光听他一路走一路谈政治,没有一句感情,自己却反而心情熨贴,对他不止有同情还颇有好感,愿意和他一起走下去。真怪。

他们到了城里,买了一把剪刀,又找个小饭馆一人吃了一碗面条。钱都是刘丽文出的,因为王辉凡一个月只有十五元生活费。事情办完,就该找理发的地方了。

上哪里去呢?城里大街上不行,归途公路上的柳荫下虽然挺好,也不合适。万一被干校进城的人们看见了,又会变成一件新闻。这年头不许人们谈正经事了,人就专爱在这上面嚼舌根!躲到哪儿去合适?

他们移步向归途走着,出城不远,刘丽文忽然发现了一处破屋基,她指着说:"那里行!那里恐怕行!"走近一看,原来是一座破庙。大概是"破四旧"时给破掉的,门窗全无,房顶上的瓦也掀掉了,墙已经被拆掉半截,砖被搬走了。但是大半垛墙还在。人如果坐在墙后面,马路上的人是看不见的。

地址选定,三个人走了进去。小辉积极地搬破砖,在墙根底下垛成一个座位。刘丽文从口袋里掏出几张准备在路上坐坐的报纸,作为理发披巾,就叫王辉凡坐下。

王辉凡面墙坐在那砖垛上,这地方有墙遮阴,又有一点儿小风吹着,倒挺舒服。王辉凡笑着说:"好啦!高级理发馆可以营业了,请师傅动手吧。"

刘丽文把那张报纸披到他肩上,还拔下她自己的头发夹子,将报纸夹在他领口上,然后拿着剪刀把他的面容端详了好久,才开始下剪刀。她十分谨慎,剪一下,左右两边看一看再剪一下。王辉凡坐在那里笑嘻嘻地说:"很好!很好!简直和高级美容师一模一样。"刘丽文说:"别夸啦!你又看不见,后边这个坡形怕剪不好。"

他却说:"保证好!我一辈子都没有理过这么讲究的一回头

发,不用看镜子也知道。真是美极了!"他说着,把头一歪,嘴一抿,做了个洋洋得意的表情,急得刘丽文连叫:"别动!别动!剪坏了!"

她细心地剪着,因为离得这么近,这才看清楚他左颊那个铜钱大的疤,皮色比别处特别深,凹陷了一块,却没有生疮时必然留下的那点细碎不平之处。她不由得问道:"你脸上的这块疤是哪里来的?"

正在喜笑颜开的王辉凡突然叹了一口气,等了一会儿,才低声简单答道:"被他们用火烙铁烙的。"

"这样啊?"刘丽文继续修剪着未完工部分,但是当剪到与这块疤相接的鬓角时,她的剪刀却发颤了。她努力镇定着自己,把这部分剪完。嘴里轻轻地说:"为什么这样残酷?"

头发理完了,小辉负责打下手,把报纸也收了,抖落干净了。这里没有镜子,孩子就代替镜子,左右前后看了一番,说:"好看!挺好看!"王辉凡也笑着说:"谢谢师傅!"刘丽文却仍然没有离开她的"工作岗位",站在王辉凡身旁,用手摸一摸那块伤疤,继续说:"真残酷!"

"这还算残酷吗?"王辉凡放长声嘿嘿一笑,这笑声却极不正常,冷森森地怕人,是模仿那些造反派私设公堂审案时常有的笑声。他笑完了,突然将自己背后的衣服向上一掀,说:"你看看吧。"

刘丽文抓住他的后襟,仔细看他的背。不由得吓了一跳,这哪里还是一个人的背!黑一块,紫一块,颜色全变成古怪驳杂还不说,上面还有好几个小圆疤,小圆疤之外,由左向右有一条阔而长的伤疤,一尺多长,深有半寸。这是刀砍的呢还是火烫的?鞭打都不会留下这样深的伤!她本想不必问了,还是忍不住问:"这是为什么呀?"

"就为了你说的报社里那个该死的笑话呀!我们十八个人被

派到国民党部队里工作。造反派要把我们都打成军统,一个人被屈打成招了,又打我,我不招。"

"你为什么不招?"刘丽文手抚着这个满是创伤的脊背,痛苦而急切地问。

"因为我是当时的领队,我招了,别的同志就完了。"

"他们就这样把你往死里打?"

"对!我是差一点死。居然逃出活命,还好。"他凄然地一笑。

她再掀开他的后襟,细看这个她曾经是十分熟悉的背脊。本来这背脊上的每颗痣和每一部分皮肤她都是熟悉的。可是现在竟被糟践成这样!她小心在意地轻轻抚摩,抚摩那些圆疤,那深深的伤痕,好像还会碰疼了他。再弯腰下去细看,看那伤痕边翻出的肉,她的眼泪落下来了,同时觉得自己胸中一股火热的哀怜感情就像泉水一样跟着向下倾流出来。好在是在他背后,他看不见她的泪。小辉看见爸爸的伤,伏在他膝上哭着:"爸爸!好爸爸!"刘丽文恨不得也伏在他这个创痕累累的背上痛哭一场,勉强地忍了几忍才忍住。

她温柔地招呼他。归途上,他仍然挺平静地谈着闲话。她心里可难受极了。原来那个熬刑挺住不招的人就是他!他上回却完全不露声色,没有说。为了十七个同志,他受了这么大苦,让人心里怎么能不疼?

他看出了她的神色不对,便说:"丽丽!你给我理的发真漂亮。人家要是问我这是谁理的,我怎么说呀?"

"你就说我理的!"刘丽文挺胸答复。

"那好啊……"他看了看她显然心事重重的模样,和方才完全不同,只得捅开了说:"丽丽!你别为我难过,那些都过去了。我让你看只是为了我的事不愿瞒你。我倒觉得咱们今天玩得挺愉快。下次放假咱们还在一块玩吧。好不好?"刘丽文答应了一声。

两个人后半段路话说得很少了。一直同行回到干校,两人一路都陷于深深的思索。这样一声不响的同行,虽无言语,也好像暂时把人从那无休止的精神肉体折磨,和提高到神经末梢的警惕中解放了出来。游泳在自己思想的海洋里,两人互相不防范。这也满好的。

直至快到干校的小桥头时,他们才碰见了和刘丽文同屋的"攀高"二位。打了个招呼。刘丽文说:"进城玩得好吗?"那姓潘的酸酸地答道:"我们没有人来成双作对,只好孤苦伶仃的走走吧。"

不出刘丽文所料,他俩这次共同进城一整天,又成了干校逸闻之一。

首先是刘丽文同屋的这两位。进城第二天,当刘丽文在屋里换衣服的时候,就是那位姓潘的嘴里嚼着城里买来的油炸开口笑,似乎是对那个姓高的闲谈:"这王辉凡要说够戗呢也真够戗。我看他那挑猪食的样子活像一个大虾米。叫人一百个看不上眼。恐怕这回是真翻不了身了,小贾跟他吹,还是办对了。"那个小高拿出一块奶糖丢在嘴里说:"要说丽文同志四十来岁,真看不出来。凭这身材儿,这眉眼,还是显着年轻美貌呀。现在要是跟了王辉凡,真是一朵鲜花插在牛粪上了。"那个潘又接着说:"别瞎扯。不可能! 丽文同志早有先见之明,才跟他离的婚。凭丽文同志人家这条件,要人才有人才,要文才有文才,找什么好的没有。比小贾找的那陈射洪还得强。"

"唉! 陈射洪也不算强啊!"那个小高接着说,"起头一造反,倒是运气不错,可是最近不知惹着谁,又和'五一六'沾上边了。要不,小贾哪能来干校?"

那个小潘忽然转身向刘丽文,挺认真地对她说:"我说刘丽文同志,咱们女同志总不能一辈子自个儿挺着。你别看现在这些刚当权的新领导,虽然掌了大权,以前都是普通干部和工人出身。他们还真不爱那没见过世面的工人家庭出身的十八九岁小丫头,谁都想找一个拿得出手有派头的大家闺秀,像丽文同志你这样的,百里挑一!你要是考虑嫁人哪,可别花了眼,我这真是为你打算哩。"

刘丽文一直听到这里。对这样的侮辱实在再也无法忍耐了。她努力把怒气压了又压,才冷笑了一声回道:"谢谢你的关心。可是我这人命太苦,实在找不着好的,倒真是还想找王辉凡哩!"说罢站起身便走出屋门。心里越想越气,你们这些人,过去那样捧他,现在打他斗他又看不起他,把他不当人。我偏和他好!看你们怎么着!

接着是罗满江以王辉凡本连连长身分,来找刘丽文谈话。他来到刘丽文这个连的连部,一见到刘丽文被叫进来,开口就问:"王辉凡最近和你的关系上,呃,有什么道德败坏的行为吗?"

刘丽文一怔,答道:"没有呀。"

罗满江露出一种早已洞明底细的诡谲的冷笑,道:"不必隐瞒嘛。你到底是革命群众,一切罪行都是走资派王辉凡的,决不会让你负责,坦白说嘛!"

刘丽文瞪着眼,指着自己的胸脯说:"我不怕负责,你有什么材料,尽管摊出来!"

罗满江嘿嘿一笑说:"这可是你要我们说的。……你和他在进城的路上,两个人脱光衣服干了什么?……这……这说出来不好听,其实我们还是为了严格监督走资派嘛!不能让他伤风败俗嘛!"

刘丽文气得大叫一声:"胡说!你跟我到校部去说清楚!"她站起来,真要揪着罗满江出门。

被她这么一硬,那罗满江反倒软了。赖在凳子上不肯动。嘴里只说:"我是来查清情况,别人说有,你说没有。两种说法总得让组织上查清吧。"

刘丽文仍不放松,追问说:"你说有,什么根据?今天拿不出根据就不行！"

罗满江先还用"组织上早掌握了"来推脱，后来，大概因为终归是经验少，他吞吞吐吐地说："那根据，可是有的。连你自己的儿子都说了呀。"

原来如此！他们把小辉嘴里的一句话竟加以这样的歪曲想象和夸大！既然还是人，不是蛆虫，灵魂怎么竟会是这样不干不净的！气得她反而要笑出来。又不得不接着怒气，三言两语把那次在路上掀开王辉凡衣服的经过说了，而且提议叫小辉来对证。罗满江听着，也只说了一句："噢！原来这样的吗？"看来并不相信她，却也不愿当面对证，那对他的面子没有好处。

刘丽文也不指望他相信。要取信于他这种人干什么！她鄙夷地想。接着她反而产生了另外一种和这些家伙恶作剧一下的念头。叫他们去费脑筋吧，去坐立不安吧。于是她手按着木板桌冷笑一声说道："我们俩过去是夫妻。现在他没老婆我没丈夫。这点情分呀，你可不能禁止我有。现在我没有什么可图他的。可是，我不是那种专赶热门的人，我这人的秉性就是反对嫌贫爱富，专爱钻冷门。这些个，"她指指白木茬桌子和板凳："可不是沙发和钢琴！"她这几句话倒闹得罗满江满脸通红。想要发作她一顿，又想不出多少话来。——他除了会发威风训人之外，本来不大会说别的话。只说了一句："你自己要正确对待生活作风问题！你们乱搞可是要批斗的！"走了。

对外是这么赌气，实际上她难道真的就此决定和王辉凡恢复旧好吗？和王辉凡谈话之后，她觉得他和过去离婚那时候大不同了，印象变好了。她本来是为了同情去接触他的，现在可以说同情更深了。尤其一想起他那伤痕累累的背，她就忍不住流泪心酸。但是这深刻的同情是否就是爱情？她认为似乎还差一点。理解不够，交流不够，和祁原不同。

一到静夜，她仍然想念祁原。她觉得自己过去好像是在生活道路上依靠祁原似的,而现在的王辉凡却相反。他好像有一点近似当年的祁原了,但是又并不是。好似从反面映过来的祁原的影子。尽管他目前所受的虐待比以前减少了,生活上不再那么迫切需要自己来帮忙。但是她究竟能不能彻底改变自己过去对他的印象,能不能使自己像爱祁原一样的爱他?那还要考验一下。

附:王辉凡的日记

"对我自己的错误,我现在向相反方面想去了。我曾努力按照红卫兵造反派的指点去检查自己的右倾,没有,实在一点也没有。但是,我是不是没有错误呢?现在我觉得我的确有错,而且错误很严重。今天与丽丽同游,她在心疼我,我知道。这是我过去想望了多年的,今日全身如受温煦的春风,暖得我发痒。受苦数年,本已不敢作此非非之想。人家打我、烙我、割我的肉体,我只感到地狱现形,人间何世。听到熟悉的老同志们的惨死,也只悲愤交加。但是今天我才忽然感到,人家固然伤害了我,我也曾伤害过人。我才开始以己例人:我爱丽丽,人家也爱他的妻子。人家的妻子见其夫或死或伤时会心疼,也正如丽丽疼我一样。正是'秦爱纷奢,人亦念其家','苍苍蒸民,谁无父母?提携捧负,畏其不寿。谁无兄弟,如足如手,谁无夫妇,如宾如友。生也何恩,杀之何咎?'忽然想到《阿房宫赋》和《吊古战场文》,可能是违反原则了吧。但是一切譬喻总是蹩脚的。古人的人道主义是否全无道理?中国人是否都只是好斗?受了刑的我,不能不想到过去我亦曾刑人——不是鞭打火烙,而是由于我一语,致人于流离伤残之苦。那一次麦场归途她向我讲的因我一句话而受连累的支部书记大约只是极小的一例。我在想自己这些年的工作。解放前我是为每一件工作全心谋虑,把下面的同志当作我的家人的。在白区那段,每向解放区派出一人,我都为他们的一路安全耽心,至知道安抵为止。而后来,我只是个领导。领导就是管领导,管发指示、管传达、管布置,下面管的人就是下面的人。他们只可听命于我,我关心的是给他们政治排队,政治定性,叫他们办什么什么。而不是他们本身,这就大不同了。我考虑政策,而很少考虑到按当时政策处理后,那些受到影响的人。对于农民和干部,都一样。我看他们大约如同'秦人视越人肥瘠'。

"这一思想使我理毕发后,心里越想越难受,我那样,是一个求人类解放的共产党人应有的吗?心里难受,只有强颜欢笑。她也不说什么。我想,她大概是为了疼惜我而难受。我的丽丽!"

五

一九七一年冬。

大秋过后干校对"走资派"越来越松了。"解放"是不肯解放他们,仍然是受审查对象。但是军宣队和专案组没有那么多工夫去搞他们的案情了。因为"五一六"的事情越闹越大。天冷了,农活有点空隙。"政治"就又忙上来。先是在内部斗"五一六",后来是专案外调纷纷外出,一直延续到冬天。"五七战士"们说:"反正不让你手脚闲一会儿。"先是从北京传达下来了江青的指示,"对五一六要拼命的搞,不吃饭不睡觉也要搞出来。"于是干校军宣队立即执行。真的不吃饭不睡觉,——不过,不是审案子的人不吃不睡,而是不让被审讯人吃饭睡觉。一熬就三天三夜。接着从省城传来了本省"五一六"头子陈射洪被揪出的消息。这一来好似火上浇油,凡是与陈射洪有一面之缘的都得赶快洗清自己。审讯日夜进行,纪录最高的达到七天七夜不许睡觉。而审案人则轮流去睡。一会儿开一个"五一六"坦白大会。六六年横眉立目的造反派,一个个忽然变成了"五一六",登台坦白交代自己的"组织关系"和三反罪行。刘丽文的卧室后窗就对着审讯室,她时常半夜醒来就听见又哭又喊的,想必是在刑讯。她是个"逍遥派",既无可坦白又无可揭发。最初她对这班"五一六"实在同情不多,连听也懒得听。想起他们以前那些行径,就觉得毋宁说这些人是自作自受。谁叫你们造反欺侮人的?这种斗争或者可以称为狗咬狗。人何必去干预?但是后来,她看见本单位一位很会训人的女造反派,不知道为什么也变成了"五一六",被送到卫戍区去"监护"。"监护"了一阵,人家又不管了,把她退回本单位的干校。可是被关押了半年多,她出来以后竟疯了。老是站在干校食堂门口看人家吃饭,而且经常伸手去拿别人吃剩的东西,嘴里流出涎水来。脸上颜色也真奇怪,不知怎么会变得像染了色一样的,红一块,灰一块,成了个小花脸。一些干部带到干校的半大孩子们这可找到了最好欺侮的"斗争"对象。一个十三岁的小女孩一拳就把这精神病人从很高的谷草堆上推得翻滚下去,然后孩子们乱拳齐下,小嘴里还咒骂着:"阶级敌人!""反革命!""装死!"看上去那嘴脸和造反的大人一模一样。见了这种情景,刘丽文简直觉得对下一代的希望都凉了。她只能嘱咐自己的小辉"千万别去参加"。有不少文弱书生也拿起棍子来乱打人。人,怎么这么容易失去理智啊!

陈射洪一揪出来,自然贾漪也跑不掉。刘丽文虽然素来不喜欢那个贾漪,但是知道她成了"五一六",又不免觉得她罪不至此。全干校议论纷纷。在屋子里,小潘和小高都告诉她:贾漪还没被看管,因为交代态度很好。但是态度再好总也不便于随便接触人了。小高见过她一次,她还告诉了小高,她和陈射洪并没有正式结婚,和王辉凡也不算正式离婚了。

这种话可能是她借小高的嘴来播散的。刘丽文想:自己尽量行为检点一些吧。如果贾漪恢复王辉凡妻子的身份,那自己决不做这个第三者。而况,现在这年月也不是谈情说爱的时候,眼前正在闹着尖锐的"阶级斗争"啊!

每个被揪出来的人都被称为"阶级敌人"。口口声声"阶级性",其实谁也分不清谁是什么阶级(阶级哪里有每天重划,一天变一个样儿的?),倒是人性全都消失了。这实在不是适合人类生存的环境。她又想起祁原来,他说:"鲁连蹈海义不帝秦",这精神是勇敢而永远令她钦佩的。但是到了今天,连究竟谁是秦谁是楚也快分不清了。她心里苦恼。现在已经再也没有祁原来支持她、帮助她。她常由此感到一种无比的孤寂,稍一空闲就要流泪。她比以前更迫切需要一个能无所顾忌一块儿谈心的侣伴。这时候正好放松了对走资派的管制,她一面想,最好避免和王辉凡多来往,但同时,她的内心实在渴望着和他见面倾谈,自己也控制不住。

有一次,小辉单独跟着他爸爸进城回来之后,向刘丽文提出这样的报告:他说,爸爸这次进了城,自己什么事也没办。却拿自己的钱替别人买了一双布鞋和一双厚劳动手套,一点针线。问他给谁买的,他说给小胡闯。因为那个小胡闯已经打成"五一六",正在日批夜审,不许进城了。他还得干活,衣服鞋子全破了,补都没法补,没人替他买东西。只好由一起受审查的王辉凡来买。

刘丽文大为惊讶。她所知道的审查"五一六"的情况是:省机关原来一起造王辉凡反的人,早已分成两派。这一派说那一派"反中央文革",那一派就说这一派是"保皇派"。其实,谁也没有保过王辉凡这样的"皇",两派都曾把他打得头破血流全身是伤。他们号称"不同观点"。刘丽文实在分不清他们究竟有什么不同的"观点",甚至究竟有什么够得上称为"观点"的说法。是理论观点?学术观点?还是有关国家政治方针的观点?都不是。他们说的话全一样,依据无非都是中央文革指示,张春桥、姚文元的文章,但是,这时硬是为了这莫名其妙的不同"观点",双方成了生死冤家。如今就趁着这揪"五一六"的时机,全都上纲成了"五一六"。"五一六"越来越多。这个机关一共不到二千人。下干校的一千七。已经揪出的"五一六"竟达到了四百多人。军宣队还在大会上动员,不能对揪"五一六"抱右倾思想!于是越揪越来劲。刘丽文想:这些人要发疯,我们制止不了。王辉凡却为什么要这样对待这个小胡闯呢?她知道,他每月的"生活费",交完了伙食费就只剩三元钱！难道就因为前一时期小胡闯对他的态度稍微松了一点吗？这人的思想是怎么回事！她又找出理由，觉得这实在不能不管了，就是在政治上也该问他一问。这时候还没吃晚饭，又是星期日，她就把晒的衣服收了，赶快跑到王辉凡那个连队去找他。

王辉凡坐在床上，手里的东西已经分散，正在和莫思裕闲谈。见刘丽文进来，他欠起身来招呼："坐啊。"莫思裕见机立刻说："我可饿了，去看看开饭没有。"便走了。刘丽文坐下，问王辉凡今天进城干什么。他老老实实地告诉了她，和小辉的话一样。事实报告完了，他都不等她提出疑问，就先讲："我看那个小胡闯实在可怜。他懂得什么！什么也不知道。这样挨鞋底，往墙上撞头，熬通宵，还叫去干最苦的活，代替骡子驾辕拉煤。脚趾和脚后跟都从鞋里出来了。我就替他买了双鞋。"

"你同情他了？"刘丽文抬眼仔细地望着王辉凡的脸，她的下句没有说："你的境遇并不比他好多少。"

王辉凡低声答道："对！他打过我。可是他实在只比我们的小辉大不到十岁，他是个真正无知的孩子。我认为我们之间是人民内部矛盾。"

刘丽文再看他的脸，好像觉得不认识他了。他的脸比十年前苍老得多，又由于天天晒太阳，变得特别黑。但是却没有了那时冷漠不动声色的表情，而变得柔和起来。额头上皱纹深深地皱着，在思索什么问题。她突然心里自咎：自己这两天老从个人问题上去考虑和他的关系，要不要避嫌疑，这恐怕不对。为什么不看见这个人精神上在起这么深的变化呢？甚至她觉得这一时刻他的心灵境界比自己更高尚些。自己老是只记得那些抄家，批斗会，对那些造反派和"五一六"，从生理上就厌恶。尽管道理也看得到，能分析明白主犯不是这些年轻人；可是一接触到实际具体的人就迷糊了。王辉凡却能够这样看待小胡闯！她不由得低声加以表扬道："你做得真对！不应该那样打他。"

王辉凡声音更小,几乎凑到她的身边说:"我现在可以参加会……"

他的话没有说完,莫思裕已经进来了。见他们俩还坐在床上,便说:"吃晚饭啦!天凉了。老王的被子薄不薄?"说罢他眼望着刘丽文。这一时期,他和王辉凡的关系已经日趋改善,不再是那种"监管"的关系,他已经默认王辉凡与刘丽文的友情。这话是说给刘丽文听的。

刘丽文用手去捏王辉凡的被子。王辉凡连忙阻止说:"我才不冷。你看看窗户外头那一个。天冷了,再下雨,可怎么办?"

刘丽文抬头一看,只见暮色苍茫中站着一个人,是个瘦瘦的妇女,弯腰九十度。看不清面庞,只看见头发被风吹得乱七八糟。刚才她走进来的时候还没见站着这么一个人。这是谁?几时站上的?她用疑问的眼光瞧瞧王辉凡。王辉凡却只摇头,不开口说话。倒是那个莫思裕代说了一句:"那是'五一六'受审查,每天晚六点站到深夜。风雨无阻。人是个血癌!"

啊!刘丽文全身一震,这简直太可怕了。她没法开口加以评论。

王辉凡这时才找补了一句:"这是上星期还领导我们'受审查小组'学习的革命群众代表。这星期刚揪出来的。"他说这件事时,声音保持平静,像介绍普通的情况一样。

他再多一句也不肯讲。但是刘丽文认为自己全懂得了。明白无误地感到,他的心里一定和自己心里一样波涛汹涌。真是朝为座上客,暮为阶下囚;只要不是全无心肝的人,天天光看着这种世道都会愁死。

她迟迟地站起来说:"我回连队吃饭去了。"王辉凡拿起碗筷跟她一块出门。临走,她回身主动把王辉凡的手紧握了一下,表示自己心里要说的话。王辉凡却向她匆匆说了一句:"我能参加会了。我要提意见。"说罢也不再多加解释,拿着碗就走了。

过了几天,刘丽文才得知,是这么回事:原来,军宣队为了要大揪"五一六",必须发动很多群众研究、审讯、外调、建档,还得对每个"五一六"都派人日夜轮班看守。而"五一六"是如此之多,还在日益增加,把全体目前尚非"五一六"的群众都动用了还不够。只得把一些未定案的走资派也支使出来干些不重要的帮忙看守工作。刘丽文本来已经奉命参加抄档案工作了。连王辉凡竟然也被指派当看守了。既然有了职守,他也就有了开会的地方了,他说的"能参加会了",就是那个意思。

刘丽文从外连传来的传说中知道了,他竟然在看守"五一六"交接班的会议上提出了反对把"五一六"问题扩大化的意见。这可了不得!别说那个交接班会议根本没有讨论这种重大问题的权利,而况又是他王辉凡这个走资派出来说话!这不是要"翻天"了吗?一同被揪的几个走资派,包括老苗,也被分配担任这种临时看守,可人家都是乖乖的在那里看着。看守班长说:"别给他水喝。"就不给水喝。说:"不许他坐下。"就不叫坐下。当走资派的人,自己将来也图个"解放"。而且,这些被打成"五一六"的人都是最早的造反派,哪个走资派身上没挨过他们的拳脚皮带?于公于私,参加去整整他们,都不能不说是件无可抵触的痛快事。

可是王辉凡这个人偏要提这种毫无效果上下挨骂的意见!这件事震动了全校,大家都在传说。刘丽文一听心里就明白:这个反"五一六"运动,是"走资派"们可以借此部分泄愤和借此设法洗清自己的手段。如果还是"文化大革命"以前的王辉凡,他会马上紧跟的。可是现在他却提出这种震动干校的意见!该怎么办呢?劝他继续提?这精神倒是可嘉,但是肯定不会有任何效果。而且,她想:真是何必呢?那些人虽然不够"反革命",可也不算什么好东西。难道不正是他们把王辉凡的背脊弄成那个样子的?让他为了他们去冒险受罪,值得么?她想了想,决定还是去劝劝他。

可是,她没有来得及。正在这时候干校传出了一件惊天动地的大事:贾漪贴出了一张大字报,题目是:"揭发走资派王辉凡与五一六首脑分子陈射洪反党勾结的秘幕"。光是这个题目就够惊人了,何况谁都知道贾漪这个人的身分!她这大字报贴在校部门前大墙上,听到消息的人,大家都抢着去看,甚至听说军宣队已经把它抄下来转送到省城去了。

听到这种消息,刘丽文不能不也去看看。下了工,她就赶到校部。

校部离这个连队有七里路,她专门跑了一趟。那校部房子在一个小山坡上面的一片小平地上,开辟成一个院子。两对面红砖房,前面还有游廊,比连队的局面开阔得多。那张大字报就贴在游廊内面正中间的墙上。占了整整一墙,连贴二十张大字报。前面看大字报的足有上百人。她挤进人丛,耐心地一字一字细读。一面读,一面忍不住愤怒从胸中升起。这张大字报的写法是编年体。内容大致是说王辉凡和陈射洪自从一九五八年大跃进以来,就一直有着反党的勾结。然后一年一年地列举:在大跃进运动中他们怎么合伙反对大跃进,到反右倾时,又密谋赞扬彭德怀的万言书。后来又如何研究支持反党的高教六十条、工业十条、文艺八条……最后又如何在"文化大革命"开始时猖狂反对伟大的"文化大革命"、谩骂毛主席,甚至还想由陈射洪把王辉凡秘密藏起来,以逃脱革命人民的法网,说这都是她亲耳听到的。然后陈射洪把这一切都隐藏起来,混进了造反派的队伍。所以今天王辉凡公然包庇"五一六",决非偶然云云……

她看下去,几乎要叫喊出来:"这是造谣!"因为这里写的前一段时间,她自己还是王辉凡的夫人,只听见他说过无数支持大跃进支持反右倾的话。甚至对于一向敬仰的彭德怀司令员,也最多只说了一句:"人是可惜了,但是主席已经定案了。彭老总这个人也就是太不谨慎,太多事。"从来没有过一句贾漪大字报上的这些议论。陈射洪怎么可能听到而转告贾漪?后一段,她虽然和王辉凡分开了,可是,那些高教六十条工业十条什么的,她确知是毛主席自己批准的呀。他去支持何必要"密谋"呀?最后那些话更一望而知是捏造的。这个女人!竟然为了洗清自己而出面诬陷自己先后两个丈夫!气得刘丽文只觉得这真是妇女的耻辱。叫她想起京戏上久已禁演的《马思远》、《海慧寺》一类"谋害亲夫"的花旦戏来。但是,这样的东西竟然在大庭广众中贴出而且受到这样的重视!

"什么东西!"她嘴里低声咒骂着,离开了人丛往回走。刚走到半坡,后面却有人追上来,叫道:"丽文!"她回头一看,却想不到,是王辉凡。她不由自主地就和他并肩走在一起,走到人少的路上,才开口说:"你自己怎么还要来!"

王辉凡向她微笑了一下,说:"别看它了。咱们一块儿回去吧。"

她问:"你来干什么呢?是校部叫你来,查问你这件事吗?"

他轻轻摇摇头道:"不是。——是我主动来送意见书的。"

"你主动?……"她弄不清这是什么意思。

他坦然地拉着她下坡。一边走一边说:"你想知道我的意见吗?喏!这里有!"说罢从口袋里掏出两张复写的稿纸来。题目是:"我对处理'五一六'问题的意见"。她就站在半坡上看下去。那意思大致是说:毛主席指示要反"五一六",那么,可以反。但是要注意,敌人对党的破坏手段是多方面的。除了乱打乱砸之外,还有重要的一手,就是破坏党的政策,使党脱离群众,树敌很多,把自己孤立起来。因此,对于反"五一六"应当按首恶必办胁从不问的一贯政策,而不可如此多多益善,侵及群众云云。结尾一句道:"我们党将击破一切敌人的阴谋诡计!"口气完全和从前他在省里时替党报起草的社论一样。

她匆匆看完了,交回给他。问道:"你为什么写这个意见书?"

他说:"他们贴我的大字报,又说得不清楚,不如我自己说,还清楚些。"

她叹了口气,真是哭笑不得,说道:"你又跑到这里来干什么?难道这里还会有人听你的意见?"

他却迈开大步直走,毫不觉得他这一行为有什么荒唐。嘴里答道:"我觉得他们并不懂得这样干会闹出什么结果来。这些军宣队并不见得都安着坏心,可是他们名义上是师团干部,实际都才从营里提上来没几天。在部队又从来没有处理过这类问题,没碰过钉子。我不告诉他们,会闯大乱子的。"

她瞪眼看着他,好像他成了从火星上下来的人,怎么会忽然不懂得目前国家的状况和自己的处境了?真糊涂了?她急得说不清楚,只连说:"你怎么这样干?太过分,太过分……"

他就真像是睡过了一大觉刚刚睁眼,洞中方七日世上已千年似的,答道:"他们不懂,我是老干部,有点经验,我懂啊!就应该告诉他们。"

"唉!你!"刘丽文简直不知道说他什么好了。怎么一个工作几十年的人会呆到这个程度的?她只说:"你是忘了你自己是个什么身分了吗?人家现在还天天外调你哩!"

王辉凡低声说:"当然没有忘。他们外调我是他们冤枉我。我能跟他们学,再去冤枉别人吗?"再向前走,当他们两个已经走在前后无人的大路上时,他突然伸过手去一把抓住她的手,呼吸迫促地说:"丽丽!是你鼓励我不要老闭着眼睛跟人跑的。是你要求我要有是非观念的。而且你就因为这个跟我离了婚的。难道苦难教育了我,我改正了,你不喜欢吗?"

刘丽文的话头被他堵住了。她再抬头看他,发现他眉目轩朗,全没有了前一阵那委屈猥琐的样子,不由得心里一热。最后只说出这么一句话:"你自称为老党员老干部,有经验,人家谁承认你呀?"

王辉凡却摇摇头,说:"他们当然看不起我。他们现在的水平只能接受贾漪这种胡说,以后看。"他觉得这种谈话已经可以适可而止了,也不必让刘丽文更多地为他挂心,便转过话头去:"你看了贾漪的大字报,感觉如何?"

她摇头说了一句:"想不到她会发展到这程度。"

他叹口气说:"还不止这个哩。她在连里还贴了大字报,说我道德败坏,停妻再娶,说我没离婚就背着你勾上了她。她上完我的当又上了陈射洪的当。骂我们是一对玩弄妇女的色狼。"

刘丽文说:"一个女人怎么能说得出这种话来呢?"

他也忍不住开口骂了一句:"这个无耻的女人!她才真教训了我!"

王辉凡上书的这件事又成了干校头条新闻。许多已经接近"五一六"边沿的群众,对他不免另眼相看。他的朋友渐渐多起来了。现在,王辉凡每次回屋,那个莫思裕就赶快替他打水打饭,不再称"王辉凡",而改称"老王",背地里还叫他"辉凡同志"。莫思裕是本连黑板报的编辑,他索性就请王辉凡化名写稿,把他那意见书上的意见都写出来。但是,原来和王辉凡一起挨打的走资派和蹲过"牛棚"的准走资派反而讨厌起他来,有人想把他当"五一六"后台再揪出来,再次隔离。

搞"五一六"实际上变成了当初的造反派两派之间的斗争。老苗认为"五一六"就是造反派。我们受过造反派打击的领导干部,现在理应疾恶如仇,趁此狠狠地向他们报复,打得越多越重越好。王辉凡不干。他认为造反派双方同样干过不少坏事,要说造反,两派都造了反。要说跟着跑的群众是受蒙蔽,那两派中都有受蒙蔽的。光打一派,又打得这样多,这违反政策。这一来,连老苗也骂他是"叛徒""包庇五一六",见面就瞪眼了。

最后,"五一六"问题株连面越来越广,"革命群众"和"五一六"所占的人数比例已达三比一的程度。还有上升趋势。"文化大革命"本来就是号召大家又打又砸的,如果把曾摇旗呐喊参加过这些活动的人都打进去,那真也就没有几个干净人了。最后弄得军宣队也拿不定主意起来。

附:王辉凡的日记

"再三思索,自己自参加革命以至今日,'文化大革命'对我诚然打击极大,但是如果没有它,我也不会这样想问题。

"第一个问题:'文化大革命'以前,我的一切全是光荣史么?

"在这里我要记下一件与今日毫无关系的事件:

"忆起我三十岁时参加土改,那件生平第一次经手的人命案。那个自杀了的高满吉。我永远忘不了他被人从房梁上解下来之后,我跑去看时,他那好像还在向我质问的可怕的脸。他原是民兵队长,抗日战争中的有功之臣。可是他参加了地富支部。我们划支书王长禄为富农,实在没有错。我记得王家院子里的金鱼荷花,和屋里那'……香飘金屋篆烟清'的对联。可是高满吉也参加了支部领导,跟王长禄关系挺好。进村时,群众曾喊他们俩为'大阎王'、'二阎王'。我的确是怀着为人民雪恨的情绪去参加这次土改的,我毫不犹豫地发动群众狠狠斗争了高满吉。但是我想不到,在斗争大会上那个二成媳妇上去搧了他一个大嘴巴,他当天夜里就上吊死了。二成以前进城给日本鬼子赶大车送过粮,是高满吉定了二成一个汉奸罪名,打烂了屁股。二成是也觉得冤啊。可是高满吉竟为这一嘴巴而死,实在想不到。我记得我当时手足无措,后来上级领导同志来给我撑腰,说他既叫二阎王,即系恶霸,是死有余辜。可是我又万想不到他死后却又有那么多人来哭他。包括在大会上喊过打倒他口号的人。忘不了张英顺他们那四个农民党员卸下门板来抬他的尸身,四个人都刚从地里来,光着膀子两脚泥,那一手扶门板,一手抹眼泪和汗水的样子。后来他指挥过的这些抗日民兵为他出殡,他们一路号啕,无法制止。那个退伍军人崔志长来找我谈话,他说我们错了。他说了高满吉炸碉堡身先士卒的许多功劳,和他一心为公不事生产把家务全交给哑巴弟这些事迹。说高满吉生性刚强,受不得一点儿委屈。唉!他当时真差不多说服了我。可是当我讲出对高满吉应当一分为二的时候,上级说我还是缺乏经验。白区工作的那一套在这里不适用。应当看到他们组织这许多人来追悼高满吉显然是借机反攻。——是的,这也有道理。的确那几天借机反攻的劲儿是大。本地干部骂我是包庇汉奸打击抗日英雄,二成他们又有受压的感觉。我当时想,我应当学会阶级斗争,应当克服自己的资产阶级人道主义怜悯心,决不动摇。必须在复杂的情况中不再动感情,坚决打击对方,动感情易犯错误。甚至想到雨果的《九三年》里那个郭文的沉思。那不行。共产党员决不能做郭文。

"这次土改对我教育极大。这件事情的处理恐怕对我后来影响极深,尽管这许多年来我从未自己觉察到这一点。

"今天我忽然想到他。重新想。

"我是党员,毫不应当信奉资产阶级人道主义。但是,高满吉实在死得冤。按政策,现在仔细分析,他有对有错。如果不那么简单地判断,他也还得说是冤啊!若认为完全不冤、该死,依我现在的看法,就算简单化。

"别人对我简单化,我不能再对人简单化。

"此经熟思而得,未动感情,不是资产阶级情调复活。

"贾之所为,可笑可耻。惟有丽使我灵魂净化。但是贾这个女妖,不知何故在这种情况下还在放空气,说她和我未正式离婚,反正我心已定,但我怕她的试探气球干扰了丽。"

六

一九七二年春。

这个反"五一六"的运动简直成了胶着战,原来两派中的一派,说陈射洪一方是"五一六",自己是革命派,向对方施加种种酷刑。那被咬成"五一六"的,当然不服气,后来只得也"反戈一击",也提出些材料来,把对方往"五一六"上挂。结果,弄得双方都出现了"五一六"。无数坦白交代的"五一六组织系统表",上交到军宣队总政工组。这许多表格上的"组织",就没有两张是相同的。咬出的人已经有六百多。闹得军宣队也实在不知如何是好,不晓得听谁的对。

最后,干校军代表(一位师政委)想了半天,是得听一听意见了。他是个工农干部。看了王辉凡的意见书,觉得是有些道理,人家处理工作的经验可能比自己多些。他竟然下了个难得的决心,要找老苗和王辉凡都谈谈,征求他们这二位"老干部"的意见。

王辉凡还是坚持他那意见书上的意见,够多了,不要再打了。老苗的态度也照旧:"五一六"是阶级敌人,先造反的那派(即陈射洪派)敌人最多,还没有清查够。各不相下。结果也仍然无助于问题的完全解决。军宣队还是拿不定主意。可是,军代表征询两个走资派意见的这件大事,可又变成了干校头条新闻。

又正赶上这时中央决定发还老干部的冻结工资。虽然政治上并没有"解放",可是这一给钱,又加上军代表这么一谈话,干校就传开了,可能是他们俩快要解放了。

运动呢,只好还是继续搞着。可是,就连运动中的投机分子也看出来,这个机不好投,一宝押错,满盘皆输。贾漪由于贴了那张大字报,反戈一击,摘清了她和陈射洪的关系,免予划成"五一六"。军宣队也公开承认她是"好同志"。但是她也并未因此得到多大便宜,正相反,和她接近的人越来越少,她显得挺孤立。

老苗专为这场争论,晚上来找过一次王辉凡。他比王辉凡大八岁,经过这场批斗和干校的劳累,已经得了腰骨劳损症,直不起腰来了,拄着拐杖走来,王辉凡见莫思裕在屋,就出来扶着他一起到大路边找个土墩去谈。莫思裕就坐在屋里不走,专等他们谈话的结果。约摸过了三十分钟,望见王辉凡又搀着老苗起来,送他回去了。等王辉凡回到屋里,莫思裕迎上去就说了一句:"老王,老苗是来争取你改变主张吧?你没有变吧?"王辉凡向他点了点头。他突然激动地上前握住王辉凡的手说了一句:"老王,我代表当初造你反的许多干部,承认我们反你是反错了。"王辉凡只报以一笑。

可是,军宣队除了承担包打"五一六"和一切反革命的任务之外,还承担着包生产的任务。地方上已经不供应食油,马上要不供应粮食了。要老是这样两个人包一个人地搞斗争,再加上还要不断派人出去"专案外调",参加当时全国不下几十万人的"外调产业大军",这一来,生产就没有办法干了。尽管主张"除恶务尽""越多越好"的一派还是十分坚决,但是,由于赞成的人数渐少,军宣队想了想全局,还是只有执行王辉凡的意见,逐渐"解放"了一批"五一六"嫌疑分子和普通分子。接着就是紧张的双抢季节,在干校这也是一场大战斗。大家日夜干活,连星期日也取消了。粮油肉菜真得四自给哩!大喇叭天天播送每个连队的进度,进行比赛。不论正牌的"五七战士"和受审查的对象,到这时都得去干活。每个连队只有少数的"五一六"骨干还被反锁在屋里受审查。割、运、晒、打、入库、整地,件件都是农村强劳动力才能干的活儿,干校可是全体老弱都投进去了。连小辉这样的孩子也得参加劳动。这比起批斗会又别是一番革命光景。刘丽文从早晨到半夜,没有时间和力气再作任何遐想。她直觉到这样的劳动倒也好,只要还能喘气,就干活。干完后回来就吃饭,吃完就睡。汗透的衣服挂在墙上连洗也不用洗,明天起来再穿上。人本来也是可以这样过一辈子的。要那些纤细的感情、文学、美术、音乐、科学……那一切干什么?一切文化本来都不妨取消,人也能够照样活着。她忽然仿佛想通了这次"文化大革命"的终极目的,大概就是想达到这样吧。要不,干嘛要这么没命地不停地"革"下去呢?好像要把所有人的命都革掉。这时干校已经什么业余生活也没有了,因为并没有时间多"余"。不过,农村里干重活的大部分是年轻力壮的男子,他们还是有点"业余"的需要的,还到干校来学唱歌。这和干校这么全力以赴有点两样。她用吃饭的几分钟教他们唱了,就又想:照此看来,干校实在比农民还更要革命化,应该叫老农来接受干校的再教育才对。……她积存了一肚子的话,只想和王辉凡谈谈。

这时候,生产连队的"五七战士"们在干校熬到了第四年,已经陆续有人调回。剩下来的人看来没有回去的希望,已经开始发牢骚了。例如"干校干校,干活的学校"、"无根柳絮随风舞,正在飘零未定时"之类闲话,已经到处流传,人与人之间那种可怕的互相防备和陷害已经有所减轻。但是,她总还觉得跟别人谈还是不如和王辉凡谈好。

王辉凡因为年纪大又有病,承连队里照顾,叫他去看守场院去了。那其实也是很劳累的,新打下的粮食又要翻又要晒,又要装口袋,夜里又不敢熟睡,要起来防盗巡更。但是,在五七干校里这就总算轻活了。他已经连行李搬到场院上去住了。

好容易"双抢"中有一点缝隙,放了一次"大礼拜",还要另加义务劳动半天。(就是隔两星期放假半天,只放下午。)刘丽文这天下午连积压的衣服也不顾洗,下了工,晚饭也不吃就要直奔场院。她嘱咐小辉在屋里睡觉,歇歇乏。小辉见她那急切的样子,心里也有些明白了。他拽着她的衣角悄悄问道:"妈妈,你是去看爸爸吧?"刘丽文点点头。小辉却趁着屋里没人,问出了他早想问的话。他伏在刘丽文胸前问:"妈妈!你为什么还不和爸爸重新结婚?咱们一家人还在一块多好!"刘丽文摸摸孩子的头,说:"你别管。还有你贾妈妈要找他呢。"小辉连连摇头否定,还要再说,她却匆匆忙忙把孩子安顿躺下,自己就一溜烟走了。

她不知道贾漪已经走在她前面。

就在她去的前一小时,王辉凡回连队厨房来取给养(油盐米菜)。刚从大厨房走出,就碰见了守在门口的贾漪。他急忙就朝回场院的路上走,贾漪却在背后追,大声叫道:"辉凡!辉凡!"

由于怕她拉拉扯扯被别人看见,王辉凡不得不止步。贾漪便走上去,用的却是极其温柔的声调。她说:"辉凡,你瘦了啊!"

这句话说得多么动情,什么男人也会因而感到回肠荡气的。但是王辉凡却随口就答:"我好好的。"说罢又走。

她跟上去,说:"辉凡,我上你那棚屋去看看吧。帮你把被子拆洗拆洗,也不能老麻烦人家刘丽文同志,人家到底是外人了。"

王辉凡一听这话连忙拒绝:"不行!我那间屋老郎今天下午要洗澡,女人可绝对不能去!——我也不欢迎你去!"

贾漪实在无奈,她索性几步赶到前方横拦住王辉凡的去路,柔声哀恳道:"辉凡,你怎么能对我这样?你不理解我这几年的苦啊!真是无可奈何,要找你也不能找。那大字报,不写不行,离婚也是不离不行。人家逼我是和逼你一样的啊。"她那声音真是恳切动人,而且开始用左手来挽他的臂膀,一面说竟用右手抹起眼泪来。

王辉凡咬咬牙,甩开手说:"你为难,我可以原谅。可是,你可别相信关于我的谣言。我还得继续当叛徒走资派,不知要当到哪一年为止哩。还得叫你为好多年难,这你受得了吗?"说罢,不待她再说,拔脚就飞跑。贾漪才终于追不上了。他回到工棚没多久,刘丽文就来了。

她急急走到那个连的场院边,就听一声狗吠。一条大狗跑了过来,冲着她汪汪地大叫不已。她本来怕狗,慌了,忙大声喊:"辉凡!辉凡!"王辉凡已经应声出现在小棚屋门口。一见是她,急忙嘴里喝道:"老黑!你连自己家的人都不认得!"便走过来。那黑狗俯首帖耳地跟在他身边。他手抚着黑狗的头,向刘丽文说:"你叫它一声老黑,它就会承认你。"然后伸手去握刘丽文的手,真像个农民欢迎客人的样子。那狗也怪,马上向刘丽文摇头摆尾,表示解除误会。刘丽文笑着,和王辉凡一起穿过场院进入棚屋。

进来一看,这棚屋外间堆着许多农具,锄镐木锨。里间点个煤油灯,是王辉凡的"卧室"。她走进里间,屋里还坐着一个人。一见她来,马上站起来欢迎,称呼:"刘丽文同志。"她定睛一看,原来是那个和王辉凡一起挑了水而喝不上水的"牛鬼蛇神"。他俩又一起在这里看场。刘丽文笑着说:"认识啊!还不知你贵姓?"

这个"牛鬼蛇神"回说:"姓郎。"

刘丽文听了一笑,嘴里没说出来:姓郎!"牛鬼蛇神"还要姓狼,还嫌帽子不够啊?她称他为老郎同志。按规矩,同志二字本不许对被审查对象使用,但是反正这儿没人。

这位老郎同志可十分热情。又是沏茶又是让座的。刘丽文坐在他让坐的一个土造"沙发"上,仔细打量这间小棚屋。是个奇怪的混合体。从外间屋的农具和里间屋挂的小锄、草帽、风灯、木棍看来,这是一间农家的棚屋。但是屋里两张蒙着白床单的床,中间又夹一个用木箱做成的小桌。桌上还糊着雪白的纸,放着几本书,就有点像个书斋了。她坐的这个土造"沙发"也是由一个小木箱制成。木箱后边斜靠着一块板,用钉子固定住了,再在箱上垫一条棉裤,板上搭一块粗棉毯,就成了个带靠背的沙发。她靠坐在"沙发"上,抬头一看墙上,竟还挂着一张人头速写,显然画的是王辉凡。画家是谁?不言而喻。她又一次愉快地笑出来:"老郎同志!原来您还是个画家!"

"什么画家!看场工兼牛鬼蛇神。"老郎挺坦然地自己把"帽子"戴稳,毫不介意地笑着。

"老郎真好。我的生活本事太差,老郎教给我怎么过日子。屋里全是他收拾的。"王辉凡热心地向刘丽文介绍。

"哪里!老王现在可学得能干多了。你坐的沙发椅就是他钉的。他还会做饭哩。"老郎也帮着王辉凡吹。

"得了,咱俩就别互相标榜了。丽文,今天我得请你吃饭。你一点别动,就管坐在这里吃。我早就料到你会来,伙房发给我的几个夜班鸭蛋我一直存着等你,还买好了一罐罐头猪肉。今天咱们做来吃。"王辉凡兴致勃勃。

老郎也十分积极。他翻箱倒柜地找出一点白糖,说要做一个糖醋白菜,可是没有醋。同时他又认为光鸭蛋炒着不好吃,最好再想办法去弄一点儿大葱来炒,或者搞点干香椿头就更妙了。

刘丽文不安地说:"随便吃点什么得了。你们别忙活。"

老郎说:"那可不行。我们这地方头一次有贵客临门。今天是我们两个诚心诚意请你,你千万不能看不起老王,也不能看不起我。你看得起我们吗?"

刘丽文懂得他的心意真挚,再也不能说客气话,只得由他们两个去鼓捣。忽然,老郎有了主意:"有了有了! 醋和葱都可以找老白去借一点。我去去就来!"说罢拿起一个小瓶子就往外走。刘丽文急了,说:"怎么还找别人借? 那太……"她要起身拦阻,王辉凡却一把将她按住,说:"没关系! 熟人!"

老郎走了,刘丽文趁此机会问王辉凡,老郎是不是画家,怎么会在省直机关变成了"牛鬼蛇神"? 王辉凡听见这句问话,原是欢快的脸色却突然变得阴暗。长叹了一声道:"别问了! 造孽! 现在我们处得挺好。"

刘丽文忍不住还是问了一句:"他的事冤吗?"

"冤! 冤透了!"

他不愿多说。刘丽文没法再问,只好跟他谈谈这些时的生活。看他鬓发上的白丝已经更多了。脸色苍黑,确实更像农民了,手上是深深的裂纹和粗皮硬茧,还破了一块,粘了一块纱布。她看他变成这样子,说不清心里是快慰还是怜惜。和他谈起干校最近的劳动生活来,王辉凡淡淡地说:"累是实在累。不过我不怕。我用赎罪的心情干活,累死也不要紧。愁的是别人。"

"别人怎么不如你?"

"别人无罪。大家这样一干多少年,都能长期干下去吗?老这样行吗?"他忧虑地提出自己所无权干预的问题。

刘丽文无话可答。正这时候,老郎笑呵呵地来了。左手拿着他那小瓶子,右手一大把葱和几根金针菜。后边还跟着一个老头。刘丽文一看就认出来了,竟是那个在忆苦思甜会上曾经出乖露丑的老白!白士才!

这时候的老白可一点不像那次在会上那样傻相毕露,这次他笑容满面,举动灵活。一进门就把右手里一个瓷罐子高高地一举,说:"老王!你们请客啊!我也来凑个份子。酒!"同时又把左手的一个小纸包送到王辉凡面前,道:"花生米!还有过年剩下的腊猪耳朵,怎么样?满好的下酒菜!"

于是三个男主人一齐动手,生火的生火,洗的洗、切的切,真像是准备一个正式的宴会。刘丽文再三要求参加。她说:"我做菜比你们都内行。"又指指王辉凡:"起码比他内行。"

王辉凡却牢牢地抓住菜刀不放,还笑着说:"不用你!将来,也许有一天你会回忆起我自己做菜请你的这一顿饭。留个回忆好。"说罢看了她一眼。她只好不言语了。

菜弄好了。竟然是四菜一汤。葱炒鸭蛋、糖醋白菜、红烧元宝肉、猪耳朵烧野苋菜、腊肉白菜汤,外加花生米一碟,满像样子。得到了刘丽文的称许,三个男人都心满意足。老白坚持要大家喝他的酒。刘丽文说不会喝,老白说:"晓得晓得。这是家里做的米酒,不醉人的。难得今天大家碰头。"说罢用饭碗代替酒杯,给每人斟了半小碗。刘丽文端起碗来尝了一口,甜蜜蜜的,也就放心喝了下去。

在这个奇特的棚屋宴会上,大家吃喝得还真痛快。喝了几口酒,话匣子都打开来了。老郎说他的身世,老白谈他们农村里干部这两年的瞎搞,同六〇年也差不多。他还说起他那次在干校忆苦思甜会上出洋相,刘丽文才懂得人家原来不是傻瓜,大家都哈哈大笑起来。刘丽文谈干校的荒唐事,王辉凡则专就大家谈的加以评论。说到这些带全国性的荒唐事,他竟毫不避忌这三个过去身份不同而都远在他之下的人。

刘丽文这才听明白,原来老郎是一个大学讲师,搞美术的。五七年为了要布置一个宣传性的工业产品展览会,临时把他借调到省直机关里。谁知展览会还没完就赶上了反右派斗争。他在布置展览的时候,因为主张放进一个当时正挨斗的人的作品,说了一句:"不以人废言,也不要以人废画嘛。"就牵连到了他自己。最后纲越上越高,他划成了右派。从此,学校里认为他不堪为人师表,不肯再收回他。他就成了借调单位的一名小干事。直到摘了帽子,还没有机会调回原单位。"文革"中间自然成了"牛鬼蛇神"。说也惭愧,他的划右派和他的摘帽,原来都是王辉凡经手批过的。那时候的王辉凡,一天经手下面送来成百待批的名单,哪里记得有这么一个负屈含冤的老郎?即便别人当时介绍过,也早成了过眼云烟了。直到在棚屋里朝夕相处,才算把这一段因果倒腾出来。

"吃菜!过去是过去,现在是现在!"老郎又是一大口米酒下肚。他说:"从前老王是我见不着的首长,现在老王是我的朋友。他是走资派兼叛徒,我是牛鬼蛇神。为咱们的同甘共苦干杯!"

"干杯!"王辉凡把酒碗举起来和他相碰,说道:"从前老郎在我眼睛里只是不会思想也没有感情的三个黑字。现在老郎是我的朋友,一个血性男儿,好同志。我要为庆祝我的重新认识老郎而干杯!"说罢他自饮了半杯。

老白也举起酒碗来说:"我已经知道老王是什么官啦!要是在从前,我哪里能和老王在一起吃酒?现在在一起吃酒,这就难得。我就为这个干杯!"

王辉凡却说:"可不止这个哩。你还不知道,你们六〇年因为炼了钢铁饿死人逃荒要饭,我那时候正在胡吹些什么。这些,别人不知道,这位刘丽文同志全都清楚。好好地批判批判我吧。为批判我而干杯!"

"怎么你的批判会还没开够?"老郎一听这话,就打了王辉凡一拳,几乎把他的酒打洒了。

"不是。干校那种批判,一听我就冒火。在这里如果你们三个来批判我这些错误,我越听越痛快。丽文,我知道你早就想批判我了,趁这机会只管批吧。快批我是怎么提倡盲目性的!"

他似乎已经有点醉意了。刘丽文说了一句:"我现在不想批判你。一个真认识了错误的人就不用批了。"说罢便站起来,走到炉边拿那点醋加一点辣粉,做了一碗酸辣汤给大家醒酒。

大家吃得酒醉饭饱。刘丽文一辈子都没有喝过这么多的酒,也没有参加过这么愉快的宴会。她也说了不少话,但是没有王辉凡的话多。

老郎和王辉凡把碗收了洗了,老白告辞走了。天已黑下来了。按说刘丽文也该走了,但是她内心里却很不想走。借口醒酒,走出棚屋,在场院边风口站着,凝眸望着满天星斗透碧澄蓝的夜空。夏夜轻风,裸露的双肩还有点儿凉意。一会儿,她感觉到王辉凡已经走到自己的背后,把一件上衣披到自己的肩上。她也不回头。王辉凡便轻声地在她背后吟道:"如此星辰非昨夜,为谁风露立中宵!"①这声音柔和,使她心里剩余的冰雪也融化尽了。她回头笑了一笑。王辉凡便轻轻伸手拉她贴在自己胸前。她也自然地向后靠了一靠。这不是青年男女恋爱时的那种热烈拥抱,完全是夫妇式的,只是他轻轻地揽着她而已。她其实是早已预感到今晚这一幕是不可避免的了。这时倚着王辉凡的肩膀,仰脸望着他的脸,她突然来不及想就冲口问道:"辉凡,你究竟是爱贾漪呢,还是爱我?"话说完了,她自己也很讶异自己的下意识怎么竟支配了嘴巴,说出这话来。

---

① 清黄仲则诗。

王辉凡已经沉浸在早已失去又回来的感情里。听她这一问，立即回答："问得多余。丽丽，你难道到现在还不知道我为什么和她结婚？因为气你丢掉了我呀！她现在不是也不要我了？"

刘丽文慢慢抚摩着他那粗裂如土块的手，两个人互相偎倚了一会儿。王辉凡低头到她的耳边说："丽丽！咱们还在一起吧。以后我就这么继续干农活也行。要是干活嫌年纪大了，你就和我一起回我家乡去。我到公社中学去教书，小辉做我的学生。我弟弟在公社，许能想办法。"

"不会的。"风吹着，酒慢慢醒了，刘丽文终于从这不易摆脱的温情中清醒过来。她离开王辉凡的怀抱，放开他的手，坐在场边草垛上。说："那不会。你将来恐怕会'解放'，也说不定会恢复你原来的社会地位。到那时……"

"没有那个前途！"王辉凡也跟过去坐在草垛上急急辩白："你看现在这种形势，所谓'解放'，就是给这些双突分子造反派跑腿。你还不知道故宫博物院原来的院长回到北京，就是分配去卖门票？我才不干呢！"

"万一呢，"刘丽文已经完全恢复了理智，她努力自我克制着用冷峻的口气说，"也有可能你真的恢复原职。到那时一切都变了。你的老部下老上级都来找你，你又回到省城，变成了原来的你，贾漪也得来找你……"

"不许你说！"王辉凡凑上前一把掩住她的嘴，赌咒发誓："我要那样马上就死！我和她已经协议离婚了，有她亲笔的离婚书。丽丽！'将缣来比素，新人不如故'①，你……"他冲动地想去抱她。但是这只是一会儿。马上，他也明白了她的意思。于是也正襟危坐在草垛上，十分严肃地说道："你怕我将来有一天恢复了原职，就会一切恢复原样，都不认账了。今天取得的思想认识，又都

---

① 古诗《上山采蘼芜》中句。

忘掉了,还去当那闭着眼睛瞎干的官僚,是不是啊?"他停顿了一下,看着她,想起今天下午贾漪的表示,那显然会是他和刘丽文恢复关系的障碍。但是他真不愿让这种事干扰了她的纯洁的心。便自己来表一个态:"私生活上,你也怕我仍然恢复那庸俗的趣味,又被那个贾漪迷住。对吗?"她正要回答,他却抢过话头接着说:"我保证无论发生什么情况,无论公和私,我都决不变卦。难道你就不懂得,我得到今天这点儿认识,经过了多大痛苦吗?"

她的感情几乎从胸口迸出,但是她继续努力镇定自己。咬咬牙,说道:"但是,形势比人还强。谁知你以后怎样。……而且,我已经有爱人了。"

"什么?谁?"他简直跳了起来。

"祁原。"她安静地说。

他一颗心才落到腔子里。低声说道:"关于咱俩的事,那时候我很恨你,也信人家骂你的话。现在我认识到,你那时候爱祁原同志是对的。我太不好,你应该丢掉我。……话说到这一步了,你还不能信我吗?难道你也怕我这走资派玷污了你吗?"说着,他痛苦地用那双粗手抓自己的胸膛。手指的肌肤太粗,抓到布上都是嘶啦嘶啦响。说话声音也发梗了,显然是在忍着不肯在刘丽文面前哭出来。忍了一会,他终于半身向刘丽文怀里一倒,把头放在刘丽文膝盖上,那头轻轻地在颤动。刘丽文用双手抚着这个已经一半花白的蓬乱的头,完全看到他老了。这几年他老得真快,五十几岁头发都白了,她将这些白发代为理顺,感到自己胸中的感情有点奇怪,有点儿面熟。好像又是那种痛苦和甜蜜拌和的感情,这是最难克制的。可是她仍然奋力克制了一下。低下头委婉地说:"辉凡,你的意思我都知道。可是,咱们现在结不了婚啊。他们不会让的。现在都挨了多少骂了。"

王辉凡这才从她的温存抚摸下面轻轻直起腰来,不能不说出了老实话:"丽丽,你不明白,这恋爱结婚也有个政治形势问题。

正是现在,我这么倒霉,只有你这种挨骂的人才能真心嫁我。我得实跟你说,贾漪今天下午就趁我去连队取东西的时候,忽然来向我作姿态,仿佛要跟我复合。现在她不知是听了什么消息,先作作姿态。假如我真像你说的,回了城,复了职,那她很可能来硬的。我们两个的离婚到现在还没有经过正式法院办手续呢。那时麻烦就大了!"

刘丽文一听这话,猛然心里好似浇下一桶冰水,说话的声音全都变了。结结巴巴地说:"她……她来要求和你复合,那……你们又还没有法律手续。我……我就成了破坏你们的第三者了。你这样对我也不应该。那我……我应该退出。"

"我早知道,一告诉你,你就会说这话!"王辉凡刚才那缠绵的情调完全消失,他抚着她的双肩,义正辞严地说:"丽丽!我全懂你这正直的好心。可你也应该懂得,我一点不爱她,她也一点不爱我。她来找我不过是如蝇逐臭。难道你叫我去当臭肉,就是你所谓的正直行为吗?"

刘丽文心里起了波澜,她再不肯让王辉凡和她亲热了。王辉凡的话她也明白。可是贾漪的确是他的合法妻子。自己只是他过去的妻子,现在只能称为情妇了。情妇!这个身份怎能忍受!自己为什么要在祁原死后又做这样的事?不是原来下了决心不结婚的吗?为什么又要古井生波,重新在贾漪和王辉凡之间充当这个不光彩的角色?

最后她一个人回驻地去,当王辉凡依依不舍送她的时候,她却很冷很冷地握了一下手就走了。尽管如此,她在田埂上走了一段之后,心里却又不由得不泛出刚才那愉快的宴会,那几个可爱的人,还有王辉凡今晚令人动容的表示。路这么黑,她突然有个感觉,如果现在还有他在身边该多好啊!一时间,她的思想里有两股力量在搏斗,一股力量说:"没有关系的,他不爱她,他爱我,他们已经离了婚。而且原来感情就没有基础,她一点也不了解他,她不能给他幸福,我能。而且原来他就是我的丈夫,是她夺了我的,我俩恢复是合理的。"但是另一股力量立刻起而反驳:"不要脸,是你自己抛弃了他,怎么怪人家!贾漪已经和他结婚十年之久,人家是合法夫妻,虽然政治上她是差一些,但是现在已经主动来找他了,说明她已经有了悔意了。而且这多年的夫妇生活,怎么能说人家感情没有基础呢?你自己过去和王辉凡思想冲突到那样程度,生活上的长期共处不是还使你感情上有点牵连吗?不是过去你自己不要他的吗?凭什么你又要从贾漪手里收回?"

前一股力量又来讲理:"他变了。过去我不要他是因为他思想呆滞,高高在上,对同志对人民都毫无感情,他自己就制造假报告。现在他完全不是那样了,而且他真的认识了错误。他是没有祁原那么纯洁,他是从污泥里爬出来的。但污泥把他洗干净了。过去我不爱他的因素已经消失了,所以我依然爱他。他品质好,将来如果受苦,需要一个同甘共苦的人。如果复职,更需要有人支持他做一些对人民有利的事。这些,贾漪都不行。应该是我!"

这时那另一股力量又说:"这是狡辩!不能相信他!他现在一切表现是公子落难、宰相丢官。有朝一日环境变了,当了官,还会是老样子!和你不会是一条心。别上当,爱上这个你早已看透了的老头子、老高干,你对得起你的祁原吗?"

她那恋恋于王辉凡的感情被驳得无地自容。一面走,一面觉得今天偷偷来这里相会,如果被贾漪发现要大大丢人。现在要自己舍弃王辉凡,真是个痛苦。但是前途恐怕只有再次吞下这杯苦酒了吧。

附:王辉凡的日记

"我今天真觉得自己是一个人了。从来未有的自由愉快。我从一个职称、一个地位的代表物中解脱出来。我是我自己了。

"爱情也使我这近六十岁的人感到幸福。丽是爱我的,她嘴里不说,我知道。这不是一般的男女之爱,是无法摆脱的深情。我觉得为此受什么酷刑也值得。爱情不是青年人的专利品。你们这些已过青年的傻瓜,懂吗?

"但是,贾漪来找我,这是一个信号。她也说请求我原谅她的苦衷,但是我不能。我过去曾经为她而亵渎我自己的感情,但现在决不再错。

"我感激丽,多年来保存了我心中一块纯洁的地方,得以作为我整体复苏的起点。我知道她不完全相信我的改变。但是,她也正是爱之深才望之切嘛,我毫无怨言。我要努力坚持自己所认识到的思想与生活态度,虽有刀锯斧钺,甘之如饴,愿以此报生平知己。

"我心已决,无可转移。但我怕贾漪会破坏我和丽的事,此人面慈手辣。丽的心太好,非其对手。怎么办?"

七

一九七二年夏末。

刘丽文失神丧魄地干活、吃饭、睡觉。失去快乐,失去了她这二年一心牵挂的那颗受苦的灵魂。她下了决心,别去干扰贾漪和王辉凡,人要有人格。但是,她的感情一下子冷不下来。王辉凡曾利用领东西的机会来驻地连里找她。老是时间挺晚了,驻地人又多,屋里还有那潘、高两位。她就坚持只在屋里接待他一下,不肯跟他一同出去走走,以示冷淡。一来二去的,那潘、高两位也看出来了。有一次,王辉凡又来了,这位小潘就当着刘丽文笑嘻嘻地向他说:"又来找刘丽文同志啦?告诉你,还是少费点儿心吧。人家小贾为你都急哭啦。还是自己夫妻,她还进城买了毛线去给你织毛衣哩。"小高也一唱一和地说:"唉呀!王辉凡,你不就是个还没摘掉帽子的走资派吗?哪有这么大的份量。人家小贾跟刘丽文同志关系都挺好的,用着你在里边掺和吗?"这些尖刻的话弄得刘丽文脸红筋胀。要想理直气壮驳斥,又和自己过去表示过的态度相反。王辉凡只当没听见,仍然叫着:"丽文,丽文!"刘丽文当着人不好多说,只好不理他了。

一个晚上,贾漪忽然自己来找她。好似是事先准备好的,她一进门,潘、高两个立刻都走了,而且连小辉一起拉走了,贾漪来的时候,一脸十分关心热情的样子,进门就搂一下刘丽文的腰,说:"刘大姐!小辉又出去啦?这孩子够淘神的,这两年真麻烦你了。这些事情麻烦你,我真不过意。"俨然表示她才是小辉的母亲。

刘丽文心里在准备着,说出那句不干扰他们夫妻的声明。但是贾漪就像完全没有这回事似的,继续谈着关心刘丽文生活的话,说她一个人这些年生活下来真不容易,一个女人这么刚强,真是少有,女中豪杰。说得简直她就成了刘丽文的知己。又说知道刘丽文夫妻关系极好,然后才说:"我们那个老王,就知道让我伺候他呗,柴米夫妻,哪能跟你们这样的美满姻缘比呀!"

刘丽文不知道她为什么要来说这些,好似完全不知道或者完全不介意自己在他们夫妻间的"介入"似的,使自己想要声明不做"第三者"的话也说不出来。然后,贾漪忽又一转,脸上露出极为神秘的表情,又伸手搂住刘丽文的腰,脸贴着她的脸说:"我说刘大姐,你知道不知道你们老祁同志的下落呀?"

"什么?他不是早就在海……牺牲了?"一提到祁原,刘丽文的心就是一痛。

"哪里!你怎么到现在还不知道?"贾漪仿佛秘密在握似的说。

"他没有死?你快告诉我!"这样意外的冲动使刘丽文一下子全忘了对贾漪一贯的恶感,急切地向她讨真情。

于是贾漪才说:"那时候,我不是被迫参加造反了吗?我是从陈射洪那里知道的。"她说她所知道的情况是:祁原为采访去到海边,文章已经写出来了,还写了一封给刘丽文的信,准备同时发出,但是这两封信都落在了当时陈射洪一派的手里,他们扣留了信,而对文章有意见,他们把文章改了,发表了。后来为此就不让祁原回来,怕他出面反对。祁原躲藏到一个海岛上去了。现在陈射洪这一派已经倒了,看起来,他是有可能听到消息就回来的。

贾漪抱着她的腰,挽着她的手,用柔婉体贴的声调叙述着这个关系她生命的消息。她简直听呆了,有这样的事!而且是从陈射洪那里来的。可靠性会是很高的!她简直完全怔了,心里也完全乱了,喜欢、悔恨、盼望、悲伤,互相交混,好似打翻了五味瓶,又甜、又苦、又酸,不知如何才理得清胸中万马奔腾的思绪。但当时首先出来的一个想法还是感激贾漪,对贾漪的恶感马上消失了,在此同时,和王辉凡断绝的决心也立刻下定了,她双手握住贾漪的手,千恩万谢地说:"好小贾!我谢谢你!真心谢谢你。我要一心一意等祁原回来。"说罢眼泪都流了出来。

贾漪又劝慰了几句:"以后你们幸福的日子就来啦!"她带着甜蜜的微笑走了。

可怜的刘丽文简直堕入了从来未有的自我谴责情绪中。她想:明明那时候是有传言他没有死,为什么自己就相信他死了呢?为什么做出对不起他的事呢?她把胸前那个小盒打开,直直地盯着祁原的照片看,好像他那双明亮的眼还在那么看着她,在谴责她:"你背弃了我,回到王辉凡怀抱里去,你这是复旧!是违背我们当初共同的理想,你好意思等我回来见我吗?"于是她感到惶悚无地,感到自己简直是个罪人,她努力去温习当年和祁原灯下相对的甜蜜,两人在遭到打击时候的互相支持,"文化大革命"初期关起门来讨论的政治观点,死也不肯屈服于恶势力的决心……唉!一切都涌上心头了。这时候,原来在她心里争论过的两股力量,突然胜败分明,那要求和王辉凡复合的力量全部败北了。

她已经决不肯再见王辉凡一面,同时发了信到祁原曾去出差的那个海滨城市去了解。但是,他们那个报社在当地并没有分支机构,当地原有一个地方报早已被砸烂了,认识的一个朋友已经不知去向。去信没人回信。她又去信到公安局,公安局也没回信。(她一想也明白了,公检法早已砸烂,谁管给你查这些事情。)对干校里认识的人,她都告诉他们,请他们帮助想办法找祁原的下落。甚至小辉要去找王辉凡的时候,问她一声:"妈妈,我去找爸爸了,你去不去?"她都生气地说:"你有你的爸爸妈妈,别把我和你爸爸连到一起叫!"弄得小辉不知道她是怎么回事。

不过现在干校的人听了她要打听的事,却大都只是摇摇头表示实在无能为力,已经好几年了!如果活着,怎么能一点消息不漏?她找了当年接近报社造反派头头的人,这人只说遗书是的确听说有一封,弄到哪里去了却不知道。另一个说跳海可能并不是跳海,但是死却听说是在秘密情况下死了,躲藏海岛的消息可从没听到过。莫思裕听了这个消息沉思了一会,说:"是贾漪告诉你的吗?我劝你别被感情冲昏了头脑,你的头脑向来是女同志中间最清明的。——当然,我一定努力去帮你查清情况,老祁也是我的朋友。"

实在问不出头绪了,她下了决心,自己去一趟。向干校请假,干校只批了她两天假。当天一早去,次日回。同屋的小潘和小高这一阵特别和她好,见她要去找祁原,两人极力加以赞助。小潘还一定要借给她一个能锁上的中型旅行袋,说是大旅行包用不着,帆布书包没有锁。她只好感谢人家的好意。

莫思裕知道了,在她出发前一小时跑来劝阻。他说:"我正在给你打听他们那次还去了什么人,有消息一定告诉你。你不要白跑了。"但是她这时心急如火,哪里听得进。一定要走。王辉凡则连面也没有露。

她一个人提着简单的行囊,急匆匆地走过大堤,奔向火车站,上车到那自己全然生疏的城市。去找谁呢?她手里只有那个去信无人回复的旧朋友所在报社地址。下了火车四顾茫然。只能向人打听那个地方。

这个小城市虽有公共汽车,却是一小时才开过来一趟,她在汽车站站了半个小时还不见车来,看看天已阴下来,只好下决心步行去找。提着行囊走,又走了近一个小时,才问到那家报社的地址。抬头一看,一个很整齐的灰色小办公楼,却从阳台和窗户上到处拉出晾着的衣服和小孩尿布来。显然是已经变成了住户。她没奈何只好还是闯进去,才进走廊就出来一个上穿衬衣下着军裤的男人,问道:"喂!你找谁?"

她看看这个人和走廊里摆了一列的蜂窝煤炉子白菜堆,还有农妇模样的女人,已经明白这座楼被他们占住了,很可能就是进驻报社的军宣队家属。她就按着这个猜想去问。那个人却摇头道:"不是,这是他们报社解散之后把房子转交给我们住的。我们不是报社军宣队。"

她问:"那报社军宣队和报社的人都哪儿去了呢?"

那个人低头捅他的蜂窝煤炉子,嘴里淡淡地答道:"下干校了呀!这还要问?"

她也恍然大悟,当然是下干校去了,自己怎么这么糊涂?连忙又问:"这干校在哪里?"

那男人说了一个县的名字,又加上:"大约在县郊区,不通火车。离这里可能是二百多里。你要问,去市革委会问吧。"说罢,坐好了饭锅,自己进屋去不理她了。

她只能又到市革委会,这次索性不等汽车了,又步行了近一小时,天上已经下小雨,她全身又是汗又是水,头发粘在脑门上,样子十分狼狈。到了市革委会门前,照例门口有岗,没有正式介绍信就不许进去。她说明:是临走不知道需要到市革委,所以没有开。又把干校开的到报社的介绍信给门岗看,还是不行,她束手无策地站在门口想主意。忽然想出个主意,便又上前去对门岗说:"市革委里有一个宣传组,宣传组下面有个新闻小组,就是我们这介绍信上所指的单位。我们因为开介绍信的时候不了解,写了原单位。这是我们办事疏忽,漏了写。就好比找市革委写成市委,漏了'旧'字一样。"她装模作样,连称"我们",装出是干校因公出差的干部神气。门岗听她这么说,才抬抬手说:"你进去问传达室吧。"

她闯过一关,来到传达室,照前又说了一遍。传达室说:"宣传组是有一个,但是他们接待不接待你,我可不知道。给你打个电话上去吧。"于是等他打电话又等了好半天。等到好容易把电话叫通,传达室接了电话,对她说:"人家问你是来干嘛的。"把电话交给了她自己。这时她心里已经转过弯来,照自己的实情说,是决不会接待的。拿过话筒就讲:"我是省干校报社连队派出来的,来查一件与我们报社干部有关的人命案。"

没想到这么随口诌的一句话竟然灵了。上面答应叫她上楼。她一面走一面心里暗笑,过去看过《西望长安》,说骗子李万铭,那是绝无仅有的传奇。不想今天自己竟有机会亲身尝试,体验生活。大概这种事在"文化大革命"里已经司空见惯了吧。

但是,她上了楼到了宣传组,她提出祁原之死的谜,那个接待她的二十几岁身材修长的小伙子,却连连摇头,说:"那可不知道。那时候我不是搞报社的,不知道。等我帮你问问别人。"说罢出房门去了。她看见这位小伙子矫健的姿态和清秀的眉目、漂亮的身材,忽然猜到了,一定是一个演员!所谓的宣传组,实际上既无档案又无资料管理制度,与过去的机关完全不同,哪里查得出来?

一会儿,那个演员模样的青年回来了。连连摇着手,对她说:"不行不行!问了半天,我们这里只有一个过去在报社工作过的人,他也不知道这回事。你要见他吗?"她点头。

小伙子倒痛快,开开门就招手叫道:"一勺烩!你来吧!人家要见你!"

刘丽文正在诧异这个干部何以叫这么一个怪绰号,人已经进来了。原来是五十多岁一个老头子。半驼着背,进门就双手打拱,笑呵呵地说:"嘿嘿!您老来啦!您老快请!"意外地客气。招呼人的方式不但不像造反派,而且不像干部,倒像个老农民或没文化的老店员。刘丽文照原样提出她的问题,这位老乡似的造反派一听,就两手直摸自己的肚子,好像手上有什么脏要往衣服上蹭似的。刘丽文坐下他不坐,站着慢慢腾腾地说:"哎呀!那我可真不知道呀!我们报社那年倒是死了两个人,听说都是编辑部的。外头来串联的人也多的是,一会儿一群,不知道从哪儿来的,成天老叫开客饭,要不我后来怎么也造了他们的反呢。我们炊事员也是工人阶级,你们这些造反派比走资派还难伺候,我伺候得着吗?"原来是个炊事员。

经过刘丽文仔细盘问,这位炊事员只能告诉她:当时省城报社来过不止一批人。也有住报社的,也有住外头的,他们和报社的造反派头头们一块商量事儿,商量的什么也都不知道。死人是听说有,姓甚名谁始末情由也都说不上。反正是都火化了。造反派也换了好几茬啦。那头茬造反派头头是姓孙,听说早去了省城,别的全不知道。

问不出个结果,她只好说一声:"老大爷,麻烦您。"和他告别了,又走向海滨。

这个海滨和她想象中的一碧无际的海滨完全不一样。是许多木船拥挤的一个小渔港。她从岸边小码头向渔船上的人打听,当即惊动了好多渔民。他们有的探出头来,有的跨上岸来,给她提供情况。大家热心地思索回忆,又呼朋叫友地来对证。结果是:在刘丽文所提的那段时间,确是有跳海的。是一个妇女抱着孩子,还有个老年人。却没有中年男子。她在海边转了半天,上跳板时一脚踏空,险些儿掉在海里。

调查到这时候,天已经全黑下来。她在这陌生的地方,没法再乱碰下去,只得又回到车站的旅馆登记处登记旅馆。登记到的这个旅馆又很远,她已经走不动了。心想这回一定坐公共汽车吧。

可是不料刚晚上九点,公共汽车已经收车。她饿了一天,只得买了几个烧饼,一面嚼着一面拖着疲劳的双腿走向旅馆。小雨还在下,身上已经半湿了。

旅馆本来又破又小,加上服务员们在这个年月已经停止"服务",只用手一指:"五号房间!拿钥匙自己去开门!开水到后面去打!"她自己去打水洗了脸和脚,已经连拉开被盖的气力都没有了。这屋只有一床一凳,除躺下也没有别的地方可休息,她就开着灯和衣躺在这陌生地方的床铺上,双眼望着房顶上的臭虫血,心里泛出一种孤孤单单飘零异地的感觉,从前她出过差,手持介绍信到了地方,自有人接待。像这样流浪式的旅行,真还是第一次。她脑子里胡思乱想:如果我就这么找寻下去,恐怕人找不到,自己也会失落在这陌生的地方了。找不到他,那就是他真死在这里了,我又何必再回去拖延岁月?……她顺着这条线幻想下去:一个人就在这里过举目无亲的孤独生活,倒也有浪漫色彩。本来自己在这世界上就没有什么亲嘛!一个孤身的寡妇,没有人知道她的来历,像十九世纪小说中的流浪者,在这无人认识的小城里,把过去的一切全忘掉吧……她沉在这样的幻想里好一阵。但是忽然一下想到干校里还扔下个小辉,她的眼睛里突然又充满了泪水。不行。孩子还在等着母亲。这样一来,又想到这二年在苦难中相濡以沫的人……

这样胡思乱想了一夜,又加臭虫咬,她几乎没有合眼。天快亮时才迷糊入梦。梦中和醒时一样,依然是一个人飘流在这生疏的地方,求告无门,举目无亲,在海边彷徨。她在梦里呼救,但是恍惚中忽又看见王辉凡正坐在身旁,两眼灼灼地注视着自己。正好外面人声嘈杂,把她吵醒了。她提起行囊,拢拢头发,就出门而去。

再到哪里?

她站在马路中心,真像个流浪人似的,东张西望,头又疼,腿又酸,想来想去,无处可去。又到原报社所在地去沿街打听,只听说那年跳楼的上吊的确是死了不少。哪知道是从什么地方来的?

这就是她"个人外调"的全部结果。看起来,主要的还得去省里打听。但是省里那些人对于她又太熟了。太熟又有太熟的难处,同样不好问出真情。只有暂时返回干校。

于是她带着一肚子的懊丧回去。上了火车站,一步一回头地看这个生疏的小城市,似乎是她自己把她的祁原丢在了这里。上了火车伏在车窗上就忍不住哭了出来。

回到干校销了假,照常投入劳动。但是这个问题并没有解决。她去找了莫思裕,把在那小城里打听所得告诉了他。莫思裕听完,点头长叹道:"你真是一片痴心!我也在用力帮助你。你说的这个姓孙的人,我也打听到了。现在正在省里参加两派斗争。我托了人努力调查,看起来还另有内幕。你别太相信了贾漪!"

她听了这些消息和意见,也曾努力运用自己的头脑判断,贾漪说的情况有可能不准确,但是祁原既有活着的可能,那无论如何也不能绝望呀,等着他,下定决心等着他,海枯石烂决不变心。等他回来以后就把自己和王辉凡来往逐渐加深的情况,全部向他"坦白交代",求取他的宽恕。

附:王辉凡的日记

"丽忽与我断绝。我心里痛似刀绞。获得她,是在我面前的路上点燃一盏光亮的灯,招我前进。而失去她真使我这已入老境的人感到比青年时失恋还要痛苦。她不止是我爱的女人,而且是我的知心、我的伴侣、支持我的一只手臂。我还得争,不能退让。

"我现在也知道了,大约那返乡教书的计划未必会实现,也许仍可能回城工作——即使不是复职。这是过去从不敢希望的。但是,即使回去也是困难极大,现在成了什么局面!老苗的妻林大姐已被斗自杀,他说想续弦,想复仇,想找一吃饭地方。而我只希望不虚此生,还能做点工作,为改变目前这种该死的局面必须舍生忘死。要我干,我就要按我心中真正的意愿去干一干。这也许未必办得到,但我不愿放松对自己的要求。这大概就是所以招忌之由吧。

"丽鼓励了我。但是她终于拒绝了我。因为她爱祁原同志几乎近于崇拜。——其实,我对她也几乎是崇拜。我怎样的真情也感动不了她。但是,我觉得自相识以来直至结婚那些年,到今日才是她对我最了解的时候,我的一切思想和生活都已经与她无法分开。因此,我把我和她的结合看成一个理想的实现,也是一次美与丑的政治斗争。我不能输在他们手里。贾漪和他们还不是一回事?我看得出她的行动是他们对我围攻计划的一部分。好像这女人还想跟我恢复,呸!我宁可没老婆打光棍,也不会娶一个坐探!过去娶她就是我的堕落之一端。

"我会输在这个女人手里吗?我亲爱的妻,丽丽!你为什么不肯支持我?却去支持我的敌人?"

八

正是干校动荡的时候,发生了几件使人心不稳的事。第一件是忽然从省城几个学校来了通知。话是一致的:"有原我校学生某某人随父母前往干校,如愿回校跟班复学(或升学)可以即日回城联系。"小辉也收到了。好多孩子的家长都忙起来,要把孩子送回去上学。——大家心里有话不说:"小孩子成年地'接受贫下中农再教育'总不是办法,他们连'初教育'都没有受过,就要'再教育'了!够得上吗?"不管父母是走资派还是造反派、逍遥派,谁也不反对把孩子送回去。但是,干校军宣队有一条严格的规定,要回去只能让上学的孩子一个人回去。父母是五七战士,要坚持五七道路,只准送孩子回去一趟,不得脱离岗位长期回家照顾。这一条可搞得当父母的淘尽了神。有的孩子才十岁,最大的也不过十五。家里有祖父母或者叔叔婶娘的还好,只有一对父母在干校的,怎么办?他们的哥哥姐姐大致都插队走了,学校也不收住宿生。这是硬要一个小孩子自己当家过日子啊!所有的父母,不论什么派,这时都得出了一句共同的结论:军宣队这一招真"损"!不知他家有孩子没有!

有的父母实在没法,只好挖空心思想主意。怕孩子不会做饭,或者点煤气灶失了火,就叫他们上附近饭馆买饭。各派家长都纷纷忙着觅亲托友,心神不安。

第二件是,这一阵在各干校劳动的老干部接二连三死了好几个。这事情引起了中央的注意。(中央的谁呢?王辉凡当时猜是周总理,后来证明果然是的。)于是新近有了个正式通知:凡在某级以上的原党员老干部,不论定什么"性"或没有定性,身体有病的,都可以申请回城医疗。老苗、王辉凡都是合乎条件的,所以军宣队已经告诉了他们,可能要回城。对群众不讲,但是小道消息不知怎么就传了出来。

贾漪知道了第一个消息,当天就跑到场院去找王辉凡。她建议,由她送小辉回去,顺便看看小明。再去找一个保姆在家里看家。反正,王辉凡扣的工资已经发还了,家里够生活的。

当她说这些话的时候,完全像是坐在家里谈家务。随口叫着"辉凡",说给他织的毛衣已经得了,明天把毛头收收就送来。又进屋去摸王辉凡的被子,说太旧了不暖,要给他换棉絮。

王辉凡由她说说弄弄,自己一言不发,不表示拒绝,也没表示欢迎。他坐在那里,两手抱头、愁眉苦脸地两眉中心形成一个川字。贾漪走到他跟前,用手摸他的脑门,问道:"你怎么不说话?不舒服了吗?"

王辉凡抬起头,双眼直望她的脸,好久好久。贾漪不知怎么地不由自主也低下头去。然后,王辉凡说道:"你陪小辉回去,怕不行。他不肯跟你。"

贾漪反驳:"你这是什么话?怎么由小孩子?你不是他爹、我不是他妈吗?"

王辉凡仍然不说话。他不讲她已经离了婚,并不是小辉的妈。也不讲孩子只承认刘丽文是他妈,更不对她这好像一家人的表示作任何不接受的表示。他的话只是"唔唔"。她说送毛衣,也"唔唔",说换棉絮,也"唔唔"。就仿佛默认了她那些话,但是也不作任何亲昵复好的表示。只字不提自己要回城的事。老郎在旁边瞪着两眼一直看着。他狐疑得很,不愿在这两个人之间开任何玩笑,想要从这种尴尬的场面中躲开,刚站起来,王辉凡就止住他:"老郎别走,咱们昨天商量的话还没完呢,贾漪一会儿就会走的。"老郎只得留下,一直在场。弄得贾漪想要多说几句温柔动情的话来打动王辉凡,也未能办到。但是她觉得王辉凡仿佛承认了她是他老婆,这也就足够了。坐了一会,她走了。

她一走,王辉凡急得在场院里过来过去来回转磨,一会儿他求老郎:"想法替我把刘丽文找来,就说我要走了。"一会儿又说:"莫思裕怎么还不来!我请他办的事不知怎么样了。"

刘丽文已经近两个月没到这场院上来过了,已经正式表示和他断交。这件事不但他急,老郎也帮他急。感到遗憾。但是没有办法。刘丽文已经从一个寡妇忽然变成了有夫之妇,贾漪也老跑到场院上来,王辉凡也似乎成了有妇之夫,他们俩的关系怎么能继续得下去呢?连原来热心促进的老郎,总是笑着称刘丽文为"王大嫂"的,也不能不改称"刘丽文同志"了。

莫思裕也在帮忙,替王辉凡奔走调查和说项。但是刘丽文的决心却不是外人所能说动的。她想来想去觉得还是自己最初下的决心是正确的,对王辉凡抱着济困扶危的态度。现在他的困难已过,被破坏的家庭已可以恢复,自己就该抽身勇退了。

她和王辉凡断绝关系的两个月里,明明看见自己的朋友都很不赞成她这一行动,而平日她所看不上眼的人物却对她的行动大为赞赏。她仍咬着牙不肯后悔,却不能不感到心里凄清。那夜在小城客店里独自望着房顶的孤零感觉,时时袭上心来。每夜梦中总好像身在那个满墙臭虫血的客店里。而有时梦中又有梦,仿佛又有身旁坐着的双眼灼灼的王辉凡。她和王辉凡断绝了关系,理都不理他。可是,下意识里又很希望间接知道一点点他的消息。——又不便去打听。

一个偶然的机会,使她被动地听到他的信息。那是一次外调。

那天她一大早已经背上工具要出工,连指导员把她从队伍里拉出来,叫她去专案组。

连部也是和别的宿舍一样的排房,也都是办公室兼卧室。唯有专案组是只有办公室档案柜而并没有人睡觉,和机关的规格一样,可见专案工作之尊严。

刘丽文进了这办公室,只见来外调的那人背面坐着。另外还有个穿军装的小伙子。本连专案组长见她进来,叫一声"老马同志",这个人才转过脸来。刘丽文一怔,这个人她似乎认得!

来人见了她,该是早已点名外调的缘故,当即伸出手来招呼道:"刘丽文同志!好久不见啰!"

刘丽文完全想起来了,这是王辉凡的老朋友!后来调到外省,好久没见的。她看这个人鬓发灰白,身穿一套旧灰布制服,斜挎一个大公文包,脚蹬解放鞋,完全是那种跑外调的风尘仆仆打扮。二十年不见,人见老是意料中的,只是她记得当年这人是个头发梳得溜光,在解放初期就爱穿穿皮鞋哔叽裤的,很修边幅的人。现在制服口袋撕裂了却连缝都不缝了。

三个人各据一桌坐下,那位穿军装的年轻人便开口:"我们是从西南专门来外调一个姓宋的人的自杀问题的,要从你这里取旁证。"然后打开外调介绍信和提纲。刘丽文粗粗一看,就是那一年反右倾,由于他的自杀而引起她对王辉凡不满的那个老宋。

后面提问题的完全是老马。他详细问刘丽文,她知不知道这姓宋的怎么会死的,他究竟有什么右倾罪行,是否确实畏罪自杀,还有,王辉凡对于他的死抱什么态度,是不是认为他死有余辜?

她听着老马的问题,心里琢磨如何应付。他来此外调,是为了坐实那个老宋的罪证,以便惩罚他的家属呢,还是为了想减轻开脱老宋?她谨慎地回答着问题,不让人嗅出倾向性。她说:只知道这人说过几句反对浮夸的话,不知道他有任何罪行。而且,该校党委也是这么看,王辉凡也是这么看的。

她心里明白她的话对于王辉凡将是举足轻重。过去为这事她很生过王辉凡的气。而现在呢,……她忽然决定,一定要保护他!她就那么说了,而且按照王辉凡自己当年的话说了。说他事先还嘱咐过下级要注意斗争方式,说他没有开斗争会的意思,因为并没有查出老宋有多大的罪。

老马听着她的话,起初还是十分庄严矜持,后来,她看出来,他听了她的话之后显然神色变得柔和起来。老是慢慢地点头"唔唔",好像有满腹心事要和她说却又不便出口的样子。最后,他向那位军宣队的"王同志"说:"就调查到这里吧,这是旁证。我们还得去找那个王辉凡本人。"然后,老马起身,以淡漠的神色和她握手告别,但是那一下握手却是紧紧的。她心里懂得了。

她猜不出王辉凡本人对这事会有什么说法,会不会人家又由此做出他什么文章来。她真不放心。

五天之后,老马二次又来,这一次竟没有那个"王同志"同来。他一见到刘丽文被叫进专案办公室,就轻松地对连专案组长说:"我们事情都完了。现在只剩再核对一下。"连专案组长也便推门走了。门刚关上,这位老马突然跳起来抓住刘丽文的手,小声说:"小刘!你这些年苦了啊!人瘦多了。"好像是第一次见面,上次见的那面不算似的。

刘丽文道了谢,急着问:"王辉凡他……"

老马低声答道:"老王身体还可以。叫人放心。他态度真好极了,不愧真正的共产党员!事情其实我早知道,老宋死得冤,老王并不负任何直接责任。他们借此一箭双雕,定死老宋的罪,再给老王一个杀人罪。可是我们这次来外调,他口口声声引咎自责,说下面搞老宋搞得完全不对,他自己当领导负重要责任。军宣队那小王引着他向相反方面说,把老宋说坏些,对老王自己只有好处。他偏不说。他老说老宋过去怎么样一个人跑上海,帮地下同志接党的关系,对党有功。气得那个小王一怔一怔的。好!要是我们的老干部都能这样,复查也好办一点了。"

刘丽文心里暗叫了一声:"好辉凡!"低声又问老马:"你到底为什么会来干这种工作?"老马诡谲地一笑,用手一指上空,轻声说:"算是解放了。总还想尽量干点好事呗。"

刘丽文说:"你也有六十了吧!这么上火车下汽车的跑,不容易。"

他又摇头笑一笑:"何止火车汽车,还有一次走小路掉到水沟里哩。可惜的是,跟着他们这些人,"他用手指指隔墙,"没法发挥太大作用。"

刘丽文摇手示意,表示这墙很薄,勿再多言,向前和老马握了握手,用很小的声音说:"谢谢你来看望我们。不能长谈,真可惜。"她完全正确理解了老马此来的使命,而且代表王辉凡道了谢。

她见了老马,想着老苗,又想着王辉凡。都是老干部,都在这次奇怪的"革命"中被斗得死去活来。但是各人的收获不一样,完全不一样。没有想到当初身有官气又缺胆气的王辉凡,能够如此对待他自己。

这件事使她难以克制对王辉凡的怀念。她由于失去了祁原,曾一度把思想起了变化的王辉凡当作祁原的影子来对待。但是现在她感觉到了,他不是任何人的可怜的影子,他是一个自己发出光彩的人。唉!真可惜!如果有一个女子,真正了解他的,能去爱他,那多么好。贾漪不甚相称。但是,有什么法子呢?只能是她。

自己已经不再可能和他团聚了。

她嫁过两次,前一时期又跟王辉凡来来往往,为此挨了不知多少讥刺,什么风流寡妇、水性杨花……都骂到了。其实,她是一个以严格的道德观念制约自己的人。她认为应该信守的誓约,就决不肯改。她怀着对于祁原的几乎是无望的等待,过着像初来干校时一样枯寂的日子。再也不能找王辉凡一起去进城,散步,谈心了,也再没有能安慰体贴她的人了。这么过着,难受!真难受!

秋收来了,又是一次大忙,又是大会战。

刘丽文在稠人广众中干着活。尽管这是不允许走神的活路,她还是禁不住有时候走神。心里走了神,以致有一天在"会战"中推稻车的时候推歪了,翻到路旁沟里去,人摔了一大跤不算,还挨了连军宣队一顿当场痛斥。那家伙是个粗喉大嗓的大胖子、本地兵,满不在乎什么面子和对妇女的斯文。他开口就当众大声喊:"心到什么地方去了!撞到鬼了?自己一心只想做叛徒走资派婆娘,活路都不干了!"那个罗满江就在旁边,这次倒没有按老例随声附和,一声不响走过来,把刘丽文从沟里拉出来,就走开了。

刘丽文忍着浑身疼痛,站起来扑扑一身的土,忍不住还是顶了一句:"我不小心跌的,我谁的婆娘也不做,不能诬赖人!"说罢,气呼呼地扶好车子,抱回稻草。恰好参加"大会战"的莫思裕走过身边,帮她把稻草重新装好车。一边装,一边在乱哄哄人声嘈杂中小声对她说:"我有要紧事找你,关于祁原的!"刘丽文使劲紧车上的麻绳,嘴里说:"这里不好说?"莫思裕左右张望了一眼,匆忙迅速地说:"不行!内容太长。晚上你到王辉凡工棚来吧。……千万保密!"刘丽文没奈何,的确在这个干校是不易找到避人耳目的地方。她只好答应了这个她原是不肯去的地点。

下午收了工,她急于要得到祁原的消息,又是饭都不吃马上就跑。走的时候留了个心眼,不让同屋住的潘、高二位看见她是向工棚方面去,还故意绕了个弯。走到驻地视线以外,她半走半跑起来,不知吉凶如何,心里七上八下像揣着个小兔子,路上又跑得快,以致到达工棚的时候几乎连气都喘不上来了。

王辉凡、莫思裕、老郎三个人已经整整齐齐坐在小屋里等她。好像等待什么谈判代表。王辉凡只站起来向她点了个头,一句话不说,就退向一边。由莫思裕出面。莫思裕也不多讲,从口袋里掏出一张折成几叠的小印刷品,向刘丽文说了一句:"我好容易才从省城弄来的,陈射洪他们那一派里的知情人写的。"一伸手就递给刘丽文。老郎忙将煤油灯捻亮,送到刘丽文跟前。

刘丽文坐在那土造沙发上,展开这张纸,是一张"内部通讯",一条黑黑的通栏大标题打入眼帘:"揭开陈射洪及其爪牙逼死祁原制造伪证的内幕",她立刻双手冰凉,心头木僵。但这毕竟不是刚刚听到噩耗的时候了,她咬着牙一字字看下去。这东西里面说的是:那一年祁原被派到海边采访,文章写出了初稿,内容与陈射洪他们指定的东西完全相反。他知道这决交不了卷,就事先写好一封给妻子刘丽文的遗书,带着稿子准备回省。但是陈射洪派出的特派员这时已经到了这个地方,看了稿件,大发脾气,认为绝对不行,一定要他重新写过。他不干。到最后,他们把他关到一个小楼上,他们自己两三个人陪着,非要他当场重写不可。写了,有高官厚禄;不写,这次就休想走得脱。结果祁原走到开着的窗边,把手中的笔向后一掷,纵身跳下了高楼,牺牲了。这些坏人把他身上揣的遗书隐藏起来不给家属,把他们逼死人的情节也不说出,而说成祁原是跟着他们跑,"光荣殉职"的。因为是摔死,也不让家属见尸身,就在当地火化,这篇材料的写稿人是当时在小楼上的一个目击者,也正是她在小城里打听到的那个姓孙的人,遗书却并没有登出。刘丽文心里也明白,祁原那个人所写的遗书,在这种时候是不可能拿得出来的。她读完了,就双手捧着文件哀哀痛哭。

他们三个都不说话,站在一边,让她哭了一阵。到后来,老郎用手捅了王辉凡一下,要他劝劝她。他就走到她身前站着,还是一句话没说,只拍拍她的肩膀。她却马上双手抱住王辉凡的腿,重又号啕大哭起来。王辉凡走也走不开,只得就那么站着,由她把眼泪鼻涕全擦在自己裤子上。

哭了好几场。莫思裕才坐在旁边慢慢地说:"刘丽文同志!我早就有点耳闻,祁原给你的遗书就保存在陈射洪手里。贾漪一定是见过的。她却要编造祁原还活着的谣言来骗你,你想想,这是怎么回事吧。"

刘丽文止了哭,还滴着泪。王辉凡这才从她的手臂间脱开身,坐在她旁边,递过手帕给她拭泪。嘴里说:"我对不起你。"

"你有什么对不起我的?"刘丽文这才忍悲开口。

王辉凡说:"我明知道她是骗你。但是又怕一说破了你会怀疑是由于我有私心,是我嫉妒,我就不敢说。让你去受骗,是我不好。"

刘丽文迟迟不语。悲痛怨恨和自怨自艾在她心里交错,心里乱得厉害。

旁边的莫思裕和老郎都劝了几句,劝她想开些,人已经死了六年多了。贾漪利用她的痴心,来达到自己的目的,这种人不应该让她得逞。老郎说:"这明明是为了破坏你和老王的关系才造的谣。"莫思裕插进去说:"还不止是她一个人干。我怀疑贾漪后边还有后台。他们要借此打击老王,叫老王伤心死。你知道不?因为老王挺身而出反对扩大'五一六'的打击面,有些人恨死他了。听说他们已经把老苗拉得很紧。这里的斗争很复杂。你当贾漪光是一心想勾住老王?有人已经发现她也找上门给老苗补衣裳,用胳臂搀着他挨得紧紧地上医务室呢。"老郎又说:"可是群众慢慢懂得老王了,我们都为他着急。你细看看吧,这些天他为你的事,又瘦了多少。"

他们两个一递一个地分析这件事,帮王辉凡说话。刘丽文胸中的悲痛渐渐退位,头脑渐渐活动起来,挂着眼泪在听他们研究这件事情的背景。

他们的话头转到说王辉凡的好处,劝她和他复合。王辉凡摇手制止。他们俩便都避开,到场院上去了。

王辉凡重新站起,走到她身旁,郑重地说:"丽丽!你又一次知道祁原同志惨死的确实消息,心里悲痛,我表示深切的同情。"他这么一说,她的眼泪又滚下来,他却不再去靠在她身边劝慰,只是站在那里,嘴里严肃地说:"我现在不能不向你提出一个很不合时宜的紧急的问题。你究竟同意不同意和我复婚?要决定就得马上决定,否则,这事情就办不成了,你我只有永远天各一方,你把我就推给那个贾漪算了。"

"为什么?你发疯了?"她抬起犹带泪痕的脸看着他。

他站着讲:"不是我发疯,因为贾漪不肯放松我。她手里有一张王牌,就是没有和我办过法律手续。我也早就留了这个心,她亲笔签字盖章、干校领导批准的那张离婚字据,我一直拿在手里不敢丢。她方才来过,我把已决定回城的消息向她保着密,她还不知道。我想乘今天夜车就赶回省城去。明天一早就拿着这个字据去法院办手续离婚。然后咱俩马上登记。生米煮成熟饭,她也就没办法了。只不知你肯不肯。"

"今夜你走?"刘丽文简直迷惑了。有这样紧急,这样严重吗?

王辉凡说:"今天干校政委正式通知我按中央规定允许回城。我当时就声明我有病,马上得走,当场办了转关系手续。他们还说要我过两天走,好给我买卧铺,办软席。我说一切都不用。我今夜自己去火车站排队,坐硬座火车走。"

"你为什么这样干?"刘丽文看着他那好像下了极大决心要进行一次战斗的模样,真不知是怎么回事了,她伸手拉他坐下。

他坐在她旁边,继续说明:"我的计划就是这样,你赶快明天就向你们连里申请,立刻送小辉回去上学。最近有一大批家长都要送孩子回去,各连有批准权。人一多,不引人注目。你混在人群里走,贾漪和你又不是一个连,你做得隐蔽点,她不会知道的。你一到省城,咱们二话不说马上去结婚登记处。"

"这叫做结婚?这不成了突然袭击了吗?"刘丽文对他这种行动计划的必要性还是感到缺乏足够的根据。

他便向她作完全是理智的解释:因为贾漪这个人既然有这样的居心,非把他弄到手不可,甚至造谣离间他和刘丽文的关系,那她决不会甘心失败的。一听到他要回城,按她那种思想方法,这就是可能又要做官的代名词,她怎肯轻易放过?而且她也不是一个人,有些人帮她出谋划策,其中甚至可能包括老苗。如不赶快行动,她会来纠缠,会搞包围圈,甚至会把小明搬出来作武器,甚至会造舆论说是他王辉凡抛弃发妻。那事情就会很困难了。"所以必须方针一定,迅速行动。"他把一只手向下一劈,真是作一个战斗计划的样子。

刘丽文这才听明白了。可是,这实在太突然了。叫她的感情和行动怎么可能马上跟着转得过来?她刚刚陷入又一次失掉祁原的悲痛中,拔还没拔出来。而王辉凡今晚这样的谈话,与其说是求婚,不如说像讨论突袭计划。叫她怎么接受?

他坐在旁边,当然也懂得了这一点,声音变得温柔了,说:"丽丽!你看看我!"他将他那带有伤疤的脸凑到她眼前。她看见了。的确是更黑更瘦了。她想用手去捧起这张脸,又退缩着。他便又低声说:"想起你的事,我心里实在难过。我也知道,恳求你完全无用。只看你自己记不记得咱们这二年重建爱情的经过吧。我这四个字下得对不对?"她微微点头。他就又谈下去:"你不懂得咱俩的婚姻象征着什么吗?这是一次斗争。这又是我的重新开始!"他解释:"回城去养好身体干什么?也许养好了就为挨斗方便。可是人总得怀着一线希望,以后真像那些造反派们说的话,叫'重新作人',总希望形势有一天起变化,不但把这几年荒谬的东西纠正,还得真的干点事业出来。"停了停又说:"我听说他们可能为了我在干校的主张,要利用手中的权力,拖迟不'解放'我。连贾漪的活动也是他们对我的一个试探气球。但是,我这一次也下了决心。"说到这里,他忽然声音变得低沉了,手抓住她的双手,沉痛地说:

"要不是抱着这点儿希望,我回去苟延残喘干什么?快六十岁的人了,活不了多少年了。指望那'解放'又干什么?再结婚又干什么?我何必再耽误你!"说罢,他泪落得像两条线似的,自己用手帕擦过,眼眶又红了。刘丽文也不由得心里难过。是啊!无限期的拖,已经拖掉他六年半,而他的宝贵的生命是有期限的,已经对什么事都不容许再拖了。她勉强安慰道:"你现在怎么会也爱哭了呢?犯不上这么脆弱嘛。"

他也勉强带泪一笑,道:"我一辈子都没有像这一年多哭这么多。可能是老了泪腺反而发达了。我从没有这样忍不住感情。"一边说着眼泪已经又直掉下来,打湿了刘丽文的手指。倒是刘丽文真克制不住了,她说了一句:"只管放心,我跟着你。"便伸手一把抱住了他的头,将嘴唇落在那满是眼泪的黑瘦面颊上。

然后,他抬起头来说:"丽丽!夜车是十二点,从这里走到城要一个钟头。十点半至十一点要出发,现在已经快八点了,你帮我收拾收拾。我得利用这两个小时,和该辞行的老白、思裕他们都谈谈。行吗?喔哟,你一定还没吃饭吧?我完全忙糊涂了,我去给你弄饭!"

她要上前拦阻,他却很利索地通开火,坐上锅,就给她煮了一碗挂面,一面弄着,一面回头微笑道:"如果我老被挂着解放不了,以后我就在家替你做饭,做你的家属吧。"她端过面来吃着,要继续和他说话,他却忙着到场院上找莫思裕谈话去了。

她一个人吃着,想着今晚这突如其来的决定。好像勉强被拉上了船。可是,要拖延吗?没法拖延。要悔约吗?不愿悔约。这些天由于一心想念祁原,努力把王辉凡置之度外。但是,应当承认,他还是在心里生了根。爱他吧！支持他吧！祁原如果死而有知,一定也会赞同的。

吃完面,她洗了碗,便执行起妻子的任务来,替他收拾书籍、笔记和行李。在书籍堆中她发现了他的日记,翻阅了一会,里边有不少关于她的记载。她先是感到温存,但是越看越感到严肃,于是提笔写了几行。没有工夫从头细读,赶忙整理,塞进了手提包。一会儿老郎也过来了,帮她把被子捆好。

王辉凡也回来了。这就要上车站。莫思裕去送他。刘丽文也想去。王辉凡坚决拒绝。他说:"那不行。你半夜才回宿舍,被你们那同屋的两个发现了,明天会出大问题的。"

莫思裕背起了行李卷,他自己提起了手提包。刘丽文说:"你可别忘了这里啊！"

王辉凡答道:"当然忘不了。忘不了这里的劳动生活,这里的朋友,忘不了我自己在这里所起的变化。这不是你顶耽心的吗？再见了！"他们两人向大路上走去！黑狗追上去,刘丽文和老郎也追上去。王辉凡驻足回头,拍了拍黑狗的脑袋,道:"再见！"又扬手叫道:"丽文！快来呀！我可在等你啊！"然后反身就走了。

她痴站在那里,凝望着他走得很快没入黑暗的背影,心里的思虑千头万绪。又有政治问题,又有个人问题。她知道有的外国人批评中国小说里的爱情不是纯男女之爱,说这就表现出作家不够大胆。但是,这没有办法啊！无论她自己和祁原的或是和王辉凡的爱情,都不是纯男女之爱。一个现代中国有思想的女性不能有别样的爱情啊！如果光是为了要一个男人,大概她决不会选择又老又黑又瘦又倒霉的王辉凡的。这种爱,洋人可能不懂。

祁原的照片还在她胸前,她用手抚摩着它,默默念道:"原！我这回真对不起你了。"她想以后把他那张最漂亮的大照片拿出来挂在家里墙上。这么办王辉凡可能嫉妒。但是,要跟他说明祁原那"鲁连蹈海义不帝秦"的精神。是他那精神鼓励自己敢于来接近王辉凡,才会有这场破镜重圆的。不能允许嫉妒。

她已经在想象着自己未来的新家,——也即从前的旧家了。多年无家可归的浪子,真想回家呵!

附:王辉凡的日记

日记题词:刘丽文代写

"杜甫曾有送严武入朝诗,其中两句极深刻,敬录以送辉凡之行。望万勿忘记。句为:

　　公若登台辅
　　临危莫爱身

你的丽在工棚中翻你日记时题赠"

日记:

"硬座车中,夜间无法入睡,振笔为记。

"今日决定返城,立即成行。分别与丽、老郎、老白、思裕……告别。丽终属我,乐何如之。她引这两句杜诗,含意深而所望重。这是杜甫为千秋万世身登台省的救国拯民之士写的。我是何人,敢当此诗? 自当作为座右铭,自矢永作新人,勉图寸进,以报知己。

"见思裕时,他倾谈'文革'以来他的思想变化,并向我提问题。他说:他过去的思想就认为凡是上级的意见都是真理,级别越高其真理度越高。过去他相信我的一切话,因为我是他上级。但是后来中央文革要打倒我了,这又是我的上级,因此,他又相信,跟着来打倒我。他今天自愧自悔这种思想方法,助纣为虐,造成了无穷错误,错害了多少好人,他已知错。但是他问我:'老王你是领导干部,你不会像我那样的。你一定是当初为了什么别的原因不得不隐瞒你的思想吧。是什么呢?'他此问使我沉思了很久。我承认他的话有一部分道理。我所做错的事,的确有些是明明不赞成,不得不干的。干的时候最多只能稍留分寸而无法反对,因为这里有纪律问题,有大局问题,不许我公开说出来。但是并不全是这样。也不是因为功名利禄之念太重而有意去做自己不赞成的事。(这好像是许多人对于'高干'们的主要看法。即所谓'官做大了',好像这些人本来都是头脑清明,只是碍于利禄之念。只需少想利禄不搞'特殊化',便一切都行。)我自顾生平,利禄之念并不多。我的主要问题起码不在于此。我真是当初有许多思想方法也和思裕所说的一模一样啊!他没想到我会和他一样,可实际是不小的部分一样。五七、五八年,我并没有想过那一切做法是完全不对的啊!我还以为那是对的。因为落后了几千年的祖国要一下子跃上去,下边即使采取了什么不尽妥的办法,也可以谅解的吧。主席都说那是对的,我怎能不拥护!地位相当高,身当一方面的重寄,而也是这样看待问题,处理问题,闭着眼干,国家事如何得了!从这个意义上说我们弄坏了国家大事,亦不为过。明眼的人还是有的,丽文即胜于我,祁原同志更胜于我。恨我在经此浩劫之后才明白他们是我的老师。晚了!所谓'曲突徙薪无恩泽,焦头烂额为上客'①。我最多只能希望将来勉力做个焦头烂额的吧。

"回场院前遇老苗,我未告行·期,他拟再等两天。我很担心这次'再教育'对他的效果如何。他似乎觉得自己除了一腔冤气之外,别没有什么可说。自己完全冤枉了,因而也就是自己完全对了。唯一要求只在全部平反,完全恢复原状,再没有什么可考虑的。我不谓然。"

尾　声

一九七九年年初一个星期日下午。

在刚到职的省委副书记王辉凡同志家的客厅里。这客厅约有

---

① 古代故事,讲有一家灶旁堆着柴薪,烟囱又是直的,有个客人见了,建议应将柴薪搬走,把烟囱改弯曲。否则恐怕容易失火。而主人不听,后来果然失了火。许多人来帮助救火,烧得焦头烂额。主人设宴感谢这些救火的人,而毫不考虑以前劝他改烟囱搬柴的人。

三十平米。虽不十分堂皇,也不算很小。但人太多了。客人有近三十位。因而吵吵闹闹,显得十分拥挤。平时在机关办公时间找不上,星期日都找到家里来。因为王副书记有过话,谁来也不许挡。传达室挡过两次还吃了批评,只好不管了。把屋里弄得像个骡马大会。秘书同志只得在人群里挤来挤去了解情况,往本子上记。罗满江则在人群里招呼茶水。目前又正是中央关于右派改正和地富摘帽的精神刚下来,就像一根点着的火柴扔进了稻草堆里,火苗着起来,小火星也迸出来。屋里吵得沸反盈天。

有两个身穿粗呢制服、头发已经谢了顶的干部,在争论给地富摘帽到底是不是时机,地富可能趁机反攻,特别是基层干部工作难做的问题。一个省经委计划处长在和一位基建项目的负责人争吵,要把他那个"漏水沙床"的水利基建项目下马。一个省报编辑在和他的撰稿人——一位大学讲师争论,因为稿子写的有关实践是检验真理的标准问题,他主张只能正面讲解,就可以起教育作用,不要联系反面的实际,否则易涉攻击影射之嫌。而对方不同意。还有个腰插旱烟袋的老农民,秘书正在劝说他退出这间大厅:

"你就别见王书记了。你不看看找他的人有多少!你那点儿芝麻绿豆大的事,不就是队里砍了你三棵自留果树吗?这就找你们公社干部就能解决了。这都找王书记,他真不用吃饭睡觉了。"

那个老农民可不答应。他说:"不行!别说公社,县里和地委里我都告到了,都不给落实。跟省里下来的记者刘同志我也告过了。可是我进省找到报社,说她在省委。找到省委,又说在报社。还有人说她就是王书记的太太。我这才想起来我有个亲戚白土才提念过,有个王书记在他们县下放过。正好!我来告状也不是不讲理,果树砍了几年,我又不要赔这几年的果子,只要一点果木苗。都不管,砍了白砍哪?好歹得叫我见见王书记!"

外屋这么多人等着。王辉凡却在里间小书房陪着第一把手老苗。老苗的腰已经弯得更厉害了,离了人就不能行走。王辉凡却鬓发光洁,穿一身深灰中山服,显得腰身笔挺。他们都已经知道,在干部结构改革中,上面有意请老苗"交班"或者挂个名,让王辉凡晋升。但是这件事一直还没有捅破,老苗毫无肯交之意。按一般"做官"常理,王辉凡在这时候就应该多表示退让谦虚,一切尽量按老苗的意见办。但是他却不。而且老苗事实上也没有精气神去管这许多新鲜问题了。所以到星期天还有这么多人来找王辉凡。

老苗还以为他星期天一定和夫人刘丽文在家里休息玩乐,所以在星期天来找他。没想到碰见这么一屋人。只得简单谈了谈有些干部对王辉凡"操之过急"的反映。他自己觉得是讲得十分委婉、中正和平的。但是王辉凡却不同意。他说:"这些人反映我没有坚持过去十七年的传统,我认为他们才是没有坚持十七年优良的传统。十七年那时候,我们对旷工几个月不上班的人这样迁就过吗?对明明亲手制造冤案还顶着不肯给别人平反的干部,会不制裁吗?'四人帮'就是反革命,我们那时候对于反革命的吹鼓手还都委曲求全安排当干部吗?对公开走后门舞弊的人都不管吗?说我否定十七年,我只能认为是诬陷。"他喘了口气,又来一句:"至于夸海口、乱整人,那是十七年里的坏传统,我想老苗你也不会赞成。"老苗还是摇头,但却不再反驳。也许是没力气反驳了。他拿起拐杖,表示要走。王辉凡急忙亲自上前搀扶。

刘丽文正坐在小书房里写她的自留果树问题调查报告。她是省报的特派记者。王辉凡本来想要她回省委调查研究室,她偏不干。但是当记者之后,她倒自动兼职,来给调研室提供参考资料。今天她已经发现自己的一个调查对象来到了家里这间客厅里,她不愿意暴露出自己首长夫人的身份,便故意躲在里面不出来。直到老苗要走,她才不能不出来了。

两人一边一个架着老苗。老苗看看刘丽文,叹道:"小刘!你也够五十了吧!怎么还这么秀气。老王倒真是有妻福!"他们两个都知道贾漪后来嫁了老苗,只好一声不答话,扶到门外,才见贾漪坐在小汽车里等着。见了他俩,高傲地只把头微微颠了一颠,算是打过了招呼。

他们俩回来,王辉凡就挺身走向那像蜂窝似的闹嚷嚷的客厅。刘丽文看着他那姿态,简直好像战士进入战场,头也不回。她赶上去说:"辉凡!六点半至七点吃晚饭!这么急干什么?别又当辛辛苦苦的官僚主义。"王辉凡站住脚,微笑着说了一句:"今天的菜我可不能炒了,由你喂我什么。——事儿吗,一会儿我都处理完了,就回来听候夫人审查批准!"说罢,做了个与他的年龄地位不太相称的鬼脸儿,复又匆匆走进他的战场去了。

刘丽文没有跟进去。却站在室外听了一会。她听见了他首先在和人事局长谈一个工厂厂长的调动问题。这事情她早知道。那位厂长没有大贪污,但是什么都不懂,对厂里生产一问三不知。而对自己所完全不懂的东西又任意拍板,大笔一挥,弄得国家白损失几百万元。还利用职权营些小私,例如派干部出"公差"去为自己的儿子活动调回城之类。人事局长的意见,是把他调到别厂去当厂长,或者回工业局任同级处长。王辉凡的意见是可从宽不予处分,但须降任一个稍低的职务。只听人事局长很委婉地说:"他那些问题,我知道,都知道。他不称职。可是,他是那个级别那个职务的干部呀。够不上犯法的罪,怎么能……"王辉凡不待他说完就接过口去,声音很大:"按习惯这种渎职干部就永远只能维持原职务,或者往上升。稍降他一点点,他就要到处哭喊告状,说他没犯罪,说我们违反了干部政策!"说到这里他声音变柔和了:"我知道你为难,在习惯势力包围之下实在为难。咱们都一样。可是,你想,要是都怕为难,不敢开手动一动,咱们这个破破烂烂的局面还有出头之日吗?把咱们这些人从稻田、麦场上调回来,为什么呀?……"声音又高了:"那果树问题只是违反当前政策吗?剥夺农民是根本违反马克思主义的!"底下又越说声音越低,被一屋子嗡嗡营营的声音盖住,刘丽文微微笑了一笑。支持他吧!他至今仍然需要全力支持。她急急忙忙走回小书房写她的报告去了。

附:王辉凡的日记和刘丽文的补充

"今日十分充实。我在干校中所受教训,终生不忘,抱此意以处理各项问题,自觉耳聪目明,不再受人愚弄与敷衍。由此忽然得一新意:中央这次三中全会能下这样的决心,一定是负责同志里也有人像我一样心情。十年冤枉没有白冤,受罪没有白受。这样,就不是由别人的吹捧压力、漫天要价以及不动大脑等等老传统所能左右的了。此意不能到会去讲,但想到后,心颇自在。

"我不过焦头烂额为上客而已。真可叹有人竟任其延烧,连焦头烂额者也不肯做,我欲为一文……

"刘丽文补记:你写到这里就睡着了。我替你续完吧。我在你睡熟后仔细审视你的脸,真平静。代你脱衣,你也不知。你忘了记下一件事,贾漪今日到我们门口而不入。我不知她是愧见你呢还是嫉妒我。她作出高傲的样子,但是私生活上的胜利者明明是我,就是从政治上我也没有输。她的来到,使我感到这是一个征兆,——胜利固得来不易,前途更有不少艰难,还有战斗。来日大难啊,你别太觉得平静了。杜甫那两句诗里最精彩的还是'临危莫爱身'那个'危'字。下得多准确!多大胆!"

功罪之间

忽然来了一起外调的人，所提的问题是关于从我们单位调出的一个干部申之俊的。问我，这个人在"文化大革命"期间是不是"三种人"。

我是当年的"走资派"，和来人谈了近两个小时，我举出了申之俊在那个发狂的年代中的种种胡作非为、胡言乱语，可笑已极，可气已极。可是，最后人家问我："到底你认为他是不是'三种人'呢？"我想了一想，只得明白地回答道："我看他还不够'三种人'。他和'四人帮'没有直接的勾结，也没有十分严重的打砸抢，本人也说不上耍阴谋。不过，此人品质实在不怎么样，政治水平也差。"我只能按政策说话。

可是外调的人走了之后，却引起我关于那个年代种种事件的思绪。也真凑巧，上午刚接待完关于申之俊的这个外调，下午便有林国臣的寡妇跑到机关来看我。因为我批了每月给她一点生活费，她跑来向我千恩万谢。我自然连连表示这不必，表示这是落实党的政策，不必谢我。她却仍然说了好多好多。她是个家庭妇女，说不出多少道理，就讲家长里短，说林国臣前妻的大儿子如何与林国臣划清界限，又怎样不管他们母子；如果没有我帮忙，她怎么活不下去等等。我好言抚慰了半天才算把她送走。她走之后，我不能不又想起申之俊整林国臣的那一案，自己的心实在安静不下来。

那时申之俊是个大学才毕业不过三年的青年干部。说实在话,他对于过去的历史环境,革命斗争,一点也不懂;对于机关里的许多人,也没有任何了解;却在那里颐指气使,自命为革命领袖,审查别人的历史。这是使我们这些"走资派"最看不下去的。他每一训话,我心里就念叨:"你懂个屁!"到现在我心里不安静,倒不是老记着申之俊斗我的旧恨,我想的是后来我处理他办的林国臣一案,因而发现他干的那些蠢事,同时,联想到了我自己跟他的异与同。

申之俊在"文化大革命"中狠狠地斗过我。除了他胡扯什么"叛徒"、"漏网右派"是毫无根据之外,当时他最刺伤我的一句话就是:"像你和林国臣之类罪该万死的人……"这句话我实在忍受不了。林国臣是机关里人所共知的老国民党,在旧社会当过官,是在四九年我们已经占领北京之后凑合起义的。政治上既不好,业务上也不行,纯粹是因统战关系硬安排到我们机关来的。我是历史纯洁,从少年时代参加革命的党员。把我和他算在一起,哪还有比这更大的侮辱?

后来,以申之俊为首的造反派们又在大会上宣布林国臣老头是军统特务,还说是铁证如山,是有组织有领导的,填过表的,他自己已经把军统组织都交代出来了。宣布之后,免不了又骂一通我这个"走资派"是多年包庇特务,因为本来与特务就是一丘之貉云云。那时候我心里一方面是实在不服气,心想我们党委和人事处那时何尝不是恨不得把林国臣这个老累赘早日打发出去?可是,国家规定的铁饭碗制度,没一个单位肯要他,叫我们往哪里打发呀!这怎能怨我们呀?另一方面,我一听林国臣竟真是军统特务,也是气满胸膛,原来是这么个坏东西。申之俊竟把我和这种人等量齐观,更使我想起来就恼火。

不过,虽然都是被揪出来,在实际上,那时林国臣的境遇却比我更糟。

我们去干校里劳动之后,我这样的"走资派"与林国臣这样的"牛鬼蛇神"都脱离了"牛棚",分别"回到群众里去"了。把我们编到各班里,由"革命群众"来监督我们劳动。我那时已经当了好几年"走资派"。长期过"贱民"生活,被人呼来喝去,连小孩子都欺侮我了。但是,仍然有个别的人,偷偷对我表示同情。有一位革命群众,在群众互相理发而我的头发多长没人管的时候,曾主动找来替我理发。虽然只不过披着报纸坐了五六分钟,我可明白这几剪刀代表了他多少言语。还有位革命群众,把他从城里买来的油炸开口笑分给全室居民共尝,最后居然也给了我一个。虽然只有一个,而且还附带一句话:"给你也尝一个吧。"好像这类似于"嗟来食"。但总也是对被监督劳动者很不平常的"政治待遇"了。而林国臣在那里则完全像一只身上带着瘟疫的狗一样,成天垂着个头,连走路都不敢迈大步。他一走到哪里,别人就躲得远远的,和他唯一的交谈语句就是叫一声:"林国臣!去把这堆土倒掉!""林国臣!去搬砖!"有的班排长甚至在把劳动工具发给他的时候,都是手握着铁锹的上段,把下半段远远地伸过去叫他接,好像怕与他的手一接触会弄脏了自己的手。革命群众开的什么会也不让他参加。只准参加由我负责召集的"学习会"。这是当群众在那里开会研究什么需要对我们保密的问题时,才叫我们自己单独开的。就在这种会里,我们也从不敢多说一句轨外的话,都是互相以空话"规劝":"你还有什么,快交代吧,我是没有了。"那林国臣总是一语不发,只有听我们这些"走资派"和"黑笔杆子"、"阶级异己分子"对他一套一套地规劝。有的人口口声声自称"反党",话题挺多,不住地讲:"一切为了交代罪行,不交代罪行没有好结果。"林国臣的头总是越垂越低,几乎到了胸口,看那神气,就活活是个畏罪认罪的样子。那时候我就更觉冤枉,把我和这种人捏在一起,天下还有公理吗?

后来,林彪下了备战动员令,叫把干校"五七战士"的留京家属统统送到干校来。不过,当然各单位执行得也有紧有松。我们连队那位站出来反戈一击被结合的"革命干部",这时当了连队的头,他特别积极,亲自回北京去动员,把各家的老老小小全都弄了来。他自己的妻儿也带头来到,做得特别彻底。林国臣的老伴也就在这时来到干校,和我编在一个班。她好像是个二百五加十三点,懵懵懂懂,说起话来就好像不知道她的老头子林国臣是个大反革命军统特务似的,还是口口声声:"国臣他爱吃甜的不爱吃咸的。""国臣他洗不来衣服,你看他洗的领子!"……不过她人倒满勤快,干活一点不惜力,年龄又比林国臣轻得多,只在中年,可以当个劳动力,所以班里排里倒还欢迎她来。她是林国臣的续弦妻子,可能是当中学生的时候嫁给了这个老官僚吧,从来没有在外边做过工作,到这种年月还把个林国臣当作自己的终身之靠。班里的女"五七战士"有的启发教育她一下,可是她那榆木脑袋瓜接受不了教育,只好由她去。以她这种身份,当然没权利再来欺侮我。出工的时候,她常常替我挑选刃口好的铁锹。看样子,可能是干过农活的。我只问过她一句:"从前你家干什么的?"她说了一句:"我嫁国臣以前,穷得很。"再底下我也不敢细问下去了。我并没有查问别人历史的权利,也没有必要。

后来,熬到一九七二年春天,总算皇恩浩荡,我得到解放,脱离了被监督劳动的身份,上升为"犯有走资派错误"的革命群众了。种了几个月菜之后,又被提升到专案组。原来那位积极动员别人下来"备战"的革命干部,自己早已带着妻儿被调回北京。我还得在这个"广阔天地"里,在军宣队领导之下锻炼,但被提升成连指导员。这时候,林国臣等等已经又成了我管辖下的犯人。到七二年秋天,我接受了复查这些案件的任务。林国臣因为年纪太大,在这里劳动反而影响连队的平均日产量,所以干校决定把各连这类老迈病弱的"五七战士"集中送到一个"老人区"去。说是"养老",不用劳动,但一切种菜、拉车、拉煤、烧火、做饭的活儿并没有人替他们干，实际上当然比在我们这个"壮年区"更累。林国臣和他老婆就一起去了。在复查到林国臣的时候，我提出把他单独叫了回来。

那次复查，可以算我生平工作中最痛快的一段，也可以算自从我做这个单位的领导工作以来，威信最高的一段。干校军宣队抓"粮油肉菜四自给"是抓得最紧的。检查评比干部带头，没有个完。可是这时候我却特殊化起来，常常不出工。有的群众自动去找军宣队，说："让他工作吧，我们可以替他干那一份。"军宣队也便不敢把我怎样。我天天坐在那四壁泥砖的办公室长板凳上，在一盏煤油灯下翻阅案卷，把那些造反派和军宣队们定的荒谬绝伦的案，一一推翻，把和我一同受罪的"牛棚"朋友们的冤枉，一一昭雪。真是天下没有再比这痛快的事啊！而这里边最荒谬的案子，莫过于林国臣一案。

我迅速地看完了全部外调材料、林国臣的全部招供和军宣队造反派共同搞的结论，发现这简直是一个天大的笑话。他们那结论中叙述的事件原委是这样的：当抗日战争开始后，林国臣这家伙在国民党一个部队里当参谋军官。这时有一批救亡青年所组织的宣传队参加了这支部队，其中包括好几个共产党员。林国臣和他们熟悉了。他本来是军统特务，于是便把这宣传队的十九个人全部发展成了军统特务。后来，这些人就带着特务身份陆续回到共产党内。直到"文化大革命"爆发以前，他们都成了省一级或地县级的领导干部。有的还成了蜚声全国的文化人、音乐家。实际上，他们全体都是埋伏暗藏下的军统。这林国臣的罪恶该有多大！

我乍一看这个结论材料，已经开始疑心。因为，那十几个说是由林国臣发展的军统特务中，有我认识的人。竟会这样吗？我虽不熟悉这一支宣传队，但这类抗战时期由救亡青年组成的随军宣传队我可见得多了。像这样发展军统，有点出乎常理。我想，应当多费点工夫细查一下。但是，没想到根本用不着细查，我只坐了一下午,把本案的全部有关档案都看完,一切已经明白了!

那些档案如果作为小说也是极拙劣的小说,因为编得根本不像,没有生活!首先,编造人林国臣竟连关于军统的常识都没有,连军统是称某省什么站什么组都不知道,说成了军统局华南分局广东省委,倒好像是共产党的中央局和省委组织。其次,军宣队和造反派去外调那十几个被他发展成特务的人,找了各人所属单位后,有的单位接受了他们这个伟大的发现,说"该人也已承认确系军统特务"。但也有的单位回答说:"不能确证。"可见滔滔天下也还是有明白人的。最重要的是,他们已经找到了当年在那块地区主管军统的大特务,此人在解放前夕起义,把一切关系都交出了,本来已成为统战对象。尽管这回"文化大革命"又重新关进监狱,但当他们去提审时,这个大特务却负责地写了材料说:他当年所管范围内,并没有林国臣这个人,也没有他发展的那支宣传队。这个证明却被军宣队和造反派塞在最不重要的不编号剩余杂件里!幸亏没有丢!

最令人悲愤难平的还是,那十九个中间,已经有一个因为这样硬被打成军统特务而服毒自杀了。是一个入党三十几年的老党员。

我气极了,申之俊这种人无知到这种程度,还要来领导什么革命,要造什么反!真是滑天下之大稽,他懂得一点点什么叫救亡宣传队吗?懂得那位知名音乐家过去所做过的有影响的工作吗?我们参加学生运动时候都是挽着胳臂唱他的歌的呀!此外,我还生气的是这全部谎言全部诬陷都出自林国臣之手!这个老混蛋,老国民党,他竟然陷害了我们十几名老党员,而且害死了一个同志,他简直有血债!

这时候,虽然我仍在军宣队的领导之下,不能说"文化大革命"一个不字,开会还得语录不离手;但是我已经可以自己召集会议了。江青说我们"人还在,心不死"不是假的。我的心怎么能死？我得想方设法曲折地为我自己,为我的朋友和同志,为我们全体被打倒的走资派们伸冤。于是我征得军宣队代表的同意,召集了一个会。那位军代表并不是从前定案的军代表,早换了人了,所以他并不干涉我的复查活动。这个人训起话来,完全一本正经,好像他就是马列主义的化身。可谈起问题来时,好似小猫理乱线头,一会儿就把张三和李四的事都岔到一起了。不让他过问是容易的。

这个会是宣布林国臣案情,为他平反的会,实质上,却是一个批斗林国臣的会。

那个年月,开批斗会当然是常事。不过,我自认为我召集的这个会完全是伸张正义的,和造反派军宣队们所搞的大不相同。我要为冤死的同志诉苦伸冤,还要让群众看看究竟申之俊之流造反派在干些什么,究竟是谁在勾结国民党陷害好人,是他,还是我?

林国臣来了。走进当作礼堂用的食堂之前,他在门口站着不动,一见我走过来,便跟上来,低声对我说:"指导员,我有话找您说。"我的会议早已布置好了,哪能为他停留?我把手一挥,说了一句:"有话会上讲。"就迈步走进了门。

全连二百多人把那小小的食堂全坐满了。林国臣站在侧面,我站在前面中间。我按当时仪式,先背完"政策和策略是党的生命"这段语录,接着宣布林国臣并非军统特务,以前结论无效。底下我就把案情详细讲下去了。过去不论定案和平反会,都是只宣布一个结论,给被定案者戴上"帽子"或除下"帽子"就完了。至于根据什么定案或根据什么平反,那都是专案组的神圣机密,向来不对群众讲,也不对本人讲的。所谓"群众专政"只是由群众挥拳呼叫,让被审者坐喷气式批斗一番而已。这是传统。因此,本连(也即本机关)的群众虽然都知道林国臣是个军统特务,究竟其内情如何,却谁也不知道。我这样对群众细讲案情,是从来没有过的,因此全食堂鸦雀无声地听着,我看见值班做饭的"五七战士"们也从后门挤进来了。窗户口上还扒着人,我便越讲越有精神。一边讲,一边注意听众的神色。到底,我们这个机关里老知识分子不算少,还是有些人对于旧社会的事情有知识的。当我说到那驴唇不对马嘴的军统组织系统时,便有些老先生皱着眉苦笑着摇头不止。可见他们一定也和我的心理一样,在嘲笑申之俊这种荒唐的"审查干部"工作。到后来,我说到了林国臣案的祸延十八九个共产党员,而且把其中一人已经逼死的事。我忍不住义愤填膺,手指着林国臣大声说:"你这个老国民党!老官僚!你编造假案,使这些老共产党员身蒙不白之冤,以至冤枉牺牲生命。他们为革命苦斗几十年,就葬送在你手里,你迫害了他们,自己反倒没事了,安然养老!那死了的有谁偿命,活着的几时才能见天日啊!"我说着,简直要把我自己以及所有大大小小"走资派"这几年所受的冤枉委屈统统借此倾诉出来,越说越激动。在场的人们显然有不少也被我这颇富鼓动性的宣布案情讲演所动。这不是空话鼓动,这是有事实的呀。我看见大家听的时候互相交头接耳叽叽喳喳,在那里表示大出他们意料之外。我刚说完,立刻有一个年逾五十的老同志站了起来发言,他为此也非常气愤,用手指着林国臣说:"你过去当国民党官就迫害这些救亡青年。现在你造假案,还继续迫害他们!你一贯和他们敌对。你犯了罪!你说你犯了罪没有?"

那林国臣仍然低头站在那里。我召集的这个会,并没有逼令受审者弯腰低头之类仪式,但是他的头却越来越低,两眼望地,几乎连腰也弯下去了。听了那位老同志的质问,他嘴里唔唔哝哝地说了两句:"我实在错,我实在对不起他们!"

这时候,我这个当主席的从那位发言同志的话里忽然获取了灵感。他说林国臣从过去到现在一贯迫害他们,自然也无具体实据,不过,既然是国民党的官当然便具有迫害救亡青年的身分,是依此推断出来的。我可由他这一句,想到可以联系上纲,便面向林国臣做结论似的说:"你何止是对不起他们!这就叫阶级斗争!

这才真是国共两党斗争,真是资产阶级对无产阶级的阶级斗争呀!"

一句话说得全场动容,我想大家会认为是警句。散会出门的时候,一反过去那些批斗会大家互不交言的沉闷气氛,这次大家都边走边挺热烈地谈论会上宣布的这件荒唐可笑而又可悲的案情。林国臣本人除了在会上那两句之外,再没有说什么,也没有因宣布他并不是特务而表示一点高兴,还是低着头,一副心事重重的样子;而且简直连脚都抬不起来,会一散,他就靠在墙上。他那二百五老婆又没有跟来服侍。我只得告诉一位专案组员:"通知他老婆一声,他的事完了。"至于他这副模样,我猜想一定是因为我们在会上批斗了他。但是我也没有去问。很快,就打发他仍然回那个"养老区"去,跟他老婆生活在一起了。至于他后来还会有什么反映,什么思想活动,因为两区相隔甚远,我就顾不上问了。还得忙别的案子。

我觉得这次案子处理很成功,既暴露了申之俊他们那班造反派的谬妄无知,又为我们十九位同志提供了昭雪冤屈的根据。他们都会在不同单位获得昭雪的。同时又很切题很实事求是地对国民党林国臣进行了斗争。我们和他们完全不一样,给捏在一起是胡搅,这总该澄清了吧。虽然我还不敢给军宣队提什么意见,但是事实摆在这里。这次阶级斗争的纲上得对,是真的,就说明了他们过去所说的"阶级斗争"是胡扯。

我们在那样环境下的"复查",当然不能太彻底,按干校群众的一般舆论,认为我们推翻了造反派定的案,恢复了"十七年"的原案,就够青天大老爷了。口碑确实不错。

后来,干校解散,我们都回到了北京,林国臣也回到北京。"四人帮"垮了之后,按照政策,林国臣按起义人员论,应当既往不咎,推翻一切对过去历史的审查,发还了全部被扣工资,房子也恢复了原状。后来他还申请回了原籍。我这时候也已经复了职,被十年内乱所搞乱的事情百端待理,自然更顾不上林国臣。他临走还来过一封感谢信,要求向我告辞。我翻开看看也就算了,没有约见一面。一方面我是忙,另外我实在觉得他能得到这么一个结果,已经是大大地便宜了,我犯不上再去跟他点头哈腰。至于申之俊,早已在干校结束之前就打发到了别的单位。这些造反派们,在干校结束之际通常都是在各单位之间互相交流了,这样做对机关,对他们本人,都比较方便省事。申之俊曾希望留下,但他办的这件林国臣案实在给我印象太深。我想问题不在于对林国臣如何,林国臣这老家伙也不是个好东西,是咎由自取。重要的在于那十九个人中的那位屈死冤魂,实在是该由申之俊负责的。尽管他并没有动手杀人。我不愿意留他在机关里。我也知道了他这些作为并不是由于和共产党有"血海深仇",如十年内乱时期加罪于人的口头禅那样。跟谁(包括跟我)也没有私恨,他也没有和任何坏组织有过勾结,其所以造反,确实是由于听毛主席号召的"造反有理"而来。所以乱定别人罪名,则是由于他实在无知,又把别人的命运看得太轻。按那已经养成习惯的"造反派的脾气",马马虎虎将就多定上几个,多打倒一些人,可以得到自己已经推翻了"旧世界"的自我陶醉。哪里考虑到这样做会伤害别人一世?这种人,让他慢慢去在生活里接受教训吧。

几年之后,传来了林国臣在原籍病死的消息,我们按规章给他办了丧事。他的一切已经一了百了。到这时,关于他的一些议论却逐渐传到我耳朵里来。

有一次在机关的墙报里我偶然发现一篇小文章,题目很古怪,叫《林国臣与江竹筠之死》。这墙报是贴在食堂过道里的,我在吃饭时偶然驻足看了一下,内容大致是没头没脑地说林国臣并不是江竹筠,不能要求他有那样临刑不惧的硬骨头云云。意思没有说透,但大致可以看明,这是说林国臣那些瞎招供是被造反派打出来、逼出来的。我稍微想了想,觉得我本来就认为主要责任在申之俊,所以与这位墙报作者的意见并无不一致之处。文章没有引起我很大注意,但是我知道了,那次我在干校召集的那个会,效果并不像我想的那样单纯。

完全是偶然,我在工作中从一位老同志的革命回忆录文稿里,又发现了林国臣的名字。那里边说自己当时经过关系打进国民党军队,一些中介人的名字里就有林国臣。这我就注意了。于是当我见到这位朋友的时候问起,那时候林国臣是干什么的?

完全是在闲谈中偶然问起的。头上已经现出白发的老朋友也没有在意,把烟灰一弹,向空中喷一口烟圈,笑着答道:"他是我们的老上司、老前辈啊!那时我是个学生,是他引荐的我们。"

他这么坦然承认林国臣是老前辈,这我可实在没想到。我嘴里磕磕绊绊,又问:"他那时候,是个……是个国民党官僚吧?"

"官当然是官。"这位朋友是个多年做地下工作的老手,大约是听了我这外行的问话,觉得必须诱导我一下,他长长地"唉"了一声,慢慢地说,"官和官不一样啊!你怎么能连这也不懂?"我听了他的话很出乎意外,他听了我提的问题似乎也出乎意外,眼睛圆了望着我,逼得我不得不低下头去。

我还不想认输,又问了一句:"那么,林国臣的政治态度是什么?"

"是什么?"朋友知道我的意思了。他叹了口气,"你们从解放区出来的人就是不懂那个社会。你以为那都和小孩看电影一样,人全都分成好人坏人吗?"我的朋友正颜厉色,像教训一个犯错误的傻小子一样。我估计他看我之无知,可能正和我看申之俊差不多。他教训了我这么两句,稍稍沉吟,又比较心平气和地补了一句:"那时候他肯帮我们忙,当然政治态度就得说是不坏的。你总该明白他们那个系统本身在国民党里就是受排斥的吧?"我到底不是完全没有政治常识,他一说那个地方系军阀的名字,我就知道了,也大致领悟了朋友的意思:林国臣这个人不能就用"国民党"

三个字来简单划线。他不是嫡系。

可是,自从我进了这个机关认识林国臣起,直到我直接审查他的案子,直到他死,我什么时候考虑过他这个国民党官到底是哪一系,哪一段,什么遭遇和命运的人呢?从来没有!想过他做过什么好事吗?更没有。我的唯一印象就是管人事同志向我提供的:"他是国民党的官,当过局长。"我的概念也十分简单明了,凭直觉就知道了国民党局长就是国民党官,当然是蒋介石走狗,还有什么别的好说?……我在这朋友面前默然了很久很久。想那时我对申之俊的轻蔑,想我对林国臣的申斥和批斗。这些我都不敢对这个朋友说了。我这个朋友是一位畏友,他对我说话向来不留情面,不让我陷进自我陶醉的泥坑。今天的话虽不重,也不多,却叫我怎么也摆不脱,放不下。

第二天,我去向人事处索取林国臣的档案。人事处管档案的同志觉着奇怪,问:"人都死了,这档案已经提出来,该销毁了。您要它干什么?"我没说出什么理由,只说工作需要。这晚上我坐在办公室里没走,一直看到十一点。自然,是在明亮的电灯底下了。

过去在干校,我只看了他与那十九个人的问题部分,光为了审查他是不是军统。这一次才把这两厚本全看了。我看见了这个人很曲折的一部历史,他参加过北伐战争,认识好多当时的风云人物。还有他在国共分家时候的情况,他和邓演达的第三党有关——邓演达是被蒋介石枪毙的。也有他抗战开始时候帮助革命青年的活动,和解放前夕准备起义的琐碎情况。看来按他的历史虽不是个坚决彻底的左派,但却可以说是我们多年以来的党外朋友。他做是做过一任局长,不过是国共合作时期地方实力派手下的局长,和我那凭直觉得来牢不可破的"国民党局长"概念并不是一回事。这时我才重新细看了林国臣亲笔写的关于他定案问题的申诉书。这是在造反派给定了案之后,他在军宣队刚刚进驻时,抱着希望向军宣队申诉的。军宣队当即予以驳回。所以只作为附件。这个文件我过去在干校处理这案件时也是看见过的，但是那时不知怎么竟会没看清这些句子。这里明明写着："我因受申之俊等同志的压力，作了错误的交代。缺乏实事求是精神，对不起过去的革命同志，我向军宣队请罪，向革命群众请罪，向那些老同志请罪……"一定是当时我一看到这一大申请罪就烦，就没有认真往下细看了。底下说的是："申之俊等同志指定我交代的情节，不是事实。我是完全按照革命群众所指定的情节照写的，其中漏洞显而易见，请军宣队明察。"这份文件后面有当时的军宣队政委批的两个毛笔大字："反案"，加一个大惊叹号。

这事情一细想就明白了。本来我就觉有点奇怪，怎么在旧社会官场里泡了多少年的林国臣，会连军统组织系统都不知道，编出那样可笑的供词？原来他被逼供时是故意这样写，指望这显而易见的漏洞到了军宣队手里便会被发现，就可以翻案了。可怜他怎么想到那军宣队连翻案的翻字怎么写还不知道，哪会这样"明察"，哪会替他这个"反革命"翻什么案！而到了我手里，又是这样只按我的"十七年"传统办事，案是翻了，我却连听也不要听他这种人的申诉！

我看下去，从档案袋里又抖出一张他的旧照片，年岁约在五十以内，穿着军便服，昂着头，叉着腰，挺精神。和在干校那老是请罪的样子大不相同。照片背后还题着"赠给永属于我的小玉兰"一行字。玉兰就是他那老婆的名字。是订婚时的照片吧，怎么也跑到这里边来，可能是造反派抄家抄来的，清退工作不彻底。我拿着照片看了一会，照片已经发黄了。——我们宝贵我们的历史，而这个人也同我们一样的有自己的历史，也同我们一样有爱情。那个二百五的玉兰就爱着他。我拿着照片，为自己无故闯入人家的私生活，感到羞惭不安了。

我的不安何止这一点呢。我本来以为我对人对历史都比申之俊要懂得多，而且为此自负。但是多得太有限了啊。我也没有了解这个林国臣,我对他说了那些非他所应承受的凶狠的话,给他上那样的纲。他的错是他不能像江竹筠那样坚持革命气节,顶不住,被屈打成招。但是,屈打他的人却并非国民党,而是愚蠢的申之俊以革命的名义干的。这与江竹筠理直气壮去反抗的对象,又并不相同。

反正,他没有坚持说实话,使他内心痛苦。如果我当时只这样批评他,他会心悦诚服的吧?而现在他是带着痛苦到坟墓里去了。我呢?我心里怀着对这个人的一种难言的遗憾。我早应当见他一面,应当和他谈一谈,不但批评他,而且表示我个人的歉意,请他帮助我理解历史,理解人。

我的手捏着这份申诉书,想和写信的人说话,说许多话。那决不是指导员召集的批斗会,而是一个有缺点的普通人对另一个有缺点的普通人的谈话。但是,这都已不可能了。

我又想到下午那个玉兰来向我感恩戴德的表示。唉,我怎么可以受之无愧呢?应该去回拜她一趟才好。

旧梦难温

秋天下午天气阴阴的,车上人又少,冷冷清清。五十五岁的林乔坐在十二路公共汽车上,向路边观看。好像美国华盛顿·欧文小说里那个在山中睡一觉过了二十年的人,回到了家乡,既觉环境和人都变了,同时又觉得好像是昨天刚刚离去,一切全都认识。就连自己,也好像还是满头黑发,手里提一个上班的补花布书包,正急着赶快坐这车回家,停一会到站下车,还得在路口的小百货店替乔林带一盒刀片。他这人,能记得照顾她,却老记不得自己的零碎事。

这条路,她走过二三千趟;这路车,坐过二三千次。因为这路车是她结婚后七年从家上班必坐的车。每一个站名,每一个站牌的所在地,都存在于她的记忆的深井里,却又像漂浮在井面上,一伸手指头就勾上来了。那个叫文部街和叫仓米巷的站中间,本来明明还有一站,现在怎么会没有了?路边有几家卖杂货零食的商店,倒都还在,不过门面漂亮了些,她都认得。这些商店家家都有桔子汁和红果酱卖。但是只有一家卖茶叶。乔林替她买红果酱捎带桔子汁,那东西哪里都有。可是他不喝这甜东西,她得替他买茶叶,就稍稍麻烦一点,一定去仓米巷站旁这一家。这条路上最多的原是裁缝店。其中有一家是乔林陪她来过的。因为他说她有点"朴素得过分"。有一回他自己买了块花麻纱来要她做衬衣。他不懂尺寸,买太多了,好心的裁缝师傅说剩下可惜,出主意做成一件连衣裙。这件衣服成了她的第一件"时髦"衣服,一穿出去女同志们就开玩笑。可是乔林却要求她每跟他一起出门时一定要穿。真可气这家裁缝店怎么不见了,变成门口挂着许多丝绸连衣裙和西式外套的什么"公司"!

他们来得最多的还是一家回民小饭馆,卖炖牛肉和爆羊肚的。南方人乔林偏偏最爱吃这个,老是拉着她来吃夜宵,然后一同散步回家。也有时候,上附近的刘老师家去闲谈一会,一起回家。胡同虽窄,晚上人并不多,两人轻步踏着平坦小路上的月色和星光,闲谈一些两个人在各人的机关里所碰见的事。凡在阴暗的地方,他就伸出手来像情人似的挽着她的手。乔林对于他参加编的刊物老有许多不同意见。林乔对于她刚进去的报社则完全满意,觉得领导上说的都应该学习。不过,感受不同也不要紧,年轻夫妻之间闲谈这些总不是十分认真的,总是每谈到不同处就撂开了。至于谈那些投稿青年群众所提的天真的问题,还是两人都觉得有趣。她的单位下班晚。他下班早。他常常在估计她该下班的时候就跑到汽车站来等着接她(其实站离家只不到一百米,他偏喜欢这样)。所以,她就常尽量找一个靠右手的座位坐着。就是找不着座位,也总要挤到车右边来站着,好注目看一看站牌底下他来了没有。其实也是六七年的夫妻了,也不知怎么老是惴惴不安地惦着他,怕他没有来。今天,真凑巧,有个青年人给她让座,正让在车的右边。她深藏在记忆中的老习惯敏捷地冒了上来,在快到站时竟又抬头向车窗外那站牌下注视了一眼。——但当然没有他了。

她惘惘地下了车,忍不住用手背拭了拭涌出眼眶的几滴泪。今天重走这条路,她早预先考虑过,是出于偶然。告诫过自己并非来寻访有关他的陈迹的,乃是另外有事,拜访刘老师。但是一进这条胡同,那岁月的痕迹和距离的海就都突然潜踪灭迹。昔年乔林的笑语,和自己天天回家时那宁静又带点急迫的心境,鲜活地出现眼前，包括平时不大想得起的细节也一齐涌到身边。她觉得自己的腿脚灵活得很，和青年一样，完全可以连蹿带跑地奔回家去，心也和原来一样地容易动情。

"啊！乔林！乔林！"她竟在下车后低声自言自语地叫了他两声，仿佛他仍在身边，当发现没有时，再次溢出眼泪。

那个家就在离车站只一百米的地方。她不由得走到那大门口。这地方有她和他的家。她这时觉出了有一种习惯，一种欲望，想要回家。那大门是当年乔林的机关，中式四进的大院，他们的小家就在后院一间房里。那时候，这个大门是从早到晚敞开的，因为有些作家常来大会议室聚会，连晚上也常灯火通明。门口传达室还有个挺和气的老传达老刘，见她就含笑招呼。不想现在这两扇大门却紧闭着。天已擦黑，又没星光，一点声音也没有，隐约听见里面有小孩嬉戏的声音。想必已经不是机关，变成了什么大杂院。她在这门下停了几分钟，怕别人出来碰见，只得在附近街巷里来回走。

二十五年前，她就是在这样一个夜晚提着小包裹离开了这个大门，回到自己母亲家的。

那事情在当时极平常，也极简单。不必费话说明，就是乔林划成了右派，乔林是一个报社的反右积极分子。她在自己报社里和在家里——也即林乔机关里，所受到的是具有强烈对比效果的两种待遇。她社里整风办公室跟她好的没人不为她惋惜叫屈，不跟她好的则对这个积极分子发出冷言冷语，加上当时贴在家门口的大字报上，还有许多关于乔林的桃色新闻，绘影绘声，使林乔再没法忍受。她就此怀着四个月的身孕，离开了这个家。无论刘老师和自己母亲相劝，都无用。

离开之后，她真心地努力痛恨乔林，真诚地和他彻底划清界限，不再理他。离家住在母亲那里之后，肚里孩子不满七个月就早产了。据她自己说是不小心碰掉的，报社里则有人说她是怀孕六七个月还跑步打篮球,故意摔下来的。孩子落地连哭声也听不见。她产后三天就出了院,听人说孩子不能活,她也就不再问。出院那天,来看望她的刘师母问过:孩子还有点气,还要去看看不要。她摇手说:"那何必。"便走了。身孕一掉,原来劝阻离婚的母亲也失去了根据。母亲是个好心的单身小学教师,本来一辈子都指望着这女儿和女婿,到此地步,也再没有话可说。

乔林已经决定发往基层劳动,临走前还曾来看过她一次。她因为小产不久,正躺在床上。一听他来,立即背过脸去,没有看见他什么表情。只有他旧日的声音留在耳际:"林乔!你没有错。我对不起你。我走了,将来要是有一天能见面,再谈谈吧。"最后她觉到了他的手在自己脑门上摸了一摸,就像平时她有点不舒服的时候,他老爱摸她的脑门那样。

那时,她的心充满了火似的仇恨。只觉自己从认识他到离婚整整九年,被这个披着画皮的狼骗了。怎能想到他会这么坏!真是"受蒙蔽",蒙在鼓里。仔细一想他有什么可爱?不就是人长得漂亮,一副江南白面书生样子,又能说会写吗?自己着了迷,见了鬼!成了俘虏。原来人越漂亮心越坏。从当学生到现在说的话,整个没有一句真的。联想起过去的生活,都觉得是令人恶心的低级趣味,一切柔情蜜意无不可耻。你骗我,好的!一刀两断!不但永不再理他这个人,而且眼睛也不愿再瞭一下这种类型的狼种!你漂亮吗?你能说会写?我再找就一定找个和你完全相反的人,就要不漂亮的,叫那些喜欢冷言冷语的,看看我林乔究竟是什么样的人!

她报名支了边。戴着光荣花离开了故乡和母亲,在那个边远省份结了婚。她的新丈夫是她在新岗位上认识的行政干部。职位不高,比她大十二岁,只读过小学,人长得黑矮肥胖,的确够上"不漂亮"三个字的评语。这么多年,她和他相处不错,家里一直太平无事。他们一起生活、吃饭、穿衣。到换季时候她替他买衣服。到年节她准备饭菜替他招待客人。就这么过日子,也奇怪,这多年她一直没有再怀孕,家里空荡荡地概无挂碍。她什么时候想出差就出差,想回去就回去住。有时出去三个月不回家,领导上问:"你家里走得开吗?"她笑笑:"我没什么可牵肠挂肚的。"

她是一直到一九七九年得知了乔林已经改正回原单位的消息,才写了封信去祝贺的。那时许多右派都改正了,她也知道以前他那案子错了。作为老朋友、老同学,祝贺一下自然应当。老同学们都知道他这些年实在够受,实在可怜,既然案子错了,自己过去那样做,现在想想是有点过分,甚至落井下石,不那么够朋友。不过,再想想自己当时,实在并没有那种攀富贵弃糟糠的坏动机。自问和别的某些势利眼妇女确是两样,所作所为无愧于心。顶多认识上不对,有点拉车不认路,过左不过,那可不是自己一个人的问题。法不责众嘛。自己原想的是做个正派人,听党的话。连领导都说他坏,我怎么舍不得也不能不狠一狠心哪。不过,听说他很苦,总觉自己心上忽然放不下。

后来乔林回了信,表示感谢她的慰问,特别说明自己也早已再婚,愿意两家长期做朋友。他的信也完全是个老同学口气,但是谈了一点点这些年的遭遇,发了一两句感慨,说了一两句对学生时代老友的忆念。他这人的文笔竟仍然不减当年,一句话可以让人反复想好久。林乔看到这封信,读了几遍,不忍放下,先收藏在书桌抽屉里,后来又放在皮夹子里,又移到贴身衣袋里,到最后还是决心把它掏出来烧了。

他们又通过好几封信,主要内容是她细问他在劳改期间的生活,越看他那些信她越觉得悲悯,这个文弱书生受了多少苦!炼铁、扛铁条、挑大粪,什么活都干了,反党、反社会主义、反革命,什么帽子都戴了。而自己这些年没有管他,随他去受苦,连一个好脸色都没有给过,还有谁去怜悯他,在苦难中帮他一把啊?

于是她很希望见他一面,帮他把身上的创痕抚平,这次出差回内地真是个机会,终于找到了一个下午,到他家去做客。

他的新家在一幢宿舍楼里。一单元三居室。她去敲了门,开门的是一位四十来岁的妇女。穿一身淡蓝色衣服,面容清秀,眼角有点皱纹,不大看得出来,并无这样年龄妇女所常有的憔悴样子,而显得颇为丰润,笑起来更显非常柔和,语音特别好听。她知道这是乔林的新妻子罗翠玉,歌唱演员。但是,一点也没有想象中那种歌星派头啊!她头一个念头就是:"这人跟乔林很相配。"不由得心头一缩。

进了屋,乔林出来了。二十几年阔别,但林乔第一眼就认出了他。他还是他呀!世上有那种小说,说是亲人离别十年就互不相识,简直是胡编!他的头发上有了一点新霜,额头有了几条皱纹,但脸的轮廓完全依旧,肤色也并没有太黑。一见她,笑容满面,伸过手就来拉她的手。还是那样拉得紧紧的,一点也不放松,直到把她拉到沙发上坐下。然后急急忙忙地就跟她说:

"我等你都等急了。你看看我的一家人吧。这是翠玉,信上告诉了你的。阿珍、阿云快出来!阿姨来了!"

应声走出一个二十来岁秀美的姑娘,和一个约八九岁的调皮男孩,穿一件蓝花毛衣,胸前却有一大块土,大约是刚刚在地下滚过。

他们齐声叫阿姨,林乔忙伸手把小男孩揽在膝前,孩子一点不认生,朝她脸上一望,那双大眼睛圆圆的,真和乔林一模一样。林乔忽然想起:"我那孩子如果没有被摔掉一定也是这个样子。"心里已觉一痛。那孩子忽然说:"阿姨长的跟我爸爸说的不一样!不一样!"

"什么不一样?这孩子真调皮!"罗翠玉一把将小孩拉过来,怕他再说错什么,赶快把他赶回内室去了。却叮嘱姑娘,"你多陪陪阿姨。"姑娘十分温文,和林乔说了几句学校功课之类,还说,"爸爸讲过阿姨在学校顶用功,老叫我学阿姨。"才退去。

罗翠玉忙着招呼茶水,还特别煮了咖啡,加了牛奶,端上来还说:"要多少糖,请自己放,怕我放的不合口味。"

林乔连忙道谢,请她坐下,她却说:"我得下厨房忙一会,你们自己谈。"说罢转身走了。

林乔勉强笑道:"你这夫人看来很贤慧。"

乔林却自然地笑着:"我们的事,她全知道!你爱怎么谈就怎么谈吧。"

林乔一下子反而说不出话来了。她本来是跑来慰问乔林,表示同情他不幸的遭遇的,现在一看这个家过得这么平安和睦,反觉谈不出来,只得从道歉开头,说:

"过去我实在误解了你。"

"那不能怨你。整个时代都是那样。你是个纯洁幼稚的人,不了解那些,你不能负什么责任。"他还是挺坦然地微笑着说话,就像是为了别人的事情,在帮她解释开脱。

他说林乔不能负责任,这句话使林乔心里扑通一下,明白了自己对他应负很大的责任。可不是吗?少年同学,自己是跟着他才参加"反饥饿"运动的,是他劝说自己决不可参加反共游行的,是他写诗编诗刊,自己晚上特为跑到学生会,帮他刻钢板的。还把名字改成了两人同字颠倒,以示不二。这一件件,忽然叠印成扇形,骤然展开又骤然合拢。最了解乔林的,当然就是林乔,没有别人。怎么好开脱?

这个话题再说不下去了,她就打量这间收拾整洁的书房兼饭厅。普通绿布窗帘上,却绣着两只大熊猫,用黄白两色线绣的单线条,必出自女主人之手。靠墙虽然只有些木书架,没有玻璃柜,书可都分了类。书桌上的文稿还按乔林当年的习惯,用镇纸压着的是未完稿,折叠起来放在案头筐里的是已完稿,厨房里传来香气是煨牛肉的味儿。她说了一句:

"你夫人已经完全掌握了你的生活习惯啦。"说了又觉不太得体,这明明是表示自己才是最先掌握他生活习惯的人。

乔林却并不在意,还点头表示赞同,他掩饰不住那赞美的意思,说:

"你知道吧,她是在一九六〇年,我摘掉帽子的一年前,和我结婚的。就是在摘帽以后,别人也还是叫我摘帽右派,可是她不在乎。"

林乔听了这句,想的是一九六一年自己还在继续和乔林划界限,理由正是他是摘帽右派。那年又正反右倾,按运动惯例,新账必加老账,他的罪行决不可能因摘帽而减轻,反而会加重。为划界限,还发过一次言。

乔林接着讲述罗翠玉的事情:"那年我开始减罪,去当过一段县中学的语文教师。她是县文工团的演员,到我们学校来补习文化,认识了我。她不但尊重我,并且从一开始就不信那些流言,努力要了解我。尽管她文化起点不高,可是我们很谈得来。"

林乔心想:"我也是一样的,从刚认识他就尊重他呀,也谈得来呀。但是,我没有努力去了解他。连他到底是怎么受冤枉的,我都没弄清楚,就相信了流言。我觉得我是纯洁无辜的,其实我所做的事情最好的解释恐怕就是无知,无知的人似乎并无资格自命为纯洁!"

她的头一直低着,把来此地的打算已经完全忘了。什么问题也没有再问。直到忽然听见乔林提出了另一个多年来牵心的问题:

"林乔,你那时候也听说关于我生活上的一些谣言了吧?"

林乔不好意思问这个问题,但这实在是当年造成决裂的一个引爆因素,现在是唯一可以问的机会,不得不问:

"听是听见过。你真有那些事吗?跟……跟小陈,是不是还有李芬……"说到这里脸都红了,因为实在已经无权也无必要追问他这些事。但她仍然关心他,况且这是作为昔日夫妻间尚保留着的隐私,说一说,倒觉关系近乎些。

乔林这一下突然正颜厉色拍了一下大腿,连连摇头,生气地说:

"太岂有此理!我就猜想你一定是相信了那些,才会对我那样。"

"没有那事吗?"林乔惊惶地问。

"狗屁!"乔林几十年来的积怨竟一下子爆发,他脸红筋胀,咬紧牙骂了一句。然后叹口气解说:他们那个编辑部几个主要骨干全体被打成右派了。那些人又把两个女编辑给他和另一副主任派上了"暧昧关系"。事实上,人家早就都各有所恋,大家散摊之后,他没有和那两位女的有过只字来往。

"你不信,写信去查!"他这么郑重地对林乔声明,就像她仍然是他的妻子。林乔也忘了自己的现实地位,还加问了一句:"人家怎么说你深夜跟小陈一起喝酒呢?"

乔林陈旧的痛苦被唤得悠悠醒转,他眼睛望着房顶,慢慢一字一句地吐出来:"我满肚子的悲痛冤屈去和谁说啊?我喝酒,她来看我,我就和她谈。那时哪管是男是女,我要倾吐肺腑,同情我就行。……你那时候根本就不回家!"到这时他才说出第一句责备她的话。

影响了她一生幸福的竟只是一句谣言吗?造谣的人太可恶,太该死!她正想痛骂,但是再想一想,骂谁?她不禁垂下头。她本想说:"这话你怎么早不告诉我?"但是怎能问得出口呢?他当时如果硬来告诉,能起什么作用?只得低声说了句:

"是我错了。"

这句话只四个字,但分量是二十五年。这时忽想起了一句古话叫"倾九州之铁,铸成大错"。有理!她不能再说道歉的话了。因为这样分量的错误同道歉的话是完全不能放在一个天平上的。

"唉,林乔!我们不说这些了吧。"乔林突然把他的手掌覆盖在林乔放在椅边的手掌上,像当年一样柔和地抚摩着。他这掌心的热,这生疏了又十分熟悉的动作,使林乔的全部神经都恢复了敏感。这接触像是语言,又像是启示。她一瞬间只觉得心突然变温柔了,脑子却乱极了。眼眶饱含着泪,注视着乔林那轮廓依然的脸,不知自己想的是什么,等待的是什么。

但乔林终归松了手,林乔也忙擦了泪。因为罗翠玉已经端着菜走出厨房了。

头一次见面就以在他家热热闹闹的家宴作结束。大姑娘不断提问题,她是学经济的,对边疆经济发展状况,极感兴趣。乔林又直说:"阿姨喜欢你,跟阿姨多讨讨教。"小宝贝又叫又跳,罗翠玉热情让菜,乔林也成了一个殷勤劝客的主人。使她吃得饱饱的离去了。

第二次见面是在一个规模较大的讨论会上,会议是由乔林主持的,林乔坐得很远。她看他说话的模样,还是那样不断挥手作势,还是那样顾盼有神,口角锋芒倒像比从前既更锐利,又更含蓄了,想必是修养提高了的缘故。在座的人显然都很注意听他讲。林乔注意看他的一举手一投足,几乎看痴了。他显然仍旧富有吸引力,仍旧才华茂发,还是当年受人艳羡的乔林。她突然觉悟,他虽然损失了这么多年时光,但确已得着补偿了。可是自己呢?

她自己这二十五年惨淡无光的人生忽然全部重现在眼前。说是二十五年,其实就说是两天也无不可,天天一样。二十五年已经全部葬送,用火箭也无法追回。再看主席位置上那神采飞扬的乔林,她突然想到:"是谁受到的苦痛大?到底是他呢?还是我?"想到这里,她连会议也听不下去,半途就借着上厕所退席了。

她不能再老往他家跑,于是这晚上才坐上这路公共汽车,既温一温旧梦,也去拜访那位当年共同的老师。

当她心里装满了往日温馨的回忆之后,便到刘克定老同志家叩门。刘克定是当年在大学里的进步教师,政治上影响过她,又是他俩恋爱的见证人和参谋人,也可以算大媒。这个人这么多年一直没搬家,也算难得,真的居陋巷而不改其乐。地方就在乔林和林乔的旧居旁边,过去是常去坐的,这次难得回来,自然该去长者家里拜访一趟。

她踏进刘家那四合院的时候,怀着好几种互相交错的情绪。一,要向刘老师倾诉倾诉,希望得到他一点同情。二,请他分析分析自己并未怀着坏心,为什么会弄到这样的原因。三,希望刘老师帮助想想办法,拯救自己脱离苦境。四,想办法让乔林知道自己现在的心情,要他深知。五,能请刘老师再一次把乔林约出来吗?六,向刘老师彻底忏悔,认错。挨他一顿狠狠的痛痛快快的批评,就像从前当学生时那样,就像一个基督教徒临死向牧师忏悔一样……所有这些,哪一样也起不了什么实际作用,她全明白,但是她仍然满胸膛热烘烘地奔进了刘家的四合院。

进了刘家,就像当年的刘老师戴上了一个灰白色头套似的,依然坐在那旧藤椅里。那个面上带有伤痕的写字台,林乔也认识。写字台背面,仍然是那架学生们签名公送的穿衣镜。她喊了一声刘老师,热泪快要迸出来了。那一向慈和的刘老师看见她,站了起来,又戴上眼镜,又看了半天,才磕磕绊绊地说:"你……你是……林……"

"我是林乔!老师,您竟不认识我了吗?刘师母呢?"

"喔!林乔?在街上遇见真的不认识了。大改样了。你这些年还好?"

这句问话是淡淡的。使林乔那一肚子话一时无从说起,只得也客客气气回答:"还好。老师、师母都好?"

"唉!沧海桑田哟!"老人这才长叹一声,眼盯着林乔不断地摇头,"你师母已经过世三年了。她临死还惦记着你和乔林的孩子。……你见到他们了吗?"

"我什么孩子?"林乔莫名其妙。老人已经又叹了口气,说了

下去:

"那是他们没有告诉你了。没告诉你也好,免得彼此伤心。"

"什么? 您说的是我的孩子还在?"她已经有点料到,不觉全身发抖。

老人双目半瞑,漠漠然不带感情地说:"是。你那孩子早产之后,是你师母去的医院,把孩子放在暖箱里两个月,养活了,托别人带到三岁。后来在乔林结婚之后,托人送还给了他。好在,你本来也不要她,不必挂心也好。"

"老师!刘老师!"林乔大叫一声,真要跳起来了。她叫着,简直恨不得跪在老人面前磕头求饶,嘴里连三并四地说下去:

"连您也不宽恕我吗? 我是来找您检讨的、忏悔的。我没有那么坏,我要孩子!我得认我的孩子!我也要求乔林和孩子都宽恕我!我知道乔林还爱我,您得帮忙。……"

她乱七八糟不顾礼貌地乱说一气,说到这里真的哭出声来,呜呜咽咽了。她想起那天在乔林家,只注意到罗翠玉生的小男孩,实际上连自己那女儿长的什么样子都没记清楚。

老人毫不为她的哭求所动,仍然静静地摇着头,叹着气说:"唉!罗翠玉真好。你和乔林的事完了,我的责任也尽到了,……喏!你们的相片,还你!"老人颤巍巍站起身来,从书架上取下一本封面已经掉色的照相册,递给林乔。

林乔接过照相册,是那种黑色贴相纸的旧式册子,打开一看,第一页就有自己和乔林的结婚照。自己梳两个短辫,笑嘻嘻歪着头紧靠着他,旁边是刘老师的白粉墨题字:"地久天长"。这张照片她自己根本就没有保存。再翻几页,出现了乔林和罗翠玉的合影,旁边也有刘老师的题字,是"患难深情"四个字。后边还有很年轻的罗翠玉抱着孩子的照片,那罗翠玉低头看着怀里的两三岁的孩子。口角露出笑窝,容颜秀美慈和,简直仿佛过去在展览会上见过的圣母与圣婴的名画。

林乔抬头,自己的形容正出现在那穿衣镜里。里边是一个皮肤枯得像干柴的老太太。头发半白,眼角的皱纹在灯光下格外显得深,好似刀剜的,看那样子简直够六十五岁。

她伸手慢慢将那幅题着"地久天长"的照片撕了下来,眼泪鼻涕流了满脸,却同时拿定主意不再向正直的刘老师恳求什么。只有告辞。

又一个傍晚下班时间。她站在乔林的宿舍区门前小绿地上。那一带宿舍区有两棵大点的树。她选择了一棵离他家较远的,隐身在树后面。她看见的是:太阳西沉,人影模糊,树影模糊。下班人纷纷回家了,乌鸦也回树上的巢了。楼上灯亮了,但五十五岁的林乔却站在楼外。这楼外,一切浅红的、娇黄的、鲜绿的事物,已一股脑儿渐溶入于迟暮的黑色里,看不清。过了好多女子都不是女儿。她仍然盯着。路人看见她老站在这里,不由投来诧异的眼光,她也仍然盯着。心里想想女儿一会儿就会回来的呀?能拦住她,向她说吗?能告诉她,我就是她的母亲,向她认罪,恳求她的宽恕吗?不!不!连她有生命都不知道,世界上哪有这样的母亲?于是又退缩了。或者,只求见她一面,连招呼也不要打了吧。她站了这么久,已经有人过来问过:"您找谁?"晚凉使她稍稍抱紧肩膀,眼睛却仍然盯着。

忽然,眼前一辆自行车掠过,好像就是那个姑娘——女儿。但又不像是。车子太快,她认不清,又不知女儿是骑车还是坐公共汽车上班。而且那姑娘一点也没注意树后的林乔,到楼门就下了车。林乔呆呆地,没有勇气追上去观面辨认。天更黑了,她只能走。走几步,又回头,看乔林家的灯光。他家绿窗帘上那两只大熊猫,这时如同用中国画法铁线描描在窗上,十分清晰易辨。乔林和女儿都在那里。他们为什么不到窗前来站一站,让她看看他们的影子呢?

附录二

韦君宜1938年日记(节选)[①]

九月三日

心都乱完了。入了民先,而青年运动问题重大,其作风竟与老熊说的那套相似,惟以出自K.V,我们不能驳,亦驳不倒,老蒋缘坚持大失意,大受打击,我们亦不敢再开口,我见此状干脆不径行参加总队部了,我就只暂时帮帮忙吧。情形令人悲观。小孙、小袁、玉柱等明知其误,缄口不敢言。一谈起就说"唉!这问题太大了,咱们不说吧"。实际上此种用对立统一之策,根本无前途,用秘密方式作抗日工作,怎样会有群众?

老蒋愤慨极,一谈即云:"简直一团糟!"底下的是装糊涂,姑且干着,实际上谁都另有打算,小袁思赴鄂豫皖,小孙要跑外县,老丁原在北大毕业。

我见此状,明知不是一人之力所可回天,故亦不求参加总队部党团了,参入进去退不出来,将来反只好做着没前途的事了,不如干脆远着点,将来容易做退步,好跑到四军去,或入川去。

个人也是无托足所,阿叔命我入川,我又不去,只好不回家。

心又难过。

[①] 此次节选韦君宜1938年9月3日至11月26日的日记,文中不清楚处一律用□替代。

小孙这个孩子同我大概是完了,又是他也还送送我,来此时临行瞧瞧我,可是又没有时间在一起,只好吹了罢。可是我反而对他更牵念起来了。此地工作,真非我在宜梦想所及——竟是这个样子吗?实在无法。

对于个人的事,也弄得我心中简直没有一刻安宁!出路问题,去留问题,恋爱问题,我恨不得……算了,个人问题比整个问题容易解决,我明天将先解决它。

我真后悔那时接受了他,要不然,岂不好了吗?弄得今天牵肠挂肚,尤其是我又不知他的态度究竟怎样?但总觉得他对我绝对不如我对他的心的。

九月六日

今日课未讲好,未好好准备。

觅碧诚不得,找邵漪答接洽歌咏事尚可。

下午回来,书也未看——一天没多少事,却像老抻不出工夫来读书,真糟透!不知忙些什么。

晚上小孙来,谈了谈刊物事,伴着他遛了一个弯子,我让他陪我找房去——这儿就要开轰了,是非走不行了——他大概很忙,但不忍拂我意,便答应了。我也真该死,糊涂的该死——我接到了他纸上的一个吻,但是我还没有甜甜蜜蜜热爱的亲吻着我的他呢,我不是有点儿糊涂吗?爱的,我简直迷了,颠倒了,快来把我这颗小小的心掏取去,把它剎碎了,让它清醒吧,为什么不呢?我的爱!

可是我见了他,我依然表现的清明严肃,因此才更添了我内心的矛盾和思念,我把我自己的矛盾态度肃清不好吗?

他就比我好,我老是尽他抚着我的腕,尽他在大街上挽着我的臂,携着我的手,尽他抚摸我,紧紧的捏握着我,等他在这极"公"的地方来瞧我,每次都会挨骂的来瞧我,拉我出去——我呢,永远没自己动过一动,还怪人呢!

东明骂我污浊、凶狠、可耻,实际上证明我不。□□他的凶缠恶捉,我仍能把纯洁热烈的柔情给另一个人。我不依然是一个好好的姑娘吗?我需要一个青年纯洁的爱来洗净我身上的创痕和污迹,我要把实争取到手。

九月十四日

事多不如意。

昨天忙了一天——忙,我便没心执笔来瞎写,一到执笔写的时候总是百无聊赖了,故□中所书,半属无聊,有聊时就没工夫写了。

昨儿半夜没睡着——因睡至半夜醒了,忽闻有人说话,静心听之,原来是周大姐同林秀才隔着房子在谈,所谈内容甚奇,我即忍困乏不转动,听她说——原来是向秀才进行追求!她真大胆,高声地叙述她怎样爱一个小弟弟,而那个小弟弟便是他,中间又加上"老实""调皮""唉"等等花样。秀才一味装傻,胡猜乱说,我听着真有点替秀才着急,替大姐不好意思,今儿早起——看两个人全不见了,不知道那里去了。

抗大那位女学生,怪不得连日房中不见,原来她竟到楼下同那班男生睡到一起了!

这些个红色女性,我真佩服她们这份儿大胆,这份儿解放。我这资产阶级的人物,小姐气和学生气,没法子消除掉,同她们比,我简直成了十八世纪的闺门娇女,真望尘莫及!像这样同男人混、搞,打死我也办不了。

前儿晚上,我已睡上床小孙跑来找我,看看文章,说说刊物等等,其实,也没什么事,值得这么晚专程跑来。他之用心,我知道,我的用心,料他也明白。可是我们俩都是典型的小资产阶级知识分子大学生,一见了面,总是那么藏藏躲躲,正正经经,心里想的,却都羞羞答答的不敢带在脸上,不能够像这两位红色女性,这么大方、勇敢、不怕羞。

我若像她们这种样子,大概我会过得快活一点——可是那就不是君宜干的事了。

晚上我回来时,他又在,携了封信,耽了约半小时写封给永泉的信,托他带去,他向我要力钱,我就给了他——给他一个甜甜的接吻,搂着他的脖子,偎着脸还没有说出话人家又来了,他便走了。——可是我的小亲亲呵,更弄得我魂思梦想,挂肚牵肠的了。

九月十八

我的妈妈呵!乱死了。

看书,拼命看,外面吵得同打翻麻雀窝一样,想写文章,连想都不能,太乱了!我想搬个清静点的地方,可是我没有钱。

我又没有厚毛衣,没有夹裤,没有厚袍,没有鞋子,我买不起。冻伤了。娘病得不好,四妹写信叫我回家,可是我不能够!怎么办呢?

我做得不够,我错了,我是个糊里糊涂过日子的傻孩子,我的脑子不够清楚——我成天想什么呢?我若竟这样一混,我娘死了,我怎么的了。

九月二十三

早印油印弄得满脸黑,下午赴董老那里,听漫谈党史,颇有意思,旋开中区领导组会。即回,回后,小徐也来了,向我谈出路问题等等"有人说你要和另一人同走……你和某人已超过同志关系……"等,我模糊以应——是谁说的?

出路问题实萦我怀,问题真又多,不过,第一,我要发挥我的工作特性,不再碌碌随人,第二,我要在我所喜欢的青年圈中,不在老王、老熊型的机械地下人物中。第三,我要瞧瞧我父母,我放不下心,第四,我不愿离开小孙。要四全其美,颇乏其选,而况职业、金钱均成问题,最大问题是他们根本通不过。

九月二十六

上面下了紧急疏散令,派我往鄂西,我又想去港看母亲,又决不定。小孙说:你去鄂西我随你去鄂西,你去香港,我就争取到广东,我不离开你。但是他们不放他去粤,而我去港事颇可能。

我舍不得他,同时我又不知南去后究竟有工作否,完全脱离工作,我亦实不愿为。晚和他谈了半天这个问题,他说要我相信他。我说不能,他就急了,怒而拂袖起,我却奔过去抱住了他,他携着我在街头上走,我絮絮陈述自己的想法,虽在大街上,我竟不顾旁观的人,把他紧搂了一下,狂热地说着"我爱你,爱你,爱你!……"——天,我却这么不羞涩了,自己也莫名其妙。

今,白日偕他从吉庆街回富源里,和小俞、老李等共同胡扯,我一抬头,却便看见他那恋恋的眼光对着我,大家下楼吃饭,我叫他去,他不去,人家下了楼,我立在桌前,他却从后面过来抱住我身,轻轻说了一声"好姐姐!"热烈的长吻着我,爱的,当我的舌尖被他咬着,我感到的不是甜蜜的陶醉,而是无可奈何的凄酸呵——何时能再这样同你在一起?

他虽慰我,让我放心,信他。但——我纵信他,我却不能信命运——可堪合少别离多,更知何年再见。

九月二十七

登舟。

船中滋味,与平津流亡依稀相似,略好些吧,四人一竹床,拥挤无隙地,花了十元大洋买得此位,他们又给我找了个货舱装猪的地方,非人所能堪,从人头上跳过去,在大板箱货场上架两条板——吓死人,他们都睡到顶上去了。

在船无事,实给我买来消遣的书,又连包儿丢了,只剩随行拿来他的一册《战争经济学》,还署着名字"孙方"。我无事可为就想此去问题,其实对事我略有办法,我可以布置省队部,我可以准备旧中国社事,我可以布置乡促讲习班,我可以布置人进中大,大规模有计划开展宜昌学运——这样,刊物、训练班、学校再加印刷所、书店,已有我的一套文化工作计划,大可在宜昌实现一下。略试锋芒,且看吾究竟是否只会跑街的?我不可把这计划弄好,向老王提出吗?他们不熟于此道,除交我办外,别无办法。

可是所委决不下的只有两个问题:第一,母亲,我不忍不去看她,而看了她必回不来。第二,爱人,我舍不得离开他,而他颇少去粤可能。老蒋主张难期胜利,老姜以交通梗阻,势难返宜,若此,小孙必跑不掉,我知道他自己愿意随我,但事势不可能。

老蒋办法,胜利那自然好,连我也愿赴粤办教育,参加文化工作,可寄居中山大学,一则工作、学业、家庭、爱情——一切解决。但此途恐不容易,K.V等非随便承认错误的人。留鄂西吧,唉!母亲和工作,工作和情人,情人和我的壮志——没有兼容的我怎么办?左思右想想不出愿能与人讨论而船中无伴。船直抵宜昌,又不靠沙市,妹妹也找不到,我想起小孙来,就吻着那本《战争经济学》上他的题名,——真想他呵!

十月四日

抵宜已二日,可去港但吾妹去不成,鄂西事真糟,老王旧嫌未详,我亦不言,算了,——我何苦自取其辱?只愿他们好做就是。

小孙已来信,他亦不来,翔兄的主张可以获胜——好极了!我们一同到广东去,读了他的温柔缠绵的信,我又惘然了半天。——我的挚爱的!我离不开你呵!天保佑别叫我离开我的他,天得可怜我相思苦!我柔情万转,自剩为难,见到警报和轰炸,我就想着莫伤了他毫发,身虽已去,我心何尝一日息?

徐克立亦婚,婚后即日来川,一样都可以,我为什么偏不可以?我也不当那苦行的傻瓜了,随人家笑去。

作覆书,恨深情款款,无计达于纸上耳,有点情思昏昏的。

十月六日

接家信,催归,接小孙的信,又是满纸热情的话,偏是家中回电和二叔回信不来,弄得中心紊乱,无法作决策——尤糟者,吾妹竟不能走,急的我也要死。

唉!爱我的母亲,我爱的情人,我的妹,我的工作,叫我怎么委决的下?母亲必叫我去港,此是不待□□可知者,二叔亦必肯助我去港,此不待言。惟吾妹的事怎办?我到了那里,又将如何?此最没法!我已决,但家有覆电,不问三七二十一,远行赴汉,但偏又没有,王等又欲立逼我去施,实在要我的命。

今日制新衣一袭,备港行用,拟之再做一身西装裙衫,裁缝偏说不够,归。去与泽同谈民先问题,我力劝其留陈行,叫他去向老王力争,商经费等事。偕秋阳去看林翔,此君又发了虐子——真他妈的!病的这么多!当日在宜的李、刘、孙、我四人,已病倒两个,且病俱垂危,只剩我和孙,我们俩要疾病患难,永相扶持保守呵。

他这封信,引的我迷惘,坐在椅子上倚着窗栏,依稀想象我爱的音容笑貌,我迷醉的向旁边一偎,想倒在他怀里——但是旁边没有他,写在纸上,温存令我魂销楚水,目断江云。天呵!我生二十二载,今天第一次领略了有了爱人的滋味——我原不曾真爱东明,只是将他当消遣品和伴侣,我今天真爱了实,使我整个的心都失去主宰了。我今天才深知,原来我并没有爱过东明!

十月十一

今晚登舟,即将返汉,二叔将到沙,莲及外祖亦可赴汉——总算圆满解决。但指不定是从长沙走好还是从汉口走好。我又急了,二叔须一周后方到,我假将满,只得先行,然抵汉后,设或莲因他故不至,二叔又不在,我只身冒冒失失跑去香港,实在相当麻烦。

且小孙来书,陶任淘将代王致中来沙——这是好消息,我又甚愿留数日了。奈事势已被自己造成,欲罢不能,欲停不可,只得匆匆以去,要命! 也罢,早去两天,打听了车,多在将失的武汉留恋两天,也是缘分,要不,和小孙玩一玩——我也不知道怎么回事,老觉得我和他不像是久长似的,多玩一天算一天——即如此次来函,又说不一定往西往南,就是证据。

十月十四

早去中国旅行社,车问了,不十分靠得住,也还是叫妹妹与我同飞港好些,写了一信,又拟一电稿,一同发了。

十时小孙至,坐谈了一会儿——他不来,使我想他,他来了,走后更萦绕我心,说不出的难过。他一进门对我一股冷淡样儿,说什么要上长沙啦,广东不一定啦,对我之去港,只是半笑半讥的,对我竟如路人! 我恼了! 我说:"我生气,我恨你"直到最后竟逼出他一句来,说是对自己的前途没有计划,而只有目的。我问他是什么目的,他向我笑——小孙,我之爱汝,心如烈火,汝之对我,却——真叫我难受。偕他出去送了信,吃过饭,他有事走了,我独走回——他刚一走开我的身边,我立刻就觉得寂寥难过起来,竟真恨不得一刻也不分离的同他在一起,他何尝知道我这热狂的心? 我又怎么敢告诉他呢? 小孙,我的,我的,我的心呵!

下午完成了宜昌通讯稿,持出寄发,地名恐有错,不知得达否? 复去小孙处,他不在,见王时风等信,学联失去了长沙而未去广州! 然则小孙之不往,是必然的了,老蒋久不回,急得死人。

我等了一等,入他们后室,床有三个,只一个设衾枕,室凌乱不堪,近而视之,于枕下发现我的信,想是他的床——不知怎的,心中生了一股温柔的感觉,抚摸了一会儿,想着,即使我能为他整衾枕,理乱书,整理他的生活秩序,那该是我的幸福呢——天呵! 我怎么想到这上头来了? 想了想,我不能再忍耐了,明天清早我要找他去,我要把我心中的话尽情倾吐——我之去港,不是为母,实是为他——为了他要去广州,我才去呢。我决计在香港等他信,他要去那里,我站起就走。他似笑我恋家,但你怎知,我恋家那及恋你呢!在他的屋里就只管乱想,想若是将来我能和他同室……净是些自己一想都会羞得无地自容的想头,但我真这么想,可怎办,他又不知道。

二叔一天乱骂,我恼极——哼!我原来也有些泄气了——看见他这种样子,登时,壮志复生!我即冒锋刃蹈汤火,过一生的流浪生活,我也甘心。岂能听你们支配?我做顺民,当汉奸?浑蛋!且不说从道义上讲,我数载读书,频年工作,使我绝对不能闻此谬论,就从一个普通青年的感情来说,那一方面是小孙的温情,这一方面是二叔的痛骂。即只论此两三个月,我非木石,宁不知所选择?他妈的,莫将蓁一当作了你们的孝子顺孙,差多着呢!

晚间,瞅瞅二叔不在,急取纸写一致莲妹详函,详述种切,最后我激励她,我说此番回家,不但未使我泄气,反更加强了我——世间尚有这般奴才活着,我们同志不该有一日偷安之想。他们的谬说妄为犹在,我们又何忍在自己同志之间有一点意气?

我真的深刻感到如此,过去我是环境太好了,二叔这一刺激,使我恍然于世上恶势力还大得很,我受同志们一点气算得了什么呢——原是该受的。

十月十六

早起,又去赴实的约。先去福星居替他买了十个甜糕,上楼来一看正门锁着,又旁门入,他还没起来,我过去坐在铺边,告诉他,我要去重庆了,他还没有发表出意见来,楼下梯响,我连忙站了起来,是应文彦来了,他竟约人来此开会!实支他,支不开。我无奈,只得回来了——还没有交流数语,可叫我怎舍得?走下了楼,还站在楼梯上,再下不去,实跟了下来,抱住我,向我颊际落了一吻。我仍回来了。一路上心里发痛——今日船开，这回真不能再见了。简直昏头昏脑，车夫问地名，我都对答错乱。唉！他是有工作的，任我柔情蜜意终拴不住他。可怜我一颗心都为你碎了，没有了你，我还哪有丝毫心绪去想旁的？我此时真是万箭钻心一样，你竟不惜此别，竟不来看看我吗？你怎么这么狠的心呵？

正是昨儿说的："我恨不得吞下了你，我们两个合成一个，省的这分离苦"，你此时正在有条有理的开会，我却在神魂颠倒茶饭无心，为你而相思欲病，真是"痴心女子负心郎"的，天呵！我的郎！你——再写不知更会写下什么，不写了。

头脑清爽了一下，其实一细想，并不该如此。我这只是感情上的狂风，昨日，在感情极热时，竟矢口约为夫妇——真妄极！感情的狂风不可长时，以后怎好这样？我同他很多地方不能投合，我所感兴趣的，他不感兴趣，他欢喜的我又不甚欢喜，志同道合性情相投，而所好不一焉，未免不是久长理想伴侣。我这人若要久长伴侣，其实倒还是老杨一类适合些。但今日说这话确实不应该的了。我已坑过东明，今日不能再坑小孙了，他以天真纯洁的心挚爱着我，我若有两意岂复是人？我不能负他，会仍当觅机缘团聚也。

下午净警报了，警报毕，出买书数册，归用饭，忽接到小孙送来的一封信，方大姐差他到什么安徽去，或鄂西、鄂中——我真难受了！接信心痛，食不下咽，弃箸而起，他几天就走，月末期望到此皆空，翔兄不回，我不能留鄂西。完了，完了！从今再从何处相依？——我愿意为一两月的小别而难过，如今却恐成永隔！小孙呵！你若去重庆，一切全解决，翔兄必将往那里，那里有你理想的工作环境和朋友，也有我的，我将不会再舍下你。奈何你偏为你的家，不肯同他们共戴一天，你往什么鄂中、鄂西，令我何计相从？这我又明知那非久计！

我并不是卡门型的女性，其实我是有多量的温柔的。但我却不能不说："我爱小孙，但我更爱自由，爱我的前途和事业"，明晓得留宜之没前途,我实在不能竟为恋爱而把前途牺牲——我还没有这么 romantic.

然而,心痛是止不住的,何年何月能再见?这回真个去也!没人能拯救我们这一对可怜儿,我只恨自己。

还剩下明天一面。

晚间沐浴,出去洗发整容,装梳好了,归来对镜,又复心伤,人都知道"女为悦己者容"。我却是"岂无膏沐,谁适为容"了。理发师技术高明,又加上灯光下新净过脸,均粉施脂,镜中影今晚自己看着也有些可爱了——但是我给谁看呢?难道我还出什么风头?——只有乱头粗服,天天像在襄阳那样子,方是我本分。把一切温情,蜜意,青年人的把戏都收起来吧。身如枯木参禅,心似老僧入定。我只为工作活着,学老杨那个好榜样就成了。——为什么不可以呢?

昔日我不是曾做过全心只有工作工作工作的人吗?不曾视王作弃工作从老卫北上为奇异吗?不曾看来宜昌的人总是一对一对而笑话他们吗?——记得那时我还和小孙一同嘲笑这种现象。一年来过眼之人,何计其数?依我在女同学之间的威望,我要那个男孩子,难道怕抓不到?但我硁硁自守,只记得工作。过了这一年,弄到今天,我难道要破戒?我仍爱小孙,但我不能把他的地位放得比工作和前途更重要。这正是使用"正确的恋爱理论"的时候,我该试一试,努力克服自己!

十月十七

六时半就起来了,二叔锁着洗脸间,急得我从前门敲到板壁,他也不开门,无奈从暖水瓶中倒了水漱口,下楼去上 W.C,又上楼来敲,方才敲开了,洗罢脸出来,已七点半,连忙跑出门,上车便走,奔至华商街,却已有另一客人在先了,那人摇头晃脑念新华日报,老不走?——我先不肯上楼,小孙说:"那人讨厌,咱俩不理他,只当没有他。"上了楼,我们就自管自说话。把那人干了半点钟以上,才干走了——真不知趣!明明晓得是夹萝卜干。

小孙尽劝我放心,他说,此行是流动的,所以随时可脱离,将来可往桂林、长沙,只要我肯去,他只管劝,我情不自禁的竟抱住他哭了,费了他多少温存抚慰,我不哭,反笑了。谈了一会儿前途,说来说去,难解难分,这孩子欺负了姐姐——我的心像中了醇酒似的,我也就不响了——我将他□孩子,没想到他也竟这么急色,伏在我身上,还要求:"再亲一点"竟敢动手。我挣扎不过他,也没心思,便听之了,终于虽未曾真□,也闹得不大像话,起来时狼狈不堪——然我殊淡然视之。若在一年前,在清华做大学生时,不知把此事看得多么严重,甚至可以"生死以之"。这一年流亡,娇贵的大小姐已变成女流氓,把这种事看来比接吻并严重不了多少,即爱了,这有甚么关系?——事过,始自惊我的变化。几乎自笑从前的我怎么那么封建了。

刚要出门,警报来了,遂整衣□坐于前室,胡谈乱谈,我将我对他的观念、担心告诉他说:"你认为严重的,我认为完全不成问题,你认为我不适合你,我认为你适合我。"我也只好笑了。

同饭罢,分行,归来,二叔已代购妥票,明晚行。

别的都妥,四川行我亦愿意,除了心上这块病外,别无牵挂。但近日来也好了些——不是别的好了,是渐渐知道他也是真心爱着我的,只要我这半年读完,对家庭对"社会"的责任已了,去找职业,尽可由我海阔天空,我何尝不可同他在一起呢?我不担心他这半年会忘了我,这孩子不够那么复杂,那么坏呢。——只想这半年的寂寞难堪!

写了封信,封一张像(相)片给小孙,亲送去,——谁知,出乎意料之外他竟在那里,我就帮他收拾东西,搬家,应文彦、王泽久继来,王谈甚久,临行,小孙问我明天去不去他那里,我说不去,王便云:"怎么,你俩不住在一起吗?",我一怔,还未答出,小孙用别的话混过去了。——真是,我也太露形迹,太无顾忌,落在人家眼里可像什么样子?

明天还不知道是否见着了,我也下了狠心,为事业与前途,暂时牺牲了爱,几月分离,也不算长。我决意半载进修,潜心笔墨,能有个把是处,出来也省得再靠组织吃饭,总不是一辈子事。

购书甚多,都未寓目——总为那冤家,弄得我神魂颠倒——想起从前我把东明弄得掉了魂,发了疯似的,今天恐怕是我的报应来了。

唉,莫乱想了,他在宜昌、鄂北一带转,找到样样能胜过我的女同志,只怕还不是容易事——凭良心想,我这能算是夸口吗?——我一点也用不着不放心呵,不是只有半年吗?我岂是那些少不更事的女孩之比,为何也如此糊涂?

十八

早出买书,缝手帕。

收拾行装,拿起那条昨天穿过白绸衫裙来折叠,觉得触手,细看始发现下幅那一大块染污的痕迹——是他,脸马上红了起来,心却也又怦怦热动了,此时想念,可叫我——我的天哪!

次日是行期,下午送了行李。即同行到武汉市中,走府东一路,瞻回富源里、民生路,把去过的地方都重新看了一看,连一个小洗衣店也不能错过,想着这一年来流亡者的家,又将归外人所有,构想着将来,日本兵进了城,黄军服在这大街上跑,不觉满目凄凉,心中痛楚的比什么更甚,这一离,把一切别的悲痛全忘了——我爱中国,我爱武汉,胜过爱我最心爱的人,若是我死,能保武汉不落敌手,我愿今天便死!

晚登船,舟中非复人理,船与岸相距数尺,船舷攀登上,幸未落江,入口登船后,竟不可能再上了,只待在四等舱蹲了一夜,骑在两条铁轨上,背倚一木凳脚,至中夜,背痛如刺,遂正襟危坐,支撑一夜,想睡在人缝里,奈单子都没有一条——挤得比在天津流亡时,那湖北号更甚。至今早,始由船廊上攀登上船,又由登船爬船栏上了官舱,从人头跳过,幸未掉在江里——昨夜已有四五人落江,四等舱外有个妇人,拍手打掌的哭她的孩子,官舱廊上又有一个女孩脚被压断,血流满褥,包起一个大大的红色包来——又尝流亡滋味,令我感慨系之。

大姐,小李,实,三人原拟亦来江等,因太挤,小李病躯未能来——幸亏没来,若来,小李必死于此。晚间实来送我,亦因太挤不能登,让别人送了包糖把我。

二十

又是一天了——其实连自己也过得莫名其妙来了。

闻船顶人云,即今日可抵沙,计之,倘若我今日到沙,四日后可以抵宜,只恐钱大姐和小孙还不会来,二叔又不能老等在那里,莲一的问题,可怎么办?要我一个人往重庆去,此事原觉得难也。

读了一本《解放》,陈伯达论知行的文章,有及阳明学说处,理解似有误,只是刻板的抱住马列学说,向一切东西上套,不能真正潜心于一种先哲思想——这是宣传家的本领,岂是治哲学的态度?而我们的辩物论者,似多犯此病。我开始读哲学时颇有力避此事的想头,真想好好的弄一弄老庄,真正读些康德、休谟的书,看看人家的真面目。不要专看了德波林的书就骂康德,全属是道听途说——二年的救亡夺去了我的哲学兴趣和学习努力,一年流浪更根本把我治学的心都消灭了,如此东奔西跑,一业无成,我不知道亦变成何样人物了,自己想想也悲观的很——我已经怀疑我选择的这条路是否正确的了——方向是不会错的,但是,我是否就最适合采取这样一条路去达到那方向呢?——只想今日再悔,悔已无及,至少几载的光阴已成虚度!清华那良好的读书环境,进修机会亦不存在了。

下午看抛锚,伏在船栏上,西山日落,太阳暖暖的,正在挤着看抛锚,忽然觉得有一个身体伏我背上,回头一看,是个保育院的难童,我再回过头来,心里就暗想着,假如是我的实呢,心里就有了温柔的感觉——真也要命,竟是像他把一个什么东西粘在了我的心上似的。实!异日,你若得见我的日记,读至此应知小魏对你之意。

同室这位太太一天老打孩子,打得那小姑娘成天狼嚎鬼叫,她一打就下狠手,乒乒乓乓响,闹得我一点也静不下去。她问知我去就读中大,她即说她也还想去读呢,在生第三个小孩时还在读书——失敬得很,竟是个女大学生!怎的对小孩还这样,大学教育不但没教成个独立的女性,连一个贤妻良母都没教成,这大学真可不上!——我想我一定不会这样。

又想自己问题——成天想,小孙小孙你真不适合我!——想了几点钟,又想试与他绝,累次试,累次不成,我今天写了封绝交书——是在我和他怕不能长期共同生活的。还是下个大决心好。但是信一再写,写了一半已经手软了——随便怎样不适合,我也不能舍弃他,宁可以后受苦。我太糊涂了呵!

十月二十一

又一天,这船真是要命,原说今天下午到,结果又出毛病了,得明天。

上下午全在船头甲板上过,拿胡风之《密云期风习小记》。到下午散步,旁边有一个兵士,和我一样,也在甲板上过了一天,看了一天书,我过去留神他的书,竟是一本《革命运动史》(陕北那史料研究会版的)我大惊,还以为是八路军将士,急视其襟章。更出意外!竟然是一个盐务税警!心中又惊又喜,——真是不知怎么那么欢喜,恍同他乡遇故,很想与之攀谈,然甲板上人多如蚁,我一个大小姐,与一个穷税警谈论这种东西,一定是要不得的。不敢开口,我就哼了一曲《国际歌》,聊表向同志的敬礼之意。那个税警听我唱这个,果然回头来看了看我,向我一笑——我非常的高兴!

读靳以的《群鸦》,竟为其中所写的女儿与父亲,封建家庭与爱人等等问题所感——他绝不像五四文豪写的那套公式,而是极能深入于我们这一代的青年的问题的——于是,遂而想及自己了——以目前看,我不能够与家闹脱离——实是无必要,不是不敢,那我的事……我想起我的姊姊们来,爸妈最重门阀,最重视"书香根底",看不起任伊尊。爸爸那种话教出身的人,我的实品貌聪明资格……全够得上我爸爸眼,出国留学大学教授的爸爸,也比程家骅、任伊尊们的门户高得多,可是,他不是个循规蹈矩的子弟,是个不肯读书、不肯留学,东奔西跑的职业救亡家。这种坏孩子,爸爸是一定不会肯把他的女儿给他的——唉!这样胡想,自知该死,可是我也不能说出来,要实为了我,再圈在大学里读两年书——没法子办!

十一月一日

抵宜数日,二叔大人亦返。

数日来愁闷攻心,都无委决处,去施,去川,去前线,左思右想,不得其宜。妹妹主张去施,但我想,那里的事闻小刘报告,及襄、宜经验,思之已可怖,第二,又离开我自有独立的生活,去现在那混蛋的日子里,去同这可恶万分的叔大人,腐败阴毒的戚都,我见不得的奶奶、太太们周旋,令我思之欲呕,尤其今日已见二叔,闻其恶语,气得我三尸神炸,若终日与他相处,毋宁死!

去川东,亦思之甚久,我本决心去静这半年,读书、学习、写作,徐图发展,然而细细一思,大学生涯我不是没过过,临大武大的经验,我也没忘,那不是欲读书既静不下心,欲工作又弄不好,只看见醉生梦死的同学就生气,只想向三道街39号跑吗?单混文凭,以我这人,怎做的了?做编刊社书店之类工作,难适合我,奈我年来跑惯,真能静坐着做文化工作吗?——自己又不敢自信,我还是载笔从戎的好。我想去第五战区,参加文动委会找钱俊瑞等去。然第一,自己本身无线索,第二,组织不允许,第三,我还是有点牵挂呢,不牵挂好生活,好前程,而牵挂的我那小冤家呵!

我静思,只二途:我不能作十元一月天天开小组会的工作,此工作已苦死了我。我愿意或人日潜心努力,理本业,作后方的文化工作,例如作导题研读,弄一个思想史研究之类,或上前线去,做一个大时代的号筒,那怕真只等于一支号筒呢,我也甘心。犹记首次到汉,与实同步府北一路,互述志愿和前途,他说愿作青年工作,我云愿作文化工作,他就问我愿作那一种的文化工作,臧克家型的呢,胡绳、艾思奇型的呢,我未答,及今思之,此问题实有严密考虑的必要——这将决定我的前途,是我立决后计的关头!

今日连胡绳都已赴五战区了,我也想就走这路,五战区已到襄樊,我何妨便拖了实去,逃出家庭?——只是怕组织不许,怕我那——我那孩子再碰不着我,不像去重庆,他倒好碰我。现在的湘粤,他将不能再去,翔也不会再择长沙为工作地点。若往桂林,则李白军队已至此,五战区亦在此,精华俱来,何反再去广西矣?

要么,找个安定地方,拼命修养,博极群书,刻苦努力,这层要返大学,也许办的到,只怕自己不能静下心,要么,上前线过一过血和火的生活,让血洗我的头和笔——只怕我受不起呢。

小孙,我若走了,只怕今后再不能见你,只怕在那文艺工作团里我会和别人渐近,而你就远了,你若肯同来,我决走此路。

算了!爱情!爱情丢到一旁去罢!

十一月二日

莲一与我接连吵闹两次,仅用"大义"来责我,说是我为了鄂西的"危机"应当把自己前途牺牲掉。我不哼,听她去口不择言的骂鄂西的危机?危机不止是鄂西的,我去恩施,不是去挽救危机,相反的是去填空补白,把一个人的前途随便在三言两语中葬送掉而已。牺牲,我已作了不少的牺牲了,我曾拒绝一切善意,甚至自己朋友爱护我的善意,抛弃"捷径",丢下做青救民先元老的事情,硬要把自己达到最下层的旧湖北地下党来,听他们分配。我以为只有这样才是最革命的事情,我咬牙忍受一切里面和外面的侮辱,我亲眼看见比我聪明的和我一辈的人,由"捷径"爬上去,站在我头上,我全没响——但是几番武汉,几次纠纷,使我这傻瓜才睁眼了,原来人家向我那冠冕堂皇的一套,都只是说给我听的,内里另有一套。私情、巧计,使我有难言者。——我不能改变方向,但我不能掩耳装聋,事实上非变聪明些不可,傻子牺牲到死,没有一个人看的见,聪明人自会去走所谓"尾巴路线"。到头来践踏你这傻子。那些人我连想都不愿想了,只想想小孙就够。这不是明白的?按着"正式"官话,王致中把他免了职,先由区书降为区干,次由区干强迫他去当受训的学生,他若走这正式路线,早就沉沦汉口,不得超生了。但他跑到汉口,另觅"捷径",由外边拉,结果反而入了青委会由青委而代书记,而兼部长,而代队长,又跑回鄂西来任县委,与当初那贬责他的王致中平等了。事之通明透亮无逾于此。再做傻子,真不可救药,我原不是生就聪明的,但对这样人不足与谈由勤苦工作来甄拔,我只得如此。

我不求高位,可是我若要走这路,我就要它做出点样子,若一生一世以开两个小组会为业,我不能做,实可另走他途!我不会取巧,只得另走他途了,在外边努力,以我自己的工作,取得组织的重视,为什么不可以呢?我今牺牲掉前途,忍着辛苦和寂寞到恩施去拼命,结果他们一来,又会在我头上筑起一重重的建筑来,而随意遣我去,我保留着自己的发展前途,回去那怕只开间小店,办个小学呢,也要谁都来重视这"基础"了。

而且,实际上我这办法要有效的多,采用小组会去领导中学生,这只要想想自己在中学时能否这样被领导就够了。

四日,四川无船,暂转恩施,信已写至嘉定,候回信来就去武大。

忽获新华消息,云小孙等坐船被炸,心又酸又痛又惊惶,已无心写下,——他若死了,我不愿生!

小孙!你是生是死?你死去,而我只身往恩施——那还是我也死了好。

昨闻此信,去找王致中,他说是确信。我回来神思已昏惘,一夜做了无数的梦,每个梦都梦见他,我已实无生趣,无泪,心不痛,而不愿思想不愿读书,不愿工作,不愿有任何前途,成天发愣,竟与行尸无异,我不能比戴中宸还去努力,我不行了,实!死而有知,速来引我。

实呵!我已发狂,无因无由,独自在屋中就要大叫,亲亲!亲亲!你是死是活?我言已不能成句,我发了神经病,闭眼便见你,见你已死!见你,那晚上,在宜昌,头一次羞羞涩涩的搂抱了我,被我正言教训,推开了,见你,那第二天晚上,我被你征服了,你吻了我。

五日

实已真死!不能书矣。

七日

大姊小李俱归,而实竟死,新华馆人已眼见他灭顶江流了。

两日我已哭了十场,思前想后,方寸已焚作粉碎,前尘影事,兜上心来,不知今后我何以为生,一支拙笔,兼之痛碎了的心,何能写哀思于万一,一闻凶耗,我已决去第五战区,拼以此命,丧诸疆场,继而一想,上前线一个女孩子也不能身荷枪弹,溅血倭奴,宣传队什么的,我今那还有那心绪?旋向大姊请去陕北获见,然上船之后,一路伤心,想一想,天地帷大,无我安身之所,此后即勉强活着,一想起小孙死状,可还有丝毫生人乐趣?伤哉小孙!痛哉小孙!惨哉小孙!他今既死,我何独生?一路且哭、且想,我已决以身相从!念及他的死,任何楚毒都不算苦,死又何尝苦,何尝难?敌机既不炸死我,我只得自觅死路——此时想想,吞安眠药,轻而易举,否则悲哭、减食,把自己折磨致死,亦可免挨"脆弱自杀"之名,我昨日只吃了六个饺子半碗饭,今日粒米未进,照此情形,不难一死。

我所以为前途计,为事业计者,固为我前途有幸福的光辉,而今他死,我对人世的一切留恋都断了,我想想无论是四川、陕北、湖北、北平——无论地下工作、青年工作、文化工作——任何东西不足使我恋生——除非小孙复活!一死斩断一切苦趣,死胜生矣,何必苦苦挨到陕北?见了小袁、俞梅清、凌云、大同……他们,看看自己形同寡鹄徒致伤心。

至川,第一,要把他的死耗来宣布,告给我俩的知友,或者我参加新华追悼会,撰文给纪念刊,尽了我后死的一点心之后,我即觅死。

我自知这样不对,然我今已非能计对错之时,我比不上中宸,我不能用别的东西克服我的爱,我爱世实,甚于一切,甚于我自己的生命!

回顾周围,似无一事一物不与他和我的往事有关,尚记在汉临别,我俩在冠生园共餐,他启我皮夹乱翻,翻出长江局介绍信,他说"藏好了!这是第三生命。"我问:"第二生命是什么呢?"他说:"第二生命在你对面。"我笑唾他——往事如昨,他今已死。我的第二生命已失去了,第一生命,我自己也毫无珍惜之意。难道我还要为第三生命活着?我不干了!同志们!永别了!

前晚昨日尚心绪纷乱,今日死志已决,我反不悲,在渝正式当众祭奠之后,即我死期。

但是天哪!我究何罪?他究何罪?遇此惨祸,普天下人累累,何独杀他?噫嘻!海誓山盟,皆成虚话,每一闭眼,仿佛平生,有呼痛极，又不信他真死——莫非尚可逃生？我几乎要卜课打卦，要去礼拜堂叩求上帝，求东方的牛女，西方的丘比特维纳斯赐还我的世实呵！

船搁浅，我盼此船遇险，俾我速死。细思旧事，痛泪双流，又有忏悔之意了，记得那次在汉和他同出看夜场电影，天遇微雨，中山路上光滑滑的，灯影照地，我俩同自富源里出，共伞而行，他从我手里把伞抢去擎着，并肩笑语，那时武汉已是危城，而我俩口中难谈武汉之危，实际上两人心里却满是快乐，何尝为国事之危哭一声？——乐极生悲，本应如此，况只记私情，更非这理，天罚若此，也是报应。——只报应的太重了，何致并置我二人于死地？

念抱我之臂已折，贴我之腹成了水□，长睫毛的眼已闭，我抚按的心已停止跳动，我万般怜惜的肌体胸腮都流着血，天哪！忆那时他一伤风，我遥遥千里写信去问，他淋了雨，我抚肩存□，他睡着手在被外，我怕他冻着，纽子不扣我替他扣，他是我的心肝，我的整个的心肝。天既杀他，曷如杀我？念他临死痛苦火伤水淹，痛比剜心，愿将身代，呜呼世实！尘时屡言决不忘我，今岂竟忘我？死若有知，来安慰我一下呵！又痛哭一场，似闻他声，似见他形，一面哭，引巾自拭，想起那时，我哭他替我擦泪，替我去眼镜，抱着我拍着我，抚摩我的心，让我别抽咽，今日，我哀欲死，他呢？他，他已成一条水胀的僵尸，飘于大江之上，哀哉江寒风冷，月黑天昏，我那娇养大的实，我那父母疼爱友朋嘘护我自己怜爱的实，他怎受这孤凄？我的温暖的胸，偎贴的腮，圆搂的手臂，于今变作冰深江水，千里浊流，实！你受得了吗？

我怪老王，怪小李，怪自己，怪大姊，怪他，怎的有许多活路，他会□走了这死路？再转一思，谁也不怪了，或者命原当死。

天父上帝！但令他能生，要我牺牲什么都可，——自生命，以下，无一样不可牺牲，即我死他生也可，甚至他活了不再爱我，也可。只要他活呵！天父，上帝！

十一

舟停奉节

登岸,行于街市全没丝毫游兴,莲一买物,我抱柚筐,倚立店家门首,恍惚觉得世实立在对面,坐在临江茶楼,纵目东流,伤心万状,移步归船,神思恍惚,一失足由坡上滚下,莲一拉起我来,勉强登舟,甫到舱位,喉痛若刺,此时我诚心祈祷愿上帝速赐我死。病死舟中便是最好。上帝啊!我的实究能生否?他不能活,我求立死。我越想,越想越想越怆痛,自恨为何不速速病重。

头才一着梳,发落下一大扎来,又咳,又喉痛,人完全没一丝力气,——但恨何仍不死?举日看别人笑话,愈增悲痛,天呵!我不再饮泣,我已欲狂,诵冯小青:"稽音慈云大士前,莫生西土莫生天,愿为一滴杨枝水,洒作人间并蒂莲"句,我愿死化冤鬼,永远缠绕征人,代普天下思妇挽住征旗,勿令生离死别,我愿死后幽魂钻入普天下战士心坎,感召和平,永停征战,鸣呼,既生人类,而使相杀,是何道理?我们既有了现代文明,我们总能上天,能入地,有宫室,有舟车,食则烹炒煎煮,衣则织缀纹绮,有道义典则,有文章诗歌之教,能够窥天鉴地,坐而谈雅化,讲文明,我们总不是茹毛饮血的原人,更不是街上相咬的猫狗,——即使猫狗,顶多咬一场也便各自跑了,还少有把对方咬断喉咙的,为什么我们人类有了问题,却定要驱同类,执兵火,是要把刀兵子弹打入同类的血肉之躯,方能把问题解决?难道这一人的生存就必须另一人死亡?假使我们原不能相安过活,须要杀死他人,则为何自幼教我们孝友和爱敬睦修身?那道德仁义,原是骗人的!为何古往今来,战死者已不能计数,我们文明人类却仍未能把一篇墨子《非攻》参透?呼嗟乎?默念李华:"以提携捧负,畏其不寿,谁无夫妇,如宾如友,谁无兄弟,如足如手,生也何恩,杀之何咎?"令我感古今,伤已遇,既凄凉,又疑怪,又愤慨,心中所哀,反不止我世实一人了。以己例人,天下死于刀兵者,其父母之爱儿谁不如我父母爱我?其女人之爱其男子,又谁不如我爱世实?人皆有心,心有同理,为什么偏要非消灭别人的生命不可?难道世间舍我之外,都是枭獐?文明雅教,都属血污?我不明白!我太不明白了!古今哲人谈什么实体和绝对,为什么不研究研究这个?普天之下,古往今来,只有无数英雄,没有一个和平救主,我愿发菩萨心,恨无菩萨力!

我不明白,闹着大炮巨舰政策的人,他没有父母夫妻儿女朋友?我们偶听长辈谈起送子求学都不敢学军事,谁都愿爱儿无疾无病的活着,不肯把头送人去砍,因何偏有人导以计划杀死别人为职志?刽子手!有人类历史以来不能绝的刽子手呵。我若有大心思,大才力,我若生非中国人,愿以余生号召天下爱儿子,爱丈夫,爱爸爸,爱朋友,一切有人心的人类坚决反战!——但是今天,我不能!我应怎样?我国应怎样?呜呼!国倾种灭,家破人亡,浩劫临头,自然只能全身一死,而死有何益,令我莫名其妙。

后闻民权船主人言,宜昌连炸三天,通惠路二马路俱不免,使吾惨笑。

翻了小说一本,追思实与我往日眷爱,我既神驰,又兼痛感,天下若真有离化恨天,有薄命司,则命薄如我,当必在其列。初爱既如彼,再爱又若斯二十春华,身经百苦,凶终陈末,求死不能,不知几生积孽?呜呼世实,追想昔日初定动情,温存宛转,再看今朝惨死,血污魂飞,我虽天下忍人,至今何能有心再求生之欢乐?实若能生,我才想后路,实若无望,我自杀非共产党员所可为。然我决将生死置度外,以命相拼,身虽活着,等诸已死,凡求生乐生之事一笔勾销,上前线去找雨秀去!倘若上帝赐我即死,不等我去找死,那更是莫大福祉了。前途云云,一概抛弃。将来成就尽随世实以葬江流,发誓我于抗战中必定死掉!——其实我真愿自杀,解诸怖苦,然而——我不是承平时候,可以为爱人死的女郎呵!

实能生乎?他们劝我,都道他可生。我虽明知他们是恐我过伤,故来慰藉,但我又愿信。实!你若能活,我今生今世宁可死,不能再离你一步!

当此际,一灯如豆,全船静卧,只剩我辗转难眠,握笔直书,"越自愁思恨转深"。真不啻为今日之我咏,满眼之人无数,谁似我那温柔俊雅的可意郎君?想起当初"好姐姐""小弟弟"之称,令我魂销肠断,实!恩爱欢情,今生已矣!不独你和我已矣,我今生亦再无此事,只专心待速死矣。

十三日

引镜自照,镜里红颜,不知安往,竟是一副哭相,一副苦相——想是面随心变,我今天也真正变成一张寡妇脸了,呜呼,滴粉搓朱,再非我事,我求华好,却与谁看?世实!有生之日,皆心碎之年,留此残生,其实无益。我实愿自杀!世论逼人,叫我努力,我已无力,还从何努起?我已将我最心爱的人贡献给了抗战,我还能出什么呢?至此地步,还要苛责我,我恨人世无情,愈不思生了。世实!世实!世实!世实!

抵重庆,灯火辉煌,霓虹耀彩,笙歌聒耳,城开不夜,唉!又是个汉口,又是个上海!驰车过市,于繁华影中奔过,恍惚是江汉路!好叫我想起半年前的汉口,又想半月前的汉口,再想起汉口撤退的惨景,以至我世实的死!——纵属铁人,应难刹住感情。我好恨!好伤心,我真是"到今只恨一身多"了!我们的大武汉已失,我的实已死,我今来此,意欲何为?求死去!求死去!我但有人心,还忍在此过下去吗?

至大姊处,见她的家,心又感慨。呜呼!我的实呵!记得我第一次返汉,实偕我去找房子,房主谓我二人为夫妇,我自己原也打算租了房是分开些给他的,至第三次到汉,我们已那样计划着了。实若不死,到施来川,我俩不也是像大姊这样,是一个快活的小家庭吗?天呵!而今安在,我一生已完了,幸福,已永远与我离开,想起什么都是伤心的。出去购物至冠生园，又想起当初，在汉口冠生园与实共餐，他给我买糖……等等。走于店内，泪欲夺眶……国将亡，人已死，我何图苟安为？原就不该图的！我惭愧当初我俩求快乐求幸福的妄想了。

十四

夜作一梦，梦实尚生，欢然笑语，恍若平生，醒后益悲。早见大姨掠发施脂粉，我素面对镜。可怜我，我从今后屏（摒）弃铅华，远离安乐罢！莲一为我检衣，偏拿了这套红衣蓝裙，顿念当日，我着此服时，我的实挽我袖，代我解裙。我的天呵！你！你竟永远的离开了我！

然念及城陵矶岳阳已失，转遍沙洋重庆震动即在日内，此地又岂安乐土？看看宜昌逃难的人，我看他们这般人还正不知死所安在呢！我当此日，正是下大决心，杀身赴难的时候，我若能如实一样，以中国人民与中共同志资格死于敌手，正属无上幸运！纵不能与实同死，未免伤心，但我只要将自己认作一个待死之身，应再不思前路而茫茫了。

不要哭了！我自己劝自己。少年夫妇燕尔温馨，这在目前是小市民的幻想，我实当想它？实只是比我先去了一步而已。莫哭了！莫哭了！实若有知，知我如此，他不又该牵挂着了吗？我的实呵！

我力劝自己，勿哭！国亦如此，我今天做了戴中宸第二，实知以后还有多少戴中宸，第三、第四？若都似我，失魂丧魄，哀哭不作事，事让谁做呢？中国男儿，死于炮火，难道还少吗？倘若死了一人，遗嫠就成了不中用的人，这损失还背的起吗？亲爱的实！昔日许我互相鼓励，帮助我克服我这过于感情的弱点，使我慢慢"硬"，你今已死，再无人来帮我了，我痛念你，我应争气，盼望你冥冥中助我呵。

人已将哭出声来了,止书。

十五

已见老杨,嘱我为文以哭世实,遗妇,检遗函握笔,重读昔日他给我的信,令我愈读愈哭,大姊立身后,我不敢哭出声音,我的心比刀割还要难受!天呵!"我是躯壳,你是灵魂。灵魂和躯壳是离不开。"到如今,躯壳已死,我何独生?尤其是最后一函,是他死前三日所写,还在殷殷订到宜昌来找之约,叫我闭上眼看他笑,说是他的心永远跟住我,可怜我此时看了这些话,我——我怎能不恨此身之生,实在是多了!昨日老杨说:"你勿瞎想,勿过悲,因为你不是他一个人的一个人。"但是我,我不!我是他的!是小孙的,我不能离开他,正像他不能离开我一样。他死我活,我实在不能再受了。我要追随了他去。——我什么也不能做了,除非他复活!我的实,我的宝贝,你不是说离不开我,永远跟着我,想起我就兴奋快乐,看得我比工作更重吗?为何今日……!天!我还做什么工作,我从何处再兴奋快乐,我不能活了!又哭又写,家人围至不写了。实!实!爱的弟弟!

十七

国家国家!事已至此,二叔力逼去滇,他们欲留在渝,然渝市绝无我可为之事,可居之地。二叔用危言恐吓,云:"将来重广撤退,比武汉更惨,船都没有。"言虽是逃跑的主意,却也道着事实——我岂仍从众逃?一年奔走,此心已碎,成就全无,国亡家破,我自知原非忍耻偷生之辈,既如此,岂必待重广将陷,我再仰乐乎?我的实以身殉武汉,我何妨照为?□昨走市上,已购寄宿芳一瓶,欲以自尽矣。所以忍而不死者,非有爱于生,实有歉于生,自伤此生怀抱壮志,亦有微才,得天尚厚,亦受父母教育深恩,国家培植至意,师友期许,同志策励,原图此区区女儿身,吐鸣凤之声,作栋梁之器,噫!以我所挟,作此期望,岂是过奢?二十年来,凡我听过,谁不推荐为杰才者?孰意干云之木,被挫于始苗。我父母已不见了,我的家园今生不能再见,我的学校变作敌营,我的前程化为灰烬,我抛书卷,走风尘,更不料所过为墟,计一年流踪所至,今已无一处不陷敌手,最后更盖以敌机杀死了我的爱人,摘去了我的肝肺,身流剑阁之内,复又敌骑纵横,逼吾远避,我何避为?到此再避死求生,我实非人。然我若如此以死,可恨我怎样对我的父母师友同志?又怎样对三两年前胸怀壮志的我?我可惜我自己,生为中国人,纵有聪明才智,好学深思,竟不能作丝毫的用。我对国事悲观!然此岂怨我?但有良心,你能乐观吗?"持久战"中所言,今在何处?我之条件无一具备,人之条件,继长增高,中心尽失,海口全无,军火不来,人民逃散,英大使今又来议和矣!和议若成,一瓶寄宿芳是我收缘结果,和议不成而重广危急,重广是我葬身之处。我前所以忍死须臾者,为世实那一丝情根未断,我实在舍不得可爱的他。为贪恋他,我几乎愿意忍气,忍垢,避处后方,广作点事,好和我的他团聚,今既若此,我复有何恋?

算了!我命原非不犹,我是好命而中国是坏命。我个人能奈何?我有家资有父母,以女子入大学,锦衣玉食,潜心学问,居于桃源一样的学府,又有年青俊秀体贴温存的爱人。有多少锦绣前程供我发展?人生到此,福慧双修,也不容易,然而,日本的大炮完全给我轰碎了。我何哭实?实之必死,正与我之必遭颠沛一样,这是国运,不是我或实两人的运。读"中国"空军许希麟女士哭刘粹刚文油然而同情之——我诚爱实,人谁不爱其夫?即如敏子姑娘,山口夫人,虽在敌国,事同一理,无端启衅,玉石俱焚。我合当把锦片前程燃为灰烬,亦不惜矣——只恨既摧我的玉树,因何不先杀我,克我悲酸?

人常作幻想,想实若生,我今当与他怎样怎样,当尽意儿体贴他,□爱他,忽念他死,心中如剜,又念国命自解——若非国命,以我两家门户,何患世实不以百辆迎我归,身入孙门,百年好合?——国命既致他命,我亦惟以命报而已。

二十四

今早伪托去昆明,由姊处跑出,我就逃至王作处,下午访老杨,拟设法问可北行否,他不在,急死人!

刘讷丁珍来,见伊等,难禁思世实,——言及,几人均默无言,世实!我恨你何忍竟死?独自在街上走了很久,一路看着许多人,我一个个看路人的脸,我到照相馆一个个看那壁上的男相和结婚照,我觉得任何人也不及我的小孙可爱,可是他偏死了。

今晚一人独处为实死后的第一夜。我思前想后,感情如沸,我要疯狂了,我想他!拼命的想他!我又看见他们这里,宝抱着虞悦的头,卫笑拍王作的脸。我的郎君,我的爱人呢?我简直没法活,因何我薄命至此?究竟我前世积什么孽了呢?我的天哪!我要死!不活了!我要他!我要上帝还我我的实!他那里去了呀!他!

我写这,全没丝毫肉的欲念的怀想,我是想起,怎再不能与你亲热?听你笑一声也好,吻我一吻也好,让我给你磕头,受你虐待,我也愿意。世实!亲人!你回来呀!把我想死了,我想你!要你!我恨不得把别人杀了来换你,我觉得你死了,真是世上没天理了,我觉得她们这些爱人全不好,没一个有你好,都有毛病,你是全璧,是我的美玉,我的至宝,我的一刻不能离的命根,你怎死了?我不活了!我真活不成了!我再没力可努,你死,我神经已乱,心已失常,不能做工作,我要你!要你!要你!你瞧瞧我吧!

这时我若弄到一个日本俘虏,我要咬他的鼻子,用手抠他的眼珠,用脚踩烂他的脸,我要吃他几块肉,我要剁碎他,我恨死了,这般野蛮无人性的魔鬼,凡日本人没有一个好的,都该枪毙,我坚决反对优待俘虏,应该把来交给我们的老百姓统统打死!我恨呵!

是哪个日本王八蛋把我的实杀了？你妈的混账东西,你们一国的人都死光了也赔不来他,赔不来□□□□□。你们什么野兽,吞下我国这些最好的青年,这些民族的精英,你们七千万人都该死！我要杀你们！我杀你们。可是我想起夏德甫太太,想起张湖月,她们会要杀我的实吗？她们会要把蓁一的丈夫杀死,使小蓁一变成寡妇,受这一生一世的苦吗？不会的,是谁之咎呢？天呵！我简直狂了,我恨不得变成剑仙,去东京杀死近卫文麿荒、木贞夫、寺内寿一……这般恶狗,我恨不得去抓住一个个的日本女子,叫她们快把丈夫儿子拖回家去。

我的实,我今若死,虽是年轻,但你比我更年轻,我该死了。

二十六

想是去晚了,老杨依然不在,怎么办呢？

人的确是要疯,走在街上就想喊,坐在车上用脚踹踏板,我就要跳起来,真在程西园那里卜了一课,课是六冲,大凶之象,主"反复不定,散家"说是问行人,难聚首,很危险,恐难逃劫数了。——听着就像灵似的,我简直不是常人了,已经疯了！

忽想起当日的东明来——我诚然厌弃他,恨他,至今仍如此。可是想起当初,我似乎也跟他甜过一阵,后来我将他弃如粪土,痛苦得他简直发了疯,我就从而臭骂之——想起来也是果报,该我今天如此苦痛,可是报的太不平了。那怕实也弃了我,也莫让他死呵,让他活吧！我也愿。

……

年来豪气半消磨,奈□□前百感何,最是……,可堪会少别离多。

尚有幽情斩不断,哭君写作

君家太湖沚,我住古燕京,相遇清华苑,时难正营营。慷慨论时作高会,座遇见君识君名。一从寇贼破卢沟,同学少年□□□

谈,关阙千里出□□,誓把头颜□□□,□□握手书□□,人生何处不相逢,天涯识旧如骨肉,更□□□意气同,雨衣焚香共说书。此生誓不说相思,止水微漪为君恋,爱君才识感君痴。

图书在版编目(CIP)数据

露沙的路/韦君宜著.—北京:人民文学出版社,2014
ISBN 978-7-02-010546-5

Ⅰ.①露… Ⅱ.①韦… Ⅲ.①长篇小说—中国—当代 Ⅳ.①I247.5

中国版本图书馆 CIP 数据核字(2014)第 160298 号

责任编辑　郭　娟　李玉俐
封面设计　马诗音
责任印制　张文芳

出版发行　人民文学出版社
社　　址　北京市朝内大街166号
邮政编码　100705
网　　址　http://www.rw-cn.com

印　　刷　北京季蜂印刷有限公司
经　　销　全国新华书店等

字　　数　269千字
开　　本　890毫米×1290毫米　1/32
印　　张　11　插页4
版　　次　2014年11月北京第1版
印　　次　2014年11月第1次印刷

书　　号　978-7-02-010546-5
定　　价　32.00元

如有印装质量问题,请与本社图书销售中心调换。电话:01065233595